Knaur

Über die Autorin:

Barbara Delinsky ist die *New-York-Times*-Bestseller-Autorin von 66 Romanen. Über 21 Millionen Exemplare sind weltweit in 18 verschiedenen Sprachen verkauft worden. Barbara Delinsky lebt mit ihrem Mann in New England und hat drei erwachsene Söhne.

Barbara Delinsky

Die Affäre der Lily Blake

Roman

Aus dem Amerikanischen
von Georgia Sommerfeld

Knaur

Die amerikanische Originalausgabe erschien 1999 unter dem Titel
»Lake News« bei Simon & Schuster, New York.

Besuchen Sie uns im Internet:
www.droemer-weltbild.de

Deutsche Erstausgabe 2001

Redaktion: Gerhild Gerlich
Umschlaggestaltung: Werbeagentur ZERO, München
Umschlagabbildung: Zefa, Düsseldorf
Satz: Ventura Publisher im Verlag
Druck und Bindung: Clausen & Bosse, Leck
Printed in Germany
ISBN 3-426-61740-4

5 4 3 2 1

Dank

Ich habe so vielen zu danken. Wo soll ich anfangen? Ich hatte mir zwei Dinge auf einmal vorgenommen: den Kauf eines Hauses am See und die Materialsammlung für ein Buch. Dank des freundlichen Entgegenkommens von Menschen wie Chip und Tina Maxfield, Susan Francesco und Sid Lovett waren beide Projekte von Erfolg gekrönt, wobei Doug und Liz Hantz dafür sorgten, dass das Ganze auch noch Spaß machte.

Was die katholische Kirche angeht, so war meine Schwester Helen Dempsey eine unermüdlich sprudelnde Wissensquelle, wofür ich ihr aus tiefstem Herzen dankbar bin. Sollte das Buch sachliche Fehler enthalten, bin ganz allein ich daran schuld.

Für die Information über die Zeitungswelt habe ich Maria Buckley und Ron Duce von der »Needham TAB« zu danken, für die Einweihung in die Geheimnisse der Herstellung von Apfelwein respektive Apfelmost Julie, Andrew und Jo von Honey Pot Hill Orchards. Für wichtige Einzelheiten auf allen möglichen anderen Gebieten danke ich Martha Raddatz, Barbara Rosenberger und Phyllis Tickle. Außerdem verdanke ich Robin Mays Unschätzbares. Sie verstarb kurz nachdem ich das Buch beendet hatte, aber ich weiß, dass sie auf uns herunterschaut. Robin, die Vogelhäuschen sind für dich!

Wie immer waren meine Agentin Amy Berkower und ihre Assistentin Jodi Reamer für mich da, ebenso wie meine eigene Assistentin Wendy Page. Meinen Redak-

teuren Michael Korda und Chuck Adams danke ich herzlich. Ich freue mich schon auf unser nächstes gemeinsames Buch.
Ich widme *Die Affäre der Lily Blake* meinem Mann Steve, der einen beträchtlichen Beitrag zu der Entwicklung dieser Geschichte leistete, und unseren Kindern, auf die wir sehr stolz sein können: Eric und Jodi, Andrew – und Jeremy und Sherrie.
Und nicht zuletzt Ellyn's Lily. Hier ist es!

»Nichts auf der Erde ist so klar, so rein und so weit wie ein See. Himmelswasser! Es bedarf keiner Begrenzung. Völker kommen und gehen, ohne es beschädigen zu können. Es ist ein Spiegel, den kein Stein zum Bersten bringen kann, dessen Silberglanz sich niemals abnutzt, dessen Vergoldung sich fortwährend von selbst erneuert, dessen Oberfläche auf Dauer weder Sturm noch Staub trüben kann. Es ist ein Spiegel, in dem jedwede Unreinheit getilgt wird wie weggewischt von einem Besen aus der Sonne Strahlen – dem Staubtuch aus Licht –, ein Spiegel, der keinen Anhauch festhält, sondern seinen eigenen Atem ausströmt und als Wolken hoch über sich schweben und zugleich in seinem Schoß sich widerspiegeln lässt.«

Aus WALDEN von
Henry David Thoreau (1817–1862)

1

Lake Henry, New Hampshire

Das Schwarz der Nacht milderte sich, wurde zu einem tiefen Blau, das gemächlich in ein helles Blau überging, der Spitze eines Baumes, der Dachgaube eines Häuschens, der in den See hinausgestreckten, verwitterten Zunge eines hölzernen Bootsstegs allmählich Form verlieh. Das galt für einen klaren Tag. Heute nahmen die Konturen langsamer Gestalt an, reduzierte Nebel den See zu einer Milchglasscheibe, verschwammen die leuchtenden Herbstfarben am Ufer zu einem hellen Gold-Orange-Grün ineinander. Hier und da deutete ein pastellroter oder blassblauer Tupfen ein am See gelegenes Haus an, doch Einzelheiten verloren sich im zartgrauen Dunst. Ebenso wie die Trennlinie zwischen Wasser und Land. Kein Lüftchen regte sich, kein Laut störte die Stille. Es war, als sei alles in einen schützenden Kokon eingesponnen.

John Kipling genoss die Stimmung. Das Einzige, was ihm nicht gefiel, war die Kälte. Er war noch nicht auf das Ende des Sommers eingestellt, aber die Tage waren bereits merklich kürzer als vor zwei Monaten. Die Sonne ging früher unter und später auf, und die Kühle der Nacht wich nur zögernd. Er spürte es. Seine

Seetaucher spürten es. Die kleine Familie, die er beobachtete, Vater, Mutter und zwei Junge, würde noch fünf Wochen auf dem See bleiben, war aber schon unruhig, schaute in einer Weise zum Himmel, die nicht Wachsamkeit signalisierte, sondern den Gedanken an den Flug in wärmere Gefilde.

Im Augenblick ließen die Vögel sich keine sechs Meter von seinem Paddelboot und keine drei Meter von der winzigen kiefernbestandenen Insel entfernt treiben, in deren geschützter Bucht sie den Sommer verbracht hatten. Die Insel war eine von vielen, die den Lake Henry sprenkelten. Neben der Klarheit des Wassers, der Stille des Sees und dem Überfluss an kleinen Fischen waren es diese Inseln, die die Seetaucher Jahr um Jahr hierher lockten, konnten sie doch an Land nur rutschen, da ihre Beine unter den großen, plumpen Körpern zu weit hinten saßen. Also bauten sie ihre Nester direkt am Ufer der Inseln, wo sie relativ einfach ins Wasser und wieder hinaus gelangten, aber es tat John in der Seele weh, zu sehen, wie sie sich selbst auf den wenigen Zentimetern zwischen Wasser und Nest abmühten.

In jeder anderen Hinsicht boten sie jedoch einen bemerkenswerten Anblick. Seit die Jungen im Juli ausgeschlüpft waren, hatte er verfolgt, wie sich ihr Federkleid vom schwarzen Babyflaum über Kleinkind-Braun zu einem Halbwüchsigen-Grau gewandelt hatte, das es nicht wert gewesen wäre, in einem Brief an die Lieben daheim erwähnt zu werden, aber sie hatten die spitzen Schnäbel und langen, dicken Hälse ihrer Eltern und ließen eine künftige Pracht erahnen – und die Eltern, ah, die Eltern, waren wirklich prächtig, sogar jetzt, im Herbst, da ihr Sommerkleid zu verblassen begann, sogar an diesem Morgen, durch den Schleier eines zartgrauen Dunstes gesehen. Sie waren wunderschön mit den weißen Tupfen auf den schwarzen Rücken, den weißen Kehlen, den kräftigen schwarzen Köpfen und den ausgeprägten, spitzen Schnäbeln. Als sei das noch nicht beeindruckend genug, besaßen sie Aufsehen erregende runde rote Augen. John hatte gehört, dass das Rot die Unterwassersehkraft verstärkt, und er hatte keine Zweifel an der Richtigkeit der Behauptung. Diesen Augen entging nicht viel.

Im Augenblick schwammen die Vögel gemächlich in der Bucht herum, wobei sie die Köpfe unter das Gefieder steckten, um sich zu putzen, oder ins Wasser, um nach Fischen zu tauchen. Als eines der Alttiere seinen Körper anspannte, die Beine grätschte und dank der Kraft seiner mit Schwimmhäuten versehenen Füße mit dem Kopf voraus unter die Wasseroberfläche ging, wusste John, dass der Vogel sich den Bauch mit bis zu fünfzehn Elritzen vollschlagen würde, bevor er in einiger Entfernung wieder auftauchte.

Er durchforschte den Nebel, bis er ihn entdeckte. Sein Gefährte ließ sich, noch immer in der Nähe der Insel, treiben, die Alttiere waren wachsam, spähten durch den Nebel mit erhobenen Schnäbeln. Später am Morgen würden sie ihre Jungen sich selbst überlassen, mühsam auf dem Wasser Anlauf nehmen und sich schwerfällig in die Luft erheben, eine oder zwei Runden drehen, bis sie ausreichend an Höhe gewonnen hatten, um die Bäume

unter sich zu lassen, und dann zu einem benachbarten See fliegen, um dort ansässige Seetaucher zu besuchen. Nach der Einsamkeit, die die Monate der Aufzucht ihrer Jungen den beiden auferlegt hatte, war es an der Zeit, dass sie in Vorbereitung auf den Zug an die warme Atlantikküste ihre sozialen Fähigkeiten auffrischten.
Seit zehntausenden von Jahren wiederholten die Seetaucher dieses Ritual. Die gleiche Intelligenz, die ihr Überleben in all dieser Zeit gesichert hatte, sagte ihnen auch in diesem Jahr, dass der September in die zweite Hälfte ging, der Oktober kältere Tage und frostige Nächte und der November Eis mit sich bringen würde. Da sie für ihren Start eine beträchtliche Fläche offenen Wassers benötigten, müssten sie aufbrechen, ehe der See zufröre. Und das würden sie auch. In den Jahren, die er hier aufgewachsen war, und seit seiner Rückkehr vor drei Jahren hatte John nicht viele Seetaucher gesehen, denen das Eis ein Schnippchen geschlagen hatte. Sie verfügten über gute Instinkte, machten kaum jemals Fehler.
John machte Fehler und diese sehr oft. Wie heute Morgen, als er das Haus in T-Shirt und Shorts verlassen hatte, um den Sommer zu beschwören. Mit zwanzig hätte er die Kälte noch weggesteckt, doch jetzt, mit über vierzig, war er zwar noch immer einen Meter achtundachtzig groß und gesund, aber die leicht steifen Knie, die Fältchen um die Augen, die Geheimratsecken und die nicht mehr so gut durchbluteten Gliedmaßen zeigten deutlich, dass sein Körper nicht mehr der jüngste war. Aber er war nicht bereit, das Feld zu räumen. Noch

nicht. Die Seetaucher lieferten vielleicht keinen Stoff für einen Bestseller, aber er hatte sich noch nicht an ihnen satt gesehen. Er saß regungslos in seinem Boot, hatte die Hände, um sich zu wärmen, unter die Achseln geklemmt, das lange Paddel vor sich aufgelegt. Die Seetaucher waren zwar an seine Gegenwart gewöhnt, aber er wollte nichts riskieren. Solange er Abstand hielt und ihr Revier respektierte, würden sie ihn damit belohnen, ihn an ihrem Leben teilhaben zu lassen – ihm erlauben, ihrem Gesang lauschen zu dürfen. Wenn die Welt unwirklich still war – nachts, bei Tagesanbruch, an Morgen wie diesem, wo der Nebel alle anderen möglichen von Leben am See kündenden Geräusche verschluckte –, erklang das zarte Lied des Seetauchers. So wie jetzt, atemberaubend, ein aus vibrierender Kehle aufsteigendes urzeitliches Tremolo, so schön, so geheimnisvoll, so wild, dass John eine Gänsehaut bekam.

Es enthielt auch eine Botschaft. Das Tremolo war ein Warnruf. In diesem Fall zwar nur ein leiser, aber John nahm ihn ernst. Kaum hörbar schabte Holz über Fiberglas, als er das Paddel hob, und dann schwappte leise Wasser an die Wände, während er sein Boot rückwärts bewegte. Als er den Abstand um weitere drei Meter vergrößert hatte, hielt er an und legte das Paddel so gut wie lautlos quer vor sich auf, stützte die Arme auf die Oberschenkel und schaute, lauschte und wartete.

Nach einer Weile streckte der ihm am nächsten auf dem Wasser treibende Seetaucher den Kopf vor und stieß einen langgezogenen, durchdringenden, ja klagenden Laut aus. Er ähnelte dem Heulen eines Kojoten, doch

John hätte diesen Ruf niemals verwechselt. Der Schrei des Seetauchers war gleichzeitig urgewaltiger und zarter.
Dieser war der Beginn eines Dialogs. Ein Alttier rief das andere. In rascher Folge ertönten gespenstische Rufe, die den weiter draußen schwimmenden Vogel veranlassten, sich Johns Nachbarn zu nähern. Selbst als nur noch drei Meter zwischen den beiden lagen, führten sie ihre lautstarke Unterhaltung fort, wobei sie ihre Schnäbel kaum öffneten und ihre gereckten Hälse bei jedem Laut anschwollen.
John bekam wieder eine Gänsehaut. Deshalb war er an den See zurückgekehrt, hatte sich, nachdem er New Hampshire mit fünfzehn Jahren verlassen hatte, mit vierzig anders besonnen. Manche sagten, er sei aus beruflichen Gründen zurückgekommen, andere sagten wegen seines Vaters, aber in Wahrheit hatte seine Rückkehr letztendlich mit diesen Vögeln zu tun. Sie verkörperten Ursprünglichkeit und Wildheit, aber auch Einfachheit, Ehrlichkeit und Sicherheit für ihn.
Das Leben eines Seetauchers bestand aus Essen, Gefiederpflege und Fortpflanzung. Es war ein ehrliches Leben, ohne Vortäuschungen, Ehrgeiz und Grausamkeit, in dem nur die Verteidigung der eigenen Existenz zu einer Verletzung anderer führte. John fand das höchst erfrischend.
Und so blieb er noch, obwohl er wusste, dass er aufbrechen sollte. Es war Dienstag. Die »Lake News« müsste morgen Mittag in der Druckerei sein. Das Material seiner Korrespondenten – er hatte in jedem der um-

liegenden Orte einen Zuträger – war bereits im Haus. Vorausgesetzt, die entsprechenden Briefkästen enthielten die ihm von örtlichen Drahtziehern, also den Einflussreichen und Mächtigen – wobei einflussreich und mächtig relativ zu sehen war –, versprochenen Artikel, würde er in letzter Minute einen ganzen Stapel lesen, redigieren, tippen, zerschneiden und zusammenkleben müssen. Wenn die Artikel nicht in den Kästen wären, würde er Lake Henry und den vier Nachbargemeinden, die die Zeitung bediente, abtelefonieren und die auf diesem Weg ergatterten Informationen selbst zu Beiträgen formulieren – und wenn ihm am Ende noch Platz bliebe, würde er diesen ein weiteres Mal mit einem Text von Henry David Thoreau füllen.

Auch damit wäre kein Bestseller zu machen. Bestseller mussten originell sein. Er hatte Notizbücher voller Möglichkeiten, Aktenordner voller Anekdoten, die er seit seiner Rückkehr an den See gesammelt hatte, aber keine davon stachelte seinen Eifer an, ein Buch zu schreiben. Die »Lake News« stachelten seinen Eifer an – von Dienstagmittag bis Mittwochmittag. Er war ein Mann, der zur Höchstform auflief, wenn er die Faust im Nacken hatte. Er liebte es, wenn die Redaktion vor Hektik vibrierte, er liebte es, den Chefredakteur bis an den Rand seiner Nervenkraft hinzuhalten.

Jetzt war er natürlich selbst der Chefredakteur. Und der Herstellungsleiter. Und der Bildredakteur, der Klatschkolumnist und der Layouter. Die »Lake News« war nicht die »Boston Post«. Nicht im Entferntesten. Es gab Momente, da störte ihn das. Im Augenblick nicht.

Das Paddel blieb an seinem Platz, die Seetaucher setzten ihre Unterhaltung fort. Als sie eine Pause machten, wagte John, den Ruf nachzuahmen. Einer der Vögel antwortete ihm, und in diesem kurzen, berauschenden Moment fühlte er sich als Familienmitglied. Gleich darauf nahmen die Vögel ihr Gespräch wieder auf, und er war ausgeschlossen, wieder Angehöriger einer fremden Gattung.

Aber er fror nicht. Nicht mehr. Die Sonne löste den Nebel auf. Als sich schließlich blauer Himmel zeigte, schätzte John die Zeit auf kurz vor neun. Er streckte seine Beine aus, lehnte sich zurück und stützte die Ellbogen auf den Bootsrand, hob das Gesicht der Sonne entgegen, schloss die Augen, stieß zufrieden einen tiefen Seufzer aus und lauschte den Seetauchern.

Als die Sonne auf seinen Lidern zu brennen begann und das Gewicht seiner beruflichen Pflicht zu schwer wurde, um noch länger ignoriert werden zu können, richtete er sich auf. Ein paar Minuten beobachtete er die Vögel noch und sog in sich auf, was immer es auch war, das diese Tiere ihm gaben. Dann griff er nach dem Paddel und machte sich auf den Heimweg.

Das Schöne an einem Bart war, dass er einem die tägliche Rasur ersparte. John trug ihn kurz geschnitten, was gelegentliche Nachbesserungen notwendig machte, ihn aber der lästigen und nicht selten blutigen Prozedur enthob, zu der er früher gezwungen gewesen war. Auch eine Krawatte brauchte er hier nicht. Kein gebügeltes Hemd. Keinen Nadelstreifen, nur Jeans. Er musste nicht

einmal darauf achten, zwei zusammenpassende Socken zu tragen, denn im Sommer steckten seine Füße nackt in Birkenstocksandalen und im Winter in Stiefeln, und da spielte es keine Rolle, was für Socken er anhatte, denn niemand sah sie.
Es war immer noch ungewohnt für ihn, bereits zehn Minuten nach dem Aufstehen geduscht, angezogen und unterwegs zu sein. Und auf was für einer Straße! Hier gab es keinen Verkehr. Keine anderen Autos. Keine Hupen. Keine Polizisten. Keine Geschwindigkeitsbeschränkung. Die Straße, die er jetzt entlangfuhr, war von Bäumen gesäumt, die kurz vor dem Höhepunkt ihrer herbstlichen Farbenpracht standen, und ihre Kurven entsprachen in groben Zügen den Krümmungen des Seeufers. Die Fahrbahn war nach den Frostperioden vieler Jahre rissig. Die meisten Straßen im Ort sahen ebenso aus. Sie erlegten einem zwangsläufig Geschwindigkeitsbeschränkungen auf, und den Leuten in Lake Henry gefiel es so. Sie waren nicht darauf aus, Touristen anzulocken, wie es viele andere Ortschaften am See taten. Es gab kein Gasthaus, keine schicken, kleinen Geschäfte. Obwohl in der Gemeindeversammlung alljährlich hitzige Diskussionen darüber geführt wurden, gab es keinen öffentlichen Zugang zum Wasser. Wer auf den See hinausfuhr, war entweder ein Anwohner oder ein Freund eines Anwohners oder ein Unbefugter.
Jetzt, da die Sommerurlauber abgereist und nur noch die Einheimischen da waren, belief sich die Einwohnerzahl auf eintausendsiebenhunderteinundzwanzig. Elf Geburten standen bevor, was sie steigern würde, zwölf der

Einwohner waren sehr krank oder sehr alt, was sie senken würde. Achtundzwanzig Jugendliche waren zurzeit auf dem College. Ob sie zurückkehren würden oder nicht, konnte man nicht sagen. Als John in ihrem Alter gewesen war, hatten die jungen Leute dem Ort für immer den Rücken gekehrt, aber das begann sich zu ändern.

Er hatte eigentlich nur schnell etwas im General Store besorgen wollen, aber dann kam er mit Charlie Owens, dem Besitzer des Ladens, auf die Politik zu sprechen, und dann erzählte ihm Charlies Frau Anette, dass Hillary, die Tochter von Amanda und Stu Watson und Collegeabsolventin im vorletzten Jahr, zu einer Stippvisite nach Hause gekommen sei, nachdem sie sich in letzter Minute entschlossen hatte, das Studium in Europa fortzusetzen. Da Hillary im vorvergangenen Sommer ein Praktikum bei John gemacht hatte, hatte er ein persönliches Interesse an ihrem Werdegang, und so machte er den Umweg zu ihrem Haus, um sie zu interviewen, zu fotografieren und ihr Glück zu wünschen.

Wieder in der Ortsmitte angelangt, hielt er am Postamt und fuhr dann weiter zu dem schmalen, gelb getünchten viktorianischen Gebäude, das zwischen der Post und dem See stand. Als er aus seinem Geländewagen stieg – einem Chevy Tahoe, einer der angenehmen Begleiterscheinungen seines Jobs – griff er sich in der Bewegung seine Tasche vom Beifahrersitz, hängte sie sich über die Schulter und sammelte die vier eben erst erstandenen Zeitungen, eine Tüte Donuts und eine Thermoskanne ein. Als er die ungeteerte Zufahrt auf dem Weg zu der an der Seite des viktorianischen Hauses gelegenen Tür überquerte, klemmte er sich die Tüte zwischen die Zähne und durchforstete die Sammlung an seinem Schlüsselring.

Er suchte noch immer den richtigen, als er die Fliegentür öffnete. Die Tür dahinter führte zur Küche des Hauses, war aus Mahagoni, hochglanzpoliert und von einem einheimischen Künstler mit Schnitzereien verziert. In der unteren Hälfte befanden sich zwischen Schnörkeln ein Dutzend Briefschlitze mit kleinen Messingschildern darüber. Die erste Reihe war höflicherweise den Nachbarorten zugeeignet – Ashcroft, Heedgeron, Cotter, Cove und Center Syfield. Die Reihen darunter gehörten Lake Henry und waren durch Beschriftungen wie »Polizei und Feuerwehr«, »Kirche der freien Gemeinden«, »Textilfabrik« und »Gartenverein« spezifiziert. In Augenhöhe war ohne einen dazugehörigen Schlitz das größte Schild angebracht, und darauf stand »Lake News«.

Als John endlich den Schlüssel gefunden hatte und ins Schloss stecken wollte, gab die Tür nach, und als er sie mit dem Ellbogen weiter aufdrückte, begann das Telefon zu klingeln.

»Jenny?«, rief er. »Jenny?«

»Im Bad!«, kam die gedämpfte Antwort.

Das war nichts Neues, aber wenigstens war Jenny gekommen.

Er warf im Vorbeigehen die Schlüssel auf den Küchentisch und lief dann, immer zwei Stufen auf einmal nehmend, in das Dachgeschoss hinauf. Hier gab es keine

Trennwände, was den Raum zum größten des Hauses machte. Die nachträglich eingebauten zusätzlichen Fenster und Oberlichter machten ihn darüber hinaus zum hellsten. Und was am wichtigsten war – er war der Einzige mit Aussicht auf den See. Der Blick aufs Wasser war zwar nicht annähernd so gut wie der von Johns Haus aus, aber besser als gar keiner wie unten, wo drei ineinander verästelte, stämmige Weiden die Sicht versperrten.
Der Dachboden war Johns Reich. Er bot genügend Platz für die Anzeigenabteilung, die Herstellung und die Redaktion, die jeweils mit einem auf den See ausgerichteten Schreibtisch ausgestattet waren. Die Aussicht half John, sich zu konzentrieren und die Nerven zu behalten.
Das Telefon klingelte immer noch. Er ließ die Zeitungen, die er sich unter den Arm geklemmt hatte, auf den Redaktionsschreibtisch gleiten und die Tüte aus Charlies Laden darauf fallen, stellte die Thermoskanne daneben und öffnete das Fenster. Die Luft war inzwischen ganz klar. Sonnenlicht ergoss sich über die Hänge der Hügel im Osten und steckte auf seinem Weg das Laub in Brand, ehe es auf dem Wasser aufkam. Vor einem Monat hätte es dort ein Dutzend Boote angetroffen, deren Sommer-Kapitäne die letzten kostbaren Augenblicke auskosteten, bevor sie ihre Schiffe für dieses Jahr einmotteten. Heute war das einzige Boot da draußen eines von Marlon Deweys sündteuren Criss-Crafts. Die Sonne tanzte über das Deck aus poliertem Eichenholz und ließ das Kielwasser glitzern.

John nahm den Hörer ab.
»Das hat ja gedauert«, klang die Stimme seines Verlegers barsch an sein Ohr. »Wo waren Sie denn?«
John folgte mit den Augen dem eleganten Criss-Craft. Marlon stand am Steuer, flankiert von zwei Enkeln, die bei ihm zu Besuch waren. »Oh, hier und da.«
»Oh, hier und da.« Armand Baynes' Stimme war weicher geworden. »Das sagen Sie jedes Mal, und Sie wissen, dass ich es nicht widerlegen kann. Der See hat so viele Buchten, dass ich nicht sehen kann, was bei Ihnen vorgeht. Aber das Wichtigste ist mir die Zeitung, und die machen Sie gut. Solange das so bleibt, können Sie meinetwegen so lange schlafen, wie Sie wollen. Haben Sie meinen Beitrag bekommen? Liddie sollte ihn in den Kasten werfen.«
»Ja, er ist da«, antwortete John, ohne sich dessen zu vergewissern, denn Armand Baynes' Frau war absolut zuverlässig – und ihrem Mann absolut ergeben. Was er ihr auftrug, wurde prompt erledigt. Und so warf sie Armands Kolumne jeden Dienstagmorgen um neun ein.
»Was haben Sie sonst noch?«, fragte der Verleger.
John klemmte den Hörer zwischen Schulter und Ohr und zog eine Hand voll Papiere aus seiner Schultertasche. Das Layout für die aktuelle Ausgabe hatte er am Abend zuvor zu Hause gemacht, und er breitete die Seiten jetzt vor sich aus. »Der Aufmacher ist ein Bericht über den der Regierung in Concord vorgelegten Antrag auf die Schulreform. Ich habe dazu die Stimmen des örtlichen Abgeordneten und des Rektors der Cooper-Grundschule eingeholt.«

»Und was steht darüber in Ihrem Leitartikel?«
»Das wissen Sie doch.«
»Es wird den Einheimischen nicht gefallen.«
»Kann sein – aber wir pumpen entweder heute Geld in die Schulen oder morgen in die Wohlfahrt.« Das Problem war, dieses Geld aufzutreiben. Da er sich nicht wieder mit Baynes streiten wollte, der einer der vermögendsten Grundbesitzer der Gemeinde war und den es hart treffen würde, wenn die Grundsteuern verdoppelt würden, nahm er sich das nächste Layout vor. »Der Aufmacher der Seite drei ist ein Bericht über den Chris-Diehl-Prozess mit den Schlussplädoyers, dem Urteil der Geschworenen und der Heimkehr von Chris. Dann habe ich noch einen Artikel über die neu eingeführte Gewinnbeteiligung in der Textilfabrik und einen über den geplanten Personalabbau im Altersheim. In der Rubrik ›Kurzbiografie‹ ist diesmal Thomas Hook dran.«
»Ich kann den Kerl nicht ausstehen«, stieß Armand Baynes angewidert hervor.
John schraubte die Thermosflasche auf. »Er hat eben kein Händchen für Menschen. Dafür aber umso mehr für Computer. Seine Firma ist nicht umsonst schon zwanzig Millionen wert und weiter im Wachsen.«
»Er ist ein grüner Junge«, erboste sich Armand. »Was will der mit so viel Geld?«
John goss Kaffee in seinen Becher. »Er ist zweiunddreißig, und in den sechs Monaten, die er hier ist, hat er sein Haus um das Dreifache vergrößert, die Zufahrtstraße begradigt und gekiest, an Stelle des scheußlichen Baus, der da stand, ein Bürogebäude hingestellt und mit

all diesen Aktionen Arbeit geschaffen – für einheimische Bauunternehmer, Zimmerleute, Maurer, Installateure und Elektriker ...«

»Ist ja gut, ist ja gut«, fiel Armand ihm grollend ins Wort. »Was haben Sie noch?«

John trank einen Schluck und zog sich die nächste Seite heran. »Einen Bericht zum bevorstehenden Schuljahresbeginn mit einer Botschaft des Leiters der Academy und dann noch das Neueste von der Polizei, der Feuerwehr und der Bücherei.« Er schlug das »Wall Street Journal« auf und überflog geistesabwesend die Überschriften. »Außerdem den Wochenrückblick von Zeitungen aus Boston, New York und Washington und eine ganze Menge Anzeigen.« Er wusste, dass Armand das gerne hören würde. »Einschließlich einer doppelseitigen! Der Herbst ist eine gute Zeit für Anzeigen.«

»Gott sei Dank«, sagte der Verleger. »Was noch?«

»Neuigkeiten von der Historischen Gesellschaft und dem Drei-Städte-Fußballturnier.«

»Sind Sie an einer Sensation interessiert?«

»Natürlich!« Sensationen gehörten zu den Dingen, die John hier in der Provinz schmerzlich vermisste. Er ließ sich auf seinen Stuhl sinken, schaltete den Computer ein und machte sich bereit, um zu tippen.

»Gestern wurde Noah Thackens Testament eröffnet, und die Familie kocht! Er hat das Haus Tochter Nummer zwei hinterlassen, und jetzt droht Tochter Nummer eins mit einer Klage und Tochter Nummer drei damit, Lake Henry zu verlassen, und sie sprechen nicht mehr miteinander. Arbeiten Sie sich da rein, John.«

Aber John hatte die Hände von der Tastatur genommen und sich zurückgelehnt. »Das ist Privatsache.«

»Privatsache? Heute Abend wird die ganze Gemeinde darüber Bescheid wissen.«

»Warum sollen wir es dann in der Zeitung breittreten? Außerdem drucken wir Tatsachen.«

»Das *sind* Tatsachen. Das Testament ist von öffentlichem Interesse.«

»Das Testament schon – aber die menschliche Tragödie dahinter ans Licht zu zerren, wäre indiskret. Ich mache doch kein Regenbogenblatt! Waren wir nicht übereingekommen …«

»Ja, ja«, unterbrach Armand ihn erneut ungeduldig, »aber schließlich passiert nicht oft etwas Aufregendes bei uns.« Er legte auf.

Nein, dachte John, es passierte wirklich nicht viel Aufregendes hier. Der Antrag auf die Schulreform und der Bericht über den vor einem halben Jahr zugezogenen Computermogul lieferten keinen Stoff für einen Bestseller, und der Prozess, der Christopher Diehl wegen Bankbetrugs gemacht worden war, gab nicht im Entferntesten so viel her wie die Mordprozesse, über die er früher geschrieben hatte.

Johns Blick wanderte zu den gerahmten Fotografien, die am anderen Ende des Raumes an der Wand hingen. Eine zeigte ihn im Gespräch mit einem Informanten im City Hall Plaza in Boston, eine andere in einer Großraumredaktion, wo er als einer von vielen Journalisten an seinem Computer arbeitete und gleichzeitig, den Telefonhörer zwischen Ohr und Schulter geklemmt, telefonierte. Auf anderen Fotos war er Hände schüttelnd mit nationalen Politikern zu sehen und lachend mit Kollegen in Bostoner Bars, dann gab es noch eine Aufnahme von einer Weihnachtsfeier in der Redaktion, auf der er und Marley von Freunden umringt waren – und eine Vergrößerung des Bildes auf seinem Presseausweis der »Post«, von dem er sich blass, mit kurzen Haaren, ernster Miene und müden Augen entgegenblickte. Er sah aus, als sei ihm gerade die Story seines Lebens durch die Lappen gegangen oder als litte er unter schwerer Verstopfung. Die Aufnahmen waren Zeugnisse seines früheren Lebens, ebenso wie das deaktivierte Gerät zum Abhören des Polizeifunks, das unter den Bildern auf einem Aktenschrank stand. Den Funkverkehr der Polizei oder Feuerwehr abzuhören, hatte damals zu seinem Alltag gehört. Jede Redaktion, die etwas auf sich hielt, besaß einen solchen Apparat, und so hatte er zu Beginn seiner Arbeit für die »Lake News« auch hier einen installiert, doch er war es bald müde geworden, den statischen, von keiner menschlichen Stimme durchbrochenen Geräuschen zu lauschen. Außerdem kannte er jeden persönlich, der in eine etwaige Sache verwickelt sein konnte. Wenn etwas passierte, riefen sie ihn an, und wenn sie ihn nicht erreichten, dann wusste Poppy Blake, wo er war. Sie nahm seine Anrufe an, leitete sie weiter oder beantwortete sie. Sie machte für die halbe Gemeinde Telefondienst. Wenn sie ihn an einem Ort nicht fand, suchte sie ihn an einem anderen. Er hatte in den drei Jahren noch nicht ein dramatisches Ereignis verpasst. Wie viele waren es gewesen – zwei, drei, vier?

Doch auch keines dieser Unglücke hätte Stoff für einen Bestseller geliefert.
Seufzend legte er den Hörer auf, zog einen Donut aus der Tüte, schenkte sich Kaffee nach und ließ seinen Stuhl nach hinten kippen. Er hatte kaum die Füße auf dem Schreibtisch überkreuzt, als Jenny Blodgett in der Tür erschien. Sie war neunzehn, blass und blond und so dünn, dass die Wölbung, die das Baby in ihrem Bauch verursachte, überdimensional wirkte. Da er vermutete, dass sie wieder nicht gefrühstückt hatte, nahm er die Füße vom Tisch, stand auf und reichte ihr die Tüte.
»Es ist zwar nicht übermäßig gesund, aber besser als nichts«, meinte er und dirigierte sie zur Treppe und die Stufen hinunter. Ihr Büro befand sich im Erdgeschoss, in dem ehemaligen Salon. Er folgte ihr dorthin, musterte die Stapel auf dem Schreibtisch und fragte: »Wie geht es voran?«
»Ich bin fertig.« Ihre Stimme war leise und kindlich. Sie zeigte nacheinander auf die Stapel: »Das sind die diesjährigen Leserbriefe, das die vom letzten Jahr und das die vom Jahr davor. Was soll ich jetzt machen?«
Er hatte es ihr bereits zweimal gesagt, aber sie arbeitete nur sporadisch, war seit letzter Woche nicht da gewesen und hatte seitdem wahrscheinlich einen Alptraum durchlebt. »Sie in alphabetischer Reihenfolge sortieren und ablegen. Hast du die Etiketten für die Ordner schon getippt?«
Ihre Augen weiteten sich. Sie waren gerötet, was bedeutete, dass sie die ganze Nacht kein Auge geschlossen

oder heute Morgen geweint hatte. »Das habe ich vergessen«, flüsterte sie.
»Kein Problem – du kannst es ja jetzt machen. Treffen wir eine Abmachung: Bevor du heute gehst, müssen die Ordner beschriftet und die Leserbriefe sortiert darin abgelegt sein. Einverstanden?«
Sie nickte eifrig.
»Aber erst isst du«, schärfte er ihr im Hinausgehen ein und ging in Richtung Küche, um die Briefkästen zu leeren. Wieder oben in seinem Büro aß er an dem Fenster, von dem aus er auf den See schauen konnte, seinen Donut. Das Criss-Craft war verschwunden, seine Kielwelle ausgelaufen, doch der See war nicht mehr glatt. Wind war aufgekommen, kräuselte das Wasser und flüsterte in den Weiden unter seinem Fenster. Er schob das Fliegengitter nach oben, und beugte sich hinaus. Von »Charlie's« wehte der Duft von Rindfleischeintopf über die Straße herüber. Zu seiner Linken angelten ein halbes Dutzend alter Männer am Ende des Stegs, der von einem schmalen Sandstrand in den See ging. Zu seiner Rechten breiteten gelb belaubte Birken ihre Äste über niedrigen Sträuchern aus, die zwischen den zu Tage tretenden Felsbrocken bis zum Ufer wuchsen. Ganz rechts standen Häuser von Einheimischen, die sehr viel stattlicher waren als die Ferienhäuser der Sommergäste. Sie lagen, seinem Blick entzogen, in schützenden Buchten oder hinter Biegungen. Er sah nur ein paar Bootsstege hervorlugen, sogar ein verwittertes Floß, das noch mitten im See vor Anker lag. Bald würde es zum Überwintern hereingeholt werden und der See kahl und leer sein.

Das Telefon klingelte. John ließ das Fliegengitter wieder herunter und wartete. Als Jenny nach dem dritten Klingeln noch immer nicht abgehoben hatte, tat er es selbst.
»Lake News.«
»John – hier ist Allison Quimby«, sagte eine resolute Stimme. »Mein Haus bricht zusammen. Ich brauche einen Handwerker. Alle, die ich davor hatte, arbeiten noch immer für Hook. Ist es schon zu spät für ein Inserat?«
»Nein – aber dazu müssen Sie mit der Anzeigenabteilung sprechen. Ich verbinde Sie.« Er schaltete sie auf die Warteleitung, durchquerte im Laufschritt den Raum und nahm den Hörer des Apparates auf dem Schreibtisch der Anzeigenabteilung ab. »Okay.« Er ließ sich auf dem Stuhl nieder und schaltete den Computer ein. »Haben Sie den Text schon formuliert?« Er vermutete es. Allison Quimby war die Besitzerin der hiesigen Immobilienfirma und ein echter Profi.
»Natürlich.«
Sie las, er tippte, machte ein paar Verbesserungsvorschläge, formulierte eine Überschrift, rechnete den Preis aus und ließ sich ihre Kreditkartennummer geben. Nachdem er den Hörer aufgelegt hatte, nahm er ihn wieder ab und wählte eine Nummer.
»Ja?«, meldete sich eine müde Stimme.
»Ich bin's. Allison Quimby braucht einen Handwerker. Rufst du sie an?« Als er einen leisen Fluch hörte, sagte er: »Du bist nüchtern, Buck, und du brauchst die Arbeit.«
»Wer bist du – mein verdammter Schutzengel?«

John zwang sich zur Ruhe. »Ich bin dein verdammter, älterer Cousin, der, der sich Sorgen um das Mädchen macht, das du geschwängert hast, der, der denkt, dass du der Mühe vielleicht gar nicht wert bist, das Mädchen und das Baby es aber sind. Komm schon, Buck. Du bist ein geschickter Bursche, und Allison zahlt gut und wird dich weiterempfehlen, wenn du deine Sache ordentlich machst.« Er las ihm die Telefonnummer zur Sicherheit zweimal vor. »Ruf sie an«, beschwor er ihn und legte auf.

Sekunden später stand er wieder vor seinem Redakteursschreibtisch am Fenster, und wiederum Sekunden später hatte er seinen Unwillen im Griff. Alles, was er dazu brauchte, war ein langer Blick auf den See und die Erinnerung daran, dass Menschen wie Buck und Jenny den nicht hatten. Sie hatten den Ridge, den Rücken eines Berges, wo die Häuser zu klein, zu nah beieinander und zu schäbig waren, um die Stimmung zu heben, vor allem und erst recht, wenn Alkoholismus, Misshandlungen oder chronische Arbeitslosigkeit das Leben vergällten. John wusste das. Er hatte den Ridge im Blut. Er würde ihn bis zum Tag seines Todes hören, spüren und riechen. Eine Bewegung auf dem See erregte seine Aufmerksamkeit. Etwas Rotes blitzte auf einem Bootssteg in der Ferne. Er kniff die Augen zusammen, um besser sehen zu können, doch dann holte er mit einem kleinen Lächeln ein Fernglas aus der untersten Schreibtischschublade und richtete es auf den Farbfleck. Shelley Cole lag ausgestreckt in einem Liegestuhl in der Sonne. Ihre eingeölte Haut glänzte. Sie war eine attraktive Person, das musste er sagen. Aber die Cole-Frauen brachten die Männer von Lake Henry schon seit drei Generationen um den Verstand. Die meisten von ihnen waren liebe Geschöpfe, die irgendwann gute Ehefrauen und Mütter wurden. Shelley war anders. Sie würde in einer Woche nach Florida zurückkehren, wenn das Wetter hier zu herbstlich würde, um ihr den Erhalt ihrer Bräune zu ermöglichen. John würde sie nicht vermissen. Er mochte genauso empfänglich für ihre Reize sein wie jeder andere Mann hier, aber er würde sie nicht einmal mit einem Feuerhaken anfassen.

Ein kleiner Schwenk des Fernglases und er hatte Hunter's Island vor sich. Die Insel war nach ihren ersten Besitzern benannt und eine der vielen winzigen, mit denen der See gesprenkelt war. Es stand zwar ein Haus darauf, aber es wurde nur als Feriendomizil genutzt. Die Hunters hatten mehr als ein Jahrhundert den Sommer dort verbracht, ehe sie es an die derzeitigen Besitzer, die Familie La Duc, verkauften, die nun auch schon die dritte Generation von dem schmalen Kiesstrand aus das Schwimmen lehrte.

Eine seltsame Familie, diese La Ducs. Ihre Generationen waren von fast ebenso vielen Skandalen durchsetzt wie die der Hunters. Während seiner Kinderzeit hatte John Gerüchte über beide Familien gehört. Als Erwachsener zurückgekehrt und von Berufs wegen neugierig, hatte er recherchiert, herumgefragt, sich Notizen gemacht. Schließlich hatte er das gesamte Material zu seinen privaten Unterlagen in seinen Aktenschrank gelegt, nachdem ihm nichts davon als Grundlage für ein Buch erschienen war. Aber vielleicht hatte er die Informationen nicht im richtigen Moment gelesen. Vielleicht sollte er sie sich noch einmal vornehmen. Sie sortieren. Chronologisch ordnen. Vielleicht würde ihm dann etwas ins Auge springen. Nach drei Jahren hätte er eigentlich etwas finden müssen, worüber sich zu schreiben lohnte.

Das Telefon klingelte. Diesmal nahm er den Hörer schon nach dem ersten Klingeln ab. »Lake News.«

»Hi, Kip. Hier ist Poppy.«

John grinste. Wie hätte er auch ernst bleiben sollen, wenn er Poppy Blake heraufbeschwor? Sie war ein Kobold, immer fröhlich und guter Dinge. »Hi, Süße. Wie geht's?«

»Stressig«, antwortete sie, aber aus ihrem Mund klang das wie ein Vergnügen. »Ich habe einen Terry Sullivan für Sie in der Leitung. Soll ich ihn durchstellen?«

Johns Blick flog zu der Fotowand, zu einem der Schnappschüsse, die ihn mit anderen Reportern feiernd zeigten. Terry Sullivan war der hoch gewachsene, schlanke, dunkelhaarige Mann, dessen Schnurrbart ein gehässiges Grinsen verbarg, der, der sich immer in unmittelbarer Nähe einer Gesellschaft aufhielt, um allen anderen zuvorkommen zu können, falls sich eine Sensation ergäbe. Er war von Ehrgeiz zerfressen, selbstsüchtig bis zum Exzess und kannte Loyalität nur vom Hörensagen. Und er hatte John mehr als einmal übers Ohr gehauen.

John fragte sich, woher er die Dreistigkeit nahm, ihn anzurufen. Terry Sullivan war einer der Ersten gewesen,

die ihn fallen ließen, als er sich entschieden hatte, Boston den Rücken zu kehren.
Voller Neugier bat er Poppy, die Verbindung herzustellen.
»Hier Kipling«, meldete er sich.
»Hey, Kip. Hier ist Terry Sullivan. Wie geht's denn so, Bruder?«
Bruder? John ließ sich Zeit mit seiner Antwort. »Mir geht's gut. Und dir?«
»Ach, es ist immer noch dieselbe Tretmühle, du weißt ja, wie es ist. Na ja – von früher wenigstens. Bei dir da oben muss es ja ziemlich ruhig sein. Manchmal bin ich fast so weit, dass ich hinschmeißen und auch in die Provinz gehen möchte, aber dann überlege ich es mir doch jedes Mal wieder anders. Es ist einfach nicht mein Ding, wenn du weißt, was ich meine.«
»Das weiß ich nur zu gut. Die Menschen hier sind ehrlich. Du würdest unter ihnen auffallen wie ein rosa Elefant.«
Es folgte eine Pause und dann ein Schnauben. »Das war unverblümt.«
»Die Menschen hier sind auch unverblümt. Also – was willst du, Terry? Ich habe nicht viel Zeit. Auch hier ist irgendwann Redaktionsschluss.«
»Okay. Lassen wir den Small Talk. Ich rufe dich als Kollege an. Es geht um eine gewisse Lily Blake. Sie lebt hier in Boston, stammt aber aus Laky Henry. Erzähl mir, was du über sie weißt.«
John setzte sich an seinen Schreibtisch. Lily war Poppys Schwester, ein wenig älter als sie, also um die vierund-

dreißig. Sie hatte Lake Henry verlassen, um aufs College zu gehen und war in New York City geblieben, um ihren akademischen Abschluss zu machen. In Musik, soviel er sich erinnerte. Er hatte gehört, dass sie Lehrerin geworden war. Und dass sie Klavier spielte. Und dass sie eine Aufsehen erregende Figur hatte.

Die Leute im Ort sprachen immer noch voller Bewunderung über ihre Stimme. Sie hatte mit fünf Jahren im Kirchenchor gesungen, aber John war kein Kirchgänger, und er hatte die Gemeinde lange bevor Lily alt genug gewesen wäre, um donnerstagabends im Tanzsaal von »Charlie's« zu singen, verlassen.

Sie war seit seiner Rückkehr einige Male hier gewesen – einmal zur Beerdigung ihres Vaters und mehrmals zu Thanksgiving oder Weihnachten – jedoch nie länger als ein, zwei Tage geblieben. So viel er gehört hatte, verstand sie sich nicht mit ihrer Mutter. Er kannte Lily nicht, kannte aber Maida. Sie war ein harter Brocken, und er war geneigt, die Schuld für das schlechte Verhältnis der beiden Frauen nicht bei Lily zu suchen.

»Lily Blake?«, fragte er in einem Ton, als müsse er überlegen.

»Komm schon, Kip. Das Kaff ist winzig. Verkauf mich nicht für dumm.«

»Wenn sie nicht hier lebt, wie zum Teufel soll ich dann was über sie wissen?«

»Geschenkt. Erzähl mir was über ihre Familie. Wer lebt noch und wer nicht mehr? Was tun sie? Was sind das für Leute?«

»Warum willst du das wissen?«

»Ich habe sie kennen gelernt und denke daran, mich mit ihr zu verabreden. Aber davor will ich wissen, was mich erwartet.«

Er dachte daran, sich mit ihr zu verabreden? Das konnte nicht ganz stimmen. Lily Blake stotterte. Zwar nicht mehr so stark wie als Kind, soviel er wusste, aber Terry Sullivan verabredete sich nicht mit Frauen, die Probleme hatten. Eine solche Beziehung hätte ihm mehr abverlangt, als er zu geben bereit war.

»Hat das mit irgendeiner Story zu tun?«, fragte John, obwohl er sich nicht vorstellen konnte, welche Rolle Lily in einer Story spielen sollte, für die Terry Sullivan sich interessierte.

»Nein – es ist rein privat.«

»Und da rufst du mich an?« Sie mochten Kollegen gewesen sein, Freunde waren sie nie gewesen.

Terry verstand die Anspielung falsch. »Ja«, lachte er leise. »Ich finde das auch lustig. Ich meine, sie kommt aus einem Provinznest, und das ist ausgerechnet der Ort, in dem du dich verkrochen hast.«

»Ich habe mich nicht verkrochen – ich bin für jedermann sichtbar.«

»Das ist doch nur eine Redensart. Sind wir empfindlich?«

»Nein, Terry – wir stehen unter Zeitdruck. Sag mir den wahren Grund für deine Fragen nach Lily Blake, oder ich lege auf.«

»Okay. Es geht nicht um mich. Es geht um meinen Bruder. Er will sich mit ihr verabreden.«

Das reichte. John legte auf, ließ die Hand jedoch auf

dem Hörer liegen, wartete bis die Verbindung unterbrochen war, nahm wieder ab und wählte Poppy an.

»Hey, Kip«, sagte sie Sekunden später wie immer munter und mit einem Lächeln in der Stimme. »Das ging ja schnell. Und was darf ich jetzt für Sie tun?«

»Zweierlei«, antwortete John. Er war aufgestanden, in der Rechten hielt er den Hörer, den linken Arm hatte er in die Seite gestemmt. »Erstens lassen Sie diesen Mann bitte mit niemandem im Ort reden. Wenn er wieder anruft, schmeißen Sie ihn aus der Leitung. Er ist ein ganz mieser Kerl. Und zweitens erzählen Sie mir bitte von Ihrer Schwester.«

»Von Rose?«

»Nein – von Lily. Was für ein Leben führt sie?«

2

Boston, Massachusetts

In den folgenden Wochen würde Lily Blake sich, wenn sie zu begreifen versuchte, warum ausgerechnet ihr ein Skandal angehängt worden war, daran erinnern, was für einen durchweichten Lappen sie an diesem regnerischen Dienstagnachmittag aus der »Boston Post« gemacht hatte, und sich fragen, ob vielleicht eine erzürnte Zeitungsgottheit sie zur Strafe für ihre Respektlosigkeit mit einem Fluch belegt habe. An dem fraglichen Tag

ging es ihr einzig und allein darum, sich gegen die Nässe zu schützen.
Sie stand unter dem hohen, steinernen Rundbogen der kleinen Privatschule an Fuß des Beacon Hill, an der sie unterrichtete, weil sie dachte, der Regen würde in den nächsten Minuten aufhören, aber es goss unvermindert weiter, und die Zeit wurde knapp. Sie sollte um halb sieben im Club am Klavier sitzen und müsste vorher noch nach Hause, um sich umzuziehen.
»Bye, Miss Blake«, rief ein weiterer Schüler ihr zu, bevor er aus dem Schutz der Schule zu einem wartenden Auto rannte. Sie lächelte und hob grüßend die Hand, aber er sah es nicht mehr.
»Soviel zum Indian Summer«, schimpfte Peter Oliver, ein Geschichtslehrer, als er hinter ihr aus der Tür trat. Er blieb neben ihr stehen. Hoch gewachsen und blond war er der Schwarm fast jeden weiblichen Wesens an der Schule. Missmutig schaute er zum Himmel hinauf. »Wir sind doch wirklich Idioten, Sie und ich. Besessene Idioten. Wenn wir uns auf die für die meisten anderen Lehrer übliche Arbeitszeit beschränken würden, wären wir schon vor zwei Stunden heimgegangen. Da schien noch die Sonne«, brummte er und sah Lily an. »Wo soll's denn hingehen?«
»Nach Hause.«
»Haben Sie Lust, vorher noch was mit mir zu trinken?«
Sie schüttelte lächelnd den Kopf. »Ich muss arbeiten.«
»Das müssen Sie immer. Wo bleibt da das Vergnügen?« Er spannte seinen Regenschirm auf. »Ciao.« Unbeein-

druckt von den herabströmenden Wassermassen ging er die Stufen hinunter und in den Regen hinaus.
Lily beneidete ihn um seinen Schirm. Sie hätte seine Einladung annehmen sollen. Vielleicht hätte sich das Wetter in der Zeit, die sie für einen Drink gebraucht hätte, ja gebessert. Nein, ihre Entscheidung war schon richtig gewesen – erstens trank sie keinen Alkohol, und zweitens gehörte sie nicht zu Peters Fans. Peter liebte Peter, und es war schon schlimm genug, dass sie seine Selbstbeweihräucherungen im Lehrerzimmer erdulden musste. Seine Egozentrik war penetrant.
Außerdem hatte sie es wirklich eilig. Sie nahm die »Post« aus ihrer Aktentasche, schlug sie auf und lief, sich die Zeitung über den Kopf haltend, die Treppe hinunter und durch die schmalen, kopfsteingepflasterten Straßen am Fuß des Hügels, bog dann in die Beacon Street ein, wo es einen gepflasterten Bürgersteig gab. Die Aktentasche an die Brust gedrückt, machte sie sich unter der Zeitung so klein wie möglich. Da sie ohnehin klein war, hätte man denken sollen, dass das Papier ihr ausreichend Schutz geboten hätte, aber es hing schon sehr bald durchnässt an ihren Ohren herunter, und das Tanktop und der kurze Rock, die an diesem heißen Morgen die genau richtige Kleidung gewesen waren, boten dem kühlen Regen nun entschieden zu viel Angriffsfläche.
Lily hastete mit gesenktem Kopf weiter, bog links in die Arlington und dann rechts in die Commonwealth ein. Hier standen zwar vor der Nässe schützende Bäume, aber dafür hatte der von Westen kommende Wind freie Bahn und war viel kühler. Sie senkte den Kopf noch

tiefer, stemmte sich gegen Wind und Wetter, einen Block, einen zweiten, dritten, vierten. Als sie das Ende des fünften Blocks erreichte, hätte sie die Zeitung eigentlich wegwerfen können, denn nun waren auch ihre Haare nass.

Als sie die Eingangshalle des Apartmenthauses betrat, streckte sie die Hand mit den nassen Papierlappen weit von sich, während sie in ihrer Aktentasche nach den Schlüsseln kramte. Die Luft im Foyer, die sie morgens als stickig empfunden hatte, erschien ihr plötzlich als herrlich warm. Sie strich sich die nassen Haare aus dem Gesicht, ging am Lift vorbei zu den Müllschluckern und warf die Zeitung weg. Sie hatte sie nicht gelesen, doch sie bezweifelte, dass ihr viel entgangen war. Abgesehen von Erzbischof Francis P. Rosettis Ernennung zum Kardinal, über die am letzten Wochenende ausführlich berichtet worden war, tat sich in der City nichts Aufsehen Erregendes.

Sie ging in den Raum, in dem die Briefkästen untergebracht waren und wünschte sich augenblicklich, sie hätte es nicht getan. Peter Oliver war nicht ihr Typ, Tony Cohn hingegen schon eher. Er wohnte in einer der Penthouse-Suiten, war Unternehmensberater und so dunkel, wie Peter blond. Im klassischen Sinn war Peter der besser aussehende von beiden, doch Tony hatte etwas reizvoll Fremdländisches und Verwegenes an sich. Lily war selbst unter günstigsten Bedingungen nicht besonders redselig, aber wenn Tony sie ansah, brachte sie kaum ein Wort heraus.

Natürlich hatte er sie noch nie eingeladen, nicht auf

einen Drink und auch nicht zum Essen. Abgesehen von einer knappen Begrüßung, wenn sie zufällig gemeinsam mit dem Lift hinauf- oder hinunterfuhren, sprach er nicht einmal mit ihr und würdigte sie kaum eines Blickes.
Aber ausgerechnet jetzt schaute er sie an – und sie konnte sich lebhaft vorstellen, was für einen unvorteilhaften Anblick sie nach ihrem Fußmarsch durch den Regen bot. So unauffällig wie möglich zupfte sie an dem nassen Tanktop, das ihr an den Brüsten klebte. Sie waren ihr größter Pluspunkt, aber in diesem Moment brachten sie sie nur in Verlegenheit.
Tony allerdings schien nicht beeindruckt. »Sie hat's erwischt, was?«, sagte er mit seiner tiefen Stimme, und die Belustigung, die darin mitschwang, half ihr über ihre Verlegenheit hinweg.
Lily nickte und konzentrierte sich darauf, ihren Briefkasten aufzuschließen. Sie fragte sich, wo Tony wohl in einer halben Stunde sein würde und warum sie ihm nicht dann über den Weg laufen konnte. Dann würde sie gut und *toll* aussehen.
Sie nahm ihre Post aus dem Briefkasten und zermarterte sich das Gehirn noch immer nach einer originellen Bemerkung – obwohl sie wusste, dass sie sie, selbst wenn ihr eine einfiele, auch nach jahrelanger Sprachtherapie wahrscheinlich nicht flüssig herausbrächte und dann noch verlegener wäre als ohnehin schon –, als er seinen Briefkasten zusperrte und hinausging. Gleich darauf hörte sie, wie sich die Aufzugtür öffnete und wieder schloss.

Er hätte auf sie warten können.
Gottlob hatte er es nicht getan.
Niedergeschlagen verließ sie den Raum und schaute ihre Post durch, während sie darauf wartete, dass der Lift wieder herunterkäme. Es waren zwei Rechnungen, zwei Gagen-Schecks, mit denen sie die Rechnungen gleich begleichen könnte, und vier Prospekte.
Als sie den Aufzug im vierten Stock verließ, wäre sie beinahe mit einer ihrer Nachbarinnen zusammengestoßen, die nach unten fahren wollte. Elizabeth Davis gehörte eine illustre PR-Agentur, und ihr Erscheinungsbild war entsprechend durchgestylt. Ihr Kostüm war rot und kurz, ihr Lippenstift hochglänzend, ihr Regenschirm schwarz und lang. Sie hatte sich offenbar der Spiegelverkleidung der Aufzugtür bedient, um große goldene Ohrringe anzulegen. Jetzt trat sie in die Kabine, um ihr Werk vor dem Spiegel dort zu vollenden, wobei sie den Fuß in die Tür stellte, damit sie offen bliebe.
»Lily. Sie kommen wie gerufen.« Mit schiefgelegtem Kopf, den Blick auf den Spiegel geheftet, mühte sie sich mit dem zweiten Ohrring ab. »Ich gebe eine Party für das Komitee, das die Kagan in ihrem Wahlkampf unterstützt, und brauche eine musikalische Untermalung. Ich habe Sie im Club gehört – Sie wären ideal dafür.« Der Ohrring saß an seinem Platz, und Elizabeths Blick glitt zu Lily. »Oje – Sie sind ja tropfnass – ich weiß ja, wie Sie normalerweise aussehen. Ihre schlichte Eleganz ist genau das, was uns vorschwebt. Die Spendenparty steigt morgen in zwei Wochen. Wir können Ihnen zwar keine Gage bezahlen – unser Budget ist jämmerlich niedrig –,

aber ich kann Ihnen so gut wie garantieren, dass Ihr Auftritt Ihnen ein, zwei neue Engagements einbringen wird, denn es werden wichtige Leute da sein, und wichtige Leute geben Partys. Also wäre der Abend kein absolutes Verlustgeschäft für Sie. Außerdem wäre die Kagan auf dem Gouverneurssessel ein wahrer Glücksfall für die Frauen des Staates Massachusetts, und so wäre es auch in dieser Hinsicht in Ihrem Interesse, bei uns zu spielen. Wie ist es?«

Ihr Angebot schmeichelte Lily. Es verging kaum eine Woche, in der Elizabeths Name nicht in der »Post« stand. Sie veranstaltete nur Top-Partys. Lily war sich klar darüber, dass sie so knapp vor dem Fest nicht die erste Wahl war, doch das störte sie nicht. Sie spielte gerne auf politischen Veranstaltungen. Je mehr Leute da waren, umso leichter fiel es ihr, sich in ihrer Musik zu verlieren. Außerdem teilte sie Elizabeths Meinung über Lydia Kagan.

»Ich mache es«, sagte sie.

Elizabeth strahlte und nahm den Fuß aus der Tür. »Ich schicke Ihnen noch eine schriftliche Bestätigung, aber kreuzen Sie den Termin schon mal in Ihrem Kalender an. Es ist beschlossene Sache. Ich zähle auf Sie.« Die Aufzugtür schloss sich.

Lily war zu spät dran, um sich mehr als ein flüchtiges Gefühl der Befriedigung gestatten zu können. Sie hastete den Flur hinunter und schloss die Tür zu ihrer Wohnung auf. Sie hatte das Apartment direkt vom Eigentümer gemietet, der, wie sie, die Farbe Grün liebte und ein weiches Herz hatte, dem sie es verdankte, sich diese

Adresse leisten zu können. Der Wohnraum war klein. Eine Wand wurde vom Klavier dominiert, eine andere von einem bis zum Bersten voll gestopften Bücherregal. Darüber hinaus war das Zimmer mit einem Sofa ausgestattet, das mit dem Rücken zu den auf das Einkaufszentrum hinausgehenden Fenstern stand, einem in Grün, Beige und Weiß geblümten Polstersessel und einem daneben und somit mehr in dem winzigen Vorraum als im Zimmer stehenden Glastisch, der Platz für das Telefon, eine Lampe und den CD-Player bot, aus dem jetzt auf einen Knopfdruck hin Chopin erklang. Die Küche erschöpfte sich in einer Zeile entlang der dritten Wohnzimmerwand, und das Schlafzimmer war gerade groß genug für ein Doppelbett, aber das ganze Apartment war vor ihrem Einzug renoviert worden, wodurch sie in den Genuss eines modernen Marmorbades mit einer verglasten Duschkabine kam.

Und die Letztere war jetzt ihr Ziel. Sie schälte sich aus den nassen Sachen, trat in die Dusche und drehte das heiße Wasser auf, ließ sich genießerisch von den prickelnden Strahlen wärmen. Dann seifte sie sich ein und wusch sich die Haare und musste der Behaglichkeit viel früher als gewollt ade sagen, denn die Uhr tickte. In Rekordzeit legte sie Make-up auf und föhnte ihre kinnlangen Haare, um ihnen Fülle zu verleihen, schlang in aller Eile ein Brot mit Erdnussbutter und Marmelade hinunter, schlüpfte in ein pflaumenblaues Kleid, das gut zu ihrer hellen Haut und ihren dunklen Haaren passte, stieg in schwarze Pumps und rundete das Ganze mit glitzernden, aus vielen kleinen Plättchen zusammengefügten, langen Ohrclips ab, die in der Bewegung wie geschmolzenes Silber wirkten. Dann griff sie sich ihre Handtasche und einen Schirm und machte sich auf den Weg.

Natürlich war Tony Cohn weit und breit nicht zu entdecken, als sie ins Foyer kam, aber wenigstens hatte es aufgehört zu regnen.

Der Essex Club florierte in einem großen Bau aus braunem Sandstein auf der anderen Seite der Commonwealth Avenue, nur drei Blocks von ihrer Wohnung entfernt, ein privater Dinnerclub mit erlesener Ausstattung und einer äußerst geschickten Geschäftsführung. Erleichtert, dass Sie sogar noch ein paar Minuten Zeit hatte, ging Lily nach ihrer Ankunft ins Büro, wo Daniel Curry, der Besitzer des Clubs, gerade eine Last-Minute-Reservierung annahm.

Der stämmige Fünfundvierzigjährige mit den roten Apfelbäckchen begrüßte sie mit dem Anheben seines Kinns und beendete das Telefongespräch. Bis dahin hatte sie ihre Sachen im Schrank verstaut.

Sie warf einen Blick auf das Reservierungsbuch. »Gut?«

»Für einen Dienstag sogar außerordentlich. Es sind zwar im Moment noch ein paar Tische frei, aber in einer Stunde sind wir rappelvoll. Es kommen lauter nette Leute. Viele alte Freunde.« Er nannte einige Namen von Paaren, die Lily in den drei Jahren, die sie jetzt hier spielte, kennen gelernt hatte.

»Irgendwelche speziellen Wünsche?«, fragte sie.

»Tom und Dotty Frische haben dreißigsten Hochzeitstag. Sie kommen um acht und werden an Tisch sechs sitzen. Er hat für ein Dutzend Rosen gesorgt und gefragt, ob Sie ›The Twelfth of Never‹ spielen würden, wenn der Champagner entkorkt wird.«

Diesen Aspekt ihrer Arbeit hier liebte Lily besonders. »Natürlich. Sonst noch etwas?«

Als er verneinend den Kopf schüttelte, verließ sie das Büro und stieg die breite Wendeltreppe zu dem großen Speisesalon hinauf.

Er war, dem Charakter des Clubs entsprechend, dunkel getäfelt, mit schweren Möbeln und Ölgemälden aus dem neunzehnten Jahrhundert ausgestattet. Die Farben – Jägergrün und Burgunderrot – zogen sich durch die Tischwäsche, das Geschirr, den Teppichboden und die Vorhänge. Das luxuriöse Alte-Welt-Ambiente gab Lily das Gefühl, an einem geschichtsträchtigen Ort zu arbeiten.

Sie begrüßte den Oberkellner und schenkte auf ihrem Weg zu dem hochglanzpolierten schwarzen Steinway-Flügel den Stammgästen, auf die ihr Blick fiel, ein gewinnendes Lächeln. Manchmal erschien es ihr sündhaft, sich dafür bezahlen zu lassen, dass sie auf diesem Instrument spielen konnte, aber natürlich hütete sie sich, ihrem Arbeitgeber das zu verraten. Nach Abzug der Steuern reichte, was sie an der Winchester School mit Musikunterricht, der Leitung von Chorgruppen und ihren Klavierstunden verdiente, gerade mal für die Miete und den Lebensunterhalt. Ohne ihre Arbeit hier und ihre Auftritte auf Partys könnte sie sich darüber hinaus kaum etwas leisten. Außerdem hatte dieser Job sie veranlasst, nach Boston zu übersiedeln. Der Club

war viel angenehmer als der von Albany, in dem sie vorher gespielt hatte.
Nachdem sie sich auf der Klavierbank zurechtgesetzt hatte, spielte sie sich mit ein paar leisen schnellen Akkorden ein. Die Tasten fühlten sich kühl und glatt an. Wie die erste Tasse Kaffee am Morgen waren diese ersten, zarten Berührungen stets die köstlichsten.
Sie hielt den Kopf gesenkt, und ihre Haare fielen ihr ins Gesicht wie ein Vorhang. Als sie den Kopf hob, warf sie sie in einer fließenden Bewegung nach hinten und begann ihre heutige Darbietung mit leicht meditativ verfremdeten Versionen bekannter Songs. Stammgäste mochten die Melodien wieder erkennen, aber selbst die häufigsten Besucher bekamen nicht zweimal genau die gleiche Variation zu hören, denn Lily ließ sich von ihrer Intuition leiten. Notentexte brauchte sie nur, um klassische Werke einzustudieren, dasselbe galt für Liedertexte, aber meistens benutzte sie CDs als Vorlagen.
Sie spielte nach Gehör, und wenn sie eine Melodie beherrschte, war sie in der Lage, eine dem Publikum entsprechende Variation anzubieten. Manche Partys, auf denen sie spielte, verlangten Soft Rock, andere nach Broadway-Hits und wieder andere nach Brahms. Ein und denselben Song auf den verschiedensten Zuhörerkreis zuzuschneiden, war eines der Dinge, die Lily am besten konnte. Sie genoss diese ständige Herausforderung, die sie davor bewahrte, im Einerlei zu versacken.
Der Flügel stand in einer Ecke auf einem Podium, was ihr gestattete, beim Spielen den Raum zu überblicken. Vertrauten Gesichtern schenkte sie ein herzliches Lä-

cheln, neuen ein eher unverbindlich-freundliches. Dan hatte Recht – es waren offenbar wirklich lauter nette Leute da. Es gab auch alte Krakeeler unter den Stammgästen, aber heute war keiner davon zu sehen.
Lily stimmte sich auf die Gäste ein und entschied sich für ein Medley gefühlvoller Oldies. Sie begann mit »Autumn Leaves«, ging fließend zu »Moon River« über und schloss »Blue Moon« und danach »September« an. Zweimal erfüllte sie Wünsche, die vom Oberkellner überbracht wurden. Um halb acht, als Dan Curry ihr ein Glas Wasser reichte, machte sie eine kurze Pause.
»Irgendwelche Fragen?«, erkundigte er sich, als sie einen Schluck trank.
»Davis hat gerade vier Gäste an Tisch zwölf gesetzt«, sagte sie leise, wobei sie sorgsam vermied, dorthin zu schauen. »Sie kommen mir bekannt vor, aber ... sind sie Mitglieder?«
»Nein. Es sind die Gouverneure von New Hampshire und Connecticut mit ihren Frauen. Die beiden Herren waren zu einer Konferenz hier, die heute geendet hat. Wahrscheinlich haben Sie ihre Fotos in der Zeitung gesehen.«
Das erklärte, warum ihr die Männer bekannt vorkamen. Sie deutete mit einem vorsichtigen Blick auf den Mann an Tisch neunzehn, der Schnurrbart war unverwechselbar und zierte das Gesicht eines Reporters von der »Post«. »Ist Terry Sullivan wegen der Gouverneure hier, Dan?«
»Gesagt hat er es nicht«, erwiderte ihr Chef. »Sonst hätte ich ihn nicht hereingelassen.« Der Club schützte seine

Mitglieder. Journalisten waren nur willkommen, wenn sie Mitglieder oder Gäste eines Mitglieds waren, was auf Terry Sullivan zutraf. Nur wenige Journalisten hatten Sponsoren, geschweige denn selbst das Geld, um einem solchen Club beitreten zu können. »Es gefällt ihm offensichtlich hier. Ist das nicht schon sein dritter Besuch in drei Wochen?«

»Ja.« Sie hatte ebenfalls mitgezählt.

»Er mag Sie.«

»Nein.« Aber sie konnte nicht leugnen, dass seine Anwesenheit unter anderem auch mit ihr zusammenhing. »Sein Interesse an mir ist rein beruflich. Er schreibt eine Serie über Entertainer in Boston und will mich dafür gewinnen.«

»Das ist ja großartig.«

Lily fand das nicht. »Ich habe schon zweimal abgelehnt.«

»Das muss an seinem Schnurrbart liegen.« Dan grinste. Er warf einen Blick zur Tür, und seine Wangen röteten sich vor Aufregung. »Da ist er ja!«, strahlte er und eilte auf den Neuankömmling zu.

Lily lächelte, als sie Francis Rosetti sah. Erzbischof Francis Rosetti. Nun: Seine Eminenz Francis Kardinal Rosetti. Sich an die neue Anrede »Euer Eminenz« zu gewöhnen, würde eine Weile dauern. Lily und der Erzbischof kannten sich schon eine längere Zeit. Sie war ebenso stolz auf seine Ernennung wie Dan, der mit Rosettis Nichte verheiratet war.

Lily war nicht katholisch – sie war überhaupt nicht religiös –, aber dieser kirchliche Würdenträger beeindruckte sie immer wieder. Natürlich war er nicht im Ornat erschienen – Hut und Rock bekäme er erst in vier Wochen, wenn er zu seiner ersten Sitzung des Kardinalskollegiums nach Rom reiste –, aber der hoch gewachsene Mann mit dem vollen weißen Haar strahlte mit seinem schlichten schwarzen Anzug und dem Zinnkreuz auf der Brust eine unvergleichliche Souveränität aus.

Es war das erste Mal, dass Lily ihn nach seiner Ernennung sah. Häufig als Pianistin bei Veranstaltungen der Erzdiözese Boston engagiert, hatte sie zwei Abende zuvor auf einer Gartenparty auf seinem Amtssitz gespielt, aber heute war er zum ersten Mal im Club. Wie von selbst fanden ihre Finger die Tasten für »Chariots of Fire«.

Er horchte auf, schaute herüber und blinzelte ihr zu.

Erfreut spielte sie die Melodie zu Ende und ging dann zu anderen Weisen über. Francis Rosetti und sie hatten oft genug vierhändig gespielt, so dass sie wusste, was er mochte. Er war ein Mann, der das Leben in seiner ganzen Fülle schätzte, und das spiegelte sein Musikgeschmack wider, sowohl in Bezug auf geistliche als auch hinsichtlich profaner Musik.

Sie spielte »Memory«, leitete fließend zu »Argentina« über, ließ »Deep Purple« folgen, das Thema von »Dr. Schiwago« und »The Way We Were«.

Um Punkt acht wurde ein Paar an den Tisch mit den roten Rosen gesetzt, und als der Weinkellner den Champagner entkorkte, rückte Lily sich das Mikrofon zurecht und intonierte »The Twelfth of Never«; Ihre volltönende Altstimme passte optimal zu der Atmosphäre des Clubs.

Dotty Frische warf überrascht einen Blick zu ihr herüber und lächelte ihren Mann dann so glücklich an, dass Lily ganz warm ums Herz wurde. Der folgende Applaus bewog sie dazu, ein Medley weiterer Mathis-Songs einzuschieben, ehe sie zu den Broadway-Hits zurückkehrte. Um halb neun war es Zeit für eine Pause.

»Fünfzehn Minuten«, teilte sie dem Publikum mit und schaltete das Mikrofon aus, während die Leute noch klatschten.

Dan Curry stand mit dem Oberkellner im Vorraum, gleich am Eingang zum Speisesalon. Als sie auf die beiden zukam, streckte er den Daumen in dic Höhe. »Sie haben Ihre Sache gut gemacht. Er war im siebten Himmel.«

»Sie haben mir nicht gesagt, dass Ihr Onkel kommen würde«, schalt sie ihn.

Dan schaute an ihr vorbei. »Ich sage es Ihnen jetzt: Da kommt er.«

Sie drehte sich mit einem strahlenden Lächeln um und erwiderte die herzliche Umarmung des Kardinals. Der Mann war zwar ein hoher kirchlicher Würdenträger, stammte aber aus einer großen Familie mit einer sehr bodenständigen Lebensart. Lily hatte eine Weile gebraucht, sich an die Berührung zu gewöhnen, aber inzwischen hatte seine unbefangene Art des Körperkontakts ihr die Scheu genommen.

»Danke«, sagte er.

»Wofür?«

»Dafür, dass Sie mein Lied gespielt haben. Dass Sie *alle* meine Lieder gespielt haben. Dass Sie am Sonntagabend gespielt haben – und dass Sie mir die Noten gebracht haben.« Er packte Dan bei der Schulter. »Weißt du, was sie getan hat? Nachdem sie drei Stunden am Stück gespielt hatte, fuhr sie nach Hause und holte mir den Notentext von Stücken, von denen ich ihr vorgeschwärmt hatte.« Er wandte sich Lily zu. »Ich saß bis zwei Uhr früh am Klavier. Es ist eine wundervolle Sammlung.«

»Wie bist du mit deinem Tisch zufrieden?«

»Er ist großartig. Das Essen auch. Zwar nicht so gut wie bei Mama«, neckte er seinen angeheirateten Neffen und zwinkerte Lily dabei zu, »aber den zweiten Platz verdient es allemal.« Er drückte herzlich ihren Arm und kehrte in den Speisesalon zurück.

Lily stieg die breite Wendeltreppe zum zweiten Stock hinauf, wo sich die Toiletten befanden. Als sie aus dem Waschraum herauskam, verließ der Reporter der »Post« gerade die Herrentoilette. Er war groß und schlank und machte in dem dunklen Blazer und den hellen Hosen eine gute Figur, doch das Auffallendste an ihm war sein Schnurrbart.

»Sie haben eine phantastische Stimme«, sagte er.

Das hatte er ihr schon mehrfach gesagt, zweimal im Club und einmal, als er sie zu Hause anrief. Sie hatte ihm ihre Nummer nicht gegeben, sie stand auch nicht im Telefonbuch, war aber der Schule bekannt. Terry hatte sie aus Mitch Rellejik herausgekitzelt, einem Journalisten, der als Berater für die Schulzeitung fungierte. Mitch

hatte sie eigens angerufen, um ihr zu versichern, dass Terry ein fabelhafter Bursche sei.
Lily war davon nicht überzeugt. Um ihn nicht zu einer Unterhaltung zu ermutigen, beschränkte sie ihren Dank auf ein Lächeln und ein Nicken und steuerte auf die Treppe zu. Er ließ sich nicht beirren. »Sie enttäuschen Ihr Publikum nie. Ob hier oder auf Partys – Sie sind immer gut. Und schön auch noch – aber das hören Sie bestimmt unentwegt. Übrigens – Sie wirkten kein bisschen nervös.«
Lily überhörte das Kompliment zu ihrem Aussehen, das sie sehr viel seltener bekam, als er glaubte, und das ihr zugegebenermaßen gut tat. »Ich verdiene schon lange einen Teil meines Lebensunterhaltes damit. Warum hätte ich nervös sein sollen?«
»Nun – heute ist immerhin der Kardinal zu Gast. Er ist eine bedeutende Persönlichkeit. Sind Sie denn gar nicht aufgeregt?«
Sie lachte leise. »O nein – dafür hat er mich schon zu oft spielen gehört.«
»Ach ja? Richtig – es heißt, er liebe Musik.«
»Er liebt sie nicht nur – er übt sie auch gekonnt aus.«
»Singt er? Spielt er ein Instrument?«
»Beides.«
»Dann ist er also ein Renaissance-Typ, ja?«
Sie hatten den Fuß der Treppe erreicht, und Lily suchte in Terrys Gesicht nach Anzeichen für Sarkasmus. »So ist es«, antwortete sie in abweisendem Ton.
Er hob lächelnd die Hände. »Das war nicht abwertend gemeint. Der Mann fasziniert mich. Ich habe noch nie

einen Geistlichen wie ihn kennen gelernt. Er inspiriert dazu, Geschmack am Katholizismus zu finden.«
Lilys Anspannung wich. »Ja.«
Terry kniff ein Auge zusammen. »Und die Frauen liegen ihm zu Füßen. Er ist ja auch verdammt maskulin, oder?«
Lily starrte ihn entgeistert an.
»Erzählen Sie mir nicht, dass Sie das nicht bemerkt hätten.«
»Nein, ich habe das nicht bemerkt«, erwiderte sie pikiert. Es wäre ihr nie eingefallen, Francis Rosetti als Mann zu sehen. »Er ist Priester.«
»Sie lieben ihn wirklich kein bisschen?«
»Natürlich liebe ich ihn – als Menschen. Er ist klug und hilfsbereit, er hört aufmerksam zu, und seine Ratschläge sind immer äußerst einfühlsam.«
»Das klingt, als kennen Sie ihn gut.«
»O ja, natürlich«, nickte sie voller Stolz. »Schon lange. Ich lernte ihn kennen, als er noch Pfarrer Francis Rosetti war. Er stand damals kurz vor seiner Ernennung zum Bischof von Albany.«
»Ehrlich?«
Das Aufleuchten seiner Augen erinnerte sie daran, dass er Reporter war. Sie schaute auf ihre Uhr. »Ich muss wieder spielen.«
»Wie lange?« Er ging neben ihr her.
»Bis halb elf.«
»Und dann essen Sie erst zu Abend?«
»Ich habe vorher etwas gegessen.«
»Darf ich Sie nachher trotzdem noch zu einem kleinen Happen einladen?«

Als er sie seinerzeit in ihrer Wohnung anrief, hatte er ihr ein ähnliches Angebot gemacht. Damals hielt sie es für einen Versuch, sie für das Interview zu ködern, doch als er ihr jetzt gegenüberstand – der Größe und dem Alter nach optimal zu ihr passend und dazu noch unverheiratet, hatte Mitch Rellejik ihn ihr angepriesen –, war sie beinah versucht, zuzusagen. Aber eben nur beinah, denn sein Schnurrbart war zwar spektakulär, aber er verlieh seinem Gesicht einen Zug, der ihr nicht gefiel, und die Intensität seines Blickes irritierte sie.

So groß war ihr Verabredungsnotstand nun auch wieder nicht.

Sie hatten die Tür zum Speisesalon erreicht, und sie schüttelte lächelnd den Kopf. »Nein – aber danke für die Einladung«, sagte sie und ging hinein.

Wieder am Flügel, wählte sie Stücke, die den Geschmack der inzwischen eingetroffenen Gäste ansprechen würde. Sie sang »Almost Paradise«, »Candle in the Wind« und »Total Eclipse of the Heart«. Dann ließ sie ein bisschen Carly Simon, ein bisschen James Taylor und ein bisschen Harry Connick jr. folgen. Sie liebte jedes Lied, das sie spielte und sang. Wenn es nicht so gewesen wäre, hätte sie kein Gefühl hineinlegen können, doch das stellte sich hier ganz von selbst ein. Es waren die Lieblingssongs ihrer Generation.

Während ihre Finger mit schlafwandlerischer Sicherheit die richtigen Tasten fanden und sie sich ganz auf ihren Gesang konzentrierte, versank die Welt um sie herum. Zu singen war in ihrer Kindheit ihre einzige Rettung gewesen, denn nur dann stotterte sie nicht. Dank eines späteren intensiven Langzeittrainings war sie von ihrer Sprachstörung weitgehend befreit, doch zu singen, war immer noch etwas Besonderes für sie. Es mochte nicht für den Broadway gereicht haben, aber wenn sie sich wie jetzt in ein Lied vertiefte, dann verspürte sie ein Hochgefühl, wie sie es dort nicht hätte intensiver erleben können.

Als sie eine kurze Pause machte, kam das Ehepaar Frische herüber, um ihr für die musikalische Abrundung ihres Hochzeitstages zu danken. Kurz nachdem sie gegangen waren, setzte Peter Swift, ebenfalls ein Stammgast, sich neben sie auf die Klavierbank und sang die zweite Stimme. Er hatte einen volltönenden Bariton und begleitete Lily oft, wenn er und seine Frau im Club zu Abend aßen. Die Spontaneität ihres Vortrags wurde vom Publikum stets mit Begeisterung quittiert. Bald, nachdem Peter an seinen Tisch zurückgekehrt war, setzte der Kardinal sich neben sie. Sie spielte gerade »I Dreamed a Dream« von Les Miz, und er übernahm mit sanftem Anschlag die tieferen Töne und passte sich, als Lily »Red and Black« darauf folgen ließ, diesem lebhafteren Rhythmus an. Als sie zu Ende gespielt hatten, drückte er Lilys Hand, ging zu seinen Gästen an den Tisch zurück und verließ dann mit ihnen den Speisesalon.

Es war ein gelungener Abend gewesen, Lily war müde, aber zufrieden, als sie schließlich den Deckel schloss. Ein paar Gäste saßen noch bei ihrer zweiten oder dritten Tasse Kaffee, aber die übrigen Tische waren abgeräumt

und schon wieder eingedeckt worden. Die Hälfte des Personals war bereits gegangen. Der Chefkoch, Georges Mendes, der seine Ausbildung in New York City gemacht hatte und in Lilys Alter war, hatte seine Kochmütze abgesetzt und die karierte Küchenhose gegen Jeans eingetauscht und erwartete sie im Büro.
Er streckte ihr ein Päckchen entgegen. »Sie mögen doch Risotto ..., heute war er besonders gut.«
Es rührte sie, dass er sich das gemerkt hatte. Er arbeitete noch nicht lange im Club, und sie war nur eine von vielen, die für sein Essen schwärmten. »Danke«, sagte sie herzlich. »Da kann ich morgen Abend ja schwelgen. Gehen Sie jetzt nach Hause?« Er wohnte in ihrer Nähe.
»Nein. Ich muss mit Dan noch die Speisekarte besprechen. Er ist oben.«
Im zweiten Stock des Hauses lagen kleine Speisezimmer für Essen im privaten Kreis, im dritten Räume zum Logieren. Lily wusste aus Erfahrung, dass es noch eine Weile dauern würde, bis Dan herunterkäme, und sie war todmüde.
»Na, dann mache ich mich mal auf den Weg«, meinte sie und rief im Gehen über die Schulter: »Nochmals danke für den Risotto.«
Lily dachte gerade daran, dass sie sich ernsthaft für George interessieren könnte, wenn er hetero wäre, als sie aus der Tür trat und Terry Sullivan am Fuß der breiten Steintreppe stehen sah. Er schaute im Schein der Gaslaterne mit unschuldiger Miene zu ihr herauf, aber sie begann sich bedrängt zu fühlen. Sie hatte ihm drei Absagen erteilt. Er war unangenehm hartnäckig. Sie lief

die Stufen und dann beinahe im Laufschritt den Bürgersteig hinunter, doch ihre Hoffnung, dass er diesen Hinweis verstehen würde, erfüllte sich nicht.

»Hey, hey!« Er holte sie ein und hielt mit ihr Schritt. »Wohin denn so eilig?«

»Nach Hause.«

»Darf ich Sie begleiten?«

»Wenn Sie sich etwas davon versprechen, können Sie es sich sparen. Mein Entschluss steht fest – ich gebe Ihnen kein Interview.«

»Das ist äußerst unklug von Ihnen. Die Publicity wäre doch großartig für Sie.«

Vor ein paar Jahren hätte Lily ihm vielleicht Recht gegeben, aber damals hatte sie auch noch zu kämpfen gehabt. Jetzt garantierte ihr die Arbeit in der Schule und im Club zwei regelmäßige Einkommen, und außerdem verdiente sie noch mit Auftritten bei privaten Veranstaltungen dazu. Sie brauchte keine zusätzliche Arbeit und demzufolge auch keine Publicity.

»Liegt es an mir?«, fragte Terry. »Bin ich Ihnen unsympathisch?«

»Nein«, log sie, denn es war nicht ihre Art, Menschen zu kränken. »Ich will einfach nur die Privatperson bleiben, die ich bin.«

»Eine Privatperson, die Prominente wie Kardinal Rosetti zu ihren Freunden zählt!« Er stieß einen Pfiff aus. »Es war wirklich eindrucksvoll, Sie beide heute Abend vierhändig spielen zu sehen.« Er seufzte sehnsüchtig. »Ich möchte dieses Interview unbedingt machen!«

Sie kamen an eine Kreuzung. Lily schüttelte verneinend

den Kopf und eilte, kaum, dass die Straße frei war, weiter.
Er blieb neben ihr. »Es muss doch an mir liegen. Würden Sie mit einem meiner Kollegen sprechen?«
»Nein.«
»Ich verstehe – Sie hassen die Presse. Sie befürchten, Ihre Antworten würden entstellt wiedergegeben. Aber ich bin ein anständiger Kerl, Lily. Es würde mir niemals einfallen, Sie zu linken. Ich bin Katholik, und Sie sind mit Kardinal Rosetti befreundet. Glauben Sie im Ernst, ich würde es wagen, Sie in irgendeiner Form reinzureiten, wenn ich weiß, dass er es erführe und ich mir damit die ewige Verdammnis einhandeln könnte?«
Lily glaubte nicht an die ewige Verdammnis, aber wenn Terry Sullivan es tat, war das von Vorteil. Sie drosselte ihr Tempo ein wenig.
»Die ›Post‹ hat zwar lang und breit über den Kardinal berichtet«, fuhr Terry fort, »aber ich möchte noch mehr über ihn wissen. Hören Sie«, er klang fast flehentlich, »der Journalismus steht in letzter Zeit unter schwerem Beschuss. Manche der Vorwürfe sind berechtigt, die meisten nicht. Es ist wie überall. Es mögen ein paar faule Äpfel darunter sein, aber das heißt nicht, dass wir alle mies sind, und da ich Ihnen immerhin schon meine Angst vor der ewigen Verdammnis gestanden habe ...«
Sie musste ihm seine Offenheit zugute halten.
»Was mich so fasziniert«, fuhr er, scheinbar wirklich von dem Thema gefesselt, fort, »ist die Weltlichkeit dieses Mannes. Ich meine, da sitzt ein Kardinal neben

Ihnen am Flügel, als sei das völlig normal. Es hätte mich nicht überrascht, wenn er auch noch gesungen hätte.«

Lily musste lächeln. »Das hat er schon getan.«

»Nein!«

Sie nickte.

»In der Öffentlichkeit?«

»Nein. Nur privat, im kleinen Kreis. Früher hat er das ziemlich oft getan.«

»Sie meinen, bevor er zum Kardinal ernannt wurde?«

Sie nickte wieder.

»Sie haben ihn also in Albany kennen gelernt. Wie war er denn damals so?« Terry klang ernsthaft interessiert, aber nicht wie ein sensationslüsterner Reporter, sondern eher persönlich engagiert – und Lily hatte eine Schwäche für Bewunderer ihres von ihr verehrten Kirchenmannes.

»Warmherzig«, sagte sie. »Lebensprühend. Genau genommen habe ich ihn in Manhattan kennen gelernt.«

»Was machte er da?«

»Er besuchte den Erzbischof von New York. Die beiden waren zusammen auf einem Empfang beim Bürgermeister, bei William Dean, wo ich spielte.«

»Sie haben im Haus des Bürgermeisters gespielt? Ich bin beeindruckt.«

»Dazu besteht kein Anlass. Ich träumte damals von einer Broadway-Karriere und gab Klavierunterricht, um meine Ausbildung zu finanzieren. Ich habe seine Kinder unterrichtet.«

»Sie wollten zum Broadway?« Terry klang noch immer beeindruckt. »Jetzt wollen Sie das nicht mehr?«

Sie schüttelte den Kopf.
»Sind Sie mal dort aufgetreten?«
»Nur unter ferner liefen.«
»Können Sie auch tanzen?«
»Nicht gut genug.«
»Ich verstehe.« Er ließ das Thema fallen. »Sie haben Kardinal Rosetti also in New York kennen gelernt und sind ihm nach Albany gefolgt?«
Sie antwortete nicht. Nachdem sie eine Weile schweigend nebeneinander hergegangen waren, spürte sie, dass er sie ansah. Als sie sich ihm zuwandte, fragte er: »Warum die finstere Miene?«
»Diese Fragerei riecht mir verdächtig nach einem Interview.«
»Ist es aber nicht. Ich interessiere mich nur für Sie.«
Sie war nicht überzeugt.
»Ich habe noch nie ein Groupie eines Geistlichen kennen gelernt«, scherzte er.
Sie seufzte. »Ich bin nicht Francis Rosettis Groupie. Ich bin nicht ihm nach Albany gefolgt, sondern William Dean.« Sie erschrak. »Oje – so war das nicht gemeint.« Sie spürte eine leichte Verkrampfung im hinteren Teil ihrer Zunge und konzentrierte sich darauf, sie zu lösen. Nach einem langsamen, tiefen Atemzug war es vorbei. Ohne zu stottern erklärte sie: »Ich ging wegen der Kinder mit. Sie liebten mich, die Scheidung ihrer Eltern hatte sie sehr mitgenommen. Als er zum Gouverneur des Staates New York gewählt wurde, musste er nach Albany übersiedeln, und er meinte, wenn ich sie weiter unterrichtete, hätte wenigstens etwas in ihrem Leben Bestand.

Als in einer dortigen Privatschule gerade zu diesem Zeitpunkt eine Stelle frei wurde, betrachtete ich das als einen Wink des Schicksals.«

»Und so sagten Sie dem Broadway Lebewohl.«

»Er hatte mich ja kaum zur Kenntnis genommen«, erwiderte sie und warf ihm einen Blick zu, aus dem sowohl Bewunderung als auch Verärgerung sprach. »Sie machen das äußerst geschickt.«

Er legte den Kopf schief. »Was?«

»Mich zum Reden bringen. Ich hatte gesagt, ich wolle es nicht.«

»Wir unterhalten uns doch nur ganz zwanglos.« Er hob die Hände. »Kein Kugelschreiber, kein Block. Ganz zwanglos. Wie ich schon sagte, Rosetti fasziniert mich. Er war also der Bischof von Albany, als Sie dort hinzogen?«

Zwanglos oder nicht – Lily wollte mit Terry nicht über sich sprechen und erst recht nicht über Rosetti. Aber Terry schien ehrlich fasziniert. Und Mitch Rellejik hatte ihn in den höchsten Tönen gelobt. Und die Frage war wirklich harmlos.

Also sagte sie: »So ist es.«

»Und dort haben Sie ihn dann näher kennen gelernt?«

Sie nickte.

»Hätten Sie sich träumen lassen, dass er eines Tages Kardinal würde?«

Sie schüttelte den Kopf. »Aber es überrascht mich nicht. Vater Francis hat die Gabe.«

»Die Gabe?«

»Er versteht die Menschen.«

»Haben Sie das miterlebt?«
Sie hatten die nächste Kreuzung erreicht und mussten wieder warten. »Er hat *mich* verstanden«, sagte sie. »Ich hatte damals eine Menge Probleme, und er war …« Wie sollte sie Francis Rosetti mit einem Wort beschreiben? Als Freund? Als Ratgeber? Als Therapeuten? »Er war eine Wohltat.«
»Und Sie folgten ihm nach Boston, an seinen Amtssitz?«
Alarmiert schaute sie Sullivan an. Jetzt war er wieder Reporter, gar nicht mehr zwanglos.
Terry zuckte unter ihrem Blick zerknirscht zusammen. »Tut mir Leid – war nicht böse gemeint. Es liegt mir im Blut, Fragen zu stellen. Da ich das schon von Jugend an ständig tat, bot es sich für mich an, Journalist zu werden. Es fällt mir schwer, den für unser Metier typischen Ton abzulegen, aber ich werde es versuchen.«
Er klang so ehrlich, dass Lily sich entspannte. »Ich folgte ihm nur insofern nach Boston, als ich kurz nach ihm hierher zog.«
Terry schwieg. Als die Ampel auf Grün schaltete, überquerten sie die Straße und gingen weiter.
Um ihre Überreaktion wieder gutzumachen, sagte sie von sich aus: »Francis Rosetti erzählte mir vom Essex Club und gab mir den Hinweis, dass Daniel Currys Pianist gekündigt hatte. Dieser Club ist eine Klasse besser als der, in dem ich in Albany gespielt hatte, und als ich hier dann auch noch eine Anstellung als Lehrerin fand, betrachtete ich das als einen Wink des Schicksals.«
Terry ging, die Hände in den Taschen vergraben, neben ihr her und schaute nachdenklich vor sich hin. »Ein

exklusiver Schuppen, dieser Essex Club. Ist er nicht ein bisschen zu teuer für einen Kardinal?«

»Nicht, wenn er seinem Neffen gehört«, antwortete sie.

»Ist das sauber?«

»Für gewöhnlich übernehmen die Leute, mit denen er zum Essen kommt, die Rechnung. Reiche, die der Kirche große Summen spenden.«

»Ist *das* sauber?«

»Wie meinen Sie das?«

»Ich spreche von Bestechung.«

»Was könnte man sich denn von einem Kardinal erhoffen?«, fragte sie entgeistert.

»Taktische Unterstützung – beim Gouverneur oder beim Präsidenten.« Er zuckte mit den Augenbrauen. »Oder vielleicht einen Kuss.«

Sie bedachte ihn mit einem vernichtenden Blick »Das glaube ich kaum.«

»Ich habe doch nur Spaß gemacht«, wiegelte er ab.

Sie konnte über diesen Scherz nicht lachen – aber andererseits neigte sie dazu, alles zu ernst zu nehmen. Zumindest hatte der letzte Mann, mit dem sie ausgegangen war, das behauptet, als sie sich trennten. Genau genommen hatte er sie als »zickig« bezeichnet, und wenn sie auch nicht glaubte, dass sie wirklich so schlimm war, machte sie jetzt einen Versuch, diesem Image entgegenzuwirken. »Einen Kuss? Warum nicht ein Wochenende mit ihm – für einen wohltätigen Zweck versteigert?«, scherzte sie ihrerseits.

Terry lachte. »Bravo, Lily Blake – eine blendende Idee. Da würde ein hübsches Sümmchen für sein wichtigstes

Anliegen zusammenkommen. Ich sage Ihnen, dutzende von Frauen würden dafür bieten.«

Sie lächelte. »Können Sie sich vorstellen, wie eine Frau einer Freundin erzählt: ›Der Kardinal und ich haben eine Affäre?‹«

»Eine *Liebesaffäre?*«, fragte Terry mit der Stimme der fiktiven, fassungslosen Freundin.

Lily spielte mit. »Was denn sonst? Aber es hat nichts mit der Versteigerung zu tun – wir treiben es schon seit Jahren miteinander.«

Er legte den Kopf in den Nacken und lachte schallend.

Auch sie lachte, und dann sagte sie: »Auf andere könnte die Geschichte vielleicht zutreffen, aber nicht auf Seine Eminenz. Wenn jemand von diesen Dinners nutznießt, dann nur die katholische Kirche.« Sie blieb vor ihrem Haus stehen und wandte sich Terry zu. Es war nett gewesen, mit ihm zu lachen. »Wir sind da«, erklärte sie und deutete auf das Gebäude.

»Sie sind eine interessante Person«, sagte er. »Meinen Sie, Sie könnten mich irgendwo zwischen Ihre Verabredungen mit dem Kardinal einschieben?« Er lächelte

»Ich weiß nicht.« Sie lächelte schalkhaft. »Er beansprucht einen großen Teil meiner Zeit.« Sie tat, als überlege sie angestrengt. »Nächste Woche könnte es irgendwann klappen – ich muss nachsehen«, witzelte sie dann und hob die Hand zum Gruß. »Sie haben ja meine Nummer«, setzte sie mit ironischem Unterton hinzu, drehte sich um und ging ins Haus, ohne sich noch einmal umzuschauen. Sie wusste nicht, ob sie Terry Sullivan mochte, wusste nicht, ob sie noch etwas anderes gemeinsam hatten als das bewundernde Interesse für den Kardinal. Jedenfalls fühlte sie sich nicht körperlich von ihm angezogen, aber das konnte ja noch kommen. Sicher war, dass sie sich nicht für Peter Oliver interessierte, dass Tony Cohn sich nicht für sie interessierte, und dass sie nicht jünger wurde.

Sie war noch nie mit einem Reporter ausgegangen. Wenn sich nichts daraus entwickeln würde, wäre es zumindest eine neue Erfahrung.

Sie hätte sich nicht träumen lassen, wie schnell Terry Sullivan ihr eine neue Erfahrung bescheren würde – und was für eine bittere es wäre.

3

Da Lily bis spät in die Nacht arbeitete und niemals vor elf Uhr vormittags in den Unterricht musste, ließ sie sich für gewöhnlich Zeit mit dem Aufwachen. An diesem Morgen riss sie das Klingeln des Telefons um acht aus dem Schlaf. Ihr erster Gedanke war, dass zu Hause etwas nicht stimmt.

»Hallo?«, meldete sie sich ängstlich.

»Lily Blake, bitte«, sagte ein Mann, dessen Stimme sie nicht kannte. Er klang sachlich. Poppys Arzt? Der Arzt ihrer Mutter?

»Am Apparat.«
»Hier ist George Fox. Ich arbeite bei der ›Post‹ und möchte Sie um eine Stellungnahme zu Ihrer Beziehung zu Kardinal Rosetti bitten.«
»Wie bitte?«
»Es geht um Ihre Beziehung zu Kardinal Rosetti. Würden Sie mir etwas dazu sagen?«
Sie begriff immer noch nicht. Die Zeitungen hatten doch ausführlichst über den Kardinal berichtet. Sie war ein Niemand, nur eine seiner vielen Freunde, und nicht berufen, mit der Presse über ihn zu sprechen. »Sie müssen sich ans erzbischöfliche Ordinariat wenden. Dort wird man Ihnen alles sagen, was Sie wissen wollen.«
»Haben Sie eine Affäre mit dem Kardinal?«
»Eine was?« Als er seine Frage wiederholte, rief sie: »Großer Gott, nein!« Da erlaubte sich jemand einen Scherz mit ihr. Ja, so musste es sein. Aber dann fiel ihr etwas ein.
»Woher haben Sie meine Nummer?«, fragte sie, wachsam geworden.
»Hatten Sie in Albany eine Affäre mit ihm?«
Sie legte auf. Der Mann hatte gesagt, er arbeite bei der »Post«. Hatte etwa Terry Sullivan ihm ihre Nummer gegeben? Nein, das konnte sie sich nicht vorstellen. Andererseits – was wusste sie schon über ihn? Dass er katholisch war und ein Bewunderer des Kardinals. Dass sein Schnurrbart sie irritierte, und dass sein Blick unangenehm intensiv sein konnte, wobei er nicht den Eindruck auf sie gemacht hatte, ein Spinner zu sein – wie der Mann in Albany, der sie singen und spielen gehört,

sich in sie verliebt und begonnen hatte, sie mit Anrufen zu bombardieren. Seit damals hatte sie eine Geheimnummer. Wie man ihr sagte, entschlossen sich viele allein stehende Frauen zu diesem Schritt, und Künstlerinnen insbesondere.

Das Telefon klingelte erneut. Sie riss den Hörer von der Gabel und fauchte in der Annahme, es noch einmal mit George Scott zu tun zu haben: »Lassen Sie mich gefälligst …«

»Lily Blake?«, fiel ihr eine unbekannte Männerstimme ins Wort.

»Wer spricht?«

»Paul Rizzo – von der ›Cityside‹.« »Cityside« war eine Tageszeitung, die aus dem Nichts aufgetaucht war, um es mit den alteingesessenen Bostoner Blättern aufzunehmen.

»Ich möchte Sie um einen Kommentar zu der Story in der ›Post‹ bitten.«

»Zu welcher Story?«

»In der es heißt, dass Sie und der Kardinal ein Verhältnis haben.«

Wieder legte sie auf. Sie glaubte noch immer nicht so recht daran, dass die beiden Anrufe ernst gemeint gewesen waren, aber es war an der Zeit, sich davon zu überzeugen. Sie zog einen Mantel über ihr Nachthemd, fuhr mit dem Lift ins Parterre hinunter und steuerte auf die Eingangshalle zu, in der die Zeitungen abgelegt wurden, als sie einen Mann dort stehen sah, der einen Kassettenrecorder über der Schulter hängen und ein Mikrofon in der Hand hatte. Als er sie bemerkte, eilte er auf sie zu.

Sie hastete zum Aufzug zurück, dessen Tür gottlob noch offen stand, drückte auf den Nummernknopf ihrer Etage und fragte sich, wer das nun wieder gewesen sein mochte und woher er wusste, wie sie aussah, doch dann wurde ihr klar, dass er auch aus einem völlig anderen Grund dort stehen konnte und auf jeden Menschen reagierte, der das Haus vielleicht verlassen wollte.
Sicherheitshalber drückte sie alle oberen Knöpfe und schickte den Fahrstuhl bis unters Dach, aber danach war sie mit ihrer Weisheit am Ende. Und dann saß sie bei beruhigenden Chopinklängen in ihrer Wohnung und überlegte, was sie tun sollte. Sie dachte daran, den Kardinal anzurufen, verwarf die Idee jedoch gleich wieder. Es stand gar keine Story in der »Post«. Terry und seine Freunde spielten ihr einen Streich. Sie konnte diese Art von Humor zwar nicht nachvollziehen und würde eher sterben als jemals mit diesem Kerl ausgehen, aber sie durfte den Kardinal nicht damit behelligen. Das wäre zu peinlich.
Nicht zu fassen, dass sie tatsächlich mit dem Gedanken gespielt hatte, sich mit Terry Sullivan zu verabreden!
Was hatte Mitch Rellejik sich nur gedacht?
Verärgert duschte sie, zog sich an und frühstückte, um dem Mann unten Zeit zu geben, des Spiels müde zu werden, doch als sie hinunterkam, um zur Schule zu gehen, war er noch immer da. Zumindest nahm sie an, dass der vor dem Haus geparkte Kastenwagen mit der Satellitenschüssel auf dem Dach und mit dem Logo einer örtlichen Fernsehgesellschaft auf der Seite, zu ihm gehörte.

Sie hätte am liebsten die Polizei gerufen, befürchtete aber, dass man sie dort für paranoid halten würde, womit sie den Kardinal nur in Verlegenheit brächte, und das war das Letzte, was sie wollte. Also entschied sie sich für den Hinterausgang, lief die Treppe zur Garage hinunter und entkam unbemerkt, lief die Newbury Street entlang, durchquerte den Public Garden und erreichte die Schule in Rekordzeit – und dort war alles wie immer. Niemand starrte sie an, niemand grinste, niemand stellte Fragen. Sicher, es war gerade erst neun Uhr und fast jeder, dem sie auf den Gängen begegnete, noch im Halbschlaf, aber sie nahm es als gutes Zeichen. Sie beschloss, nicht mehr an Terry Sullivan und die ganze Geschichte zu denken, ging in den Probenraum und setzte sich ans Klavier. Sie begann mit den klassischen Stücken, die sie ihren fortgeschrittenen Schülern zu üben aufgegeben hatte, ging dann an die komplizierteren, die extreme Fingerfertigkeit erforderten. Sie wiederholte die schwierigen Passagen, bis sie ihr fehlerfrei gelangen, und sie fand, sie habe sich einen Kaffee verdient.

Als sie das Lehrerzimmer betrat, war niemand da, aber sie hatte sich kaum eine Tasse eingeschenkt, als die Schulglocke das Ende der Stunde anzeigte. Innerhalb der nächsten Minuten fanden sich mehrere Lehrkräfte ein. Da niemand darunter war, den sie gut kannte, dachte sie sich nichts bei ihren Blicken und ihrem Gemurmel. Doch dann erschien Peter Oliver. Sie rührte gerade Sahnepulver in ihren Kaffee, als er eintrat. »Wow!«, sagte er, als er sie sah. »Die Frau, von der man spricht.« Als er sich zu ihr durchgeschlängelt hatte, griff er nach einer Tasse und sagte leise: »Sie haben mir einiges Kopfzerbrechen bereitet. Ich fing schon an zu befürchten, dass ich meine Anziehungskraft verloren hätte, weil Sie mir immer wieder einen Korb gaben. Jetzt verstehe ich es natürlich.«

Unbehagen beschlich Lily. »Was verstehen Sie?«

»Na ja – was sollen Sie denn mit mir, wenn Sie mit dem Kardinal verbandelt sind?«

Sie starrte ihn mit aufgerissenen Augen an.

»Ich spreche von der Story in der ›Post‹«, sagte er. »Die stimmt doch, oder?«

Lily brachte keinen Ton heraus, schüttelte nur stumm den Kopf. Jetzt konnte sie sich nicht mehr vormachen, dass es sich um einen Scherz handelte. Sie ließ ihren Kaffee stehen und lief zu dem neben dem Rektorat liegenden, offenen Empfangsraum. Die »Post« lag auf einem der Tische. Und da stand in fetten Lettern auf der rechten Seite der unteren Hälfte der ersten Seite:

Zarte Bande zwischen Kardinal und Barsängerin

Illustriert wurde die Schlagzeile durch ein offenbar am Abend zuvor geschossenes Foto, das sie beide zeigte, wie sie nebeneinander am Flügel saßen und einander anlächelten.

Von Entsetzen gepackt, begann Lily zu lesen:

> Vor nicht ganz einer Woche wurde Erzbischof Francis P. Rosetti zum Kardinal ernannt und ob seiner humanitären Leistungen und seiner tiefen Religiosi-

> tät mit Lob überschüttet. Die Feier war kaum vorüber, als die »Post« erfuhr, dass Kardinal Rosetti ein Doppelleben geführt hat. In einer Exklusivstory enthüllt das Headline Team das Dauerverhältnis des Kardinals mit Lily Blake, 34, einer Barsängerin im illustren Essex Club in der Commonwealth Avenue.

Fassungslos las sie weiter:

> Blake und der Kardinal lernten sich vor acht Jahren auf einer Party in New York City kennen. Sie wurden einander von dem damaligen Bürgermeister William Dean vorgestellt, der Blake das erste Mal bei einer Broadway-Aufführung gesehen hatte. Nachdem der Bürgermeister und seine Frau sich getrennt hatten, wurde Blake zu einem regelmäßigen Gast in Gracie Mansion, und dort lernte sie den Kardinal kennen.

Lilys Knie gaben nach. Sie sank auf einen Stuhl und las, von einer morbiden Faszination getrieben, weiter:

> Zwei Jahre später, als der Bürgermeister zum Gouverneur von New York gewählt wurde und nach Albany übersiedelte, ging Blake mit ihm. Abgesehen von den zwei Abenden, die sie allwöchentlich im Haus des Gouverneurs zubrachte, sang sie in einem nicht weit vom State House entfernt gelegenen Nachtclub. Zusätzlich dazu vermittelte der Gouverneur ihr Auftritte auf Privatpartys.

Nein, das hat er nicht getan! Die Engagements ergaben sich aus meiner Arbeit im Club!

> Francis P. Rosetti, seinerzeit Bischof von Albany, war häufig Gast auf diesen Partys, und er begann Blake für ähnliche Anlässe in der bischöflichen Residenz zu verpflichten. Innerhalb weniger Monate ging sie dort ein und aus. Ein Angestellter der Diözese, der anonym bleiben wollte, sagte, es sei offensichtlich gewesen, dass Rosetti und Blake eine enge Beziehung hatten. Oft verließ sie den Amtssitz erst in den frühen Morgenstunden.

Zusammen mit anderen Gästen! Schrie sie innerlich auf. Kaum jemals allein, und dann nur, wenn wir nach einer Party vierhändig gespielt und darüber die Zeit vergessen hatten.

> Als Rosetti vor drei Jahren zum Erzbischof von Boston ernannt wurde, verschaffte er Blake einen Job im Essex Club, dessen Geschäftsführer sein Neffe, Daniel Curry, ist.

Ein Vermerk wies darauf hin, dass die Fortsetzung der Story auf Seite dreiundzwanzig zu finden sei. Mit zitternden Händen und lautem Papiergeraschel blätterte Lily bis dorthin weiter und schrie unterdrückt auf, als ihr drei Bilder ins Gesicht sprangen. Auf einem umarmte der Kardinal sie in der Lobby des Essex Clubs. Auf dem zweiten, einer Nachtaufnahme, lief sie die Treppe zum

Amtssitz hinauf. Auf dem dritten, das offenbar durch ein Fenster der Residenz gemacht worden war, hatte der Kardinal den Arm um ihre Schulter gelegt.
Lily fühlte sich hundeelend, aber sie konnte nicht aufhören zu lesen:

Blake hat einen Teilzeitjob an der Winchester School am Beacon Hill. Sie tritt auf privaten Partys und Wohltätigkeitsveranstaltungen auf und ist bei Empfängen der Erzdiözese eine »feste Einrichtung« als Pianistin. Oft erscheint sie zu diesen Empfängen in der Begleitung von Kardinal Rosetti. In den Unterlagen der Telefongesellschaft erscheinen häufig nächtliche Verbindungen zwischen dem Erzbischöflichen Ordinariat und Blakes Wohnung.
Blake, die aus Lake Henry in New Hampshire stammt, hat in New York City an der N. Y. University und der Juilliard School für Musik Theater und Tanz studiert. Obwohl sie am Broadway wiederholt für Hauptrollen vorsprach und gelegentlich als Zweitbesetzung einsprang, schaffte sie es nie aus der Chorusline ins Rampenlicht. Sie war achtundzwanzig, als sie dem Broadway den Rücken kehrte und nach Albany übersiedelte. Blakes Beziehung zu Kardinal Rosetti war ein gut gehütetes Geheimnis. Ein Sprecher des Vatikans teilte dem Headline Team mit, dass der Papst nichts davon gewusst habe, als er Rosetti zum Kardinal ernannte.
Auf eine Anfrage der »Post« hin wies ein Sprecher des Kardinals die Verdächtigungen entschieden zurück.

Blake war entgegenkommender. »Ja, ich habe eine Affäre mit dem Kardinal«, bestätigte sie.

Lily schnappte nach Luft.

»Ich liebe ihn. Wir kennen uns schon lange.« Sie beschrieb Kardinal Rosetti als warmherzigen, lebensprühenden Mann und gab zu, ihm nach Boston gefolgt zu sein.

Der Bericht schloss mit dem Satz:

Gouverneur William Dean hat bestritten, ein Verhältnis mit Blake zu haben.

Fassungslos blätterte sie zur ersten Seite zurück und starrte erneut auf die Schlagzeile hinunter, die ihr jetzt noch größer und ungeheuerlicher erschien:

Zarte Bande zwischen Kardinal und Barsängerin

Darunter waren zwei Reporter als Mitarbeiter an dem Artikel aufgeführt. Der zweite Name, George Fox, sagte ihr nichts, der erste dafür umso mehr: Terry Sullivan. Sie fühlte sich verraten und verkauft.
»Lily?«
Ihr Blick zuckte hoch. Michael Eddy, der Rektor der Schule, war ein kleiner Mann mit einem Bäuchlein und einem runden, normalerweise freundlichen Gesicht. Jetzt wirkte die Freundlichkeit gezwungen. Er bedeutete

ihr mit einer Geste, ihn ins Rektorat zu begleiten. Sie stand auf und folgte ihm mit zitternden Knien.

Auf seinem Schreibtisch lag die »Post«.

»Ist das wahr?«, fragte Michael.

Sie schüttelte heftig den Kopf.

»Nichts davon?«

Wieder verneinte sie wortlos.

»Aber Sie werden zitiert.«

Lily fand ihre Sprache wieder. »Aus dem Zusammenhang gerissen«, flüsterte sie tonlos.

»Sie haben nicht gesagt, was da steht?«

»Nicht in dieser Form – und nicht offiziell.« Als Michael daraufhin vernichtet die Augen schloss, wurde Lily plötzlich zornig. »Ich wwww …« Sie brach ab, atmete tief durch, konzentrierte sich darauf, ihre Zunge zu entkrampfen und erklärte dann, ohne zu stocken: »Ich werde bei der Zeitung anrufen. Die müssen das zurücknehmen. Es ist nicht wahr.«

Der Rektor hob den Kopf und seufzte. »Na schön. Da Sie es abstreiten, kann ich mich den Eltern gegenüber hinter Sie stellen. Einige haben schon angerufen. Ich wünschte, Sie hätten den Namen der Schule nicht genannt.«

»Das habe ich ja nicht getan.«

»Wie sind sie dann daran gekommen?«

»Ich wwweiss nnnicht.« Wieder half ihr ein tiefer Atemzug, die Kontrolle über ihre Zunge zurückzugewinnen. »Wahrscheinlich auf die gleiche Weise, wie sie in Erfahrung brachten, dass ich auf der N.Y.U. war. Ich habe mit Auszeichnung dort abgeschlossen. Das haben sie

natürlich nicht erwähnt. Und dass ich an der Juilliard einen akademischen Grad erworben habe, ebenfalls nicht. Und auch nicht, dass ich einzig und allein zweimal wöchentlich im Haus von William Dean war, um seinen Kindern Klavierunterricht zu geben.« Sie fuhr sich mit der Hand durch die Haare und hielt mitten in der Bewegung inne, als ihr eine erschreckende Erkenntnis kam. »Das ist jetzt schon in der ganzen Stadt rum. Im ganzen Staat!« Entsetzen stand in ihren Augen, als sie Michaels Blick begegnete. »Ich muss den Kardinal anrufen.«
Er schob ihr das Telefon hin, das auf seinem Schreibtisch stand. Sie hob den Finger, um die Nummer einzutippen, doch in ihrem Kopf herrschte ein solches Durcheinander, dass sie ihr nicht einfiel. Michael Eddy hatte ihr Zögern richtig gedeutet und reichte ihr ein Telefonbuch herüber. Unter dem Stichwort »Erzbischöfliches Ordinariat« war eine ganze Reihe von Nummern aufgeführt. Sie fuhr mit dem Finger daran entlang, bis sie auf eine bekannte stieß. Es war die des Sekretariats im Erzbischofshof. Kaplan McDonough war ihr Ansprechpartner, wenn es um ihre Engagements ging.
Die Leitung war besetzt.
»O Gott«, hauchte sie angstvoll. »Das kann sein Leben zerstören.« Sie schaute Michael Eddy an. »Was soll ich tun?«
»Einen Anwalt nehmen.«
»Aber das ist doch alles nur ein schlechter Scherz.«
Michael sah es offenbar anders. »Nehmen Sie sich einen Anwalt«, beharrte er auf seinem Rat.
»Das kann ich nicht – ich habe nicht das Geld dafür.

Und warum brauche ich überhaupt einen? Ich habe nichts Unrechtes getan.«

»Sie brauchen jemanden, der Ihre Interessen vertritt, der eine Gegendarstellung formuliert und die ›Post‹ auffordert, sie abzudrucken.« Lily erschien das zu viel, zu früh. Sie hob eine zitternde Hand. »Der Gouverneur hat die Verdächtigung zurückgewiesen, der Kardinal ebenfalls. Vielleicht ist die Sache damit ja schon erledigt.« Sie überlegte einen Moment, schlug dann erneut das Telefonbuch auf und suchte sich die Nummer der »Post« heraus.

»Terry Sullivan, bitte.«

Ein paar Sekunden später meldete er sich. »Terry Sullivan.«

Trotz ihres Zornes sprach sie ohne zu stottern. »Hier spricht Lily Blake. Ihre Story ist erstunken und erlogen.«

»Erstunken und erlogen?«, echote er mit kalter Stimme. »Nein, meine Liebe. Ich recherchiere äußerst gewissenhaft.«

»Es ist absolut nichts zwischen dem Kardinal und mir.«

»Sieht aber verdammt danach aus.«

»Sie haben es so hingedreht! Sagten Sie nicht, unsere Unterhaltung sei inoffiziell?«

»Nein.«

»O doch!«

»Ich sagte ›zwanglos‹ – das ist etwas anderes als ›inoffiziell‹.«

Das war Haarspalterei, aber Lily hatte nicht die Nerven, sich mit ihm darüber zu streiten. Sie richtete ihren Blick auf Michael Eddy und sagte zu Terry: »Sie wussten, dass ich eine Geheimnummer habe. Mitch Rellejik hatte nicht das Recht, sie Ihnen zu geben. Inzwischen haben sie noch zwei weitere Zeitungsleute.«

»Jemand muss sie aus meinen Unterlagen abgeschrieben haben.«

»Sie haben meine Privatsphäre verletzt.«

»Hören Sie, Lily – ich habe nur meine Arbeit getan. Ich habe den Ausdruck gesehen, mit dem Sie den Knaben gestern Abend im Club anschauten, und dann haben Sie mir meinen Eindruck auch noch durch entsprechende Aussagen bestätigt.«

»Sie haben sie verfälscht. Ich verlange einen Widerruf.«

Er lachte. »Machen Sie Witze? Das ist doch *die* Sensation in der Stadt!«

»Warum tun Sie das?«

»Es ist mein Job.«

»Menschen zu verleumden? Sie sagten doch, Sie liebten den Kardinal.«

»Nein. Das haben Sie gesagt.«

»Sie sprachen von ewiger Verdammnis.«

Er lachte wieder. »Schätzchen – die war mir schon lange vor dieser Geschichte sicher.«

Es musste eine Methode hinter diesem Wahnsinn stecken. »Haben Sie etwas gegen den Kardinal?«

Er seufzte, wirkte plötzlich gelangweilt. »Schauen Sie – wenn man in meinem Metier Wind von einer guten Story bekommt, läuft man ihr hinterher. Wenn man gegen eine Mauer prallt, gibt man auf, wenn nicht, macht man weiter. Und ich mache weiter, Baby – bis zum Ende.«

»Aber es ist eine Lüge!«

»Erzählen Sie das dem Papst. Hey – da kommt ein Gespräch auf der anderen Leitung. Passen Sie auf sich auf.«

Die Verbindung brach ab. Lily starrte einen Moment lang den Hörer an und schickte dann einen Hilfe suchenden Blick über den Schreibtisch.

Michael hob die Hände. »Ich habe Ihnen schon gesagt, wozu ich Ihnen raten würde. Mehr können Sie von mir nicht erwarten. Meine Sorge gilt dieser Schule.«

Lily tippte noch einmal die Nummer des erzbischöflichen Sekretariats ein. Sie war immer noch besetzt. Behutsam legte sie den Hörer auf.

»Ich kann das alles nicht fassen«, sagte sie mehr zu sich selbst als zu ihrem Rektor. »Aber es kommt schon wieder in Ordnung. Der Kardinal hat Einfluss in dieser Stadt. Er wird die Sache aufklären. Wahrscheinlich ist darum dauernd besetzt.« Sie warf einen Blick auf ihre Uhr. »Oh – ich muss zum Unterricht!«

Wenn die Schüler den Artikel in der »Post« kannten, so ließen sie es sich nicht anmerken. Als nach fünfzig Minuten das Schrillen der Schulglocke das Ende der Stunde anzeigte, hatte Lily sich eingeredet, dass seitens der »Post« lediglich eine Missinterpretation der Tatsachen vorliegen, dass der Kardinal die Zeitung zwingen würde, einen Widerruf zu drucken und dass die ganze Geschichte bald vergessen wäre.

Sie versuchte noch einmal, durchzukommen, aber es war immer noch belegt.

Da sie bis zur nächsten Stunde noch fünf Minuten Zeit hatte, ging sie in die Cafeteria, um etwas Kaltes zu trinken. Die erste Lunch-Schicht saß bereits beim Essen. Als sie den großen Raum mit der hohen Decke betrat, verstummte jegliche Unterhaltung und dutzende von Augenpaaren fixierten sie.

Sie hätte gerne gerufen »Es ist nicht wahr!«, aber sie brachte kein Wort heraus. Also schüttelte sie nur den Kopf, und unterstrich die Verneinung mit einer Geste, holte sich eine Limonade und floh. Als ihr Klavierschüler im Übungsraum erschien, hatte sie ihre Fassung wieder gewonnen und konnte seinem neugierigen Blick einigermaßen gelassen begegnen.

»Was in der ›Post‹ steht, ist gelogen«, sagte sie. »Ich bin mit dem Kardinal nur befreundet.«

»Ich glaube Ihnen«, sagte der Junge. Er war sechzehn, spielte Lacrosse und bemühte sich, der Pflicht neben Sport, ein musisches Fach zu belegen, gerecht zu werden, indem er Unterricht in Klavier nahm, was er hasste, aber er ließ Lily seinen Unmut nicht spüren. Was er gesagt hatte, klang ehrlich.

Also schob sie die Sache beiseite und versuchte sich auf diese Stunde und die beiden folgenden zu konzentrieren, aber insgeheim wartete sie die ganze Zeit, dass jemand aus dem Büro käme und ihr mitteilte, der Kardinal lasse ihr ausrichten, sie solle sich keine Sorgen machen, er würde die Sache in die Hand nehmen.

Doch außer ihren Schülern ließ sich niemand blicken, und nach der dritten Stunde versuchte sie neuerlich, den Kardinal zu erreichen. Wieder ohne Erfolg.

Eigentlich war es Mittagszeit, aber sie würde sich erst wieder in die Cafeteria wagen, wenn ein Widerruf und eine Entschuldigung seitens der »Post« erfolgt und sie rehabilitiert wäre. Dann würde sie vielleicht mit den anderen über die Geschichte lachen, aber jetzt könnte sie das nicht. Auch als sie um halb drei den Probenraum betrat, in dem sich ihr A-capella-Mädchenchor versammelt hatte, war ihr nicht zum Lachen. Die zwölf starrten sie mit ernsten Gesichtern an.
Als sie vor sie hintrat, war sie sich bewusst, dass ihre Schultern herunterhingen, doch sie hatte nicht die Kraft, sich zu straffen. Leise sagte sie: »Irgendwelche Fragen?«
Die Mädchen schwiegen. »Dann werde ich die Sache von mir aus klarstellen.« Sie ging in die Offensive. »Der Kardinal ist ein Mann der Kirche. Er würde ebenso wenig auf die Idee kommen, ein Verhältnis mit mir anzufangen, wie ich auf die Idee käme, eines mit ihm anzufangen.« Sie ließ den Blick über die Gesichter gleiten, bis sich eine gewisse Akzeptanz darauf abzeichnete. Dann nahm sie die Noten- und Liedtexte eines neuen Gesangstücks vom Tisch und verteilte sie entsprechend der Stimmen an die Dreiergrüppchen.
Die Probe lief gut. Lily arbeitete auch mit einem größeren, gemischten Chor, der sich aus Schülern der Unter- und Oberstufe zusammensetzte, aber die kleinen Gruppen aus den oberen Klassen, eine männliche und eine weibliche, waren ihr am liebsten. Einige der Schüler hatten wundervolle Stimmen, und der Gedanke, zu ihrer Ausbildung beitragen zu können, war befriedigend.
Am Ende der Stunde hatte sie ihr inneres Gleichgewicht

einigermaßen wieder gefunden. Dann erreichte sie endlich den Sekretär des Kardinals.
Kaplan McDonough war ein junger Priester, der den begehrten Posten seiner Liebe zum Detail und seiner unerschütterlichen Freundlichkeit verdankte. Der Kardinal hielt große Stücke auf ihn. Was Lily anging, so kannte sie den Mann nur dem Namen und der Stimme nach.
»Guten Tag, Herr Kaplan – hier spricht Lily Blake«, sagte sie erleichtert. »Ein Glück, dass ich endlich durchgekommen bin. Es war die ganze Zeit besetzt. Was ist denn los?«
»Ich nehme an, Sie haben den Artikel in der Zeitung gelesen.«
»Ja. Der Reporter war gestern Abend im Club. Er behauptete, ein Bewunderer des Kardinals zu sein, und wir kamen ins Reden. Und dann pickte er sich aus dem, was ich gesagt hatte, hier und da ein paar Worte heraus und konstruierte damit diese Story.«
»Wie auch immer – sie hat große Aufregung verursacht.«
»Aber es ist alles falsch. Ich weiß nicht, was diesen Journalisten zu einer solchen Verleumdung veranlasst hat. Kennt Kardinal Rosetti Terry Sullivan?« Vielleicht hatten ihre Wege sich gekreuzt. Vielleicht wollte Sullivan dem Kardinal aus persönlichen Gründen schaden.
»Jetzt kennt er ihn. Wir haben von überall her Anrufe bekommen.«
»Hat er einen Widerruf verlangt?«
»Unsere Anwälte haben es getan«, kam die Antwort,

und Lily fiel plötzlich auf, dass die Stimme kühler klang als sonst.
»Oh. Soll ich mir einen Anwalt nehmen?« Sie wollte hören, dass er ihr in seinem üblichen, freundlichen Ton versicherte, dass dazu kein Anlass bestehe, dass die Anwälte des Kardinals die Angelegenheit regeln würden, dass sie schon so gut wie aus der Welt geschafft sei.
Stattdessen erwiderte er distanziert: »Dazu kann ich mich nicht äußern. Unser Interesse gilt dem Schutz der Kirche. Wir tun unser Bestes, um ihn zu gewährleisten, und es wäre vielleicht besser, Sie würden nicht mehr hier anrufen, bis alles aufgeklärt ist.«
Lily fühlte sich, als sei sie geohrfeigt worden – als habe sie gesündigt und die Kirche dadurch ganz allein in eine äußerst peinliche Lage gebracht.
Wie vor den Kopf geschlagen sagte sie tonlos: »Ich verstehe. Danke«, und legte behutsam den Hörer auf die Gabel.

Aber es sollte noch schlimmer kommen. Nachdem sie sich durch eine weitere Unterrichtsstunde gequält hatte, packte sie ihre Aktentasche. Mit einem Seufzer der Erleichterung stellte sie fest, dass der Ausgang nicht belagert war, doch sie war kaum von der letzten Stufe des Schulhauses auf den Bürgersteig getreten, als wie aus dem Nichts eine Frau mit einem Mikrofon auftauchte.
»Miss Blake – was sagen Sie zu der Story in der ›Post‹?«
Lily schüttelte den Kopf und hastete weiter, aber die Reporterin blieb an ihrer Seite. »Das Erzbischöfliche

Ordinariat hat ein Dementi gegeben. Steht das nicht im Widerspruch zu Ihren Äußerungen in der ›Post‹?«
»Die ›Post‹ lügt«, stieß Lily hervor. Sie hielt ihre Aktentasche an die Brust gepresst, den Kopf gesenkt und den Blick auf das Kopfsteinpflaster geheftet.
Eine männliche Stimme sagte: »Paul Rizzo von der ›Cityside‹. Sie wurden gesehen, als Sie Sonntagnacht die Residenz des Kardinals verließen. Warum waren Sie so spät noch dort?«
Sie schaute zu ihm auf. Irgendwie erinnerte sein Gesicht sie an das der ersten Forelle, die sie am See geangelt hatte, und wie damals empfand sie Widerwillen.
Ich war als Pianistin engagiert worden, wollte sie antworten, aber ihre Zunge war völlig verkrampft, und sie wusste, dass sie kein Wort herausbringen würde. Also senkte sie den Kopf wieder und lief weiter.
»Wann haben Sie sich von Gouverneur Dean getrennt?«
»Wusste der Kardinal von Ihrem Verhältnis mit dem Gouverneur?«
»Wie erklären Sie die nächtlichen Telefongespräche?«
»Stimmt es, dass Sie gestern Abend im Essex Club von Kardinal Rosetti umarmt wurden?«
Als Lily den Kopf hob und ein zorniges »Nein!« hervorstieß, macht ein Fotograf eine Aufnahme von ihr. Sie senkte den Kopf wieder und beschleunigte ihren Schritt noch, aber es gab kein Entkommen.
»Wo haben Sie miteinander geschlafen?«
»Welche Praktiken haben Sie bevorzugt?«
»Hat die Kirche versucht, Ihr Schweigen zu erkaufen?«
»Was sagt Ihre Familie zu dieser Geschichte?«

Der Gedanke an ihre Familie ließ Lily schaudern.

Dass sie bereits davon erfahren hatte, stellte sie fest, als sie, in ihrem Apartment angekommen, den Anrufbeantworter abhörte und zwischen Anfragen von Zeitungen und Fernsehsendern aus dem ganzen Land auf die Stimme ihrer Schwester Poppy stieß.

»Lily! Was ist denn los, um Himmels willen? Es kamen schon den ganzen Vormittag ständig Anrufe, aber seit den Mittagsnachrichten ist absolut die Hölle los. Mom ist außer sich! Melde dich bitte!«

Die Mittagsnachrichten? Lily wurde übel. Daran hatte sie nicht gedacht. Natürlich hatte sich das Fernsehen auf die Story gestürzt. Darum also hatte der Mann morgens unten in der Eingangshalle auf sie gewartet. Aber hatten die Medien ihre Mutter anrufen müssen? Die Beziehung zwischen Lily und Maida Blake war problematisch, und dieser Vorfall würde sie kaum verbessern.

Lily sehnte sich danach, eine freundliche Stimme zu hören, und so griff sie zum Telefon, ließ sich in den Sessel sinken und tippte die Nummer ihrer Schwester Poppy ein. Poppy war knapp zwei Jahre jünger als sie und der liebenswerteste und fröhlichste Mensch, den Lily kannte – und das unter Umständen, angesichts derer sie alles andere als das gewesen wäre. Poppy Blake war seit einem Schneemobil-Unfall in den Bergen vor zwölf Jahren querschnittgelähmt und an den Rollstuhl gefesselt. Sie hätte guten Grund zu Selbstmitleid gehabt, aber das wäre in ihren Augen eine Verschwendung ihrer Energie gewesen. Sobald sie nach dem Unfall in der Lage war, hatte sie ein Haus am See bezogen und einen Telefondienst für Lake Henry und benachbarte Orte eingerichtet. Sie war technisch auf dem neuesten Stand, und ihr Kundenstamm wuchs ständig.

»Lily!«, rief sie. »Gott sei Dank! Was geht denn da vor?«

»Es ist ein Alptraum!«, stöhnte Lily. »Ein absoluter Alptraum. Seit wann weißt du davon?«

»Schon seit heute in der Früh. Die Leute im Ort hatten es entweder aus der ›Post‹ oder aus dem Net. Im Laufe des Vormittags kamen dann Anrufe von Reportern aus Boston, New York, Washington und Atlanta, und die Mittagsnachrichten im TV brachten Fotos – Lily mit dem Kardinal und Lily mit dem Gouverneur.«

»Hat Mom sie gesehen?«, fragte Lily alarmiert.

»Allerdings. Kip hat mich gestern vor dem ›Post‹-Reporter gewarnt, aber er hatte mir keinen Grund genannt. Woher sollte ich wissen, dass das auch für die anderen galt? Ich wünschte, du hättest uns Bescheid gesagt.«

»Das konnte ich nicht – ich wusste doch von nichts! Ich habe die Zeitung erst in der Schule gesehen und war genauso geschockt wie alle Übrigen. Die Story ist erfunden, Poppy!«

»Mir ist das klar, aber Mutter nicht«, sagte Poppy. Sie hat getobt, und sie habe ja schon immer gesagt, dass es ein böses Ende mit dir nehmen werde und es nur eine Frage der Zeit gewesen sei, dass so etwas passierte.«

»Das ist doch Unsinn.« Lily kämpfte mit den Tränen. »Ich weiß nicht, was dahinter steckt. Ich dachte, ich könnte diesem Sullivan vertrauen. Er hat mich auf die freundschaftlich-männliche Tour eingewickelt, so getan, als interessiere er sich für mich, wollte angeblich sogar mit mir ausgehen. Und dann hat er aus meinen scherzhaften Bemerkungen diese widerliche Geschichte gemacht. Wie konnte er das tun? Okay, ich bin ein Niemand – aber wie konnte er dem Kardinal das antun? Oder hat er gar nicht an die Folgen gedacht, sondern wollte einfach nur eine Sensation konstruieren? Was hat Mom genau gesagt?«

»Auf Moms Worte darf man nichts geben«, wich Poppy aus. »Sie ist einfach aufgebracht. Was soll ich ihr nun sagen?«

Lily presste ihre zitternden Fingerspitzen an die Stirn. Sie hatte sich so bemüht, die Anerkennung ihrer Mutter zu erringen. Die Winchester School hatte einen guten Ruf, und der Essex Club war ein wirklich exklusives Etablissement. Und die Freundschaft mit dem Geistlichen Rosetti, einem würdevollen, grundanständigen Mann, würde ihr, so hatte sie geglaubt, bei ihrer Mutter Pluspunkte eingebracht haben. Was für eine Ironie!

»Sag ihr, dass der Zeitungsartikel jeglicher Grundlage entbehrt«, antwortete sie Poppy, »und dass die Geschichte bestimmt in ein, zwei Tagen niemanden mehr interessiert.« Es musste einfach so kommen – die Alternative war nicht auszudenken.

»Hast du die Unterstellungen offiziell dementiert?«

»Ich sage allen, dass der Artikel erstunken und erlogen ist.«

»Du brauchst einen Anwalt.«

»Ich hasse Anwälte.«

»Ich weiß, Schätzchen«, sagte Poppy in jetzt sanfterem

Ton, »aber hier geht es um Verleumdung. Was sagt denn der Kardinal zu dem Ganzen?«

Der Schmerz kehrte zurück. »Ich habe nicht mit ihm gesprochen. Als ich es versuchte, wurde mir nahe gelegt, nicht mehr anzurufen.«

»Wollen sie etwa dir alles in die Schuhe schieben? Verdammt, Lily – *er* ist es doch, der ständig Leute anfasst.«

»Aber es steckt doch nichts dahinter.«

»Die Presse sieht das offenbar anders. Für dich stehen zwei Jobs auf dem Spiel – und dein Ruf. Durch die Blume haben sie dich als Hure abgestempelt. Wenn das keine Verunglimpfung ist, dann weiß ich nicht …«

»Aber wenn ich mir einen Anwalt nehme«, fiel Lily ihr ins Wort, »erweckt das den Anschein, dass ich einen brauche, was nicht der Fall ist, weil ich nichts Unrechtes getan habe. Ich gebe der Story einen Tag – allerhöchstens zwei.« Lily horchte auf. »Was war das?«

»Was war was?«

»Das Klicken.«

»Welches Klicken?«

Lily lauschte angestrengt, hörte es nicht mehr und seufzte. »Ich leide wohl schon an Verfolgungswahn.«

»Vielleicht solltest du dich an Gouverneur Dean wenden.«

»Damit mir dessen Sekretär ebenfalls nahe legt, nicht mehr anzurufen? Warum rufen die Reporter in Lake Henry an? Was erhoffen sie sich davon?«

»Irgendwelche Aussagen, die sie so verdrehen können, dass sie die Auflage steigern. Was soll ich ihnen sagen?«

»Dass die Geschichte eine ganz bewusste, niederträchtige Lüge ist – und dass ich klagen werde.« Sie hielt einen Moment inne und fragte dann leise: »Was ist mit Rose?«

Rose war die jüngste der »Blake-Blüten«, wie die drei Mädchen in Lake Henry genannt wurden. Sie war ein Jahr jünger als Poppy, also einunddreißig, und damals, als Lilys Probleme ihren Höhepunkt erreicht hatten, gerade erst am Anfang ihrer Pubertät, zu jung, um eine eigene Meinung zu haben, zu jung, um in Frage zu stellen, was ihre Mutter ihr sagte. Poppy war schon seinerzeit viel stärker gewesen, hatte das Kunststück vollbracht, neutral zu bleiben, während Rose von Anfang an das Sprachrohr ihrer Mutter gewesen war, und die Lebensumstände hatten nicht bewirkt, dass sich daran etwas änderte.

Rose war mit ihrer Sandkastenliebe verheiratet – Art Winslows Eltern gehörte die Textilfabrik am Ort –, und sie lebte mit ihrer Familie auf einem Stück Land, das sie von ihren Eltern zur Hochzeit geschenkt bekommen hatten. In den drei Jahren, seit dem Tod des Vaters, war die Beziehung zwischen Rose und ihrer Mutter noch enger geworden. Die Erfahrung mahnte Lily, von Rose keine Rückenstärkung zu erwarten, aber wie hieß es doch so schön: Es hofft der Mensch, solang er lebt.

Anscheinend ging es Poppy ebenso, denn sie sagte, als habe sie einen Versuch gestartet und sei gescheitert, in ungewohnt unwirschem Ton: »Rose ist eine dumme Pute, zu keinem selbstständigen Gedanken fähig. Mach dir ihretwegen keine Sorgen – und was den Rest der Menschen hier betrifft, ebenfalls nicht. Die Leute hier schützen die Ihren gegen Angriffe von außen.«

»Es ist Jahre her, dass ich eine der Ihren war«, erinnerte Lily sie. »Ich war gerade mal achtzehn, als sie mich vergraulten.«
»Es war dein Entschluss, wegzugehen.«
»Weil sie mir das Leben unerträglich machten.«
»Nein – das hat nur Mom getan.«
Lily seufzte wieder. Sie hatte nicht die Kraft für eine Auseinandersetzung. »Ich muss zur Arbeit.«
»Hältst du mich auf dem Laufenden?«, fragte Poppy. »Ich weiß, dass du schlechte Erfahrungen mit den Blakes gemacht hast, Lily – aber ich bin auf deiner Seite.«

4

Lily weigerte sich, den Fernseher einzuschalten. Sie wollte nicht wissen, ob sie ein Thema der Nachrichten war oder nicht, zog es vor, zu glauben, dass die Geschichte bereits uninteressant war. Doch als sie ins Foyer hinunterkam, um in den Club zu gehen, war die Journalisten-Meute vor dem Eingang größer denn je. Verzweifelt fuhr sie mit dem Lift in die Garage, doch auch dort wurde sie von Reportern erwartet, die ihr Erscheinen den Kollegen vor dem Haus mittels Walkie-Talkie meldeten.
Da es keinen anderen Ausgang gab und sie zur Arbeit

musste, kämpfte sie den Impuls nieder, auf dem Absatz kehrtzumachen und wegzulaufen, und machte sich, den Kopf gesenkt, in forschem Tempo auf den Weg. Sie ignorierte die auf sie einstürmenden Fragen und verbarg ihr Gesicht hinter ihren Haaren, um sich gegen die Fotoapparate abzuschirmen, doch sie wurde immer heftiger bedrängt. Als sie schließlich kaum noch vorwärts kam, verlor sie die Nerven, hob den Kopf und schrie mit überschnappender Stimme: »Lassen Sie mich in Ruhe!« Doch sie hätte sich ihren Atem sparen können. Als sie sich wieder in Bewegung setzte, umspülte die Horde sie weiter wie eine Welle und provozierte sie mit den immer gleichen Fragen zu einem nächsten Ausbruch. Um sie um diese Genugtuung zu bringen, versuchte Lily, sich innerlich abzuschotten, indem sie an etwas anderes dachte, aber alles, was ihr einfiel, führte letztendlich zu diesem Moment zurück, zu ihrer traumatischen Situation. Als sie den Club erreichte, war sie den Tränen nahe.

Gottlob wurde sie von Dan erwartet, der sie ins Haus zog und der Presse die Tür vor der Nase zuschlug. Lily rannte wie gehetzt geradewegs in sein Büro, ließ sich dort in einen Sessel fallen und schlug die Hände vors Gesicht. Als sie Dan hereinkommen hörte, ließ sie sie in den Schoß sinken.

»Hatten Sie einen schweren Tag?«, fragte Dan Curry besorgt.

Da sie ihrer Stimme nicht traute, nickte sie nur und schaute dann mit tränenverhangenem Blick zu ihm auf.

Er lächelte mitfühlend. »Ich kann mir vorstellen, wie

Ihnen zu Mute ist. Es ist eine Schande, dass die langjährige Freundschaft zwischen Ihnen und meinem Onkel plötzlich derart in den Schmutz gezogen wird.«

»Können Sie sich erklären, warum das geschieht – und warum ausgerechnet jetzt?«, brachte sie zittrig hervor.

»Weil er gerade zum Kardinal ernannt worden ist. Dadurch wird die Geschichte besonders interessant und bringt Rekordauflagen und -einschaltquoten.«

»Das ist doch *krank!*«

»So arbeiten die Medien nun einmal.«

Sie atmete tief durch und versuchte sachlich zu denken. »Und wie geht es weiter? Sie haben ihre Sensation gehabt – damit müsste die Sache doch erledigt sein.«

»Ich hoffe es.« Sein Zweifel war wenig ermutigend. Er sah müde aus, und sein üblicherweise rosiges Gesicht war blass.

Lily kam der erschreckende Gedanke, dass er ihr etwas verschwieg.

»Wie steht es mit den Reservierungen für heute Abend?«, fragte sie in der Befürchtung, dass der Skandal sich nachteilig auf das Geschäft auswirkte, zaghaft.

»Wir sind ausgebucht.«

Ihre Miene hellte sich auf. »Das ist doch wenigstens ein Lichtblick.«

Wie sich zeigte, war der Lichtblick nicht ungetrübt. Sicher, der Speisesalon war voll besetzt, aber die meisten Gäste waren Fremde, die in Begleitung von Mitgliedern hier waren und offenkundig ihretwegen.

Lily beschloss, sich auszuklinken, sich ganz auf ihr Klavierspiel zu konzentrieren, und es gelang ihr – bis ein

Blitzlicht sie aus ihrer Versunkenheit riss, spielte aber weiter. Sie sah Dan an den Tisch des Hobbyfotografen gehen und mit ihm sprechen. Heute Abend sang sie nicht. Auch wenn sie beim Singen niemals stotterte, hielt sie es angesichts ihrer nervlichen Verfassung für klüger, es zu lassen.

Das Blitzlicht leuchtete noch zwei weitere Male an diesem Abend auf, und als sie nach dem letzten Applaus zu Dan ins Büro ging, fragte sie ihn ängstlich: »Wird das morgen vorbei sein?« Sie wünschte sich verzweifelt ihr normales Leben zurück.

»Das hoffe ich doch«, antwortete ihr Chef. Im nächsten Moment machte er sie mit einem hoch gewachsenen, uniformierten Mann bekannt. »Das ist Jimmy Finn vom Boston Police Departement. Er wird dafür sorgen, dass Sie gut nach Hause kommen.«

Lily war entsetzt. »Ach, die sind immer noch da draußen?«

»So ist es«, nickte der Cop.

Jimmy Finn war ein ritterlicher Mann und ein frommer Katholik, der empört darüber war, welche Lügen die Medien über seinen Kardinal verbreiteten. Dementsprechend motiviert und dazu körperlich durchtrainiert war es ihm ein Leichtes, die Reporter in ihre Schranken zu weisen. So rücksichtslos er seinem Schützling eine Gasse durch die Meute bahnte, so sanft ging er mit Lily um. Er begleitete sie bis zu ihrer Wohnungstür. Als sie sie hinter sich schloss, war es mit ihrer Fassung vorbei. Sie brach in Tränen aus.

Ihr Anrufbeantworter war randvoll mit den verschiedensten Nachrichten. Einige Freunde hatten ihr Mut zugesprochen, doch die meisten Anrufe waren von den Medien, die sie zwar schnell löschte, aber nicht so schnell vergessen konnte. Sie schlief unruhig, und als sie aufwachte, empfing sie ein trüber Tag, doch sie war nicht bereit, sich auch noch vom Wetter deprimieren zu lassen, und sie schaute nicht aus dem Fenster, um zu sehen, ob die Übertragungswagen der Fernsehsender immer noch da standen. Sie duschte, zog dunkle Hosen und eine dezente Bluse an, um nicht aufzufallen, und zwang sich, wenigstens eine Banane zu essen, und während der ganzen Zeit redete sie sich ein, dass die Lage sich entschärfen müsste. Entweder würde ein Widerruf erfolgen, oder es täte sich gar nichts mehr. Jedenfalls hätte der Skandal seinen Biss verloren.

Als es kurz nach acht klopfte, verkrampfte sich ihr Magen. Nach dem zweiten Klopfen schlich sie zur Tür und lugte durch den Spion; es war Elizabeth Davis. Erleichtert machte sie auf und bat ihre Nachbarin, die in T-Shirt, Radlerhosen und Spange im blonden Haar vor der Tür stand, herein.

»Ich wollte mich erkundigen, wie es Ihnen geht.«

»Grauenhaft«, antwortete Lily mit einem Blick auf die Zeitungen, die unter Elizabeths Arm klemmten. »Sind die von heute?«

»Zwei Bostoner, eine New Yorker. Wollen Sie reinschauen?«

»Erzählen Sie mir lieber, was drinsteht.« Lily schlang die Arme um ihre Taille. »Ich hoffe auf einen Widerruf.«

»Da muss ich Sie enttäuschen.« Elizabeth warf die Zeitungen einzeln auf den Tisch. »Die ›Post‹ berichtet, dass Sie einen BMW fahren und sich eine teure Einrichtung gekauft haben, als Sie hierherzogen. In der ›Cityside‹ steht, dass Sie eine Großkundin bei Victoria's Secret sind. New York enthüllt den Lesern, dass Sie vorzugsweise in teuren Restaurants wie ›Biba‹ und ›Mistral‹ speisen und im letzten Winter eine Woche in einer exklusiven Ferienanlage in Aruba verbrachten, die Sie unmöglich selbst finanziert haben konnten.«

Lily war zu fassungslos, um zornig zu sein. »Woher haben die das alles?«

»Das beschafft sich jeder Computer-Freak in fünf Minuten.«

»Aber das sind persönliche Dinge!«

»Na und?«

»Hier wird mein Privatleben ausgebreitet! Es geht doch niemanden etwas an, wo ich einkaufe!« Lily kam ein erschreckender Gedanke. »Was können die noch herausfinden?«

»So gut wie alles.«

Lily schluckte. Ihre aufkeimende Angst versuchte sie, sofort zu ersticken. »Den BMW habe ich gebraucht gekauft und die Möbel länger als zwei Jahre abbezahlt, ich bestelle weit mehr bei L.L.Bean und J.Crew als bei Victoria's Secret, und der Urlaub in Aruba war eine Last-Minute-Buchung zum Sonderpreis. Ich werde völlig falsch dargestellt. Das ist nicht fair.«

Aber Elizabeth war noch nicht fertig. Sie hob die Hand, durchquerte den Raum und schaltete das kleine Radio ein, das neben dem Herd auf der Arbeitsfläche stand. Justin Barrs arrogante Stimme schallte durch das Zimmer.

»... beleidigt die Katholiken in aller Welt. Nein, diese Frau beleidigt die Menschen jeglicher Konfession. Katholiken, Protestanten, Moslems, Juden – gleichgültig, welchen Bekenntnisses, sollten wir der Werte gedenken, die uns teuer sind und der Menschen, die sie verkörpern. Gibt es einen schändlicheren Akt der Missachtung, als den guten Namen einer geliebten Leitfigur zu besudeln?«

»*Ich* soll seinen Namen be-sssudelt haben?«, rief Lily empört.

»Nein, meine Freunde!«, wetterte Justin Barr. »Man fragt sich nur, wie eine solche Person nur so nahe an einen so hoch gestellten kirchlichen Würdenträger herankommen konnte, um seinen Namen derart zu beschmutzen. Und, meine lieben Freunde, diese Frau unterrichtet unsere Kinder! Nicht auszudenken, welchen Schaden sie bei ihnen anrichten kann! Ich habe Mary Bridgeport aus Connecticut in der Leitung. Sprechen Sie, Mary – Sie sind auf Sendung.«

Elizabeth machte das Radio aus.

»Ich glaube das nicht!«, flüsterte Lily fassungslos.

»Justin Barr ist ein Rechter.«

»Justin Barr wird an der gesamten Ostküste gesendet!«

»Mmm.«

»Warum?«, rief Lily und bezog sich damit nicht nur auf Justin Barr, sondern auch auf Terry Sullivan, Paul Rizzo und all die anderen, die sich auf sie eingeschossen hatten. »Warum tun sie mir das an?«

»Weil sie Schwäche riechen«, erklärte Elizabeth ihr. »Wölfe hetzen ein verletztes Tier – das ist ein Gesetz der Natur. Sie müssen Stellung beziehen, Lily. Am besten nehmen Sie sich einen Anwalt.«

»Ich will keinen Anwalt.«

»Dann lassen Sie mich versuchen, Ihnen zu helfen. Ich ziehe mich schnell um, und dann fahren wir beide runter, und ich werde als Ihre Sprecherin fungieren. Was meinen Sie dazu?«

Lily stand mit gesenktem Blick neben Elizabeth, als diese das Dementi einer Liebesbeziehung zu Gouverneur William Dean von New York und Francis P. Kardinal Rosetti von Boston verlas.

Der Text war knapp gehalten. Elizabeth hatte ihr geraten, nur auf die gravierenden Verdächtigungen einzugehen und die weniger wichtigen Entstellungen außer Acht zu lassen, und Lily hatte schweren Herzens darauf verzichtet, ihrem Zorn und ihrer Frustration Luft zu machen, und sich auf Sachlichkeit beschränkt. Schließlich war Öffentlichkeitsarbeit Elizabeths Fach. Sie hatte Erfahrung auf dem Gebiet der Imagebildung. Und es gelang ihr tatsächlich, die Medien-Meute dazu zu bringen, ein wenig Respekt zu zeigen und ein Stück zurückzuweichen, und wenn sie sich für Lilys Geschmack auch etwas zu sehr in ihrer Rolle als Sprecherin gefiel, so nahm sie ihr das nicht übel. Von ihren Freunden, die in der Hauptsache aus der Buch- und Musikbranche kamen, wäre keiner dieser Aufgabe gewachsen gewesen. Dank Elizabeths Durchsetzungskraft blieb Lily heute auf dem Weg zur Schule von der Presse unbehelligt, und sie wiegte sich in der Hoffnung, dass die Hetzjagd auf sie nun eingestellt würde.

Doch dann nahm Michael Eddy sie im Rektorat ins Gebet. Er wusste, wie viel die Schule ihr bezahlte und erkundigte sich in strengem Ton, wie sie sich, selbst in Anrechnung ihrer Gage im Club, einen Urlaub in Aruba und einen BMW leisten könne. Sie erklärte es ihm, wie sie es Elizabeth erklärt hatte, und als ihr Kollege Peter Oliver sie auf ihre Einkäufe bei Victoria's Secret ansprach, sagte sie ihm, dass sie dort Jeans kaufe und keine Unterwäsche. Auf den Fluren tat sie, als bemerke sie die Blicke der Entgegenkommenden nicht, und als sie in der Cafeteria geschnitten wurde, nahm sie sich ein Buch vor. Sie hätte ihre Frustration gerne an Mitch Rellejik ausgelassen, doch der tauchte erst spät auf. Als sie nach der letzten Stunde beim Verlassen der Schule von wesentlich weniger Journalisten erwartet wurde als am Tag zuvor, schöpfte sie Mut und wagte zu Hause, die Abendnachrichten einzuschalten.

Das war ein Fehler. Die Story wurde auf jedem Kanal vordringlich behandelt, wobei die am Morgen verbreiteten Darstellungen einen noch anzüglicheren Touch bekommen hatten und sie zusätzlich mit neuen Fotos dokumentiert wurden. Auf einem davon starrte sie finster in die Kamera, auf einem anderen verbarg sie ihr Gesicht hinter ihren Haaren. Und dann waren da noch die »Star-Fotos«, die sie kurz nach ihrer Ankunft in New York City für ihre Bewerbung am Broadway hatte machen lassen. Es gab auch jüngere, künstlerische Aufnahmen, auf denen sie eher wie eine Pianistin klassischer Musik wirkte, aber die brachten die Medien natürlich nicht. Sie schufen das Bild einer Frau, die über ihre Verhältnisse lebte und ihren Hang zum Luxus finanzierte, indem sie mit bedeutenden Männern schlief. Dafür hatte man die Fotos aus ihren ersten New Yorker Tagen, auf denen sie einen hautengen Gymnastikanzug trug, ausgewählt, der ihre schlanken Beine, schmalen Hüften und vollen Brüste zur Geltung brachte.

Sie fühlte sich nackt und erniedrigt, und sie schwankte zwischen Wut, tödlicher Verlegenheit und Entsetzen.

»Was soll ich nur tun?«, wandte sie sich Hilfe suchend an Dan Curry, als sie abends in den Club kam. Er nannte ihr einen Anwalt, und diesmal wies sie die Idee nicht mehr von sich, sondern empfand sie sogar als Rettungsanker. Und zu ihrem Trost hatte sich der Kardinal bei ihm gemeldet. »Wir machen uns alle Gedanken darüber, ob der Papst seine Ernennung widerrufen wird, aber Francis Rosetti macht sich nur sorgen um *Sie*. Er gibt Ihnen keinerlei Schuld an der Entwicklung, sieht Sie als ein Opfer, das in die Feuerlinie geraten ist. Seine Anwälte haben ihm verboten, direkt mit Ihnen in Kontakt zu treten, und er muss sich daran halten, aber er ist nicht glücklich über diese Entscheidung.«

Nun ja – es war nicht zu ändern. Wenn sie auch sehr froh über einen Anruf von ihm gewesen wäre. Nur, um sich nicht so allein zu fühlen. Aber sie verstand es. Ihm waren die Hände gebunden.

»In Gedanken ist er bei Ihnen, Lily. Er hat mir gesagt,

dass Sie die Kraft haben, diese Sache durchzustehen und noch stärker und selbstsicherer daraus hervorgehen werden.«

Lily klammerte sich an diese Worte, während sie ihren Auftritt vor einem Publikum hinter sich brachte, das sie anstarrte und unverhohlen über sie tuschelte. Spät nachts ging sie in der Hoffnung ins Bett, dass das Schlimmste überstanden wäre und wachte nach einem unruhigen Schlaf wie zerschlagen auf. Sie hörte gerade einen vehement-düsteren Tschaikowsky, als es klingelte. Elizabeth stand vor der Tür, mit unheilverheißender Miene und der Morgenausgabe der »Post«.
»Sehen Sie sich das an!«, sagte sie und trat an Lily vorbei in die Wohnung, wo sie ihr die Zeitung hinstreckte.

Neue Enthüllungen über die Geliebte des Kardinals

Die Schlagzeile sprang Lily geradezu entgegen. Sie schluckte trocken, nahm die Zeitung und begann zu lesen. Den Anfang des Artikels bildete eine Zusammenfassung des bisher Veröffentlichten, doch dann kam Terry Sullivan zu ihrem Entsetzen auf Lake Henry zu sprechen:

> Blake entstammt einer wohlhabenden Familie aus Lake Henry, einer Gemeinde in New Hampshire. Ihr vor drei Jahren verstorbener Vater war einer der ortsansässigen Großgrundbesitzer. Ihre Mutter wohnt in dem weitläufigen, aus Naturstein gebau-

ten Anwesen der Familie und verwaltet die hunderte von Hektar umfassende Apfelplantage, die den Familienbetrieb zu einem der bedeutendsten Apfelweinproduzenten der Region macht.
Wie das Headline Team der »Post« in Erfahrung brachte, wuchs Blake mit einer schwerwiegenden Sprachbehinderung auf, die zu ihrer Absonderung von den anderen Kindern führte.

Tränen ließen die Schrift vor ihren Augen verschwimmen. Sie blinzelte sie weg und las weiter:

Um überhaupt mit ihrer Umwelt kommunizieren zu können, ging sie dazu über, zu singen. Experten haben bestätigt, dass dies nicht ungewöhnlich ist. »Unsere Patientenbücher sind voll mit Fällen von Kindern, die keinen Satz fehlerlos sprechen, aber ein ganzes Lied singen können, ohne zu stottern«, sagte Susan Block, die Leiterin der Sprachtherapiekurse an Bostons Grundschulen. Sie bestätigte darüber hinaus, dass schwere Sprachstörungen emotionale Probleme auslösen können.
In Blakes Fall äußerten sich diese in Rebellion. Im Alter von sechzehn Jahren war sie in einen Diebstahl verwickelt. Zusammen mit einem zwanzigjährigen Komplizen festgenommen und angeklagt, der zu sechs Monaten Gefängnis verurteilt wurde, kam Blake mit einer Bewährungszeit davon, die kurz vor ihrem High-School-Abschluss endete. Bald darauf verließ sie die Stadt.

Lily warf die Zeitung mit einem erstickten Schrei auf den Tisch und schaute Elizabeth zutiefst getroffen an. Sie wollte etwas sagen, musste jedoch zweimal durchatmen, um sich so weit zu beruhigen, dass sie hoffen konnte, die Worte ohne zu stottern herauszubringen. »Die Gerichtsakten kamen unter Verschluss«, flüsterte sie schließlich. »Der Richter hatte uns versprochen, dass sie für niemanden jemals einsehbar sein sollten.«
Elizabeth konnte ihre Neugier nicht bezähmen. »Was hatten Sie denn gestohlen?«
»Ich? Gar nichts. Der Junge, mit dem ich ging, klaute ein Auto, und ich war sechzehn und dumm und wollte um jeden Preis beliebt sein. Ich hatte bis dahin kaum eine Verabredung gehabt, war noch nie geküsst worden und fand Donny Kipling umwerfend cool, und so stieg ich zu ihm in den Wagen und ließ mich überzeugen, dass ich mir keine Sorgen zu machen brauchte und alles nur ein Riesenspaß sei. Aber dann sagte er der Polizei, der Diebstahl sei meine Idee gewesen, und Zeugen sagten aus, so etwas sähe mir ähnlich.«
Mit tauben Fingern nahm sie die Zeitung wieder vom Tisch auf:

> Blake ließ sich seitdem nur noch selten in Lake Henry sehen. Quellen, die anonym bleiben wollen, haben der »Post« berichtet, dass sie so gut wie keinen Kontakt zu ihrer Mutter und ihrer Schwester Rose habe. Eine andere Schwester, Poppy, lehnte es ab, sich zu einem kürzlich mit Blake geführten Telefongespräch zu äußern.

»Woher wissen die, dass ich mit Poppy telefoniert habe?«, fuhr Lily wütend auf. Dann erinnerte sie sich an das Klicken. »Ich muss abgehört worden sein.«
»Würde mich nicht überraschen«, meinte Elizabeth trocken. »Für eine gute Story tun die so gut wie alles.«
Hatte Terry nicht etwas Ähnliches gesagt? »Aber wie kommt man zur Einsicht in Akten, die unter Verschluss gehalten werden?«
»Durch Bestechung.«
»Das ist nicht fair.«
»Was ich Ihnen mitzuteilen habe, ist das auch nicht«, kündigte Elizabeth ihr in entschuldigendem Ton an. »Ich muss Ihren Auftritt bei der Wahlspendenveranstaltung für die Kagan canceln.«
Lily starrte sie entgeistert an.
»Anordnung des Wahlkampfmanagers.« Elizabeth deutete auf die Zeitung. »Er rief an, nachdem er das da gelesen hatte. Die Geschichte ist zu brisant. Wenn Sie dort erschienen, wären Sie die Attraktion und würden von der Kandidatin ablenken.«
Lily wusste, dass mehr dahinter steckte. »Sie will nicht mit mir in Verbindung gebracht werden.«
»Nehmen Sie es nicht persönlich. So ist das in der Politik nun mal – eine unseriöse Connection kann einem Kandidaten zum Verhängnis werden.«
»Aber ich bin keine ›unseriöse Connection‹«, wehrte sich Lily. »Ich werde völlig falsch dargestellt.«
Elizabeth seufzte. »Darauf kommt es nicht an. Tatsache ist, dass diese Geschichte auf der ersten Seite jeder Zeitung hier im Staat Massachusetts steht. Die Kagan

würde politischen Selbstmord begehen, wenn sie Sie auf ihrer Party spielen ließe. Ich kann da leider gar nichts für Sie tun.« Als das Telefon klingelte, ging sie zur Tür. »Heben Sie nicht ab«, riet sie Lily im Hinausgehen. »Und schalten Sie um Himmels willen nicht Justin Barr ein.«

Lily befolgte beide Ratschläge, konnte jedoch nicht verhindern, belästigt zu werden, und auch noch ausgerechnet von diesem Justin Barr. »Lily?«, ertönte die arrogante Stimme des Mannes, der sich für den Allergrößten hielt, auf ihrem Anrufbeantworter. »Sind Sie da, Lily? Hier spricht Justin Barr, und wir sind auf Sendung. Meine Hörer wollen Ihre Seite der Geschichte hören …«
»Die interessiert sie doch gar nicht«, stieß Lily wütend hervor und schaltete den Anrufbeantworter aus. Sie packte ihre Sachen für die Schule zusammen und verließ das Haus durch den Hinterausgang. Entschlossen und mit zusammengebissenen Zähnen drängte sie sich zwischen den wartenden Journalisten hindurch. Sicherheitshalber trug sie eine Sonnenbrille, denn ihre Augen schwammen in Tränen – aber es waren keine Tränen der Verzweiflung, sondern des Zorns.
Michael Eddy erwartete sie an dem großen, hölzernen Schulportal. Er ließ sie ein und wehrte den Ansturm der Medien-Leute ab, indem er gebieterisch die Hand hob, aber der Ton, in dem er Lily ins Rektorat bat, verhieß nichts Gutes.
Sie schob die Sonnenbrille auf ihren Kopf und folgte ihm. Er bot ihr keinen Platz an.

»Ich werde mit Anrufen von Eltern und Sponsoren überschwemmt.« Mit der einen Hand umfasste er die Rückenlehne eines Stuhles, mit der anderen seinen Nacken. Sein Blick war anklagend. »Sie wollen wissen, wieso wir jemanden mit einer kriminellen Vergangenheit als Lehrkraft einstellen konnten. Ich muss dann jedes Mal sagen, dass wir nichts davon wussten, und ich möchte von Ihnen wissen, warum Sie es uns verschwiegen haben.«

Lilys Herz klopfte so heftig, dass es ihre Bluse zittern ließ. Mühsam brachte sie hervor: »Man hatte auf Strafaussetzung erkannt. Die Akten kamen unter Verschluss – zu meinem Schutz, wie man mir sagte.«

»Wer sagte Ihnen das?«

»Mein Anwalt und der Richter.«

»Sie hätten sich aber denken können, dass die Eltern sich daran stören würden.«

»Woran?« Lily wurde immer zorniger. »Ich habe nachweislich keine Straftat begangen.«

»Immerhin wurde eine Bewährungszeit angeordnet. Es geht hier um Kinder, Lily. Sie hätten es mir sagen müssen.«

Sie konnte seinen Standpunkt ebenso wenig akzeptieren, wie er den ihren. Ratlos sah sie ihn an.

Er seufzte. »Ich habe Sie eingestellt, und ich bin der Rektor, und darum muss ich dafür geradestehen. Ich befinde mich in einer verteufelten Lage, denn dieser Justin Barr hetzt genau die Leute auf, an die wir uns in unserem alljährlichen Spendenaufruf wenden.« Seine Schultern sanken herab. »Ich werde Sie nicht feuern –

Sie haben gute Arbeit geleistet – aber ich bitte Sie, Urlaub zu nehmen.«
Ihre Augen weiteten sich. Sie liebte die Arbeit hier, sie brauchte das Geld – und sie hatte nichts Unrechtes getan! »Für wie lange?«, fragte sie erschrocken.
»Ich weiß es nicht.«
»Bis Gras über die Sache gewachsen ist?«
»Das kann eine Weile dauern.«
Wie er das sagte und wie er sie dabei ansah, zeigte ihr, was er in Wahrheit meinte. »Sie meinen einen Dauerurlaub.« Die Vorstellung war absurd wie alles.
»Ich meine einen Urlaub auf unbestimmte Zeit – bis Sie einen anderen Job gefunden haben.«
Sie machte sich nicht mehr die Mühe, ihren Zorn zu verbergen. Der Rektor konnte mit Worten spielen, solange er wollte – es lief darauf hinaus, dass er sie feuerte. Sie versuchte die Sache objektiv zu sehen, doch alles, was sie sah, war ein Mann, der nicht die Courage besaß, für jemanden einzustehen, an den er glaubte. Andererseits – vielleicht glaubte er ja gar nicht an sie.
Lily schob ihre Sonnenbrille vom Kopf auf die Nase und verließ grußlos das Büro, schob den Gedanken an die A-capella-Chöre weg, die sie so weit gebracht hatte, und an den Lacrossespieler, der zwar niemals Klavier spielen können würde, dem sie aber die Musik nahe gebracht hatte. Sie schob den Gedanken an die vielen Schüler weg, die sie in den vergangenen drei Jahren mit Freuden unterrichtet hatte, und ließ sich stattdessen von ihrem Zorn zum Ausgang tragen, doch die Wehmut ließ sich nicht unterdrücken.

Sie erstarb allerdings jäh, als Lily aus der Tür trat und sofort von Reportern bedrängt wurde.

»Warum verlassen Sie die Schule so früh?«

»Welchen Standpunkt vertritt die Winchester School in dieser Angelegenheit?«

»Haben Sie mit dem Kuratorium gesprochen?«

Sie versuchte, sich gegen die Fragen abzuschotten, aber sie waren zu laut und zu unverschämt.

»Ist Ihre Sprachstörung der Grund dafür, dass Sie nicht mit uns sprechen wollen?«

»Stimmt es, dass Sie in New Hampshire wegen schweren Diebstahls angeklagt waren?«

»Hatten Sie Sex mit Ihrem Komplizen?«

Angewidert hob Lily den Kopf und starrte den Mann an, der diese Frage gestellt hatte. »Das ist geschmacklos«, stieß sie hervor und ging, alle weiteren Fragen ignorierend, mit schnellen Schritten weiter. Und dann sagte plötzlich eine bekannte Stimme: »Sind Sie bereit, sich bei den Eltern der Winchester-Schüler zu entschuldigen? Sie fühlen sich hintergangen.«

Es war Paul Rizzo, der Mann mit der beginnenden Glatze und den Fischaugen. Sie sah ihn scharf an. »Woher wissen Sie das?«

»Ich habe sie interviewt. Die Leute bezahlen einen Haufen Geld für die Ausbildung ihrer Kids, und sie finden es unpassend, dass eine Lehrkraft mit Ihrer Vergangenheit an dieser Schule unterrichtet. Möchten Sie sich dazu äußern?«

Lily schüttelte den Kopf und verlegte sich wieder darauf, die Fragen zu ignorieren. Die Einstellung der Eltern kränkte sie. Sicher, sie bezahlten viel Geld, aber wenn es ihnen um eine gute Ausbildung ging, die hatte sie gewährleistet, und ihr Gehalt war der Mühe, die sie investiert hatte, nicht im Entferntesten gerecht geworden. Die Eltern hatten ein gutes Geschäft gemacht.

Das hätten sie wissen müssen, das hätten sie schätzen und ihr dafür Loyalität zollen müssen. Ebenso wie Michael Eddy. Und das Kuratorium.

Außerdem handelte es sich bei den Zeitungs- und Fernsehberichten lediglich um unbewiesene Behauptungen. Was war aus dem Grundsatz »Unschuldig bis zum Beweis der Schuld« geworden?

Als sie zu Hause ankam, hatte ihr Zorn wieder die Oberhand gewonnen. Sie betrat die Eingangshalle und schlug Paul Rizzo, der ihr die ganze Zeit dichtauf gefolgt war, die Tür vor der Nase zu, ging zum Aufzug, drückte mit aller Kraft mehrmals auf den Knopf und lauschte auf die Geräusche, die anzeigten, dass der Lift unterwegs war. Als die Geräusche leiser wurden, schaute sie zu der Anzeigentafel hinauf: Der Aufzug war nach ganz oben gefahren.

Dort wohnten außer Tony Cohn zwar noch fünf andere Mieter, aber bei ihrem Glück war sie sicher, dass Tony auf dem Weg nach unten war, und so traf sie sein Anblick nicht unvorbereitet, als die Lifttür sich schließlich öffnete.

Er hingegen starrte sie einen Moment lang verblüfft an. Dann verließ er die Kabine, warf einen Blick zum Ausgang und stieß einen Fluch aus. »Wissen Sie eigentlich, was Sie mir damit antun?«, fragte er in einem

Ton, den sie von ihm nicht kannte. »Ich bin hier des Prestiges wegen eingezogen. Das kann man jetzt vergessen.«
»Ich habe diese Leute nicht hergebeten«, erwiderte sie empört.
»Aber sie sind Ihretwegen da! Ich werde mit Anrufen bombardiert. Die ›Post‹, die ›Cityside‹ und sogar meine Freunde wollen mich über Sie ausfragen.« Neuerlich fluchend stieg er in den Lift, in dem sie inzwischen stand, und drückte auf »G« für Garage, ehe sie auf den Knopf für ihre Etage drücken konnte. Sie hatte keine andere Wahl, als zuerst mit nach unten zu fahren.
In einer Ecke lehnend, die Arme verschränkt, fragte sie sich, was sie jemals an Tony Cohn gefunden hatte. Mit dieser finsteren Miene war er alles andere als anziehend – und nett war er nie zu ihr gewesen.
»Bevor ich mich für diese Wohnung entschied, beauftragte ich den Makler, die Mieter zu überprüfen, und er versicherte mir, sie seien alle unbescholten.«
»Sie haben die Mieter überprüfen lassen?«, fragte sie beunruhigt. »Warum denn das?«
Die Tür glitt auf. »Manche Menschen müssen auf ihr Image achten.«
Er stieg aus. Lily stellte den Fuß in die Tür, rief ihm nach: »Ein Image konstruiert sich nur jemand, der etwas zu verbergen hat!«
Sie nahm den Fuß aus der Tür, verschränkte wieder die Arme auf der Brust, drückte sich wieder in die Ecke und fuhr nach oben in ihre Wohnung. Es hatte im Leben alles sein Gutes, dachte sie, und das Gute an diesem

Fiasko war, dass es sie hatte erkennen lassen, was für ein arroganter, egozentrischer Kerl Tony Cohn war.

Als sie in ihrem Stockwerk ankam, war sie so weit, dass sie bereute, jemals Zeit mit romantischen Gedanken an ihn vergeudet zu haben – und als beim Betreten ihrer Wohnung das Telefon zu läuten begann, war er vergessen. Sie ließ ihre Aktentasche fallen und umklammerte die Stuhllehne, bis das Klingeln verstummte. Mit Verwunderung hörte sie ihre Bandansage laufen. Sie hatte den Anrufbeantworter am Morgen ausgeschaltet. Da er nach zehn Freizeichen automatisch aktiviert wurde, bedeutete dies, dass ein Hartnäckiger unter den Anrufern gewesen war.

»Äh ... ja ...«, dehnte eine verkatert klingende männliche Stimme. »Ich ... äh ... ich bin Schriftsteller, mein letztes Werk war die Biografie von Brandi Forrest. Sie ist ... äh ... die Leadsängerin der Rockgruppe Dead Weight Off. Wenn Sie ... äh ... daran interessiert sind, dass jemand Ihre Geschichte schreibt, sollten wir uns unterhalten. Ich habe schon mit meinem Verleger gesprochen. Die Kombination Sex und Religion gefällt ihm, und der Verlag könnte einen Schnellschuss bringen. Das ... äh ... wäre wegen der Aktualität wichtig. Also ... äh ... falls Sie mich anrufen wollen ...« Er hinterließ eine Nummer mit einer Vorwahl, die ihr nichts sagte.

Lily löschte die Nachricht und hörte sich dann die anderen Aufzeichnungen an. Offenbar war Justin Barr der Hartnäckige gewesen, denn sein Anruf war der erste auf dem Band. Er hatte danach noch dreimal angerufen, jeweils im Abstand von zwanzig Minuten. Ferner baten Reporter aus Chicago, St. Louis und Los Angeles um ihren Rückruf. Da könnt ihr lange warten, dachte sie erbost. Außerdem hatten sich zwei Freunde gemeldet, um ihre Betroffenheit auszudrücken, und zwei Kunden, die den vereinbarten Auftritt stornierten. Der Letzte in der Reihe war Daniel Curry, der sie bat, ihn anzurufen. Seine Stimme klang angespannt. Beunruhigt tippte sie die Nummer des Clubs ein. Dan begrüßte sie freundlich, doch auch jetzt schwang Anspannung in seinem Ton mit. »Was ist los?«

»Hören Sie, Lily – ich kenne den Kardinal und Sie gut genug, um zu wissen, dass Ihre Beziehung rein freundschaftlich ist, und ich schätze Sie beide sehr – aber ich habe ein Problem. Ich kann mich vor Beschwerden nicht retten.«

»Beschwerden?«

»Wir sind heute Abend wieder ausgebucht.«

»Ist das denn nicht gut?«

»In diesem Fall nicht, denn diese Gäste sind Eintagsfliegen, Schaulustige, die dem Stammpublikum die Plätze wegnehmen. Von anderen habe ich zu hören bekommen, dass sie sich gestern Abend wegen der vielen Reporter, die draußen vor der Tür herumlungerten, regelrecht zum Eingang hätten durchkämpfen müssen ...«

Lily umklammerte den Hörer.

»Ich befürchte zwar nicht, dass die Stammgäste uns den Rücken kehren werden und ich den Club schließen muss – das wird nicht passieren. Es geht mir nur ums Prinzip, Lily. Ich kann nicht zulassen, dass mein Club zum Zirkus verkommt. Justin Barr – den ich übrigens niemals über unsere Schwelle lassen würde – dichtet uns mit seiner Hetzkampagne ein untragbares Image an, Clubmitglieder werden von Terry Sullivan und Paul Rizzo mit Telefonanrufen belästigt ...«

Lily senkte den Kopf. Sie wusste, was kommen würde.

»Es fällt mir unendlich schwer, weil wir alle hier Sie lieben«, Dan seufzte tief, »aber ich muss Sie bitten, Urlaub zu nehmen.«

»Sie feuern mich?« Zwei Kündigungen an einem Tag wären einen Eintrag im Guinessbuch wert.

»Nein. Ich bitte Sie nur, ein paar Tage nicht zu kommen – bis die Geschichte uninteressant geworden ist.«

»Wird sie das denn jemals sein?« Lily hatte ihre Zweifel.

»Auf jeden Fall. Es ist wie bei einem Auto – wenn das Benzin alle ist, bleibt es stehen.«

»Sie werden schon etwas finden, das sie in Bewegung hält.« Lily schloss die Augen und strich mit Daumen und Mittelfinger über ihre Lider. »Hat Ihr Entschluss etwas mit der Diebstahlsgeschichte zu tun?«

»Diebstahlsgeschichte?«

»Haben Sie die heutigen Zeitungen nicht gelesen?«

»Nein.«

Sie war froh, dass er auf diese Weise zuerst ihre Version erfuhr. »Der Kardinal weiß darüber Bescheid«, schloss sie ihren Bericht. »Es ist komisch, wie beichtwillig ein Kollar macht.«

»Können sie noch etwas anderes über Sie herausfinden?«

»Eine Strafsache meinen Sie? Nein. Seit damals ist nichts

mehr gewesen – kein Strafmandat wegen zu schnellen Fahrens, nicht einmal ein Strafzettel wegen Falschparkens. Aber sie lassen mich bestimmt noch nicht vom Haken.«

5

Lily behielt Recht. Am Freitagmorgen war ihre Suspendierung vom Schuldienst das Thema auf Seite eins. Terry Sullivan hatte hierzu Michael Eddy interviewt, dessen Aussagen genügend Entrüstung vermittelten, um sein Ansehen bei den Eltern und dem Kuratorium wiederherzustellen. Paul Rizzo hatte sich Mitglieder des Gremiums vorgenommen und eine Fülle von Stellungnahmen aneinander gereiht, die Bestürzung über Lilys Unaufrichtigkeit und Verderbtheit ausdrückten. Justin Barr steigerte sich in das, wie er es nannte, »Lily-Blake-Problem« hinein und forderte die Eltern unter seinen Hörern dazu auf, anzurufen und sich zu der Vorbild-Rolle des Lehrers, dem dringenden Bedarf an Lehrern mit einer absolut einwandfreien moralischen Gesinnung und der Pflicht der Schulen zu äußern, die Schüler vor dem Einfluss von Pädagogen mit schlechtem Charakter zu bewahren.

Die »Post« brachte das Zitat eines Vaters, der Lilys Lehrerfolg bei seinem Kind lobte, doch diese eine posi-

tive Stimme war nur kurz und ging in der Flut der negativen unter, ebenso wie Lilys Dementi. Im Großen und Ganzen war der Artikel eher eine Selbstbeweihräucherung der »Post« als eine Bemühung um Wahrheitsfindung.
Beide Zeitungen berichteten, dass Lily in der nächsten Zeit nicht im Essex Club auftreten werde, verbreiteten sich jedoch nicht über diesen Punkt und lieferten auch keine Stellungnahmen dazu. Lily nahm an, dass Daniel Curry sich geweigert hatte, etwas dazu zu sagen. Die angebliche Affäre zwischen ihr und dem Kardinal wurde mit keinem Wort mehr erwähnt, auch der Name von Gouverneur Dean tauchte nicht mehr auf.
Jetzt gehörten die Schlagzeilen Lily allein.
Eine Frau, die gerne im Rampenlicht stand, hätte das vielleicht genossen, aber Lily fühlte sich als Opfer – wie in ihrer Kindheit, als sie wegen ihres Stotterns ausgelacht wurde, in ihrer Teenagerzeit, als sie wegen einer Straftat, die sie nicht begangen hatte, eine Bewährungsstrafe erhalten hatte, und dann in ihrer Zeit am Broadway, als sie eine Hauptrolle nur deshalb nicht bekam, weil sie sich weigerte, dafür mit dem musikalischen Leiter ins Bett zu gehen. Sie hätte allmählich daran gewöhnt sein müssen, dass es auf der Welt nicht gerecht zuging, aber sie war es nicht. Sie war so zornig, dass sie nicht Klavier spielen konnte, nicht lesen, ja noch nicht einmal Musik hören, weil sie keine CD besaß, die dem Aufruhr entsprach, der in ihrem Innern herrschte.
Sie war *so* zornig, dass sie ihre Abneigung gegen Anwälte überwand und den von Dan empfohlenen anrief.

Sein Name war Maxwell Funder. Wortgewaltig und erfahren, war er einer der stets präsenten im Staat Massachusetts. Sie hatte ihn schon oft in den Nachrichten gesehen und fragte sich mit einem Anflug von Zynismus, ob sein Versprechen, innerhalb einer Stunde bei ihr zu sein, mit der Publicity in Zusammenhang stand, die ihr Fall ihm bringen würde. Aber selbst, wenn es so wäre – da ihre Finanzreserven nicht mehr erlaubten, als ihm das Honorar für eine Beratung zu bezahlen, war sie dankbar, dass er sich bereit erklärt hatte, zu kommen.

In natura war er nicht annähernd so imposant, wie ihn die Fernsehkameras erscheinen ließen. Er war älter, kleiner und gedrungener, und sein Gesicht war ohne Schminke fleckig.

Aber er war nett und geduldig, hörte, auf dem Sofa sitzend, aufmerksam zu, während sie ihrer Empörung Luft machte, drückte seine Teilnahme aus, indem er abwechselnd bestürzt dreinblickte, ungläubig die Augen aufriss und den Kopf schüttelte. Wenn sein Mitgefühl nur gespielt war, so machte er seine Sache wirklich gut.

»Warum tut man mir das an?«, rief sie anklagend. »Warum werden solche Lügen über mich verbreitet? Warum wird mein Leben in der Öffentlichkeit breitgetreten? Wie war es möglich, dass unter Verschluss gehaltene Akten eingesehen wurden? Ich habe meinen Arbeitsplatz verloren, vor dem Haus lauert die Presse auf mich, Justin Barr reißt mich in Stücke, meine Familie wird belästigt, wenn ich mich aus dem Haus wage, muss ich damit rechnen, von Leuten angestarrt zu werden, die ich nicht kenne, die aber glauben, sich ein Urteil über mich erlauben zu können. Ich fühle mich so hilflos. Was kann ich tun, um diesen Alptraum zu beenden?«

Der Anwalt beugte sich, die Hände zwischen den Knien gefaltet, zu ihr vor. »Wir können eine Klage einreichen. Wer spielt Ihnen denn am übelsten mit?«

»Die ›Post‹«, antwortete sie wie aus der Pistole geschossen. »Terry Sullivan hatte das Ganze mit seinen Lügen inszeniert.«

»Also verklagen wir die ›Post‹.« Funder lehnte sich zurück. »Die Klageschrift gibt uns die Möglichkeit, Ihrer Version der Geschichte Gehör zu verschaffen. Wir werden all die falschen Behauptungen widerlegen und die eidesstattlichen Erklärungen des Kardinals und des Gouverneurs als Wahrheitsbeweis beifügen. Ich werde eine Pressekonferenz anberaumen«, er redete sich in Rage, »und diesen Schmutz-und-Schund-Journalismus aufs Schärfste verurteilen. Und dann verlange ich einen Widerruf von der ›Post‹.«

»Ja, genau«, hakte Lily bei dem letzten Punkt ein. »Ich will einen Widerruf. Wie lange wird es dauern, bis sie ihn bringen? Ein paar Tage?«

»O nein.« Ihre Frage stoppte seinen Elan. »Erst einmal werden sie alles tun, um den Schwarzen Peter von sich abzuwenden und die Integrität ihrer Zeitung unter Beweis zu stellen. Es kann Jahre dauern ...«

»Jahre?«, fiel sie ihm entsetzt ins Wort. »Wie viele?«

»Von jetzt an, bis die Sache vor Gericht kommt?« Er überlegte eine Weile und sagte dann: »Drei, schätze ich.« Sie wollte etwas einwenden, doch er hob gebieterisch die Hand. »Um den Umfang des angerichteten Schadens deutlich zu machen, werden wir vier Millionen verlangen. Aber ich muss Sie warnen – das wird kein Zuckerschlecken. Die ›Post‹ wird vor nichts zurückschrecken, um unsere Forderung abzuschmettern. Die Zeitung hat einige der besten Anwälte des Landes unter Vertrag. Sie werden Ihr Leben durch ein Mikroskop betrachten und unter Eid aussagen. Sie werden eidesstattliche Erklärungen Ihrer Familie einholen, Ihrer Freundinnen, Schulkameraden, Lehrer, Freunde, Exfreunde und Nachbarn – aber das ist harmlos verglichen mit dem, was ihre Privatdetektive tun werden. Die werden Ihr Leben mit einem feinzinkigen Kamm durchkämmen – Telefon-Unterlagen, Kreditkarten-Unterlagen, Schul-Unterlagen, Fahrzeug-Unterlagen und medizinische Unterlagen beibringen und mit Leuten sprechen, von denen Sie gar nicht wissen, dass sie Sie kennen, nur um irgendeinen Hinweis darauf zu finden, und sei er noch so winzig, dass Sie eine zwielichtige Person sind. Wenn Sie jetzt schon der Meinung sind, Ihre Privatsphäre sei verletzt worden, dann muss ich Ihnen sagen, was da bisher passiert ist, war gar nichts im Vergleich zu dem, was noch auf Sie zukommt.«

»Sie können einen wirklich aufbauen«, flüchtete Lily sich in Sarkasmus, um nicht in Tränen auszubrechen.

»Glauben Sie nicht, dass ich scherze«, warnte er sie in jetzt eindringlicherem Ton. »Ich kenne diese Leute. Es sind Bestien. Wenn es da draußen irgendetwas über Sie zu finden gibt, dann finden sie es. Sie werden versuchen zu beweisen, dass sie, selbst wenn sie in diesem Fall einen Fehler gemacht und Sie verleumdet haben, keinen Schaden damit anrichteten, da Ihr Ruf schon davor schlecht gewesen und Ihr Leben auf Lügen aufgebaut war.«

»Was ist mit meinen Rechten?«, rief Lily, der allmählich himmelangst wurde. »Zählen die denn gar nicht?«

»Doch, natürlich – aber im Ersten Zusatzartikel der Verfassung wird auch die Redefreiheit garantiert.«

»Und was wird *mir* dort garantiert? Die Medien hatten nicht das Recht, mir das anzutun.«

»Darum klagen wir ja.«

»Ich will nur einen Widerruf – ich will kein Geld.«

»Das wäre unklug – ein Fall wie dieser kann eine Million Dollar und mehr kosten.«

Lily schluckte. »Mich?«, brachte sie mühsam hervor.

»Nun ja – da ist zunächst mein Honorar, dann sind die Gerichtskosten zu bezahlen, Sachverständige, Privatdetektive ...«

»Aber ich habe nicht so viel Geld«, flüsterte Lily mit zitternden Lippen.

»Das haben die wenigsten.« Funder flocht seine Finger ineinander. »Hören Sie. Normalerweise vertrete ich nur zahlungsfähige Mandanten – ich muss schließlich leben – aber was hier mit Ihnen getrieben wird, ist eine Schande. Also mache ich Ihnen einen Vorschlag: Ich übernehme den Fall für zwofünfzig plus fünfzig für Spesen plus fünfundzwanzig Prozent des Schadenersatzes, den ich für Sie herausschlage.«

»Zwofünfzig?«

»Zweihundertfünfzigtausend.«

Lily verschluckte sich an ihrem Atem, und es dauerte eine Weile, bis sie sich so weit erholt hatte, dass sie antworten konnte. »Ich *habe* nicht so viel Geld.«
»Aber Ihre Familie hat es.«
Lily starrte ihn entgeistert an.
»Ich habe gelesen, dass es da ein Familienunternehmen gibt«, sagte er.
»Aber das Kapital steckt im Geschäft.«
»Der Grund und Boden wäre doch eine gute Absicherung für einen Kredit.«
»Vergessen Sie's.« Es war undenkbar für Lily, ihre Mutter um Geld zu bitten – und unvorstellbar, dass sie es ihr geben würde. Sie war die größte Enttäuschung in Maida Blakes Leben, die Tochter, die mit dem Feuer gespielt und sich verbrannt hatte. Es fiel nicht ins Gewicht, dass Lily ein anständiges Leben führte – für ihre Mutter würde sie immer ein fauler Apfel bleiben.
Funder beugte sich, die Finger immer noch ineinander verflochten, wieder vor und meinte in einer betulich-väterlichen Art, die Lily missfiel: »Ich verstehe Ihr Zögern ...«
»Nein, das tun Sie nicht!«, fiel sie ihm zornig ins Wort. »Ich habe, seit ich mit achtzehn von zu Hause wegging, keinen Cent von meiner Familie erbeten, und ich werde es auch jetzt nicht tun!«
»Ich verstehe Ihr Zögern«, wiederholte er, jetzt jedoch in einem Ton und mit einem Blick, der ihr anriet, ihn ausreden zu lassen, »aber es ist doch nicht zuletzt der Sinn der Familie, in Notzeiten füreinander da zu sein. Ich habe zwar gelesen, dass Sie sich nicht gut verstehen,

aber wenn das Geld da ist, das Ihnen aus Ihrer misslichen Lage heraushelfen kann, dann rate ich Ihnen, es sich zu holen. Gute Anwälte sind nicht billig. Sie werden kein günstigeres Angebot kriegen als das, das ich Ihnen gemacht habe.«

Aber Lily konnte ihre Mutter nicht um Geld bitten. Und wenn sie es selbst gehabt hätte, hätte sie nicht eingesehen, warum sie es für diesen Prozess ausgeben sollte. Sie hatte nichts Unrechtes getan!

Lily stand auf. »Ich muss nachdenken. Danke, dass Sie gekommen sind – ich weiß es zu schätzen, dass Sie sich Zeit für mich genommen haben.« Sie brachte ihn zur Tür.

»Überlegen Sie nicht zu lange«, mahnte er sie. »Wenn sich die Situation zuspitzt, werde ich ein höheres Honorar verlangen.«

Sie nickte verstehend.

Er trat auf den Flur hinaus und drehte sich noch einmal, jetzt wieder mit freundlicher Miene, zu ihr um. »Sie müssen sich nicht sofort entscheiden. Mein Angebot steht noch für ein, zwei Tage. Aber lassen Sie sich von mir warnen. Sie werden Anrufe von Anwälten bekommen, die Ihnen anbieten, Sie allein für eine Beteiligung an der erzielten Schadenersatzsumme zu vertreten, und das wird Ihnen sehr verführerisch erscheinen, aber es würde auf Kosten der Qualität gehen. Angesichts der Ausgaben, die die Prozessvorbereitung in einem Fall wie dem Ihren erfordert, wird kein guter Anwalt auf dieser Basis arbeiten.«

Sie dankte ihm noch einmal und schloss die Tür.

Lily ging zum Wohnzimmerfenster, um zu sehen, ob Funder auf dem Weg zu seinem Wagen mit der Presse sprechen würde, doch bevor er in Sicht kam, wurde sie von einem aus der Horde entdeckt, und plötzlich waren aller Augen und Kameras auf sie gerichtet. Erschrocken wich sie bis in die Mitte des Raumes zurück und schaute über die Commonwealth Avenue hinweg – bis ihr zu ihrem Entsetzen klar wurde, dass sie für ein Teleobjektiv, platziert in einem Zimmer in einem der Gebäude dort drüben, eine leichte Beute wäre.
Eiligst schloss sie die Jalousetten im Wohnraum und im Schlafzimmer, und dann saß sie in ihrer dunklen Wohnung, ohne Bewegungsfreiheit, ohne Arbeit und ohne die Hoffnung, eines von beiden in Kürze wiederzuerlangen, geschweige denn, ihren guten Ruf. Sie versuchte, sich durch Lesen abzulenken, konnte sich jedoch nicht konzentrieren, und so stand sie auf, ging zum Klavier und ließ ihre Finger über die Tasten wandern, aber es kam nur ein seelenloses Geklimper dabei heraus. Also schob sie eine Beethoven-CD in den Player – nicht gerade aufheiternd, aber ihrer Stimmung angemessen – und ging unentschlossen in ihren zwei Zimmern auf und ab. Schließlich blieb sie vor dem Telefon stehen.
Sie nahm den Hörer ab und begann die Nummer ihrer Mutter einzutippen, legte aber mittendrin auf und verschränkte die Arme auf der Brust, um sich an einem zweiten Anlauf zu hindern. Dabei hatte sie sie nicht um Geld bitten wollen. Sie wollte kein Geld, und sie wollte auch nicht klagen, denn was Maxwell Funder ihr da in Aussicht gestellt hatte, war das schiere Grauen – drei

Jahre, in denen die Gegenseite Himmel und Hölle in Bewegung setzen würde, um sie in Misskredit zu bringen und damit immer wieder in die Schlagzeilen. Nein – das würde sie nicht ertragen.

Nein – sie hatte Maida nicht anrufen wollen, um Geld von ihr zu erbitten. Sie hätte sie gerne angerufen, um sich trösten zu lassen. Maida war ihre Mutter. Lily hatte das Bedürfnis, sich in schützende Arme zu flüchten, bis der Sturm vorüber wäre, ihr Herz auszuschütten und Mitgefühl zu spüren.

Aber beides würde sie bei Maida nicht finden. Also rief sie bei Sara Markowitz an. Sie hatten sich damals auf der Juilliard angefreundet, und Sara unterrichtete jetzt am New England Conservatory. Sie trafen sich alle paar Wochen zum Lunch. Lily hatte ihren Stundenplan für den Herbst nicht im Kopf, und so versuchte sie es auf gut Glück.

Zu ihrer Erleichterung war Sara zu Hause – und ihre Empörung war Balsam für Lilys Seele. »Ich habe mir solche Sorgen gemacht – ich konnte dich nicht erreichen. Was ist das für eine ungeheuerliche Schweinerei? Die haben sogar bei mir angerufen und mich mit indiskreten Fragen bombardiert. Ich kenne diesen Terry Sullivan aus Fernseh-Talkshows. Was der macht, hat mit seriösem Journalismus nichts zu tun. Und Justin Barr ist noch schlimmer! Kanntest du einen der beiden schon, bevor dieser Terror losging?«

»Terry Sullivan nur flüchtig und Justin Barr überhaupt nicht.«

»Da hast du nichts versäumt. Er ist ein elender Heuchler. Weil er mit seinem Mondgesicht und den vorquellenden Augen fürs Fernsehen zu hässlich war, ging er zum Radio. Er hört sich für sein Leben gerne reden, gebärdet sich als Hüter von Heim und Herd – aber was hat Terry gegen dich?«

»Er wollte mich unbedingt für seine Reihe über Entertainer in Boston interviewen, aber ich lehnte immer wieder ab. Vielleicht hat er mir das verübelt.« Plötzlich fiel es ihr wie Schuppen von den Augen. »Als wir uns unterhielten, interessierte er sich überhaupt nicht für meine Arbeit! Es muss ihm von Anfang an um den Kardinal gegangen sein.« Diese Erkenntnis war ein neuer Tiefschlag. »Mein Leben geht in die Brüche, und zu allem Überfluss sitze ich in meiner Wohnung und weiß nicht, was ich mit mir anfangen soll.«

»Treffen wir uns doch im ›Biba‹ ... o nein, lieber nicht.«

Lily wusste, warum ihre Freundin den Vorschlag zurückgenommen hatte. »Biba« war eines der Restaurants, das die Zeitungen als Beweis dafür angeführt hatten, dass Lily einen teuren Geschmack hatte. Sie und Sara hatten dort oft Salat gegessen, womit sie für wenig Geld das luxuriöse Ambiente genießen konnten. Damit war es jetzt vorbei.

»Was meinst du zu ›Stephanie's‹ – in einer halben Stunde?«

»Stephanie's« war ein Restaurant in der Newbury Street, wo sie niemanden kannte. »Prima Idee. Bis dann.«

Sie zog Jeans, eine Bluse und einen Blazer an, stopfte ihre Haare unter eine Baseballkappe, setzte eine Sonnenbrille mit dunklen Gläsern auf, fuhr in die Garage hinunter und trat, in der Hoffnung, unerkannt zu bleiben, auf die Straße hinaus. Sie war erst ein paar Schritte gegangen, als sie entdeckt wurde. Wie Heuschrecken fielen die Reporter über sie her.

»Miss Blake! Miss Blake! Wo wollen Sie hin?«

»Was hat Funder gesagt?«

»Ich bin von CNN – können Sie bestätigen, dass Funder Sie vertreten wird?«

»Verklagen Sie die Winchester School?«

Stur geradeaus blickend setzte sie einen Fuß vor den anderen, doch es wurde von einem Schritt zum nächsten schwieriger, weil immer mehr Reporter von der Straße in die schmale Gasse hereindrängten. Sie hätte sich den Durchgang mit Gewalt erzwingen müssen, aber dazu war sie nicht kräftig genug. Heißer Atem und Schweißgeruch schlugen ihr ins Gesicht.

»Wollen Sie sich einen Job suchen?«

»Wie war das damals mit dem Diebstahl?«

»Bezahlt der Essex Club Ihnen Ihr Gehalt weiter?«

»Stimmt es, dass Sie mit Michael Crawford geschlafen haben ...«

»... dass Sie Go-Go-Tänzerin am Times Square waren ...«

»Justin Barr sagte ...«

»... bei dem Kardinal entschuldigen?«

Die Fragen kamen immer schneller, die Stimmen wurden immer fordernder, und Lily sah sich, von der Meute behindert, um jeden Meter kämpfend, die Newbury Street hinunterstolpern und dann, dicht gefolgt von

Reportern, das Restaurant betreten. Sara und sie würden keine Sekunde Ruhe haben, geschweige denn, unbehelligt essen können. Nein, das konnte sie weder ihrer Freundin noch den anderen Gästen antun – und sich selbst auch nicht.

Sie machte auf dem Absatz kehrt und lief zur Seitentür der Garage zurück, schaffte es mit knapper Not, sie den Journalisten vor der Nase zuzuschlagen. Sie stellte sich auf die Zehenspitzen, spähte durch die schmutzige Scheibe des dicht unter dem oberen Rand ausgesparten Fensterschlitzes und sah die blutdürstige Meute frustriert den Rückzug antreten.

Jetzt zitterte sie nicht mehr vor Angst, sondern vor Zorn. Sie stürmte durch die Garage, fuhr mit dem Lift zu ihrer Wohnung hinauf und rief, sobald sie zu Atem gekommen und ihrer Stimme zu trauen war, bei »Stephanie's« an. »Mein Name ist Lily. Ich bin bei Ihnen mit einer Frau namens Sara verabredet. Sie ist etwa einsfünfundsechzig groß, hat braune Locken und trägt eine Brille mit dicken Gläsern. Können Sie mir sagen, ob sie schon da ist?« Laut der Empfangsdame war sie es nicht. »Dann muss sie jeden Moment kommen. Würden Sie ihr sagen, sie möchte Lily anrufen?«

Zwei Minuten später klingelte das Telefon. »Es tut mir Leid, Sara«, sprudelte sie ohne Begrüßung hervor. »Ich kann nicht kommen. Sie haben mich so belagert, dass ich es nur mit Mühe und Not überhaupt bis zu ›Stephanie's‹ geschafft hätte. Und sie hätten uns keinen Moment zufrieden gelassen. Jetzt bist du ganz umsonst hingefahren – bitte sei mir nicht böse.«

»Wer ist Sara?«, fragte eine nasale Männerstimme.

»Wer sind *Sie?«*, fragte Lily erschrocken.

»Tom Hardwick. Ich habe in der Zeitung über Sie gelesen, und da dachte ich mir, wo Sie sich doch jetzt nicht mehr mit dem Kardinal treffen können, haben Sie vielleicht Notstand. Das Foto von Ihnen in der ›Cityside‹ war Klasse. Echt sexy. Ich habe mich gerade von meiner Freundin getrennt, und da dachte ich, wo ich jetzt wieder frei bin und Sie frei sind, könnten wir uns zusammentun. Ich bin zwar erst dreiundzwanzig, aber ich liebe ältere Frauen ...«

Lily legte auf. Angeekelt starrte sie auf das Telefon hinunter und hoffte inständig, dass der Kerl nicht noch einmal anrufen würde, nicht die Stirn hätte, noch einmal anzurufen, aber er hatte die Stirn gehabt, es überhaupt zu tun, und so wusste sie nicht, was sie zu erwarten hatte. Alles war möglich – das hatte sie in den letzten paar Tagen gelernt.

Das Telefon klingelte. Einmal, zweimal, dreimal. Dann schaltete sich der Anrufbeantworter ein. Sie hörte ihre Ansage und dann eine aufgeregte Sara: »Lily! Was ist passiert?«

Erleichtert nahm sie den Hörer ab und erzählte es ihr. Und während sie sprach, wurde ihr ihre Situation bewusst. »Ich bin eine Gefangene hier«, schloss sie tonlos, »eine Gefangene.«

»Dann komme ich zu dir«, bot Sara an.

Aber Lily hatte das Bedürfnis, über die Erkenntnis, eine Gefangene zu sein, nachzudenken. Sie musste sich darüber klar werden, was sie tun konnte, um diesen Zustand zu beenden, und das konnte sie nur allein. Also dankte sie Sara, versprach, sie bald anzurufen und legte auf.

Den Rest des Tages verbrachte sie damit, in ihrer winzigen Wohnung herumzuwandern, während eine Wagner-CD das Klingeln des Telefons übertönte. Sie fühlte sich eingesperrt. Quälend machtlos. Und sie war wütend. Sehr, sehr wütend. Auf Terry Sullivan, Paul Rizzo und Justin Barr, die mit ihrem Leben Schindluder trieben. Auf die »Post«, auf die »Cityside« und auf die amerikanische Verfassung, die das alles gestattete. Sogar auf den Kardinal, der sich elegant aus der Affäre gezogen hatte, sie jedoch bis zum Hals im Chaos stecken ließ.

Sie konnte nicht in Boston bleiben, so viel war klar. Selbst wenn die Geschichte morgen aus den Schlagzeilen verschwunden wäre, könnte sie, wer weiß wie lange, nicht das Haus verlassen, ohne befürchten zu müssen, erkannt, angestarrt und betuschelt zu werden. Der Gedanke war ihr unerträglich, ebenso wie der, dass Millionen fremder Menschen Details aus ihrem Privatleben kannten und dass in Talkshows über sie hergezogen wurde. Doch nicht nur ihre seelische Verfassung war das Problem, sondern auch ein sachlicher Aspekt: Sie hatte keine Arbeit, und wer würde eine Frau mit einem Ruf wie dem ihr angedichteten einstellen? Ganz sicher niemand, der eine Tätigkeit anzubieten hätte, die ihren Vorstellungen entsprach.

Aber wohin sollte sie gehen? Ihre Zimmergenossin aus dem College lebte in San Francisco. Sie telefonierten noch immer ein paarmal im Jahr, aber bei ihr könnte sie nicht unterschlüpfen, denn Debbie war verheiratet und hatte drei Kinder. Lily wagte nicht einmal, sie im Moment anzurufen, weil die Gefahr bestand, dass die Medien sich dann auf ihre Familie stürzten. Das Gleiche galt für ihre Freunde in New York und Albany. Sie durfte sie nicht in ihr Elend hineinziehen.

Sollte sie ihre Haare abschneiden und blond färben und irgendwo neu anfangen? Vielleicht als Bedienung? Damit hatte sie sich während ihres Studiums über Wasser gehalten. Aber dazu müsste sie auch ihren Namen ändern und jeden Menschen, den sie kennen lernte, belügen. Das wäre kein Leben.

Was sie sich am sehnlichsten wünschte, war Gerechtigkeit, aber es war nicht zu erwarten, dass ihr die in den nächsten Tagen widerführe. Also musste sie sich mit der Realisierung der Alternative befassen, die ihr im Moment als die einzig mögliche erschien: unterzutauchen. Wäre sie ein Tier gewesen, hätte sie ein Loch graben und sich darin verkriechen können. Menschen hatten es nicht so einfach. Sie mussten sich einen Ort suchen, an dem sie sich verstecken konnten. Nein, nicht Lake Henry! Wehrte sie sich gegen die Idee, die sich ihr aufdrängte, doch genau besehen wäre das die beste Lösung. Dort müsste sie keine Miete zahlen, sie könnte in das kleine Haus am See, das sie von ihrer Großmutter geerbt hatte und das dicht bei dicht stehende Bäume gegen Blicke von der Straße abschirmten, ziehen. Obwohl sich alles in ihr gegen Lake Henry sträubte, musste sie zugeben, dass sie dort am besten aufgehoben wäre.

Das Cottage war ihr vertraut – sie wohnte immer dort, wenn sie nach Hause kam –, es war komplett eingerichtet und würde sie in gepflegtem Zustand erwarten, denn sie bezahlte eine Frau dafür, es einmal im Monat zu putzen.

Das Telefon klingelte, und plötzlich von Sehnsucht gepackt, malte sie sich aus, dass ihre Mutter anrief, um ihr zu sagen, sie solle doch in Grandmas Seehaus warten, bis die Wogen sich glätteten. Sie stellte sich vor, dass sie ihr ihr Lieblingsessen herüberbrachte, einen köstlichen, mit Lorbeerblättern und Salbei gewürzten Eintopf aus Pilzen, Karotten und den winzigen roten Kartoffeln, die die Freundin ihrer Mutter, Angela Sweet, in ihrem Garten anbaute. Sie malte sich aus, dass ihre Mutter so bestürzt wäre, wenn sie den wahren Sachverhalt erführe, dass sie darauf bestehen würde, sie bei sich aufzunehmen. Sie stellte sich vor, dass sie miteinander reden und weinen und Freunde werden würden.

Lily seufzte. Träume, nichts als Träume.

Und so nahm sie den Hörer nicht ab und war, als sie die Stimme hörte, froh, dass sie es nicht getan hatte. Sie gehörte niemandem, mit dem sie hätte sprechen wollen.

Inzwischen hatte sie es aufgegeben, sich darüber aufzuregen, dass ihre Geheimnummer zu Allgemeingut geworden war. Was hätte es jetzt noch gebracht, sich bei der Telefongesellschaft zu beschweren oder Mitch zu beschimpfen, weil er sie Terry Sullivan gegeben hatte, und Sullivan, weil er sie an wen immer weitergereicht hatte? Das Kind lag im Brunnen, die Milch war verschüttet.

Außerdem würde sie fortgehen und dieses Telefon nicht mehr läuten hören. Sie würde nicht mehr in der verglasten Luxuskabine duschen, nicht mehr durch den Public Garden zur Schule wandern, nicht mehr für Leute singen, die ihre Stimme liebten. All das war aus und vorbei, weil Terry Sullivan, Paul Rizzo und Justin Barr sie zu ihrer Zielscheibe gemacht hatten. Eine unbändige Wut auf die drei Männer packte sie. Ihnen hatte sie es zu verdanken, dass sie ihre Arbeit verloren hatte, dass sie ihre Wohnung nicht verlassen konnte, um sich mit Freunden zu treffen oder auch nur spazieren zu gehen oder Lebensmittel einzukaufen, weil die Presse vor dem Eingang lauerte, um ihr auf Schritt und Tritt zu folgen, und sie sich, selbst, wenn dem nicht mehr so wäre, in dieser Stadt nicht unbefangen auf die Straße wagen könnte. Es war nicht fair. Sie wollte Gerechtigkeit. Aber sie konnte keine Klage einreichen, weil sie nicht das Geld dafür hatte. Doch sie hätte ohnehin nicht die Nerven gehabt, den dreijährigen Krieg durchzustehen, den Maxwell Funder ihr in Aussicht gestellt hatte.

Wie sie es auch drehte und wendete – es blieb ihr nichts anderes als die Flucht. Sie hatte es satt, eine Marionette zu sein, sie musste ihr Leben wieder in den Griff bekommen. Um das zu schaffen, brauchte sie Schlaf. Und ihre Freiheit. Und einen Ratgeber. Dazu wäre niemand besser geeignet als der Geist ihrer Großmutter. Celia St. Marie war eine kluge Frau gewesen. Sie würde wissen, was zu tun war. Sie würde wissen, wie sie Gerechtigkeit erlangen könnte.

Als es dunkel wurde, brachte Lily ihr Gepäck in die Garage, lud es ins Auto, stieg ein, verriegelte die Türen, atmete tief durch und ließ den Motor an.
Natürlich hatte sie nicht erwartet, gänzlich unbehelligt davonzukommen, sogar damit gerechnet, dass sie ein, zwei besonders hartnäckige Reporter mit dem Wagen verfolgen würden, sich jedoch vorgestellt, dass sie sie unterwegs schon irgendwie loswerden würde – aber es kam anders.
Als ihr BMW die Nase aus der Garage streckte, kamen Reporter angelaufen, riefen ihr Fragen zu und bedeuteten ihr, das Fahrerfenster zu öffnen, was sie tunlichst sein ließ. Langsam kämpfte sie sich durch die Menschentraube zur Straße vor, wo sie links abbog. Zu ihrem Schrecken sah sie, dass sich der Übertragungswagen, der vor dem Haus geparkt hatte, an ihre Rücklichter heftete. Obwohl sie mehrmals in letzter Sekunde und ohne zu blinken, abbog, gelang es ihr nicht, ihn abzuschütteln. Als sie auf der Commonwealth an einer roten Ampel halten musste, an der sie links in die Fairfield einbiegen wollte, um auf diesem Weg den Pike zu erreichen, klopfte jemand an ihr Fenster. Es war ein Motorradfahrer mit einem Presseausweis um den Hals.
Lily gab auf. Ohne weitere halsbrecherische Manöver fuhr sie nach Hause zurück. Als sie das Fenster öffnete, um das Garagentor aufzuschließen, hielt der Motorradfahrer neben ihr und nahm seinen Helm ab. Das Licht der Lampe, die sich bei ihrer Annäherung eingeschaltet hatte, spiegelte sich auf seiner Stirnglatze.
»Ich bringe Sie von hier weg, wenn Sie mir in einem

Exklusivinterview verraten, wohin Sie wollten und warum«, bot Paul Rizzo ihr an.

»Vergessen Sie's!«, fauchte Lily. »Ich fahre jetzt in die Garage hinunter, und die ist Privatbesitz. Wenn Sie mir folgen, rufe ich die Polizei!« Sie drehte den Schlüssel im Schloss herum, zog ihre Hand zurück und kurbelte hastig das Fenster hoch. Sobald das Garagentor sich weit genug geöffnet hatte, ließ sie den Wagen darunter hindurchrollen, hielt jedoch gleich wieder an, um zu sehen, ob ihr jemand folgte.

Niemand ließ sich blicken. Das Tor ratterte herunter. Lily fuhr zu ihrem Stellplatz, blieb aber noch eine Weile bei verriegelten Türen sitzen, bis sie sicher war, dass ihr keiner hier unten aufgelauert hatte. Dann stieg sie aus, nahm so viel Gepäck mit, wie sie tragen konnte, und fuhr in ihre Etage hinauf, wo sie nicht zu ihrem Apartment ging, sondern zu Elizabeths. Als Elizabeth nicht aufmachte, ließ sie sich an der Wand entlang zu Boden gleiten. Es war zehn Uhr.

Um elf legte sie den Kopf auf den Rucksack, den sie in den Armen hielt, und schlief ein. Sie hatte zwei Nächte lang kaum ein Auge zugemacht und war erschöpft. Irgendwann schrak sie hoch, als sie eine Hand auf ihrer Schulter spürte.

»Was machen Sie denn hier?«, fragte Elizabeth.

»Ich brauche Ihre Hilfe.« Lily berichtete ihr von ihrem missglückten Fluchtversuch. »Ich kann unmöglich hier bleiben – das ist kein Leben mehr. Das Problem ist, wegzukommen, ohne dass diese Bluthunde mir folgen.«

»Dann lassen Sie uns mal überlegen, wie wir das am besten hinkriegen.«

Der Plan, den Lily entworfen hatte, ehe ihr die Augen zufielen, ging dahin, dass Elizabeth sie in ihrer Luxuskarosse hinausschmuggelte, mit einem Taxi nach Boston zurückführe und die ein, zwei Tage, die Lily brauchen würde, um jemanden zu finden, der den Lexus wieder herbrächte, den BMW benutzte. Elizabeths Ausgangspunkt war der gleiche, aber dann wich ihre Idee dahingehend ab, dass Lily den unauffälligen Ford-Kombi ihres Bruders Doug nehmen sollte, den dieser für das Jahr, das er in Brüssel unterrichtete, in seiner Garage in Cambridge gelassen hatte.
Da Elizabeths Version Lily für die Rückgabe des Fahrzeugs einen größeren Spielraum gewährte, entschieden sie sich für diese und machten sich sofort daran, sie in die Tat umzusetzen.
Unter Bergen von Wahlplakaten für die Kagan versteckt, wurde Lily aus der Garage geschmuggelt. Unbehelligt erreichten sie Dougs Haus.
»Der Ford ist zerbeult, aber zuverlässig«, sagte Elizabeth, als sie das Garagentor öffnete. »Aber man muss einen Trick anwenden, um ihn in Gang zu kriegen. Treten Sie zweimal das Gaspedal durch und nach einer kurzen Pause ein drittes Mal. Wenn Sie dann die Zündung einschalten, springt er an.«
Sie verstauten das Gepäck in dem Kombi. Dann setzte Lily sich ans Steuer, verschaffte sich einen Überblick über die Schalter und Knöpfe, kurbelte das Fenster

herunter, trat zweimal das Gaspedal durch, nach einer kurzen Pause ein drittes Mal und schaltete die Zündung ein. Ihr Herzschlag setzte aus, als der Motor stotterte, aber im nächsten Augenblick fing er sich und begann, wenn auch etwas laut, gleichmäßig zu brummen.

»Sie sind die Beste«, bedankte Lily sich bei Elizabeth.

Ihre neu gewonnene Freundin beugte sich zu ihr herunter. »Wenn ich das wäre, hätte ich Ihr Engagement für die Kagan-Veranstaltung nicht gecancelt. Soll ich Ihre Post aus dem Kasten nehmen?«

»Das wäre nett.« Lily machte den Briefkastenschlüssel von ihrem Bund ab und gab ihn ihr.

»Wo soll ich sie hinschicken?«

»Horten Sie sie einfach.«

»Wo fahren Sie hin?«

Lily wagte nicht, es ihr zu sagen, und auch dafür verabscheute sie Terry Sullivan: Er hatte sie gelehrt, niemandem zu vertrauen, den sie nicht sehr, sehr gut kannte. Also wich sie lächelnd aus: »Ich lasse es Sie wissen.«

Sie kurbelte das Fenster hoch und hob, als Elizabeth einen Schritt zurücktrat, zum Abschied die Hand. Dann fuhr sie rückwärts auf die Straße hinaus, ließ den Automatikhebel bei »Drive« einrasten, schaltete die Scheinwerfer ein und machte sich auf den Weg.

Sie war wirklich und wahrhaftig entkommen, hatte der Presse ein Schnippchen geschlagen! Die Freude darüber hielt etwa zwei Stunden, bis New Hampshire hinein an, aber etwa eine halbe Stunde vor dem Ziel zerstörten Bedenken ihre Hochstimmung. Sie fragte sich, ob sie vielleicht nur ein Problem gegen ein anderes eintauschte, vom Regen in die Traufe käme – und dabei dachte sie nicht an die Möglichkeit, dass die Medien sie hier aufspürten. Sie hatte keine Ahnung, was sie tun würde, wenn das passierte, auch nicht, wie die Leute in Lake Henry reagieren würden – oder ihre Mutter –, aber sie hatte keine Lust, sich jetzt darüber den Kopf zu zerbrechen.

Lake Henry schlief tief und fest, als Lily durch den Ort fuhr, und auch auf der um den See herumführenden Straße, zu der sie schließlich von der Main Street abbog, war außer ihr niemand unterwegs. Während sie den Wagen die vertrauten Kurven entlanglenkte, spürte sie die Entspannung einsetzen, die diese Gegend stets bei ihr bewirkte. O ja, sie hatte Bedenken, aber die betrafen Menschen, nicht den See. Nein, nicht den See.

An der Thissen Cove bog sie in eine schmalere Teerstraße ein, die zum Ufer hinunterführte, und etwa hundert Meter vor dem Wasser in einen unbefestigten Weg, an dessen Ende sie den Motor ausschaltete und dann die Scheinwerfer.

Im ersten Moment erschien die Welt um sie herum pechschwarz, doch als ihre Augen sich auf die Dunkelheit einstellten, begann sie schrittweise Einzelheiten zu erkennen. Zu ihrer Linken stand ein kleines Holzhaus auf einem Steinsockel, und rechts von ihr zeichneten sich die Silhouetten hoher Bäume gegen einen Himmel ab, der nur eine Nuance heller war.

Lily stieg aus und atmete tief ein. Es roch nach Kiefernnadeln, nach trockenen Blättern, nach Moos und einem Holzfeuer, das offenbar im Ofen eines Nachbarn brannte. Diese Gerüche waren typisch für den Herbst am Lake Henry, aber in Lily beschworen sie Bilder aus ihrer Kindheit herauf, schöne Bilder, die mit ihrer Großmutter zusammenhingen. Sie ging über einen Teppich aus Kiefernnadeln, die sich hier im Laufe von Jahren angesammelt hatten, stieg über die knorrigen, oberirdisch wachsenden Baumwurzeln, die sich in den Jahrzehnten weit ausgestreckt hatten, ging über die kleine Lichtung zwischen dem Häuschen und dem See und die kurze Treppe aus Eisenbahnschwellen zum Wasser hinunter. Leise schwappten kleine Wellen ans Ufer, und das Herbstlaub raschelte im Nachtwind. Irgendwo schrie ein Käuzchen. Lily schaute zum Himmel hinauf. Die Wolkendecke riss auf, und Sterne blinzelten herunter. Sekunden später erschien die Sichel des abnehmenden Mondes und dann ... und dann ... erklang das melodische Tremolo eines Seetauchers.

Sie wurde zu Hause willkommen geheißen. Das spürte sie genauso deutlich wie die Gegenwart ihrer Großmutter, und plötzlich empfand sie den Gegensatz zwischen der Hölle, aus der sie kam, und dem Frieden, den diese Landschaft ausstrahlte, also so überwältigend, dass ihr die Tränen in die Augen stiegen, und sie wusste, dass es richtig gewesen war, hierher zu kommen.

Zum ersten Mal, seit sie am vergangenen Dienstag die »Boston Post« gelesen hatte, empfand sie keinen Druck, ging zum Wagen, holte den Hausschlüssel aus ihrer

Handtasche, stieg die Stufen zu der alten Holzveranda hinauf und schloss die Tür auf.

John Kipling saß im Schatten von Elbow Island gegenüber der Thissen-Bucht regungslos in seinem Paddelboot. Kein Instinkt und keine Eingebung hatten ihn mitten in der Nacht auf den See hinausgetrieben, sondern schlicht sein gesunder Menschenverstand: Wenn Lily in der Stadt das durchmachte, was er sich ausmalte – wohin sollte sie sich sonst flüchten? Aber natürlich wusste er nicht, an welchem Tag sie kommen würde.

Wie gebannt starrte er zu dem Häuschen hinüber – und dann ging dort plötzlich das Licht an. Er hob die Faust zu einer Siegerpose und flüsterte abgehackt: »Ja-ja-ja!«

Als ihm ein leises Jodeln antwortete, lächelte er. Nur die männlichen Seetaucher jodelten. Dieser gehörte nicht zu dem Pärchen, das er als sein Eigentum betrachtete, aber er konnte ihm – als ein Mann dem anderen – seine Befriedigung offenbar nachfühlen. Sie war nach Hause gekommen, ihm regelrecht in den Schoß gefallen. Wie hieß es doch so schön: Sei im Besitze, und du wohnst im Recht. Diese Story gehörte jetzt ihm. Ihm.

Triumphierend lächelnd tauchte er sein Paddel ins Wasser und machte sich auf den Heimweg.

6

Als Lily aus ihrem Tiefschlaf erwachte, war sie zunächst desorientiert. Es dauerte einen Moment, bis sie begriff, wo sie war und noch ein paar Sekunden, bis sie sich an den Grund dafür erinnerte. Und dann brach alles über sie herein – die Lügen, die Demütigung, die Wut und der Verlust ihres geregelten, harmonischen Lebens. Sie kniff die Augen zu und wollte die Bilder vertreiben, aber sie waren unwiderruflich ein Teil von ihr geworden, definierten ihre Existenz in einer Weise neu, wie sie es sich nie hätte träumen lassen. Ein Zittern baute sich in ihrem Innern auf. Sie versuchte ruhig zu bleiben, indem sie sich immer wieder sagte, dass sie in Sicherheit war. Nur Elizabeth wusste, dass sie Boston verlassen hatte, und kein Mensch wusste, dass sie hier war. Doch das Zittern verging nicht.

In der Hoffnung, dass die Bilder an Intensität verlieren würden, wenn sie aufstünde und ihren Augen etwas Reales zu sehen gäbe, stieg sie aus dem Bett, ging zu der Wendeltreppe, die vom Schlafloft nach unten führte – und es funktionierte. Augenblicklich fühlte sie sich getröstet. Dieses Häuschen barg nur schöne Erinnerungen für sie in sich. Sie hatte ihre Großmutter praktisch von Geburt an hier besucht.

Celia St. Marie war keine Einheimische gewesen. Die ersten fünfzig Jahre ihres Lebens hatte sie in einem abgelegenen Städtchen in Maine verbracht, etwas mehr als siebzig Meilen nordöstlich von Lake Henry. Früh zur Witwe geworden, hatte sie den Lebensunterhalt für sich und ihre drei Kinder damit verdient, dass sie einer Papierfabrik die Bücher führte. Maida war die Jüngste der drei. Sie heiratete als Letzte, aber sie verheiratete sich gut. George Blake leitete nicht nur einen erfolgreichen Familienbetrieb für seinen betagten Vater, er hatte auch ein gutes Herz. Kurz nach seiner Hochzeit mit Maida kaufte er ein Stück Land für Celia und baute ihr das Häuschen, in dem sie den Rest ihres Lebens verbringen sollte.

Dass es so klein war, entsprach Celias Wunsch. Nachdem sie immer beengt gewohnt hatte, wäre sie mit einem größeren überfordert gewesen. Das Bewusstsein, zum ersten Mal in ihrem Leben ein Haus zu besitzen, genügte ihr völlig. Sie sagte, wenn sie das Bedürfnis nach Raum habe, könne sie hinausgehen und die wunderschöne Landschaft vor ihrer Tür genießen, aber im Haus wolle sie es gemütlich haben.

Für Lily war es, ganz aus dunklem Holz gebaut, mit den maßgefertigten Bücherregalen und den breiten Fußbodendielen, der Inbegriff der Gemütlichkeit. Das Cottage bestand aus einem einzigen Raum mit Schlafgalerie, der durch überlegt platzierte Möbelstücke unterteilt war. Den Wohnbereich kennzeichneten ein großes Sofa mit einem dunkelroten Blumenmuster, zwei Polstersessel mit einem dunkelorangenen Blumenmuster, zwei

Stehlampen mit gelbgeblümten Schirmen und ein quadratischer Couchtisch aus Kiefernholz. Im »Speisezimmer« stand ein hölzerner Ausziehtisch, an dem gelegentlich ein halbes Dutzend Enkel gesessen hatten.

Die Küche bestand nur aus einer Zeile, war aber mit allen Geräten ausgestattet, die das Hausfrauenleben leichter machten. Celia St. Marie war mit einem kleinen Sparkonto nach Lake Henry gekommen, das im Laufe der Jahre beträchtlich anwuchs und ihr ermöglichte, sowohl notwendige Verbesserungen vorzunehmen als auch sich Annehmlichkeiten zu leisten, so dass in ihrem Häuschen keine Wünsche mehr offen blieben.

Aber nicht nur ihr Sparkonto blühte und gedieh – auch Celia tat es. Sie fand Freunde im Ort, sie trat dem Gartenverein und der Historischen Gesellschaft bei und spielte an den Montagabenden in der Kirche Bingo. Mit Anfang siebzig gewöhnte sie sich an, Baseballkappen und rote Turnschuhe zu tragen – Ersteres, wie sie behauptete, um ihr schütter werdendes Haar zu verbergen, und Letzteres, um bei Dunkelheit gesehen zu werden, aber Lily vermutete, und damit war sie nicht allein, dass ihre Großmutter im Alter zu sich selbst gefunden hatte. Warum sonst hätte sie den Breitmaulbarsch, den sie bei einem Wettangeln aus dem See gezogen hatte, ausgestopft und an die Küchenwand gehängt? Oder die riesige Macramé-Arbeit, die ebenso kunstvoll wie bemerkenswert war, da sie diese Handarbeitstechnik erst nach ihrer Übersiedlung nach Lake Henry erlernt hatte, an die Speisezimmerwand? Und warum sonst hätte an ihrem Garderobenständer nicht nur eine Sammlung von Baseballkappen gehangen, sondern auch eine Wrangler's-Kappe, eine Golfkappe und ein altmodischer Florentinerhut?

Und wie hätte man sonst die vielen Vogelhäuschen im Schlafloft mit dem schmiedeeisernen Bett erklären sollen – in Pastellfarben gestrichene, die von Deckenbalken herabhingen, die beiden durchsichtigen, die als Lampenfassungen an der Dachschräge über ihrem Bett angebracht waren, das bemalte Exemplar, das als Behälter für Kosmetiktücher diente und das große, das sie als Papierkorb benutzte? Oder die mit Reißnägeln an Wänden befestigten Plakate, auf denen für Unterstützung von Teddy Kennedy, das Entscheidungsrecht der Frau und für Hillary Rosham Clinton geworben wurde?

Celia St. Marie war im goldenen Herbst ihres Lebens erblüht. Zum ersten Mal hatte sie ihre Meinung geäußert, was auch beinhaltete, dass sie sich Maida gegenüber behauptete, was Lily betraf. Wie oft hatte sie sich in die Arme ihrer Großmutter geflüchtet!

Celia war seit sechs Jahren tot, aber als Lily jetzt auf der obersten Stufe der Wendeltreppe saß, spürte sie wieder die schützenden Arme um sich, wozu sicherlich auch beitrug, dass sie eines von Celias alten Nachthemden angezogen hatte. Es war bodenlang und selbst nach den unzähligen Wäschen noch immer unglaublich weich, und sie hätte schwören können, dass es nach Celias Jasmin-Badeöl duftete.

Lily fragte sich, was ihre Großmutter wohl zu der Kampagne gegen sie sagen würde – und sie fragte sich, was die Skandalpresse wohl heute bringen würde. Es gab weder einen Fernsehapparat noch ein Radio in diesem

Haus – nicht, weil Celia es sich nicht hatte leisten können, sondern weil sie es vorzog, den Seetauchern zu lauschen. Und im Winter, wenn die Seetaucher fort waren, hörte sie sich alte Schallplatten an. Bis zum Tag ihres Todes.

Lily besaß einen Großteil der gleichen Musik auf CDs. Die waren, ebenso wie der CD-Player und die Kleidung, noch im Auto. Sie würde sie später hereinholen. Es eilte nicht. Sie hatte alle Zeit der Welt.

Es war neun Uhr. Sonnenstrahlen drangen zwischen den Ästen der Bäume hindurch und malten zitternde Tupfen auf den Boden und die Sofalehne. Der Anblick wärmte Lilys Seele, erinnerte sie daran, wie sie als Kind, wenn sie hier übernachtet hatte, frühmorgens aufgewacht war, die Beine von der Galerie hatte baumeln lassen und dabei zuerst leise und dann lauter und immer lauter sang, bis ihre Großmutter aufwachte. Lily klammerte sich an die Erinnerung, solange sie konnte, aber irgendwann drängte sich der Bostoner Alptraum wieder in den Vordergrund.

Plötzlich fröstelnd stieg sie barfuß die Treppe hinunter, nahm die Häkelstola von der Sofalehne, wickelte sich hinein und stellte sich auf den warmen Fleck, den ein Sonnenstrahl auf den alten Knüpfteppich malte. Aber er genügte nicht, um ihre Füße zu wärmen. Es war eben schon Herbst. Sie würde Holz aus dem Schuppen holen müssen.

Der Gedanke löste ein Zuhausegefühl in ihr aus, das noch stärker wurde, als draußen auf dem See der Ruf eines Seetauchers ertönte. Lily öffnete die Tür. Eine

Zauberwelt lag vor ihr. Der glatte See spiegelte den blauen Himmel wider, das Laub der Bäume leuchtete in satten Rot- und Goldtönen zwischen den verschiedenen Grünschattierungen der Nadelhölzer. Lily erkannte den Geruch von Balsamtannen, Kiefern und den vertrockneten Blättern von Ahorn, Espen und Birken. Der Morgen war friedlich und still, in so vieler Hinsicht völlig anders als in der City.
Wieder rief der Seetaucher, aber sie konnte ihn nicht sehen. Lily lief zwischen moosbewachsenen Felsbrocken über den Nadelteppich zur Treppe. Als sie unten angekommen war, setzte sie sich zwischen zwei der für die Thissen Bucht charakteristischen, oberirdisch wachsenden Kiefernwurzeln und schaute auf den See hinaus.
Hinter ihr trällerte ein Singvogel im Wald, vor ihr schwappte leise das Wasser ans Ufer. Als der Seetaucher erneut rief, ortete sie ihn dem Klang nach auf Elbow Island. Sie stand auf, lief ins Haus zurück, holte das Fernglas ihrer Großmutter und wollte gerade wieder die Treppe zum See hinuntersteigen, als sie ein kleines Motorboot auf den Steg zugleiten sah.
Lily erstarrte. Der Mann in dem Boot trug eine dunkle Sonnenbrille, und es war offensichtlich, dass er sie ansah. Die windzerzausten Haare, das kantige Kinn, dessen Konturen der kurz geschnittene Bart eher betonte als verbarg, ließen keine Verwechslung zu. Ja, sie wusste, wer der Mann war – und er wusste, wer sie war. Als sie sich auf der Herfahrt überlegt hatte, ob sie nicht vielleicht vom Regen in die Traufe käme, hatte sie die Gefahr dieser Begegnung gar nicht bedacht.

John Kipling legte an und sprang federnd auf den Steg. Lily hatte es, wenn sie zu Hause war, vermieden, ihm über den Weg zu laufen, aber sie wusste von Poppy, wo er gewesen war, bevor er nach Lake Henry zurückgekehrt war, und warum er es getan hatte.

Hoch gewachsen und schlank, wirkte er, auch als er jetzt die Sonnenbrille abnahm, bedrohlich auf sie. Er ging mit langen Schritten auf sie zu.

»Das ist nah genug!«, rief sie, als er den Fuß an Land setzen wollte. Sie war nicht mehr hilflos wie in Boston – hier hatte sie Hausrecht.

Er blieb stehen, bückte sich und stellte die große, braune Papiertüte, die er in der Hand hielt, vor sich auf den Boden. Dann drehte er sich um und machte sich auf den Rückweg zu seinem Boot.

Er ging barfuß und trug ein graues Sweatshirt und über den Knien abgeschnittene Jeans. Unter anderen Umständen hätte sie seine Beine vielleicht bewundert, aber im Moment hatte sie dafür keinen Sinn.

»Halt!«, rief sie im Befehlston. Sie hatte ihn nicht gebeten zu kommen, aber da er nun schon einmal hier war, wollte sie wissen, warum. Er führte irgendetwas im Schilde. Das war bei Zeitungsleuten immer so, wie sie erst kürzlich hatte leidvoll erfahren müssen. »Was ist in der Tüte?«

Er hielt inne und wandte sich ihr langsam wieder zu. »Frühstück.«

»Woher wussten Sie, dass ich da bin?«

»Ich habe heute Nacht das Licht bei Ihnen angehen sehen.«

»Man kann doch nicht einmal das Haus von der Straße aus sehen.«

»Ich wohne am See.«

»Und wo?«

»Am Wheaton Point.«

»Von dort aus haben Sie aber keinen Blick auf die Thissen Cove. Also waren Sie auf dem Wasser. Mitten in der Nacht. Weshalb?«

»Ich konnte nicht schlafen.«

»Und jetzt haben Sie mir Frühstück gebracht. Warum? Was wollen Sie?«

»Helfen.«

Sie lachte ungläubig. »Sie? Sie sind Journalist – und dazu noch Donnys großer Bruder!«

»Dafür kann ich nichts, und außerdem war ich damals nicht hier, als er Ihnen diese Suppe einbrockte.«

»Aber wenn Sie da gewesen wären, hätten Sie zu Ihrem Bruder gehalten, wie Ihr Vater es tat und Ihre Tanten und Onkel und Vettern.«

»Er war bereits vorbestraft, und wenn er nicht behauptet hätte, dass er von Ihnen angestiftet worden sei, wäre er doppelt so lange hinter Gitter gewandert. Mein Vater und die Tanten, Onkel und Vettern glaubten seine Geschichte.«

»Aber sie war gelogen.«

»Das weiß ich – er hat es mir gebeichtet. Ich war am Tag vor seinem Tod bei ihm im Krankenhaus.«

Nachdem er seine Strafe für den Autodiebstahl im Gefängnis verbüßt hatte, hatte Donny Kipling zwei Jahre später wegen Einbruchs eingesessen. Drei Jahre nachdem er diese Strafe abgesessen hatte, war er bei einer Verfolgungsjagd, die er sich mit der Polizei lieferte, mit seinem Wagen verunglückt und eine Woche danach im Krankenhaus gestorben. Mit neunundzwanzig. Das war jetzt zehn Jahre her. Lily schloss damals gerade in New York ihr Studium ab.

»Es ist schade, dass es so gekommen ist«, sagte sie – nicht etwa, weil es ihr um Donny Leid tat, sondern weil er Johns Bruder gewesen war und John die Lüge seines Bruders eingestanden hatte, was sie nie und nimmer erwartet hätte.

»Ich weiß nicht, was da passiert ist«, dachte John laut. »Bis er zehn wurde, war er völlig okay. Ich war der Böse. Als ich dann wegging, trat Donny an meine Stelle.« Sein Blick begegnete dem ihren. »Wenn Ihnen das Genugtuung bereitet – Donnys Tod hat meinen Vater zerstört. Er hat seine Strafe bekommen.«

Das hätte Lily tatsächlich Genugtuung bereiten sollen, aber sie hatte Gus Kipling bei einem ihrer Besuche in Lake Henry gesehen. Er war vor der Zeit gealtert, ein gebrochener Mann, und sie war nicht hartgesotten genug, um ihm noch Schlimmeres zu wünschen.

»Ich möchte nur wissen, wofür *ich* bestraft werde«, sagte sie. »Ich dachte, ich könnte hier zur Ruhe kommen, aber nachdem mich die Presse aufgespürt hat, ist daran ja wohl nicht mehr zu denken.«

»Warum glauben Sie das?«

»Sie sind Journalist, und Journalisten leben davon, sensationelle Nachrichten zu verbreiten – ohne Rücksicht auf Verluste.«

»Das weiß ich – ich war selbst so einer.«

»Ich habe davon gehört.«

»Von Poppy oder von Ihrer Mutter oder von wem sonst? Egal. Tatsache ist, dass ich eine Familie zerstörte. Ich schrieb eine Story über einen Politiker aus Connecticut, der sich für die Nominierung zum Präsidentschaftskandidaten bewarb und dabei eine frühere Affäre mit einer verheirateten Frau aus höchsten Kreisen verschwieg. Die Geschichte hatte bereits Jahre zuvor geendet, als er seinerseits heiratete, aber es haftete ihr der üble Geruch des Ehebruchs an und die Chance, schlüpfrige Details in Erfahrung zu bringen, mit denen Auflage zu machen sein würde. Also hängte ich mich rein. Er hatte Feinde, und ich genoss es, mich mit ihnen zu unterhalten. Als die Story erschien, entzogen ihm seine ach so wohlanständigen Parteifreunde die Unterstützung. Seine politische Karriere endete ebenso wie seine Ehe und seine Beziehung zu den Kindern. Sie brachen den Kontakt zu ihm ab – die öffentliche Demütigung war zu schmerzhaft.« Er hielt inne. Unter seinem linken Auge zuckte ein Muskel.

»Sie haben den Teil mit der blonden Sekretärin vergessen«, sagte Lily.

»Nicht vergessen – verdrängt. Die Geschichte stimmte nicht. Er hatte kein Verhältnis mit der Kleinen, das stellte sich später heraus. Doch seine Frau und die Kids glaubten jedes Wort.«

»Hat der Mann nicht Selbstmord begangen?«

Das Muskelzucken wurde stärker. »Ja – und das hat mein Leben verändert. Ich war danach nicht mehr fähig, die harten Sachen zu schreiben, die die Zeitung von mir haben wollte, weil ich mir plötzlich Gedanken darüber machte, was ich damit auslösen könnte. Also kündigte ich und kam hierher zurück – geläutert, um es schwülstig auszudrücken. Sie können sich darauf verlassen, dass von mir niemand erfährt, dass Sie da sind – aber die Leute in Lake Henry werden es auch so herausfinden. Sie werden, wie ich, Licht bei Ihnen sehen, oder den Rauch, der aus Ihrem Kamin aufsteigt, wenn Sie einheizen ...«

»Dann muss ich eben wieder verschwinden«, erwiderte Lily. Sie konnte sich ohnehin nicht vorstellen, den Rest ihres Lebens in Lake Henry zu verbringen. Celia war tot, Poppy ihre einzige Verbündete und außerdem – wie sollte sie hier ihren Lebensunterhalt verdienen? Aber was bot sich als Alternative an? Sie war drauf und dran, den Mut zu verlieren, als John in ihre Gedanken hinein sagte: »Ich habe die heutige ›Post‹ im Boot. Es ist nicht mehr so schlimm, wie es war.«

Lily wollte es eigentlich nicht wissen, aber sie konnte es sich nicht erlauben, den Kopf in den Sand zu stecken. »Was steht denn drin?«

»Dass Sie sich in Ihrer Wohnung eingeigelt haben.« Er grinste schadenfroh. »Das eigentliche Thema ist Maxwell Funder, der sich bis zum Erbrechen über die im Ersten Zusatzartikel der Verfassung garantierte Redefreiheit, sowie den Unterschied zwischen einer öffentlichen und einer Privatperson und das Wesen der Verleumdung verbreitet. Es werden auch andere Anwälte zitiert, so genannte Experten, und Spekulationen über gerichtliche Schritte angestellt, die Sie vielleicht unternehmen. Haben Sie Funder engagiert?«

Lily schüttelte den Kopf.

John kratzte sich an der Augenbraue. »Er erweckt aber diesen Eindruck. Vielleicht sollten Sie es tun.«

»Ich kann ihn mir nicht leisten. Abgesehen davon glaube ich nicht, dass ich den Kampf gegen die ›Post‹ gewinnen würde.«

»Und was hielten Sie davon, gegen Terry Sullivan vorzugehen?«

Lily sah ihn scharf an. »Wie kommen Sie darauf?«

»Erstens stand sein Name dick und fett über der ersten Story, und zweitens wäre es mir eine Freude, wenn es ihm endlich einmal an den Kragen ginge. Wir haben zusammen studiert und waren danach zusammen bei der ›Post‹. Er betrachtete mich als Konkurrenten und drehte mir eine üble Linke.«

»Auf welche Weise?«

»Über die kleine, blonde Sekretärin. Sie war Terrys Informantin, und ich war sehr überrascht, als er sie an mich weiterreichte, aber er meinte, es sei meine Story, und er respektiere das. Wie sich herausstellte, wusste er aber von Anfang an, dass sie log, was bedeutet, dass er mich reingelegt hatte. Verstehen Sie mich nicht falsch – ich gebe nicht ihm die Schuld an der Katastrophe. Die kleine Blonde war nur ein Stück des Kuchens. Wenn ich weniger sensationsgierig gewesen wäre und die Geschichte überprüft hätte, wäre sie nicht erschienen. Nein – ich bin nur sauer auf Terry Sullivan. Also haben wir etwas gemeinsam, Sie und ich.«

Lily schüttelte den Kopf. »Nein – ich bin nicht sauer auf ihn. Ich könnte ihn umbringen!«
Johns Mund verzog sich zu einem schiefen Grinsen, und für eine Sekunde, nur für eine Sekunde spürte sie sich ihm verbunden.

John schlenderte zu seinem Boot, sprang hinein, ließ den Motor an, winkte Lily zum Abschied zu und fuhr in gemächlichem Tempo davon, doch in seinem Innern herrschte Aufruhr. Als er vor drei Jahren nach Lake Henry zurückgekehrt war, hatte er den Plan gehabt, mit der wöchentlichen Herausgabe der »Lake News« seine Rechnungen zu bezahlen, während er nebenher ein Buch schrieb, das ihm Berühmtheit und das große Geld und die Rechtfertigung dafür bescheren würde, Boston verlassen zu haben – und er hatte es versucht. Er hatte ein Dutzend Bücher angefangen. Nur interessierte ihn keines der Themen genug, um dranzubleiben.
Bei diesem wäre es anders. Dieses barg das Potenzial für einen großen Erfolg in sich. Je länger er darüber nachdachte, umso mehr fesselte es ihn. Lily war ein Opfer der Medien. Menschenrechte – in ihrem Fall das Recht auf Privatsphäre – wurden von ihnen mit Füßen getreten, und wer wäre besser geeignet, Lilys Geschichte zu schreiben als er, der es früher ebenso gemacht hatte? Sie würde all die vielen Menschen ansprechen, die die zunehmende Hemmungslosigkeit der Medien einerseits abstieß und andererseits faszinierte.
Lilys Story würde die eine Seite befriedigen.
Terrys Story die andere. Er war ein guter Schreiber,

sogar ein großartiger Schreiber, ein Meister des Wortes – und er wusste es. Er war überheblich, und er war ehrgeizig. Aber Ehrgeiz allein konnte die Skrupellosigkeit, das Leben unschuldiger Menschen zu zerstören, nicht erklären. John hatte genügend Reporter kennen gelernt, um die gewissenhaften von den besessenen unterscheiden zu können. Die Motive der Besessenen gingen oft über die professionellen hinaus.

John war ein gutes Beispiel dafür. Seine treibende Kraft war ein Bedürfnis nach Aufmerksamkeit, das bis in seine Kindheit zurückging. Damals hatte es sich in Schulstreichen und kleineren Konflikten mit dem Gesetz geäußert. Nachdem er Lake Henry verlassen hatte, schlug es eine positivere Richtung ein, als sein Ehrgeiz ihn zunächst im Studium und dann im Beruf zu Höchstleistungen anstachelte, was in letzterem Fall dann allerdings zu einer journalistischen und persönlichen Katastrophe führte, nach der sein Bemühen, sich einen Namen zu machen, der Biss fehlte.

Doch die Idee, dieses Buch zu schreiben, ließ ihn wieder aufleben. Ja, er wollte berühmt werden. Welcher Journalist wollte das nicht? Aber jetzt hatte er ein Gewissen. Wenn er ihr dabei helfen könnte, sich zu rächen und gleichzeitig seinerseits Wiedergutmachung leisten – einerseits als Schreiber, andererseits als Mensch – was könnte besser sein?

Er hatte sich auf dem Weg zu Celias Häuschen viel Zeit gelassen, war nah am Ufer entlanggetuckert, als hielte er Ausschau nach Seetauchern, wie die Bewohner der Häuser am Wasser es von ihm kannten, und verfuhr auf dem Rückweg in der gleichen Weise. Er trödelte dahin, bis er vier Seegrundstücke passiert hatte, ehe er die Nase des Bootes in Richtung Seemitte brachte und Gas gab.

Zehn Minuten später lenkte er das Boot auf die langsam verrottenden Planken zu, die ihm als Anlegestelle dienten. Eines Tages würde er sie wegreißen und einen richtigen Steg bauen mit einem Pavillon am Ende, der Platz für einen Schreibtisch und einen Stuhl böte, und dort würde er dann schreiben, während die Sonne auf den See herunterbrannte und Seetaucher vor ihm auf dem Wasser schaukelten. Und wenn es regnete, würde er eines oder zwei der Marienglasfenster entrollen.

Das Bild weckte die Assoziation mit Hemingway, dachte er – nicht ganz abwegig für einen Burschen, der angeblich ein Nachkomme Rudyard Kiplings war.

Er vertäute das Boot neben seinem Paddelboot, nahm eine zweite braune Papiertüte mit zu seinem Geländewagen, stieg ein, öffnete die Fenster, um die herrlichfrische Luft hereinzulassen und fuhr los. Wieder einmal ließ ein traumhafter Tag ihn die Farben des Herbstlaubes genießen, die den Höhepunkt ihrer Pracht erst in ein, zwei Wochen erreichen würden. Er fuhr an den Privatwegen vorbei, die zum Mully Point und der Seizer Bay führten, und ein Stück weiter zum Gemini Beach und der Lemon Cove. Als er die Zufahrt zur Thissen Cove passierte, fragte er sich, ob Lily wohl flüchten würde. Aber wenn er ihren Gesichtsausdruck richtig gedeutet hatte, dann war das nicht zu befürchten, weil sie nicht wusste, wohin sie gehen sollte.

Zufrieden vor sich hin pfeifend erreichte er das Zentrum von Lake Henry, wo um diese Zeit vor dem Postamt und »Charlie's« ein Auto hinter dem anderen stand oder in den Parkplatz dahinter einbog, an dessen Ende sich – von links nach rechts gesehen – die Polizeiwache, die Kirche und die Bücherei befanden, alle drei aus weißgestrichenem Holz und mit schwarzen Fensterläden. Jedes der Gebäude hatte mehrere Funktionen. Das lang gestreckte, einstöckige Gebäude der Polizeidienststelle beherbergte zusätzlich die Gemeindeverwaltung und das Standes- und Sozialamt. Die Bücherei, ein eckiger Klotz aus der Zeit des Bürgerkriegs, hatte seine weitläufige, zweite Etage an die Lake Henry Commission vermietet, und im Keller der hoch aufragenden, ehrwürdigen Kirche saß die Historical Society, die heute einen Pflanzenmarkt veranstaltete, der, ebenso wie die Kuchenverkaufsaktionen und Kunst- oder Flohmärkte, eher ein gesellschaftliches als ein kommerzielles Ereignis war. Es standen ebenso viele Leute in Grüppchen neben ihren Fahrzeugen beieinander, nur um zu plaudern, wie Leute, die tatsächlich Pflanzen kauften.

John überflog die Autos und Geländewagen, entdeckte ein, zwei fremde darunter. Touristen? Reporter? Es war nirgends eine Profikamera zu sehen. Nicht heute. Noch nicht. Beruhigt fuhr er auf der Hauptstraße weiter bis zu der Gabelung, wo die Ridge Road von der Main abging. Die Abzweigung hatte Symbolcharakter. Frosteinbrüche hatten hier ebenso ihre Spuren hinterlassen wie auf den anderen Straßen des Ortes, doch diese Risse erschienen tiefer, die daraus resultierenden Schlaglöcher größer, und das Laub der Ahornbäume leuchtete nicht orange, sondern wirkte verbrannt, das der Birken war nicht gelb, sondern erschien vergilbt, und die Äste der Hemlocktannen hingen trostlos herab.

Am See roch es nach Herbst, in der Main Street von Lake Henry roch es nach was auch immer auf Charlie's Grill brutzelte, doch hier draußen stank es. Immer. Aber nicht nach Fäkalien, sondern nach Abfall oder nach in einem offenen Feuer verbrennenden Autoreifen oder sonstigem Sondermüll.

Der »Ridge«, eine mäßig breite terrassenartige Verflachung des Rückens eines Berges, lag etwa hundert Meter über dem Wasserspiegel. Seeseits wurde die Flur von einer Straße begrenzt, bergseits standen mehrere um die Jahrhundertwende von den damaligen Besitzern der Textilfabrik für ihre Arbeiter erbaute Reihen kleiner blechgedeckter Dreizimmerhäuser. Damals war hier nicht schlecht wohnen gewesen. Die Winslows, denen die Fabrik seinerzeit gehörte, waren nett und gewissenhaft gewesen. Sie hatten dafür gesorgt, dass die Häuschen regelmäßig gestrichen und in Stand gehalten wurden, hatten die Isolierung verbessert, den Abfall entfernen und den Adlerfarn beseitigen lassen, damit dort Gras wachsen konnte und die Kinder einen sicheren Platz zum Spielen hatten. Auch die vierte Generation der Winslows war nett und gewissenhaft. Als in den späten Sechzigern Freiheit zum Schlagwort wurde, beteiligten sie ihre Arbeiter als eine der ersten Firmen am Gewinn. Im Zuge dessen verkauften sie die kleinen Häuschen an deren Bewohner für einen symbolischen Dollar das Stück.

Als die Automatisierung in der Fabrik zu drastischen Personaleinsparungen führte, zogen die Arbeiter weg, und die Häuschen wurden von Handwerkern, Zimmerleuten, Klempnern, Elektrikern, Automechanikern, und Holzarbeitern übernommen. Sie arbeiteten alle in Lake Henry, aber wenn sie abends heimkamen, war ihre Energie aufgebraucht. Ein übles Gemisch aus Langeweile, Frustration und Zorn über ihr Dasein führte dazu, dass die Männer, die so geschickte Hände hatten, ihre Häuser verkommen und lieber die Fäuste fliegen ließen. Der größte Teil der Polizeiarbeit in Lake Henry bestand darin, bei Gewalttätigkeiten innerhalb der Familien auf dem Ridge einzuschreiten.

Die Vergangenheit und die Gegenwart des Ridge hätten Stoff für mehrere Bücher geliefert, aber John hätte keines davon schreiben können. Das Thema saß ihm zu tief in den Knochen.

Als er mit seinem Geländewagen die Terrasse erreicht hatte und langsam an der ersten Reihe der wie Zecken in einem Hundefell zwischen Bäumen versteckten, baufälligen Häuschen vorbeifuhr, bedachten ihn die Leute von schiefen Verandastufen aus mit feindseligen Blicken.

Sie betrachteten es als Verrat, dass John an den See hinunter gezogen war. Sie waren nicht stolz darauf, dass einer der Ihren es zu etwas gebracht hatte, sie erkannten nicht an, dass er ihnen zu helfen versuchte, die Zeitung dazu benutzte, ihren Belangen Beachtung zu verschaffen. Sein Anblick erinnerte sie an alles, was sie nicht haben und sein konnten. Darum war es ihnen lieber, wenn sie ihn nicht sahen, und das beruhte auf Gegenseitigkeit. John hatte seinen Vater geradezu angefleht, zu ihm zu ziehen, aber Gus Kipling hatte diesen Vorschlag mit dem gleichen Abscheu von sich gewiesen, den er auch für alles andere zeigte, das John sagte oder tat. Also biss John in den sauren Apfel und besuchte ihn zweimal in der Woche hier oben – oder auch öfter, wenn es ein Problem gab und Dulcey Hewitt ihn anrief.

Dulcey wohnte Tür an Tür mit Gus. Sie hatte drei kleine Kinder und eine harte Schale. Die brauchte sie, um Gus zu ertragen, auch wenn John sie dafür bezahlte.

John wappnete sich innerlich, als er vor dem Häuschen seines Vaters anhielt. Es war auch einmal sein Heim gewesen, aber die Erinnerung daran tat weh. Also distanzierte er sich davon im Besonderen, wie er sich von dem Ridge im Allgemeinen distanzierte, und sah das Haus nur noch als das seines Vaters. Er war sogar so weit gegangen, das Erscheinungsbild des Gebäudes zu verändern, indem er es stahlblau gestrichen, mit einer umlaufenden Veranda versehen und im Vorgarten robuste Büsche gepflanzt hatte, die, auch ohne von Gus gegossen zu werden, überlebten.

John stieg mit der Lebensmitteltüte im Arm aus dem Wagen, überquerte die Veranda und öffnete die Eingangstür. Im Haus herrschte ein wüstes Durcheinander, aber das war nichts Neues. Jedes Mal, wenn John Dulcey darauf ansprach, beteuerte sie ihm, dass sie zweimal am Tag aufräume, und es erstaunte ihn immer wieder, dass ein Mann, der kaum laufen konnte, es schaffte, in so kurzer Zeit ein solches Chaos anzurichten. Aber zumindest war es darunter sauber.

»Gus?« Er stellte die Tüte in die winzige Küche und sah im Schlafzimmer und im Bad nach, ging in die Küche zurück, schaute aus der Hintertür – und erstarrte. Sein Vater, ein einstmals hoch gewachsener und jetzt gebückter, weißhaariger, hagerer Mann, schleppte am anderen Ende des winzigen Gartens einen Feldstein durch das kniehohe Gras, den er laut der medizinischen Wissenschaft nicht einmal mehr heben konnte.

»Grundgütiger!«, flüsterte John, stieg die Stufen hinunter und durchquerte den Garten. »Was machst du da, Dad?«, rief er ihn an.

Gus setzte seinen Stein auf einer zerklüfteten Mauer aus ähnlichen Steinen ab, drehte ihn hin und her, hob ihn schließlich wieder hoch und trug ihn durch das hohe Gras zurück. Als John versuchte, ihn ihm abzunehmen, drehte er sich weg und änderte seine Richtung.

»Du sollst dich doch schonen, damit dein Herz sich erholen kann«, erinnerte John ihn.

»Papperlapapp«, erwiderte Gus mit brüchiger Stimme unwirsch, blieb an einer anderen Stelle der Mauer stehen und ließ den Stein mit einer Wucht darauf hinunterkrachen, wie es in seiner besten Zeit undenkbar gewesen wäre. »Wenn ich keine Steine mehr tragen darf, kannst du mich auch gleich beerdigen.«

»Du bist seit zwei Jahren im Ruhestand.«

»So siehst du das. Du hast mein Haus gestrichen, du hast mir Teppiche und ein Sofa gekauft. Du hast mir eine Mikrowelle und einen Fernseher hingestellt – aber ich will das alles nicht«, erklärte Gus mit einer wegwerfenden Bewegung seiner altersknorrigen Hand. »Ich will nur meine Steine.« Vor Anstrengung keuchend, drehte er den gerade abgelegten nach links und nach rechts. Dann stieß er einen Fluch aus und murmelte: »Das verdammte Ding passt nirgends hin.«

John hatte seinem Vater oft genug zugeschaut, um zu wissen, wie eine Natursteinmauer gebaut wurde. Zwei Reihen Steine bestimmten die Dicke der Mauer. Um die Stabilität zu steigern, passte man alle zwei Meter einen einzelnen Stein in den Zwischenraum ein.

»Früher klappte das beim ersten Mal«, klagte Gus. »Jetzt schaffe ich es nicht einmal beim zehnten.« Er hob den Fuß und versetzte der Mauer einen so heftigen Tritt, dass er den Halt verlor und unsanft auf dem Hintern landete.

John beeilte sich, ihm aufzuhelfen, doch es war ein mühsames Unterfangen, ebenso schmerzhaft für Gus wie schmerzlich für John. Er erinnerte sich daran, was für ein kräftiger Mann sein Vater gewesen war, wie unermüdlich er gearbeitet, mit sicherem Blick den richtigen Stein gewählt hatte, der nicht nur exakt in die jeweilige Lücke passte, sondern sich auch harmonisch in das Bild fügte. Gus Kiplings Mauern waren Kunstwerke.

Jetzt war er ein alter Mann und das ehemals anziehende Gesicht von tiefen Falten durchzogen. Der Anblick tat John in der Seele weh.

Als Gus schließlich wieder fest auf den Füßen stand, schüttelte er Johns stützende Hand ab.

John ging zu dem Stein, der nicht richtig saß. »Sag mir, wo du ihn hinhaben willst.«

»Du kannst das nicht«, bellte Gus heiser. »Das ist meine Aufgabe.«
John trat zur Seite, und Gus begann erneut, den Stein hin und her zu rücken, aber seine Bemühungen wurden schwächer und seine Atemzüge immer mühsamer. Doch er war nicht nur unglücklich über diesen Stein, sondern auch über sein Leben. Sein Arzt hatte eine Altersdepression bei ihm diagnostiziert und John erklärt, dass das durchaus nichts Ungewöhnliches sei, aber das machte es John nicht leichter, es mit anzusehen, und Gus war schon eine geraume Zeit in diesem Zustand.
»Wie wär's mit einem Bier?«, fragte er, nachdem er eine Weile den Rücken seines Vaters betrachtet hatte. Der alte Mann gab seine Versuche auf und drehte sich um.
»Ich darf nur eins am Tag trinken«, erwiderte er mürrisch. »Soll ich den ganzen Abend ohne dasitzen?«
»Ich genehmige dir für heute ausnahmsweise zwei«, entschied John, holte zwei Flaschen aus dem Kühlschrank in der Küche, gab Gus eine davon und lehnte sich an die Mauer. Gus stellte sich breitbeinig hin, um nicht das Gleichgewicht zu verlieren, legte den Kopf in den Nacken und trank einen großen Schluck. Dann deutete er mit dem Boden der Flasche auf die Mauer. »Auf der kann man entlanglaufen.«
»Ich weiß.«
»Nicht alle bauen so stabile Mauern, dass man darauf laufen kann. Manche würden dabei auseinander fallen.«
»Ja.«

»Ein Jammer, dass du keinen Geschmack an dieser Arbeit gefunden hast.«

John hatte keinen Geschmack daran finden können, weil Gus sie ihm nie nahe gebracht hatte. Er war immer zu sehr darin vertieft oder zu sehr in Eile gewesen.

»Das ist Kunst«, verkündete Gus. »Deine Arbeit bei der Zeitung ist keine Kunst.«

John ließ den Angriff unerwidert. »Hat Donny je mit dir zusammengearbeitet?«, fragte er. Der Arzt hatte ihm geraten, den alten Mann zum Reden zu animieren, und das Thema Donny war längst überfällig.

Gus stieß einen geringschätzigen Laut aus und trank noch einen Schluck Bier.

»Er sagte, er wäre gerne bei dir eingestiegen.«

»Er lag im Sterben – was hätte er sonst sagen sollen?«

»Dass er dich hasste, zum Beispiel. Stattdessen sagte er, er hätte sich gewünscht, mit dir zusammenzuarbeiten. Ich sehe das als Kompliment.«

Gus warf ihm einen misstrauischen Blick zu. »Was führst du im Schilde?«

»Gar nichts.«

»Du hast noch nie etwas ohne Hintergedanken getan.«

»Das ist nicht wahr.«

»Immer heckst du irgendwas aus, willst immer bedeutender und besser sein als alle anderen.«

John wandte den Blick ab. Sie hatten dieses Gespräch schon öfter geführt, Gus und er, und es brachte nichts, zumindest nicht das von John gewünschte Ergebnis. Also sagte er nur ruhig: »Ich denke oft an Donny, das ist alles.«

»Was hat das für einen Sinn? Er ist tot.«

»Ja – und das tut mir Leid.«

»Das kaufe ich dir nicht ab.«

»Weil ich ihn tyrannisiert habe? Auch das tut mir Leid.«

Gus stieß einen Grunzlaut aus. Ein paar Häuser weiter weinte ein Baby.

»Hast du die Lily-Blake-Geschichte verfolgt?«, fragte John.

»Was für eine Geschichte?«

John nahm seinem Vater die Ahnungslosigkeit nicht ab. Er behauptete zwar, nie fernzusehen, verriet sich aber hin und wieder mit Bemerkungen, die zeigten, dass er durchaus informiert war.

»Erinnerst du dich noch daran, wie sie als kleines Mädchen war?«, wollte John wissen.

»Wenn ich es täte, würde ich es *dir* bestimmt nicht sagen.«

»Warum nicht?«

»Weil ich nicht weiß, was du dann damit anfangen würdest.«

Zwei Angriffe war John bereit einzustecken, aber der dritte machte das Maß voll. »Musst du mich immer so abkanzeln? Kannst du dir nicht vorstellen, dass ich ihr vielleicht helfen möchte?«

»Nein.«

»Habe ich in den drei Jahren, die ich wieder hier bin, irgendjemanden in den Dreck gezogen?«

»Ein Leopard wechselt sein Muster nicht.«

John stellte seine Bierflasche auf einen flachen Stein und stieß sich von der Mauer ab. »Ich bin neugierig, ob es irgendwann einmal möglich sein wird, sich nett mit dir zu unterhalten«, sagte er mühsam beherrscht und ging, bevor sein Vater ihn mit einer neuerlichen spitzen Bemerkung oder bedeutungsvollem Schweigen verletzen konnte. Erst als er den Ridge hinter sich gelassen hatte und wieder frische Luft zu den Fenstern hereinwehte, wich sein Zorn Traurigkeit.

Gus war einundachtzig, aber wie er da mit seinen weißen Haaren, nicht ganz sicher auf den Beinen, mit gebeugtem Rücken, dem viel zu großen karierten Hemd, das ihn noch zerbrechlicher erscheinen ließ, und Angst in den Augen in dem hohen Gras stand, hatte er uralt ausgesehen.

John wollte sich nicht so an ihn erinnern müssen. Er wollte einen anderen Ausdruck in seinen Augen sehen und andere Worte aus seinem Mund hören – aber er wusste nicht, wie er das erreichen könnte.

7

Poppy Blake besaß, ebenso wie ihre Schwester Lily, ein kleines Haus am See, und auch ihres war auf drei Seiten von Bäumen umstanden, doch ihr Grundstück lag nicht am Ostufer, sondern am gegenüberliegenden, war eine keilförmige Parzelle, die ihre Eltern nach dem Unfall von ihrem Besitz abgetrennt und ihr in der Hoffnung geschenkt hatten, sie damit in ihrer Nähe zu behalten. Poppy hatte dieser Lösung zugestimmt, die von ihrer Mutter und ihrem Vater geplante Verbindungsstraße von Haus zu Haus jedoch abgelehnt. Und so konnte man nur über eine zwar schmale, aber geteerte Abzweigung von der Hauptstraße zu ihr gelangen.

Das Häuschen bestand aus einem Mittelbau und zwei Flügeln. In dem linken waren Schlafzimmer und Bad untergebracht, im rechten die Küche und ein Trainingsraum, aber die meiste Zeit verbrachte Poppy in dem Mittelteil, wo auf den See ausgerichtet und bogenförmig angeordnet, drei aneinander grenzende Schreibtischelemente standen. Das eine Ende war einem Computer vorbehalten, das andere eine geräumige Schreibfläche, und in der Mitte saß Poppy, mit Blick auf die Postkartenidylle – Plankenweg zum Bootssteg, See und prachtvolles Herbstlaub – vor den Knopfreihen der Telefonzentrale, mit der sie ihren Lebensunterhalt verdiente.

»Bei Boudreau«, meldete sie sich, auf ein blinkendes Lämpchen reagierend.

»Poppy – hier ist Vivie.« Vivian Abbott war die Gemeindeverwaltungsbeamtin von Lake Henry. »Wo sind die Boudreaus?«

»Sie wollten zu dir. Ich dachte, sie wären längst da.«

»Sind sie aber nicht, und ich muss in zwei Minuten weg. Wenn sie bis dahin nicht kommen, werden sie am nächsten Samstag ihre Stimme abgeben müssen. Zwischen neun und elf. Oh, da sind sie. Danke, Poppy!«

Sie legte auf, und ein anderes Lämpchen begann zu blinken.

»Historical Society«, sagte Poppy in das Mikrofon der Freisprechanlage.

»Edgar Cook. Meine Peggy möchte wissen, wie lange der Pflanzenverkauf heute läuft.«

»Bis um vier.«

»Ha! Genau das habe ich ihr gesagt, aber sie wollte mir nicht glauben. Danke Poppy.«

»Keine Ursache.« Diesmal blinkte das Lämpchen ihrer Privatleitung. »Hallo?«, meldete sie sich, noch immer über Edgar lächelnd.

»Ist da Poppy Blake?«

Terry Sullivans Stimme ließ ihr Lächeln erlöschen. »Was wollen Sie?«

»Mit Ihrer Schwester sprechen.«

Als wäre sie bei ihr, was sie nicht war. Als würde sie ihn mit ihr verbinden, was sie auf keinen Fall täte. Als wüsste sie genau, wo Lily sich aufhielt, was sie nicht tat.

»Soviel ich weiß, ist sie in Boston.« Poppy hatte das kaum ausgesprochen, als sie eines Besseren belehrt wurde, denn Celia St. Marie konnte die zierliche Frauengestalt, die plötzlich mit einer Baseballkappe auf dem Kopf und in einer alten, karierten Jägerjacke, formlosen Shorts und knöchelhohen Turnschuhen auf ihrer Terrasse stand, nicht sein.

Poppy winkte Lily zu sich herein.

»Sie wollte gestern Abend weg, hat es jedoch nicht geschafft. Vielleicht hat sie uns aber auch reingelegt. Ich habe versucht, mir vorzustellen, was ich an ihrer Stelle täte.«

»Und dabei sind Sie auf die Idee verfallen, sie könnte hierher kommen? Warum sollte sie?«

»Notgedrungen.«

»Notgedrungen«, echote Poppy.

»Wohin sollte sie sonst gehen?«

»Nach New York beispielsweise. Oder nach Albany.«

Lily öffnete die Terrassentür, und Poppy legte warnend den Finger an die Lippen. Dann streckte sie den Arm nach Lily aus, zog sie zu sich heran und drückte sie einen Moment lang fest an sich.

»Würden Sie es mir sagen, wenn sie da wäre?«, fragte Terry.

»Das bräuchte ich gar nicht.« Sie formte mit den Lippen seinen Namen, worauf Lilys Augen sich vor Entsetzen weiteten, und sagte zu ihm: »Sie würden es meiner Stimme anmerken. Wir hier oben sind keine guten Lügner – das läuft unserer Natur zuwider.«

»Ich besitze eine Liste ihrer Freunde von der N.Y.U. und der Juilliard und habe alle überprüft. Bei denen ist sie nicht aufgetaucht.«

»Und was ist mit ihren Freunden vom Theater? Sie hat am Broadway Leute aus dem ganzen Land kennen gelernt. An ihrer Stelle wäre ich bei einem alten Kollegen.«

»Und wer käme da in Frage?«

»Keine Ahnung – ich weiß keine Namen.«

»Würden Sie sie mir nennen, wenn Sie sie wüssten?«

»Nein.«

»Werden Sie es mich wissen lassen, wenn sie nach Lake Henry kommt?«

»Nein.«

Er lachte leise. »Das ist mein Mädchen.«

»Da wäre ich lieber tot«, erwiderte Poppy hitzig, unterbrach die Verbindung und strahlte zu Lily hinauf. »Ich hatte so eine Ahnung.« Sie schloss ihre Schwester in die Arme und erschrak. Lily war verständlicherweise immer angespannt, wenn sie nach Lake Henry kam – aber sie hatte sie noch nie so zittrig erlebt. Sie schob sie von sich weg und musterte sie prüfend. Die dunklen Ringe unter den Augen hatte sie vor fünf Monaten, zu Ostern, noch nicht gehabt.

»Du siehst schrecklich aus«, sagte sie. »Immer noch schön, aber fix und fertig.«

Lilys Augen füllten sich mit Tränen, und Poppy zog sie wieder an sich. Äußerlich ähnelten die beiden Schwestern einander sehr, im Wesen unterschieden sie sich. Poppy war fröhlich und geradeheraus, Lily eher ernst und zurückhaltend. Bei Poppy wussten die Leute, woran sie waren, bei Lily konnten sie da nie sicher sein.

Als Kind hatte Poppy den Boden angebetet, auf dem ihre Schwester wandelte, gelitten, wenn sie stotterte und von Stolz geschwellt in die Runde geblickt, wenn sie sang. Später war sie dann nicht mehr mit allem einverstanden gewesen, was Lily tat – sich mit Donny Kipling zusammenzutun war schlicht und einfach dumm gewesen –, aber sie wusste, dass Lily ein grundanständiger Mensch war. Sie hatte ihr Stottern nicht verdient und auch die unzumutbaren Maßstäbe nicht, die Maida ihrer Erstgeborenen setzte. Das Schicksal war teilweise ausgesprochen unfair mit Lily umgegangen – und jetzt hatte es schon wieder zugeschlagen.

Lily schien ihren Gedanken zu unterstreichen, als sie zitternd einatmete, und der gequälte Blick, mit dem sie Poppy ansah, als sie sich von ihr löste, tat ein Übriges.

»Wie bist du weggekommen?«, erkundigte sich Poppy.

»Mit Hilfe einer Bekannten. In einem geliehenen Wagen. Glaubt Terry Sullivan, dass ich hier bin?«

»Noch nicht.«

»Aber sie werden kommen.« Ein gehetzter Ausdruck trat in Lilys Augen. »Es ist nur eine Frage der Zeit.« Sie sank auf einen Stuhl, faltete die Hände, klemmte sie zwischen ihre Schenkel und wiegte sich langsam vor und zurück. »John Kipling hatte letzte Nacht Licht bei mir gesehen und tauchte daraufhin heute Morgen auf. Er sagte, er würde mich nicht verraten. Kann ich ihm das abnehmen?«

Poppy mochte John. Sie hatte gehört, wie schwierig er als Jugendlicher und wie skrupellos er als Journalist in Boston gewesen war, aber kennen gelernt hatte sie ihn erst, als er nach Lake Henry zurückkehrte. In diesen drei Jahren hatte sie nie etwas an ihm auszusetzen gehabt.

»Wenn er es *mir* versprochen hätte, würde ich es ihm abnehmen.«

»Na ja – ich werd's erleben. Wie die Dinge liegen, muss ich für jeden Tag dankbar sein, den ich verschnaufen kann. John hat mir heute Morgen erzählt, was in der Zeitung steht. Die geben einfach keine Ruhe. Ich fühle mich so machtlos – als hätte ich keine Rechte.«

»Hast du aber – und um die durchzusetzen, gibt es Gerichte. Du musst mit einem Anwalt sprechen.«

»Das habe ich schon getan.«

»Und? Ist er nicht auch der Meinung, dass du wegen Verleumdung klagen solltest?«

»Doch – aber die Prozessvorbereitungen könnten sich drei Jahre hinziehen und alles noch schlimmer machen – und außerdem würden sie ein Vermögen verschlingen.«

Ein spöttisches Lächeln zuckte um Lilys Mundwinkel. »Er meinte, ich solle mir das Geld von Mom leihen.«

Poppy hätte ihren Spott geteilt, wenn sie nicht von Schuldgefühlen überwältigt worden wäre. Ihre Mutter hatte ihr so viel gegeben – das Grundstück, das Haus, einen ihrer Behinderung entsprechend ausgerüsteten Van – und schickte ständig Kleidung und Blumen herüber und mehr Lebensmittel, als Poppy verbrauchen konnte.

Poppys Probleme waren physischer Natur. Damit konnte Maida umgehen. Emotionale Probleme überforderten sie.

Lily zog die Kappe vom Kopf und schüttelte ihre Haare aus. Mit zusammengezogenen Brauen schaute sie auf den Schirm der Mütze hinunter. »Ist sie noch bbb-böse auf mich?«

Das Stottern zerriss Poppy fast das Herz. Heutzutage trat es nur noch bei Stress auf, aber sie erinnerte sich noch an die Zeiten, als es Lilys nahezu ständiger Begleiter war und mit Grimassen einherging, die mitanzusehen eine Qual war. Lily musste schrecklich gelitten haben. Poppy wusste, wie es war, angestarrt zu werden, aber sie war erwachsen. Lily war ein Kind gewesen und nicht nur angestarrt, sondern auch verspottet worden. Ihre Mutter hätte ihr beistehen müssen, aber sie wirkte stets wie versteinert, wenn es um Lily ging. Und Lily? Die kam in den Ferien und zu besonderen Anlässen immer wieder in der Hoffnung nach Hause, dass sich das ändern würde. Poppy glaubte nicht daran. Die Mutter war schwierig. Sie zeigte sich nicht nur Lily gegenüber intolerant, sie war auch unduldsam gegenüber ihren Angestellten und neuerdings sogar gegenüber Rose. Wäre sie gesund und hätte sie die Kräfte besessen, sie hätte sie geschüttelt, bis sie zur Vernunft gekommen wäre. Zumindest gehörte das zu ihren Wunschträumen.

»Das kann ich dir nicht sagen«, beantworte sie Lilys Frage. »Ich habe seit gestern nicht mit ihr gesprochen. Wirst du sie besuchen?«

Lily schaute auf den See hinaus. »Meinst du, ich sollte?«

»Nur, wenn du scharf darauf bist, niedergemacht zu werden«, erwiderte Poppy trocken.

Lily wandte sich ihr zu, und ein sehnsüchtiger Ausdruck trat in ihre Augen. »Vielleicht ist sie ja bereit, sich meine Version der Geschichte anzuhören …«

»Darauf solltest du lieber nicht hoffen.«

»Wenn ich nicht zu ihr gehe und sie von jemand anderem hört, dass ich hier bin, nimmt sie mir das auch noch übel.«

»Ich werde es ihr nicht erzählen«, versprach Poppy.

»John sagte, es würde nicht lange ein Geheimnis bleiben – irgendjemand würde Licht bei mir sehen oder den Rauch aus meinem Kamin –, und er hat Recht. Ich hatte mir vorgestellt, für eine Weile sozusagen unsichtbar zu bleiben, in Ruhe die Entwicklung in Boston abzuwarten und dann entscheiden zu können, wie es weitergehen soll – aber jetzt weiß er, dass ich hier bin.«

»Wenn er gesagt hat, dass er dich nicht verraten wird, dann tut er es auch nicht«, versicherte Poppy ihr.

»Warum nicht? Was bringt ihm das?«

»Selbstachtung.«

»Und wie siehst du das Frühstück, das er mir brachte?«

»Als nette Geste.«

»Es könnte auch ein Danaergeschenk gewesen sein.«

Poppy schaute sie bestürzt an. »Früher warst du nicht so misstrauisch.«

Lily strich sich die Haare aus dem blassen Gesicht. »Dabei hätte mir die Geschichte mit Donny eine Lehre sein müssen. Ich weiß nicht, was ich tun soll.«

»Du bleibst auf jeden Fall hier«, entschied Poppy. »Zieh doch zu mir.« Die Idee gefiel ihr, aber Lily schüttelte den Kopf.

»Nein. Ich brauche meine eigenen vier Wände um mich – und Großmutter.«

»Kann ich irgendetwas für dich tun?«

»Nein, nichts.«

Als ein Lämpchen auf der Schalttafel zu blinken begann, rückte Poppy ihr Mikrofon zurecht. »Polizeiwache Lake Henry. Dieser Anruf wird aufgezeichnet.«

»Hier spricht Harvey Ellman von der ›Newsweek‹, ich brauche Informationen über die kriminelle Vergangenheit von Lily Blake.«

Poppy fand Lilys Blick und hielt ihn fest. »Lily Blake hat keine kriminelle Vergangenheit.«

»Sie wurde doch wegen Diebstahls verurteilt.«

»Da sind Sie falsch informiert.«
»Wer sind Sie?«, fragte der Mann gereizt.
»Ich wurde als Ansprechpartnerin für die Presse eingeteilt, und Sie können sich darauf verlassen, dass ich weiß, wovon ich rede. Sie sind nicht der Erste, der aus diesem Grund anruft.«
»Ich würde aber trotzdem lieber mit dem Polizeichef sprechen.«
»Tut mir Leid – Sie müssen sich mit mir begnügen.«
Der Reporter legte auf, und Poppy streckte triumphierend den Daumen in die Höhe.

Als Lily ihre Schwester verließ, fühlte sie sich etwas besser. Poppy war eine mächtige Verbündete. Sie leistete Telefonservice auch für die einflussreichen Bewohner von Lake Henry, und diese Kontakte ermöglichten es ihr, Stimmung für Lily zu machen. Außerdem hatte sie darauf bestanden, Lily ihr Handy zu überlassen, weil in Celias Häuschen kein Telefon angeschlossen war.
Wie den Hinweg, nahm Lily auch den Rückweg nicht durch Lake Henry und fuhr stattdessen um den ganzen See herum, denn im Ort wurde jeder fremde Wagen neugierig registriert.
Als sie in die Zufahrt zur Thissen Cove einbog, stieg die Furcht in ihr auf, vor ihrem Häuschen von einem Reporter erwartet zu werden. Sie nahm das Handy vom Beifahrersitz und bereitete sich seelisch darauf vor, Poppy anzurufen, die daraufhin Willie Jake, den Polizeichef, alarmieren würde, der mit seinem Streifenwagen um den See rasen und den Eindringling wegen unbefugten Betre-

tens eines Privatgrundstückes festnehmen würde. Aber »Unbefugtes Betreten« war ein minderschweres Vergehen, was bedeutete, dass der Mann nach ein paar Stunden wieder auf freiem Fuß wäre und ihren Aufenthaltsort mit einem einzigen Rundruf bekannt machen würde, worauf ein Schwarm von Presseleuten über Lake Henry herfiele.

Natürlich bestand die Möglichkeit, dass John Kipling diesen Rundruf längst getätigt hatte.

Es stand kein fremdes Auto vor dem Haus, aber sie war noch nicht beruhigt, wendete und rannte dann zur Tür, schloss sie mit fliegenden Fingern auf und sofort wieder hinter sich zu und machte dann entlang der Fenster die Runde. Niemand war zu sehen. Als sie sicher war, dass sie keinen Überfall zu befürchten hatte, ging sie noch einmal von Fenster zu Fenster – diesmal allerdings, um sie zu öffnen und die milde Mittagsluft hereinzulassen – und trat dann auf die Veranda hinaus. Nur ein Boot war auf dem See, ein edles Modell, das die Assoziation mit Marlon Dewey in ihr weckte, aber es war weit draußen und entfernte sich zusehends noch weiter. Von dort drohte keine Gefahr.

Alles war ruhig und friedlich, die Luft weich und würzig. Lily atmete tief ein, und ihre Anspannung wich Erschöpfung.

Sie stieg mit bleischweren Beinen die Wendeltreppe zum Schlafloft hinauf, ließ sich auf das breite Eisenbett fallen und war Sekunden später eingeschlafen.

8

Während Lily schlief, war John einerseits im Dienst der Zeitung unterwegs und andererseits um seines Seelenfriedens willen. Er fühlte sich nie gut, wenn er Gus verließ, wurde jedes Mal von Frustration, Bedauern und Schuldgefühlen gepeinigt. Heute war es noch schlimmer als sonst, weil Gus eindeutig abbaute und John sich Vorwürfe machte, dass er einfach abgehauen war. Aber zu den vielen verschiedenen Gefühlen, die er für seinen Vater empfand, gehörte auch Zorn. Gus hatte ihn seine ganze Kindheit hindurch auf Armlänge von sich fern gehalten, und dann hatte er ihn weggeschickt. Schon möglich, dass, wenn er dageblieben wäre, er vielleicht wie sein Bruder geendet hätte, aber der Schmerz der frühen Verbannung schwelte in ihm bis heute und war nach den Besuchen bei Gus immer so lebendig, dass John fieberhaft nach Ablenkung suchte.

Um Klatschgeschichten für die »Lake News« aufzutreiben, fuhr er zum Pflanzenmarkt vor der Kirche und mischte sich unter die Leute. Es wurde über das Theaterstück gesprochen, das die Lake Henry Players für die Winterspielzeit ausgewählt hatten, über die beiden Gedichte, die die Bibliothekarin der Gemeindebücherei an das »Yankee Magazine« verkauft hatte, und über die sechs Jungen, die die Bibliothekskatze hinter dem Regal, in dem die Biografien standen, zur Welt gebracht hatte. Als er sich einem großen Karren voller Kürbisse näherte, fing John eine Unterhaltung über die Rekordernte dieser Saison auf, aber er hatte kaum Zeit, sich dazu oder zu den anderen Themen Notizen zu machen, denn er sah sich plötzlich von recht wissbegierigen Leuten umringt.

»In der Zeitung steht, dass sie diesen Anwalt engagiert«, sagte Alf Buzzell. Er war der Regisseur des Winter-Schauspiels, seit sechzig Jahren in Lake Henry beheimatet und Schatzmeister der Historical Society. »Glauben Sie, der Prozess wird im Fernsehen übertragen?«

John zuckte mit den Schultern. »Keine Ahnung.«

»Ich weiß nicht, ob mir das gefallen würde«, zweifelte der alte Herr und ließ John darüber im Ungewissen, ob seine Bedenken der der Gemeinde aus diesem Medienereignis erwachsenden Publicity galten oder der Konkurrenz, die dieses Spektakel für die Lake Henry Players darstellen würde.

»Wie haben sie von ihrem Stottern erfahren?«, wollte die Bibliothekarin wissen. Leila Higgings war Mitte dreißig und schon in der Schule ein Bücherwurm gewesen. Inzwischen war sie nach langen Mauerblümchenjahren verheiratet. Wenn sie über jene Zeit sprach, stand immer Kummer in ihren Augen, wie auch jetzt, als sie wegen Lily nachfragte.

»Wahrscheinlich aus den Patientenkarteien«, mutmaßte John.

»Aber wer hat ihnen die Einsicht genehmigt?«

Das konnte John ihr nicht beantworten, aber er hatte

vor, der Sache nachzugehen. »Vielleicht wurde das Stottern auch im Gerichtsprotokoll erwähnt.«

»Und wer hat ihnen *diese* Einsicht gewährt?«, lautete Leilas prompte Frage. Auch dieser Sache plante John nachzugehen.

»Ich frage mich die ganze Zeit, ob sie herkommen wird«, sagte der Besitzer des Kürbiskarrens. Wie die anderen sah auch er keine Notwendigkeit, das »Sie« zu spezifizieren. Es gab nur eine »Sie«, über die die Leute momentan redeten, und John wäre sich albern vorgekommen, wenn er den Verständnislosen gespielt hätte. Aber da ihm keine Frage gestellt worden war, brauchte er sich keine Antwort zurechtzuzimmern. Dankbar, dass ihm diese Gehirnakrobatik erspart wurde, strich John mit der Hand über einen großen Kürbis. »Der ist ja eine Schönheit«, meinte er bewundernd und atmete tief ein. »Und wie der duftet!« Doch es roch nicht nur nach Kürbis, sondern auch köstlich nach Herbst, aber John hatte im Augenblick keine Zeit, das zu würdigen. Er steckte seinen Notizblock in die Brusttasche seines Flanellhemdes und ging über den Parkplatz zum General Store, denn um diese Zeit machte Charlie, wie er wusste, Mittagspause.

Charlie war ein Altersgenosse von ihm, ein Sohn aus wohlhabendem Haus, trotzdem die gesamte Schulzeit hindurch Johns Freund, woraus sich schließen ließ, dass auch Charlie ein böser Junge gewesen war. Ihr Lieblingsplatz war damals No Man's Island in der Mitte des Sees gewesen. Mit zwölf waren sie dorthin gepaddelt, um Pot zu rauchen; mit dreizehn hatten sie sich dort betrunken und mit vierzehn unmittelbar hintereinander ihre Unschuld an ein höchst entgegenkommendes üppiges, zwei Jahre älteres Mädchen verloren.

Charlie war nach dem Studium stehenden Fußes nach Hause zurückgekehrt, wozu ihn ein stagnierender Familienbetrieb und die Liebe einer Frau mit den Ideen, der Energie und dem Format, ihn auf Vordermann zu bringen, veranlasste. Er übernahm die Betreuung der Kunden, weil er mit Menschen umzugehen wusste, aber es war Annette, die den Laden auf den Stand des zwanzigsten Jahrhunderts brachte. Sie erweiterte die Lebensmittelabteilung um ein Delikatessen- und Backwarenangebot, modernisierte die Haushaltswarenabteilung und richtete eine Werkzeugabteilung ein, um auch die männlichen Einwohner von Lake Henry anzusprechen. Auch das Café, ein heller, verglaster Raum an einem Ende des Ladens, war eine von ihr eingeführte Neuerung.

Und genau dorthin war John jetzt unterwegs. Als er an der Küchendurchreiche vorbeikam, rief er Annette einen Gruß zu, die an dem großen Herd gerade mit einer Schöpfkelle etwas aus einem Topf in einen tiefen Teller löffelte, das wie ihre berühmte Fischsuppe duftete, und glitt dann in seine Lieblingsfensternische, die auf ein Birkengrüppchen hinausging. Die weiße Rinde und das gelbe Laub leuchteten in der Mittagssonne.

Er saß noch nicht lange da, als Charlie mit einem Tablett für zwei erschien und John gegenüber in die Nische rutschte. Es gab – John hatte richtig gerochen – Fischsuppe, Clubsandwiches und Kaffee.

John griff nach dem Becher und spülte den Biergeschmack, den er noch immer auf der Zunge hatte, hinunter.

»Ich bin heute noch gar nicht zum Verschnaufen gekommen«, berichtete Charlie, aber er sah nicht gestresst aus. Er sah sogar ausgesprochen wohl aus und darüber hinaus ausgesprochen gut. Obwohl John und Charlie gleich alt waren, war Charlies Haar mittlerweile schütter und schlohweiß, und es zeigte sich bereits, dass er von seinem Vater die Veranlagung zu Krähenfüßen geerbt hatte, aber der Ausdruck seiner Augen und sein Lächeln vermittelten eine innere Ruhe und Zufriedenheit, um die John ihn beneidete. Die viel jünger aussehende Annette vergötterte ihren Mann, und auch die fünf Kinder, von denen drei im Geschäft arbeiteten, liebten ihn. Auch das machte John schmerzhaft bewusst, was ihm in seinem Leben fehlte.

»Ich brauche dich nicht zu fragen, worüber die Leute auf der Straße reden, denn bei mir hier drin haben sie auch nur ein Thema.« Charlie grinste nach seinem ersten Löffel Suppe. »Ich weiß gar nicht, wann wir in Lake Henry zuletzt eine solche Aufregung hatten.«

»Für die sorgte damals der Polygamist«, half John ihm auf die Sprünge.

»Stimmt«, nickte Charlie.

»Also – wenn alle über sie reden, dann lass uns das doch auch mal tun. Was weißt du noch über Lily?«, fragte John.

»Wahrscheinlich nicht mehr als du.«

»Ich bin doch schon mit fünfzehn weggegangen, aber du warst danach noch Jahre hier. Woran erinnerst du dich?«

Charlie schob ein großes Stück Fisch aus seiner Suppe in den Mund. »An ihre Stimme«, antwortete er, nachdem er den Bissen hinuntergeschluckt hatte. »Sie fing mit fünf Jahren an, im Kirchenchor zu singen. Ansonsten sah man sie kaum.«

»Sie stotterte«, steuerte John sein Wissen bei.

»Nicht, wenn sie sang. Anfangs sang sie nur sonntags in der Kirche, aber mit zehn oder elf dann auch donnerstags hier bei uns. Ich war auf dem College, als das losging. Mein Vater sagt, ihr Auftritt sorgte immer für ein volles Haus. Dabei war der Saal damals nicht viel mehr als ein Bretterverschlag mit Bänken, einem Kanonenofen und einem Podium an dem einen Ende.«

»Hat sie jede Woche gesungen?«

»So gut wie.« Charlie nahm noch einen Mund voll und deutete dann mit seinem Löffel auf Johns Teller. »Iss! Die Fische haben meine Kids aus dem See geholt.«

John aß mit Genuss. Ob mit weißen Bohnen, Gemüse oder Fisch – Annette Owens' Suppen waren stets eine Köstlichkeit.

»Mein Vater erzählt, dass es großen Ärger bei den Blakes wegen Lilys Auftritten hier gab. George war dafür, Maida strikt dagegen.«

»Und warum wollte sie es nicht?«

»Sie betrachtete ihren Auftritt als direkten Weg in die Hölle.«

»Aber Lily sang trotzdem.«

»Weil George darauf bestand – und ihre Sprachtherapeutin ebenfalls. Beide sagten, sie brauche Selbstbestätigung. Mein Vater war begeistert, das kann ich dir sagen.

Sie war eine Trumpfkarte. Er machte Rekordumsätze, wenn Lily sang.«

»Eine singende Zehnjährige ist niedlich«, sagte John, »aber wie war es später? Wurde sie aufreizend?«

»Himmel, nein! Das hätte ihre Mutter nie zugelassen. Wie das Wetter auch war, das Mädchen trat grundsätzlich in hochgeschlossenen, bodenlangen Kleidern auf.«

»Auch das kann aufreizend sein«, hielt John ihm vor Augen.

Charlie aß ein paar Bissen und legte dann den Löffel weg. »Lily war es jedenfalls nicht. Sie stand einfach nur da, ohne sich zur Musik zu wiegen oder auffordernde Blicke ins Publikum zu werfen, und am Ende eines Songs lächelte sie schüchtern.«

»Kam ihre Mutter auch zu ihren Auftritten?«

»Kein einziges Mal, sagt mein Dad. Aus Prinzip nicht. Und als Lily nach New York ging, setzte Maida Blake monatelang keinen Fuß über unsere Ladenschwelle. Ihrer Meinung nach hatten wir das Mädchen verdorben.« Charlie wischte sich mit seiner Papierserviette den Mund ab. »Glaubst du, dass Lily was mit dem Kardinal hatte?«

»Nein.«

»Ich glaub das auch nicht – aber ich habe mich mit dem Burschen, der heute Morgen hier reinschneite, in keine Diskussion darüber eingelassen.«

John horchte auf. »Mit welchem Burschen?«

Charlie zog eine Visitenkarte aus der Brusttasche seines Hemdes und reichte sie ihm über den Tisch. »Er sagte, er sei ein Fernsehproduzent aus New York. Sah mir aber viel zu jung dafür aus.«

Der Karte nach arbeitete der Mann für Dateline, NBC.

»Die Typen sind jung«, klärte John ihn auf. »Der Titel klingt eindrucksvoll, aber bei einer Show wie dieser gibt es ein halbes Dutzend Produzenten. Ein Teil ihrer Arbeit besteht darin, Leute auszuhorchen und dann zu entscheiden, ob das Erfahrene wert ist, gesendet zu werden.«

»Ich habe ihm gesagt, dass er von uns keine Story kriegen wird.«

Das beruhigte John nicht, denn er wusste, wie die Medien arbeiteten. Der Pflanzenverkauf hatte Fremde angelockt, und ohne Kamera war ein Reporter nicht zu erkennen. Wenn er Glück hatte, brauchte er gar keine Fragen zu stellen, sondern lediglich aufmerksam die Unterhaltungen um sich herum zu verfolgen, um Stoff für eine Story zusammenzubekommen. »Wie sah er denn aus?«

»Nach gar nichts. Jedenfalls habe ich ihm die Suppe gründlich versalzen«, erklärte Charlie triumphierend. »Als Erstes läutete ich die Glocke, damit alle Gäste zuhörten, und stellte ihn vor. Dann ging ich mit ihm zum Pflanzenverkauf und stellte ihn den Leuten dort vor, damit alle erfuhren, dass wir jemanden von Dateline, NBC bei uns hatten, schüttelte ihm am Ende die Hand und überließ ihn seinem Schicksal.«

»Gut gemacht«, lobte John. Sein Freund war wirklich ein ausgeschlafenes Kerlchen.

»Ja, nicht wahr?« Charlie grinste verschmitzt.

John konnte sich nicht erklären, warum Charlie nicht doppelt so schwer war wie er. Noch immer nicht am Grund seines Tellers angelangt, sah er staunend zu, wie Charlie eine zweite Portion Suppe und einen Berg Pommes frites verdrückte. Nach dem letzten Bissen stand er voller Tatendrang auf, um wieder an die Arbeit zu gehen, während John sich so voll gestopft fühlte wie nach einem Viergängemenü.

Mühsam kam er auf die Füße und verließ das Café. Draußen mischte er sich unter die Leute, hörte hier und da unauffällig in die Gespräche zwischen Einheimischen und Fremden hinein, doch es klang alles harmlos.

Schließlich ging er zur Polizeiwache hinüber. Willie Jake saß auf der Veranda, hatte ein Bein auf das Geländer gelegt und einen Zahnstocher im rechten Mundwinkel. Er war Ende sechzig und seit fünfundzwanzig Jahren Polizeichef, wovor er zwanzig Jahre den Posten des Stellvertreters bekleidet hatte.

Willie Jake war nicht mehr ganz so groß und nicht mehr ganz so schnell wie in Johns Jugendjahren, aber er bot in seiner Uniform noch immer einen respektgebietenden Anblick, und sein Verstand war so wach wie eh und je.

»Haben Sie was Interessantes entdeckt?«, erkundigte sich John.

»Ein paar unbekannte Gesichter«, antwortete der Chief leise und ließ den Zahnstocher in den linken Mundwinkel wandern. »Ich habe sie alle hier drin.« Er tippte sich an die Stirn. »Glauben Sie, sie hatte ein Verhältnis mit dem Kardinal?«

»Nein.«

Willie Jake rückte sein Bein auf dem Geländer zurecht. »Warum nicht?«

»Ich kenne den Burschen, der die Sache ins Rollen gebracht hat, von früher. Es ist seine Spezialität, Skandale zu erfinden. Glauben Sie, dass an der Geschichte etwas dran ist?«

Willie Jakes Blick kehrte zu dem regen Treiben auf dem Parkplatz zurück. »Ich weiß nicht, was ich glauben soll. Früher hätte ich ihr so was nicht zugetraut, aber ich weiß ja nicht, was für eine Frau aus ihr geworden ist.«

»Erinnern Sie sich noch an die Geschichte mit meinem Bruder?«

Willie Jake sah ihn indigniert an. »Ich habe die beiden damals festgenommen und verhört.«

»Donny hat mir auf dem Sterbebett gebeichtet, dass sie, als sie einstieg, nicht einmal wusste, dass der Wagen gestohlen war.«

»Ich hatte damals keinen Grund, an seiner Aussage zu zweifeln.«

»Aber sie war doch ein unbeschriebenes Blatt.«

»Ihre Mutter war sehr streng, und irgendwann rebellieren die meisten Kids gegen Strenge«, lautete Willie Jakes Erklärung für Lilys vermeintliches Verbrechen.

»Sie mögen Maida Blake nicht«, schloss John aus seinem Ton.

Der Chief zuckte mit den Schultern. »Heutzutage habe ich nichts mehr gegen sie. Damals mochte ich sie nicht besonders. Kaum einer im Ort mochte sie. In der ersten Zeit nach ihrer Hochzeit mit George war sie umgänglich, aber dann wurde sie unleidlich. Ich glaube, sie hatte auch für uns nicht viel übrig.« Er warf John einen Blick zu. »Aber davon habe ich dem Reporter aus Rhode Island, der heute Morgen bei mir auftauchte, nichts erzählt. Gar nichts habe ich ihm erzählt. Ich kann es nicht leiden, wenn Fremde in meinem Revier herumschnüffeln. Das habe ich ihm auch gesagt. Bis jetzt gibt es nur Schilder bei uns, auf denen ›Jagen verboten‹, ›Angeln verboten‹ und ›Zutritt verboten‹ steht. Ich glaube, es wird Zeit, auch noch ›Belästigen verboten‹-Schilder aufzustellen. Das wäre ja noch schöner, wenn hier irgendwelche Pressefritzen ungehindert versuchen dürften, brave Leute auszuhorchen. Wir reden übereinander, das ist ganz normal, aber wir verraten keinem Außenstehenden, was wir erfahren. Ich weiß wirklich nicht, was ihr Zeitungsschmierer euch einbildet!«, ereiferte sich der Chief. »Ihr kennt keinen Bahnhof!«

»Hey!« John legte die Hand auf die Brust. »Ich bin hier nicht der Böse. An Ihrer Stelle würde ich versuchen herauszufinden, wie die Sache mit dem Autodiebstahl bekannt geworden ist.«

Willie Jakes Miene verfinsterte sich. Er riss den Zahnstocher aus dem Mund und knurrte: »Denken Sie, das hätte ich nicht schon getan? Es hat nichts gebracht. Wer weiß, wer da wen bestochen hat.«

Der Chief nahm den Fuß vom Geländer, setzte sich, auf seinem Stuhl nach hinten rutschend, gerade hin und musterte John plötzlich mit dem gleichen Ausdruck wie früher – als habe er einen glitschigen Wurm vor sich. »Warum *tut* ihr so was?«

John hob die Hände. »Hey – ich war das nicht!«

Der Chief stand auf. »Wie auch immer – es ist eine Schande, was da passiert. Ob Lily damals schuldig war oder nicht, ob Maida zu streng mit ihr war oder nicht – das geht da draußen niemanden was an.«
Aber es wäre mit Sicherheit interessant zu lesen, dachte John, als er Willie Jake zum Abschied die Hand schüttelte.

9

Als Lily aufwachte, war es vier Uhr nachmittags und sie am Verhungern. Die Tüte, die John Kipling ihr mitgebracht hatte, enthielt, wie sich zeigte, Eier von Kreugers Geflügelfarm, diverse Salatzutaten von Strothermans Farm und Milch, die es jeden Tag frisch pasteurisiert und homogenisiert bei Charlie's zu kaufen gab. Lily machte sich ein Omelett und einen gemischten Salat und aß draußen auf der Veranda, wo die Herbstluft ihrem späten Frühstück eine unvergleichliche Würze verlieh.
Ihren Magen konnte sie besänftigen, aber ihr Kopf gab keine Ruhe. Sie spielte mit dem Gedanken, ihre Mutter anzurufen, entschied sich jedoch dagegen. Als sie das Geschirr in die Küche trug, war sie fast so weit, zum Handy zu greifen, tat es dann aber doch nicht. Sie nahm das Telefon mit zum See hinunter, kuschelte sich in die Umarmung zweier Kiefernwurzeln, atmete tief den Ge-

ruch der Erde ein und kämpfte erneut mit sich. Zwei Boote waren auf dem See, aber weit weg und in die entgegengesetzte Richtung unterwegs. Das Einzige, was sich in der Bucht regte, war ein Entenpaar, das am Ufer entlangschwamm.

Als die Sonne hinter den Hügeln im Westen unterging und die Bäume auf den Kuppen sich wie Scherenschnitte gegen den Himmel abhoben und sich Schatten über die Hänge ergossen, hörte sie den Ruf eines Seetauchers, einen lang gezogenen Laut, der mit einem Kiekser endete. An vielen Abenden war sie mit diesem Klang eingeschlafen, sowohl hier als auch auf der anderen Seite des Sees, denn der Ruf des Seetauchers war weit zu hören. Wenn sie als Kind bei Celia übernachtete, hatte sie die Vorstellung fasziniert, dass ihre Mutter ihn auch hören konnte. Lily fragte sich, ob sie ihn jetzt wohl auch hörte, ob sie vielleicht vorn auf der Veranda des großen Natursteinhauses saß und an sie dachte. Zu ihr herüberschauen konnte sie nicht – das verhinderten Elbow Island und, von Lily aus gesehen, die dahinterliegende Insel Big.

Lily sah im Geist die Apfelbäume vor sich, die auf einer Fläche von mehreren Hundert Morgen die Hänge der Hügel bestanden. Ihr Laub war im Sommer von hellerem Grün als das des Mischwaldes, und im Herbst eher khakifarben als leuchtend, aber nichtsdestoweniger eindrucksvoll, und auch das alte Mosthaus, dessen Gemäuer Geschichte atmete, war mit seinem in der Sonne blitzenden Blechdach sehenswert.

Als sie noch ein Kind war, hatte Grandma ihr viel über ihre Mutter erzählt. Maida war zwanzig gewesen und arbeitete in Lake Henrys Holzfirma, von wo sie nach der Arbeit in die enge Wohnung ihrer Mutter in einer Ortschaft nach Hause kam, wo selbst kleine Vergnügungen dünn gesät waren, als eines Tages George Blake zur Firmentür hereinspazierte, um alte Gerätschaften bei ihrem Chef zu kaufen. Fünfzehn Jahre älter als sie und Alleinerbe des väterlichen Betriebes, bot er ihr ein Heim, das nicht nur atemberaubend schön und geräumig, sondern auch idyllisch gelegen war. Wie hätte ihr das nicht gefallen sollen? Ihn zu heiraten war die leichteste Entscheidung ihres Lebens gewesen.

Im ersten Jahr ihrer Ehe hatte Maida sich wie im Himmel gefühlt. Sie fand es herrlich, nicht mehr arbeiten zu müssen, im Herbst Apfelwein zu verkosten und aus den besten Äpfeln der Plantage Kuchen zu zaubern, die auf den Kirchenbasaren zu den wohlschmeckendsten gekürt wurden. In ihrem ersten Winter hatte sie am Kaminfeuer gelesen oder war auf dem See Schlittschuh gelaufen, oft auch mit George, der zwischen dem Ansetzen des letzten Mostes im Dezember und dem Ausschneiden der Bäume im März viel zu tun hatte. Als die Apfelplantage sich im Frühling in ein Meer weißer Blüten verwandelte, zwischen denen geschäftig Bienen von Bestäubung zu Bestäubung summten, war sie wie verzaubert. Sie saß auf der Veranda in der Sonne und schaute über die weite Rasenfläche zum See hinunter. Im Mai pflanzte sie Iris und Maiglöckchen, Prunkwinden, Hyazinthen und Rosen und hätschelte sie täglich, bis ihr Garten der schönste des Ortes war.

Der schönste Garten, der wohlschmeckendste Kuchen,

die untadeligsten Kinder – diese Dinge waren ungeheuer wichtig für Maida. Der Gartenverein öffnete ihr das Tor zu der Welt wohlhabender Frauen, und sie suchte sich Freundinnen aus der Gesellschaft, lud sie in das große Natursteinhaus ein, um ihnen ihre Blumenarrangements vorzuführen und sie zu bewirten. Von den Besitzern der Textilfabrik, über den Vorsitzenden der Gemeindeversammlung, bis zum Abgeordneten des Repräsentantenhauses in Concord stand jeder, der in Lake Henry etwas darstellte, auf ihrer Gästeliste. Sie war in ihrem Element.
Warum sie sich dann zu Beginn des zweiten Jahres veränderte, hatte Celia ihr nicht erzählt. Lily wusste, dass lang anhaltende Regenfälle in jenem Frühjahr den Ertrag der Plantage drastisch minderten, woraus eine finanzielle Einbuße folgte. Außerdem war Maida mit ihr schwanger.
Was hatte Maida das Leben vergällt – Geldsorgen oder die Schwangerschaft? Lily hatte nicht gewagt, sie zu fragen – sie fürchtete die Antwort zu sehr.
So war es auch jetzt noch, als sie, in das Wurzelnest gekuschelt, zusah, wie die Dämmerung auf den See herabsank – aber es beschlich sie noch eine andere, akute Furcht. Es war nur eine Frage der Zeit, bis jemand entdeckte, dass Celias Cottage bewohnt war. Es würde sich wie ein Lauffeuer verbreiten, dass sie da war, und auch Maida würde es erfahren. Es würde sie tief kränken, dass Lily sich nicht bei ihr gemeldet hatte, und das wäre absolut nicht in Lilys Sinn. Und auch nicht in Poppys, die Maida mit Sicherheit ins Gebet nehmen würde.
Lily stand auf, lief ins Haus, wusch das Geschirr ab, zog

sich um und fuhr auf die Seestraße hinauf. Außer ihr war niemand unterwegs.
Als sie sich der Mauer näherte, in die das Tor zur Blake-Plantage eingelassen war, begann ihr Herz wild zu klopfen. Sie atmete tief durch und bog entschlossen in die gekieste Zufahrt ein, die eine halbe Meile weit zwischen stämmigen Apfelbäumen hindurchführte, ehe sie, eine Rasenfläche teilend, vor dem einstöckigen Natursteinhaus mit den schindelgedeckten Gesimsen und Dachgauben endete. Lily hielt unter dem Schutzdach vor dem Eingang und stieg die Steinstufen hinauf. Als sie in die große Halle trat, hörte sie aus der Richtung der Bibliothek klassische Musik. Ihr Blick wanderte die geschwungene Treppe hinauf, an den Blumengemälden vorbei zu der mit einem Mahagonigeländer gesicherten Galerie und dann wieder abwärts. Der Treppenläufer erschien ihr abgetretener als bei ihrem letzten Besuch zu Ostern, aber ansonsten war das Foyer elegant wie eh und je.
Zu ihrer Linken lag das große Speisezimmer mit der im letzten Licht nur schemenhaft erkennbaren Chippendale-Garnitur. Lily wandte sich nach rechts und ging ins Wohnzimmer. Hier tauchte eine Stehlampe eine elegante Sitzgruppe, Beistelltische aus Mahagoni und einen Orientteppich in weiches Licht. Maida hatte einen guten Geschmack. Wenn auch manche in Lake Henry fanden, dass die Einrichtung zu vornehm für das rustikale Haus war.
Als ihr Blick auf den Flügel in der Ecke fiel, gab es Lily einen Stich. Sie vermisste ja sogar ihr Klavier in Boston,

und daran hingen nicht annähernd so viele Erinnerungen. An diesem Flügel hatte sie spielen gelernt. Sie hatte sich stark und kompetent gefühlt, wenn sie auf der klauenfüßigen Bank an diesen Elfenbeintasten saß – und sie hatte hier ihre Stimme entdeckt.

»Ich dachte mir doch, dass ein Auto gekommen ist«, sagte Maida in ruhigem Ton.

Lily schrak aus ihren Gedanken auf. Ihre Mutter stand sehr aufrecht und mit locker herabhängenden Armen in der Tür zur Bibliothek. Lily wusste nicht, was sie sagen sollte.

»Du hast also tatsächlich hier Zuflucht gesucht«, fuhr Maida fort. »Ich hatte Poppy gefragt, weil ich es vermutete, aber sie behauptete, nichts von dir gehört zu haben.«

»Das hat sie auch nnnicht«, erwiderte Lily. Sie hasste sich für diesen kleinen Stolperer, aber Maida verunsicherte sie. Das war immer so gewesen, und die momentane Situation war nicht dazu angetan, etwas daran zu ändern, wenn ihre Mutter sie auch nicht mit der erwarteten Feindseligkeit empfangen hatte. Um Poppys Unwissenheit zu untermauern, sagte sie: »Ich habe nicht gewagt, mich bei ihr anzukündigen, weil mein Telefon abgehört wurde.«

»Das ist doch illegal! Hast du eine Anzeige gemacht? Oder war es vielleicht die Polizei? Hätte sie einen Grund dafür gehabt?«

Lily schüttelte den Kopf, verschränkte die Arme auf der Brust und betrachtete ihre Mutter. Es war erstaunlich – seit Maida ihren Mann beerdigt und den Betrieb übernommen hatte, war eine Wandlung mit ihr vorgegangen. Früher hatte sie immer so alt ausgesehen wie sie jeweils war, doch jetzt sah sie jünger aus als siebenundfünfzig. Obwohl nur einen Meter dreiundsechzig groß, brachte sie das Kunststück zu Stande, hoch gewachsen zu wirken. Sie trug Jeans und Pullover – wie Lily. Ein seltener Anblick.

»Du siehst gut aus, Mom.«

Maida stieß einen undefinierbaren Laut aus und kehrte in die Bibliothek zurück. Lily sah, dass sie sich an ihren Schreibtisch setzte und nach ihrer Lesebrille griff. Sie schloss Lily aus – wie stets, wenn sie mit einer Situation nicht umzugehen wusste.

Lily erwog zu gehen. Früher hatte sie das immer getan – aber diesmal war sie nicht bereit, klein beizugeben.

Mit langsamen Schritten durchquerte sie das Wohnzimmer, blieb in der Tür stehen, wo eben noch Maida gestanden hatte, und ließ den Blick über die Ahornregale gleiten, in denen sich ledergebundene Klassiker, schlichte, sichtlich alte Bände und farbenfroh eingebundene, zeitgenössische Bücher ein Stelldichein gaben. Der geistige Anstrich gehörte zu Maidas Vorstellung von Vornehmheit. Die Bücher wurden jedes Frühjahr herausgenommen und abgestaubt, aber Lily wusste, dass kaum eines davon tatsächlich gelesen worden war. Die Bibliothek stand nur zur Ansicht da. Nicht so der Schreibtisch. Lily hatte ihren Vater an ungezählten Abenden daran arbeiten sehen. Er hatte zwar viel lieber Äpfel geerntet als Papierkram erledigt, aber einen Buchhalter zu bezahlen, wäre in seinen Augen Verschwendung gewesen.

Der Computer wurde erst nach seinem Tod angeschafft. Lily war damals sehr beeindruckt gewesen, dass ihre Mutter damit zurechtkam – aber sie hatte auch nicht damit gerechnet, dass Maida jemals den Betrieb leiten würde, und damit war sie nicht allein. Irgendwie hatten alle erwartet, dass der tüchtige George ewig leben würde.

Jetzt sah Lily zu, wie ihre Mutter die Unterlagen zu ihrer Rechten durchblätterte, bis sie das gesuchte Blatt fand, und, den Blick auf den Bildschirm geheftet, etwas in den Computer eingab. »Rechnungen, unentwegt Rechnungen«, murmelte sie unwillig. »Ständig muss ich jonglieren, indem ich hier ein bisschen bezahle und dort ein bisschen. Ich dachte, nach der guten Ernte würde es leichter, aber die Steigerung der Produktion bedeutet eine höhere Belastung der Anlage. Die Apfelpresse braucht neue Teile, das Röhrensystem, die Kühlung – bei allem machen sich Alterserscheinungen bemerkbar.« Sie lehnte sich zurück und schaute Lily anklagend an. »Dein Vater hat mich mit einem Betrieb allein gelassen, der mich von morgens bis abends in Atem hält, und dazu klingelt jetzt auch noch ständig das Telefon, weil alle möglichen Leute etwas über dich erfahren wollen. Und das zur Erntezeit!«

»Es tut mir Leid«, sagte Lily zerknirscht.

»Kannst du dir vorstellen, wie unangenehm es für mich ist, von wildfremden Menschen nach deinem Sprachfehler und der Geschichte mit diesem Taugenichts Donald Kipling gefragt zu werden?«

Lily schlang die Arme um ihre Mitte. Sie hatte eine

scharfe Erwiderung auf der Zunge, schluckte sie jedoch hinunter – wenn Maida sich Luft machen musste, dann am besten gleich, damit es erledigt wäre.
»*Kannst* du es dir vorstellen?«, forderte Maida eine Antwort von ihr.
»Für mich ist das Ganze noch schlimmer.«
»Tja«, ihre Mutter lachte spöttisch, »das kommt davon, wenn man mit dem Feuer spielt. Du wolltest ja unbedingt ins Rampenlicht. In diesem Milieu sind Affären an der Tagesordnung, und deine spätabendlichen Treffen mit dem Kardinal und eure öffentlichen Umarmungen waren da natürlich ein gefundenes Fressen für die Sensationspresse. Bist du denn gar nicht auf den Gedanken gekommen, dass die Leute euer Verhalten falsch interpretieren könnten? Ich nehme zumindest an, dass sie es falsch interpretiert haben …«
Ihr bohrender Blick verlangte eine Stellungnahme von Lily.
Angenehm überrascht, dass ihre Mutter eine Fehlinterpretation überhaupt für möglich hielt, beeilte Lily sich zu bestätigen: »Sie *haben* es falsch interpretiert. Kardinal Rosetti und ich sind nur gute Freunde. Das weißt du doch.«
»Ich wusste aber nicht, dass du bei ihm ein- und ausgehst, wie es dir passt.«
»So ist es doch gar nicht.«
»Warum steht es dann in der Zeitung? Warum hast du gesagt, dass du ihn liebst?«
»Weil ich es tue. Ich liebe ihn als Menschen, und genau das habe ich dem Reporter gesagt. Er hat es absichtlich

verfälscht. Das ist ganz einfach, wenn man Dinge aus dem Zusammenhang reißt.«

»Und warum hat er es getan?«

»Weil Francis Rosetti gerade zum Kardinal ernannt worden und mit einem solchen Skandal Auflage zu machen war.«

»Du hättest gar nicht mit dem Mann reden dürfen.«

»Woher hätte ich wissen sollen, dass er mir einen Strick daraus drehen würde?«

»Und wie hast du darauf reagiert?«

»Ich habe die Behauptungen zurückgewiesen und einen Widerruf verlangt. Und dann habe ich mit einem Anwalt gesprochen.«

»Und?«

»Was?«

»Was unternimmt er?«

»Ich konnte ihn nicht engagieren.«

»Warum nicht?«

»Er verlangte eine Viertelmillion.«

Das brachte Maida zum Schweigen. Ihr Blick wanderte zu dem Stapel Rechnungen auf ihrem Schreibtisch.

Lily wollte gerade sagen, dass sie nicht einmal Geld von ihr nehmen würde, wenn sie darin schwämme, als sie hinter sich etwas hörte. Sie drehte sich um und sah ihre zehnjährige Nichte Hannah, Roses Älteste, barfuß und in einem Bigshirt, das ihre Molligkeit verbarg, auf sich zukommen. Lange braune Haare umrahmten das runde Gesicht.

Lily kannte ihre Nichte nicht besonders gut, aber Hannah hatte als Erstgeborene einen besonderen Platz

in ihrem Herzen. »Hi, Hannah«, lächelte sie ihr entgegen.
Das Mädchen blieb außerhalb ihrer Reichweite stehen. »Hi, Tante Lily.«
Lily trat auf sie zu und nahm sie in die Arme. Die Umarmung, die sie dafür bekam, fühlte sich äußerst zögerlich an, aber sie war immerhin besser als gar keine. »Wie geht's dir?«, fragte sie, das Mädchen in einem Arm behaltend.
»Gut. Wann bist du angekommen?«
»Letzte Nacht. Heute habe ich fast den ganzen Tag geschlafen. Was machst du denn hier?«
»Sie übernachtet immer von Samstag auf Sonntag bei mir, wenn Rose und Art ausgehen. Ist das Video schon zu Ende, Hannah?«
»Nein – es war langweilig.«
»Wir haben doch zwei Kassetten geholt.«
Lily spürte Hannah mit der Schulter zucken. »Ich wollte mal gucken, was du machst.«
»Deine Tante und ich müssen miteinander reden. Geh wieder rauf, und schau dir den anderen Film an.«
Hannah löste sich aus Lilys Arm.
»Aber spul den ersten vorher zurück!«, rief Maida ihr hinterher.
Lily sah ihr nach, bis sie in der Halle verschwand und wandte sich dann wieder Maida zu.
»Und wo sind Emma und Ruth?« Die beiden waren Hannahs jüngere Schwestern und mit ihren sieben beziehungsweise sechs Jahren noch viel zu klein, um allein bleiben zu können.

»Auf die passt ein Babysitter auf. Wieso stand in der Zeitung, dass du dir diesen Anwalt genommen hättest?«
»Den Eindruck hat er selbst erweckt. Es war übrigens nicht nur seine Geldforderung, die mich davon abhielt. Er sagte, die Prozessvorbereitungen könnten bis zu drei Jahren dauern, und die Gegenseite würde noch mehr in meinem Leben herumstochern als bisher.«
Maida verflocht ihre Finger ineinander und drückte sie an die Lippen.
»Das könnte ich nicht drei Jahre durchstehen«, sagte Lily.
»Gibt es eine Alternative?«
»Sobald der Kardinal einen Widerruf erwirkt hat, ist die Story als Lüge entlarvt und vom Tisch.«
»Und dann bekommst du deinen Job bei der Schule zurück?«, fragte Maida. »Das glaube ich nicht. Auch wenn die Zeitung widerrufen muss – dein Ansehen ist geschädigt. Und du hast den Skandal provoziert. Man kann sich als allein stehende Frau einfach nicht mit einem Priester anfreunden und ihn auch noch in der Öffentlichkeit berühren!«
»Alle Welt tut das bei Fran.«
»Du nennst ihn beim Vornamen? Das lässt ja wohl jede Distanz vermissen!«
»Seine sämtlichen Freunde nennen ihn beim Vornamen. Er will es so. Aber natürlich würde ich es niemals in der Öffentlichkeit tun.«
Maida wechselte die Taktik. »Wenn du verheiratet wärst, hätte es gar nicht zu dieser Geschichte kommen

können. Ich predige dir seit Jahren, du sollst dir endlich einen Mann und Kinder anschaffen.«

»Das hätte Sullivan nicht von seinem Vorhaben abgebracht. Der Skandal wäre sogar noch größer gewesen, denn dann hätte er mich als Ehebrecherin oder verantwortungslose Mutter hingestellt.«

»Du solltest trotzdem verheiratet sein!«, beharrte Maida auf ihrer Meinung, doch ihr Ton machte deutlich, dass sie des Streites müde war. »Ich nehme an, du wohnst in Mutters Haus.«

Lily verzichtete auf den Hinweis, dass das Häuschen nach dem Gesetz ihr gehörte, und nickte nur.

»Und wie lange wirst du bleiben?«

»Das weiß ich nicht.«

»Sie werden dich hier finden.«

»Nicht, wenn mich niemand verrät.« Lily kam ein erschreckender Gedanke. »O Gott! Hannah wird es Rose erzählen, und Rose wird es Art erzählen. Der wird es seiner Mutter erzählen, und die wird es in der Fabrik herumerzählen.« In Lake Henry war das nun mal so.

Maida schüttelte den Kopf. »Hannah wird es Rose nicht erzählen. Sie erzählt Rose überhaupt nichts. Aber irgendjemand wird bemerken, dass Mutters Haus bewohnt ist, und wenn der die Medien nicht selbst informiert, dann tut es ein anderer, der sich wichtig machen will – und dann habe ich diese Leute nicht nur am Telefon, sondern auf meiner Türschwelle. Warum tust du mir das an? Was willst du von mir?«

Jetzt war es mit Lilys Beherrschung vorbei. »Unterstützung!«, rief sie mit tränenerstickter Stimme. »Mitgefühl. Ich möchte dir willkommen sein. Dies ist mein Zuhause, und du bist meine Mutter. Warum lehnst du mich ab, Mom? Ich bin beliebt, Mom. Ich habe Freunde, ich habe Kollegen, die mich mögen, Schüler, die mich mögen – sogar ein Kardinal mag mich und hält mich seiner Freundschaft für wert. Warum magst *du* mich nicht?«

Maida saß da wie vom Donner gerührt, aber Lily konnte nicht aufhören. Tränen liefen über ihre Wangen, während lange unterdrückte Gedanken aus ihrem Mund sprudelten. »Mein Stottern war dir peinlich. Es bedeutete, dass eines deiner Kinder nicht vollkommen war – aber hast du dir je überlegt, wie *ich* darunter gelitten habe? Ich habe schließlich nicht gestottert, um dich zu ärgern! Schön – ich habe einen Fehler gemacht, indem ich Donny Kipling nicht zwang, mich aussteigen zu lassen, als ich erfuhr, dass der Wagen gestohlen war, aber bin ich dir seit damals je eine Last gewesen? Habe ich dich jemals um etwas gebeten? Nein. Aber jetzt bitte ich dich um Verständnis. Ist das zu viel verlangt? Ich wache nachts auf und zittere vor Zorn«, das tat sie auch jetzt, »weil ein gewissenloser Reporter das Leben in Stücke geschlagen hat, das ich mir aufgebaut hatte, um endlich deine Anerkennung zu gewinnen, und ich kann nicht verstehen, warum du mir nicht einmal in dieser Situation die Hand reichst!«

Sie machte auf dem Absatz kehrt und stürmte aus dem Haus.

Auf der Rückfahrt konnte Lily vor lauter Tränen kaum die Straße sehen, wobei sie ebenso vor Zorn über die

Unbarmherzigkeit ihrer Mutter weinte wie vor Scham über ihren Gefühlsausbruch. Als sie bei Celias Cottage ankam, wünschte sie sich fast, dass ein Reporter sie überfallen würde. Der hätte angesichts ihrer momentanen Kampfstimmung nichts zu lachen. Doch niemand trat ihr in den Weg, als sie zum See hinunter und bis zum Ende des Bootsstegs stapfte, wo sie sich, für alle sichtbar, hinsetzte.

Nur sah sie niemand, denn es war dunkel. Langsam, ganz langsam tat die friedliche Atmosphäre ihre Wirkung, und ihr Zorn legte sich. Als der Ruf des Seetauchers ertönte, dachte sie an Grandma Celia, die liebe Celia, die sie geliebt hatte, wie eine Mutter ihr Kind lieben sollte. Ohne Celia wäre Lily mit der Überzeugung aufgewachsen, nicht liebenswert zu sein.

Das hatte ihre Mutter sie gelehrt. Genau gesagt, hatte sie es aus der Art und Weise geschlossen, in der Maida mit ihr umging. Francis Rosetti hatte ihr gesagt, dass sie das falsch sehe, dass alle Mütter ihre Kinder liebten, nur manche nicht in der Lage seien, es ihnen zu zeigen. Aber in ihrer Kindheit hatte Lily, ohne dieses psychologische Wissen, nur die ständige Enttäuschung ihrer Mutter erlebt. Nichts konnte sie ihrer Mutter recht machen, und ihr Vater hatte sie nur in den Fällen unterstützt, die ihm wichtig erschienen. So hatte er durchgesetzt, dass Lily im General Store singen durfte, aber – typisch Mann – die emotionalen Bedürfnisse übersehen, die sie als heranwachsendes Mädchen hatte.

Diesen Mangel hatte Celia ausgeglichen. Sie gab Lily Geborgenheit und das Selbstvertrauen, das ihr nicht einmal ein frenetischer Applaus zu geben vermochte. Und sie lehrte Lily, dass man alles daran setzen sollte, seine Wünsche zu verwirklichen. Was wünschte sich Lily jetzt, als sie in der Dunkelheit an dem felsigen Ufer des ruhig vor ihr liegenden Sees saß und dem Ruf des Seetauchers lauschte, den die leichte Nachtbrise zu ihr herübertrug?

Sie wünschte sich ihr Leben zurück – ihre Arbeit, ihre Freiheit, ihre Privatsphäre.

Als sie am Sonntagmorgen aufwachte, war dieser Wunsch stärker denn je. Nur mühsam ihre Ungeduld bezähmend, wartete sie bis um neun und tat dann das Undenkbare. Sie rief John Kipling an. Er wusste, dass sie da war, er wusste um ihre Situation – warum sollte sie sich nicht an ihn wenden?

»Hier ist Lily Blake«, sagte sie, als er sich meldete. »Haben Sie die Morgenzeitung schon gelesen?«

»Ich habe sie gerade hereingeholt.«

»Und?«

»Auf der ersten Seite steht eine kurze Zusammenfassung des bisher Berichteten. Warten Sie – ich blättere mal weiter.«

Während am anderen Ende der Leitung Papier raschelte, ging Lily, in Celias Stola gehüllt und das Handy fest ans Ohr gedrückt, zum Fenster und schaute auf den See hinaus. Es schien eine Ewigkeit zu vergehen, bis er wieder an den Apparat kam, aber er klang erleichtert. »Sie sind diesmal nur der Aufhänger für einen Artikel über frühere Sexskandale in der Prominentenszene.«

»Und das finden Sie gut?«

»Es bedeutet, dass ihnen, was Sie betrifft, der Stoff ausgegangen ist.«

»Aber sie stellen mich auf eine Stufe mit diesen Leuten.«

»Sie haben Recht – dieser Eindruck entsteht. Also müssen Sie sich wehren.«

»Aber wie?«, rief sie.

»Indem Sie vor Gericht gehen, zum Beispiel.«

10

Lily verbrachte einen großen Teil des Sonntags damit, diesen Schritt erneut in Erwägung zu ziehen. Sie malte sich aus, wie sie nach einem triumphalen Sieg strahlend den Gerichtssaal verließ. Ihre Vision beinhaltete Schmerzensgeld in einer Höhe, die den Medien zu denken geben würde, wenn sie wieder einmal erwögen, ein Leben zu zerstören. Sie malte sich aus, wie man vor der Winchester School einen roten Teppich für sie entrollte, deren Rektor wegen Kuschens vor der Anti-Blake-Kampagne sofort nach Ende des Prozesses gefeuert worden war, und wie der Besitzer des Essex Clubs sie auf Knien anflehte, wieder bei ihm aufzutreten. Sie stellte sich vor, dass Terry Sullivan seinen Job verlor, wie Paul Rizzo sein Motorrad zu Schrott fuhr und dass Justin Barrs Sendung gekippt wurde.

Doch als sie daran dachte, welchen emotionalen Preis

sie bezahlen müsste, vor Gericht zu ziehen, verloren all diese Wunschvorstellungen ihren Reiz. Nein – sie war nicht bereit, durch diese Hölle zu gehen.
Aber was sollte sie tun?

Lily war zwar nicht sicher, dass sie John Kipling trauen konnte, aber da es in ihrem Häuschen weder Fernsehen noch Radio gab, überwand sie sich am Montagmorgen erneut dazu, ihn anzurufen.
»Ich muss wieder meinen Informationsdienst bemühen«, sagte sie in gespielt lockerem Ton. »Was tut sich in der Welt da draußen?«
»Auf der ersten Seite steht heute gar nichts«, erwiderte John. »Auf Seite fünf wird berichtet, dass der Vatikan sich hinter den Kardinal gestellt und die Verantwortungslosigkeit der Zeitung aufs Schärfste verurteilt hat. Die ›Post‹ hat sich daraufhin in aller Form bei Rosetti entschuldigt.«
Lilys Herz machte einen Satz. »Sie haben zugegeben, dass die Geschichte eine Erfindung war?«
»Nein. Aber sie haben sich beim Kardinal entschuldigt.«
»Und weiter?«
»Das ist alles. Es ist nur ein kurzer Artikel.«
»Und ich komme gar nicht darin vor?«
»Nur ganz am Anfang.«
»Lesen Sie's mir vor?«, bat Lily.
John begann in sachlichem Ton zu lesen: »Nach der Durchführung eigener Nachforschungen hat der Vatikan bekannt gegeben, dass die Verdächtigung, der neuernannte Kardinal, Erzbischof Francis P. Rosetti, unter-

halte eine unerlaubte Beziehung zu der Barsängerin Lily Blake, sich als unzutreffend erwiesen habe. Die Untersuchung seitens des Vatikans beinhaltete ausführliche Befragungen des Personals seiner nächsten Umgebung sowie des Kardinals selbst. In dem gestern Abend von Rom herausgegebenen Bulletin heißt es wörtlich, ›dass es keinerlei Hinweise darauf gibt, dass die in der letzten Woche aufgestellten Behauptungen auch nur ein Körnchen Wahrheit enthalten‹. Anschließend wird der ›Sensationsjournalismus‹ verurteilt, der heutzutage in unserem Land praktiziert werde und – Zitat – ›nicht einmal davor zurückschreckt, einen so untadeligen Mann wie Kardinal Rosetti zu verunglimpfen‹. Zitat Ende. Soll ich weiterlesen?«

»Bitte, ja.«

»Ein Sprecher der Erzdiözese Boston lobte die Schnelligkeit und Gründlichkeit der Untersuchung seitens des Vatikans. Zitat: ›Die prompte Klärung des Falles ermöglicht Kardinal Rosetti die sofortige Wiederaufnahme seiner Arbeit für die Notleidenden in der Erzdiözese.‹ Zitat Ende.«

John schwieg.

Lily wartete.

»In einem Telefongespräch mit der ›Post‹«, las John weiter, »sprach auch der Kardinal diesen Punkt an. Er sagte, Zitat: ›Es gibt Wichtiges zu tun, und es wäre schlimm gewesen, wenn meine Arbeit durch die falschen Anschuldigungen unverantwortlicher Berichterstatter zum Erliegen gekommen wäre.‹«

Wieder schwieg John.

»War das jetzt alles?«, fragte Lily.
»Ein Satz steht noch da. ›Die *Post* hat sich in aller Form bei Kardinal Rosetti und der Erzdiözese Boston entschuldigt.‹«
Lily konnte es nicht fassen. »Und bei mir entschuldigen sie sich nicht!«, schäumte sie. »Dabei habe ich am meisten unter dieser Lügengeschichte zu leiden! Ich habe meine Arbeit verloren und muss mich hier verstecken, weil ich in Boston keinen Schritt mehr tun kann, ohne von den Medien bedrängt zu werden. Ich habe weiß Gott auch eine Entschuldigung verdient!« Sie kochte vor Wut. »Wer hat den Artikel geschrieben?«
»Weder Terry noch George Fox«, antwortete John. »David Hendricks. Er gehört schon lange zum Reporterteam.«
»Was steht in den anderen Zeitungen?«
»Die melden die Sache nur am Rande.«
»Dann ist es also zu Ende?«
»Sieht so aus.«
Lily bedankte sich bei John, rief Poppy an und ließ sich mit Cassie Byrnes verbinden.

Wie in vielen Orten der Region war auch in Lake Henry eine Gemeindeverwaltung für Verwaltung und Gesetzgebung zuständig. An zwei Abenden im März eines jeden Jahres trafen sich die Wahlberechtigten, um über die anstehenden Sachfragen abzustimmen, und alle zwei Jahre wurde ein neuer Vorsitzender gewählt. Da dieser in der Regel die Tagesordnungspunkte festlegte, war er der mächtigste Mann in der Gemeinde.

In Lake Henry waren die Sitzungen des *town meetings* eher ein gesellschaftliches Ereignis, das Abwechslung in die Monotonie des ausgehenden Winters brachte, als Veranstaltungen, in denen Politik gemacht wurde. Ergab sich akut ein Problem, wurde es hier, je nach Zuständigkeit, sofort vom Polizeichef, dem Posthalter oder dem Gemeindeverwaltungsbeamten in die Hand genommen. Für die gewichtigen ökologischen Fragen des Endes des Jahrtausends war das Lake Henry Committee zuständig.

Es war in den zwanziger Jahren ins Leben gerufen worden, als immer mehr Ferienhäuser an dem See entstanden, was den Einheimischen Anlass zu ernsthafter Sorge gab. Das Komitee machte sich die Landschaftspflege und den Erhalt der Naturschönheit zur Aufgabe, und als im Laufe der Jahre das ökologische Interesse zunehmend an Bedeutung gewann, wuchs die Macht des Komitees.

Jeder Ortsansässige konnte diesem Gremium, das einmal im Monat tagte, beitreten. Wurden Sondersitzungen anberaumt – für gewöhnlich auf Grund irgendeiner Verordnung der Regierung in Concord, was man als Beschneidung des Gemeinderechts ansah, hatten alle Mitglieder zu erscheinen, vorausgesetzt, dass kein triftiger Grund für ein Fernbleiben sprach. Im Durchschnitt nahmen dreißig Mitglieder an einer Sitzung teil. Im Januar eines jeden Jahres feierte man nicht nur den Beginn des neuen Jahres, sondern wählte auch einen neuen Vorsitzenden, und manchmal wählte man den alten wieder.

Cassie Byrnes bekleidete diesen leitenden Posten nun schon zum vierten Mal. Sie war die erste Frau auf diesem Stuhl und mit inzwischen fünfunddreißig noch immer das jüngste Mitglied, das je für dieses Amt gewählt worden war. In Lake Henry geboren und aufgewachsen, hatte sie die Stadt nur verlassen, um aufs College zu gehen und Jura zu studieren, und die Tinte auf ihrem Abschlusszeugnis war kaum trocken gewesen, als sie zurückgekehrt war und eine Kanzlei eröffnet hatte. In den zehn Jahren, die seitdem vergangen waren, hatte sie sich zu einer Lokalaktivistin entwickelt.

Lily wartete auf der Veranda. Heute hing Nebel über dem See, was der Landschaft etwas Märchenhaftes verlieh und beruhigend auf sie wirkte. Als sie einen Wagen kommen hörte, ging sie um das Haus herum und auf das alte Auto zu, das Cassie gerade neben ihrem Ford-Kombi parkte. Auf der Rückbank gaben sich zwei Kindersitze, gefütterte Jacken, ein Hockeyschläger und eine Fast-Food-Tüte ein Stelldichein.

Cassie hängte sich ihre Schultertasche um und stieg aus. Ihre langen Beine steckten in Jeans, zu denen sie eine weiße Seidenbluse, einen Blazer, ein geblümtes Halstuch und Stiefel trug.

»Danke, dass du dir Zeit für mich nimmst«, sagte Lily.

Cassie lächelte. »Wir hatten uns schon gefragt, ob du kommen würdest. Natürlich haben wir die Geschichte verfolgt. Aber ich habe niemandem gesagt, dass du hier bist. Dein Geheimnis ist sicher bei mir.« Sie streckte die Hand aus. »Es ist lange her.«

Lily schüttelte ihr die Hand. Cassie war in der Schule eine Klasse über ihr gewesen und ungleich viel beliebter. Ihr Händedruck vermittelte Selbstvertrauen, und Lily hoffte inbrünstig, dass es, was ihre Fähigkeiten als Anwältin betraf, gerechtfertigt wäre.

Der Nebel war so dicht, dass sie sich auf der Veranda hätten unterhalten können, ohne vom See aus entdeckt zu werden, aber die Luft war zu kühl und feucht dazu. Also bat Lily sie herein und bot ihr einen Kaffee an. Lily setzte sich in den Lehnsessel, Cassie auf das Sofa.

»Du hast die Geschichte also verfolgt«, knüpfte Lily an Cassies Äußerung an.

»O ja. Immerhin bist du eine von uns.«

Das zu hören, tat gut. »Hast du die heutigen Zeitungen schon gelesen?«

»Habe ich. Der Vatikan hat den Kardinal von jedem Verdacht freigesprochen, und die ›Post‹ hat sich bei ihm entschuldigt – aber nicht bei dir. Was mich nicht überrascht. Die Presse hat gewiefte Anwälte, die den Verlegern genau sagen, wozu sie gesetzlich verpflichtet sind, und die Verleger gehen nicht den kleinsten Schritt darüber hinaus. Die ›Post‹ hat sich entschuldigt, aber nicht widerrufen. Es könnte sein, dass sie es, wenn der Kardinal es nicht verlangt, überhaupt nicht tun – oder vielleicht erst in ein paar Tagen. Es gibt exakte Rechtsvorschriften für Widerrufe, die bestimmen, auf welcher Seite sie stehen und welches Format sie haben müssen. Ich müsste mir das Gesetz von Massachusetts ansehen, um festzustellen, was es in diesem Fall vorsieht.«

Lily ging es nicht um Gesetze – ihr ging es ums Prinzip. »Warum wurde ich nicht in die Entschuldigung eingeschlossen? Schließlich gehören *auch* zu einer *angeblichen Affäre* zwei Menschen. Wie können die mich da einfach übergehen? Und wie kommt es, dass Verdächtigungen auf der ersten Seite stehen und Entschuldigungen irgendwo mittendrin?«

»So funktioniert das nun mal«, sagte Cassie hörbar genervt.

Lily senkte zornig den Kopf. Sie schluckte, ordnete ihre Gedanken und hob, als sie ihrer Zunge traute, den Blick zu Cassie. »Ich habe dich nicht nur hergebeten, weil mir moralisch gesehen Unrecht widerfahren ist – es sind auch Gesetze gebrochen worden.«

»Hast du nicht Maxwell Funder engagiert?«

»Nein. Er wollte mich nur wegen der Publicity vertreten – und wegen des Geldes.« Sie verriet Cassie die Summe, die Funder verlangt hatte.

Cassie verdrehte die Augen. »Auch das überrascht mich nicht. Er arbeitet in einer illustren Kanzlei. Es gibt durchaus Leute, die bereit – und in der Lage – sind, solche Honorare zu bezahlen, aber selbst wenn er mit dem Stundenhonorar runterginge, wäre er für dich immer noch unerschwinglich. Hat er dir auch etwas von Prozess- und Nebenkosten gesagt?« Lily nickte, und Cassie sagte: »Die Gerichtskosten sind in einem Fall wie diesem nicht hoch. Zumindest nicht bei uns hier.«

Lily horchte auf. »Ich könnte auch in New Hampshire vor Gericht gehen?«

»Warum nicht? Die fraglichen Zeitungen werden auch bei uns verkauft, was bedeutet, dass du in New Hampshire genauso verleumdet worden bist wie in Massachusetts oder im Staat New York.«

»Und ob ich verleumdet worden bin! Sie haben Lügen

über mich verbreitet, und was sie nicht ausdrücklich sagten, deuteten sie an.«

Cassie hob die Hand. »Andeutungen sind ein Kapitel für sich.« Sie holte Block und Kugelschreiber aus ihrer Handtasche. »Lass uns die Sache systematisch angehen. Beginnen wir mit den Behauptungen.«

»Sie haben behauptet, ich hätte eine Affäre mit Kardinal Rosetti. Das ist nicht wahr.«

Cassie machte sich Notizen. »Okay. Was noch?«

»Dass ich eine Affäre mit dem Gouverneur von New York hätte.«

»Wenn ich mich recht erinnere, war das eher eine Andeutung.«

»Aber eine sehr nachdrückliche.«

Cassie drehte die Hand hin und her. »Ein Grenzfall. Welche eindeutigen Behauptungen gab es sonst noch?«

»Dass ich zugegeben hätte, eine Affäre mit dem Kardinal zu haben. Dass ich ihn liebe. Dass ich ihm nach Boston gefolgt sei.«

»Und das hast du alles nicht gesagt?«

»Nicht in der Weise, wie es wiedergegeben wurde«, erklärte Lily zornig. »In dem Gespräch mit Terry Sullivan ging es um eine hypothetische Frau, die sagte, sie habe eine Affäre mit dem Kardinal, und Terry legte mir die Wortspiele in den Mund. Gesagt habe ich schon, dass ich den Kardinal liebe, aber als Menschen! Und dass ich ihm vom Zeitablauf her gesehen, nach Boston gefolgt bin, aber nicht, um in seiner Nähe zu sein.«

Cassie war nicht begeistert. »Du hast diese Dinge gesagt. Er hat sie zwar aus dem Zusammenhang gerissen, aber es ist zu erwarten, dass er sich damit herausreden wird, dass er dich missverstanden habe. Zum Prozess kommt es nur, wenn wir ihm Böswilligkeit nachweisen können. Kennst du ihn näher?«

»Nein.« Lily war enttäuscht. »Er wollte mich für seine Porträtreihe über Entertainer in Boston gewinnen, aber ich lehnte mehrfach ab. Unsere erste längere Unterhaltung fand genau am Abend vor der Veröffentlichung seiner Lügengeschichte statt. Er hat mich zu meinen Aussagen verleitet, Cassie. Aber es sind ja noch viele andere Dinge veröffentlicht worden!« Sie sprach so schnell, dass ihre Worte sich fast überschlugen. »Wo ich einkaufe, wo ich Ferien mache, in welchen Restaurants ich esse – und die dumme Geschichte mit Donny Kipling damals. Das alles habe ich niemandem erzählt! Und was den letzten Punkt angeht – die Akte ist angeblich unter Verschluss!«

Cassie hatte mit den Fingerknöcheln gegen ihre Oberlippe geklopft, während Lily sprach. Jetzt machte sie sich eine Notiz. »Da hat irgendjemand geplaudert. Das sollte unser Justizminister verfolgen. Was die anderen Angaben betrifft – wo du einkaufst oder Ferien machst – die sind der Öffentlichkeit zugänglich. Das ist nicht schön, aber eine Tatsache. Jeder, der über Grundkenntnisse des Internets verfügt, kann sie sich beschaffen.«

Lily war entmutigt. »Dann kann ich gar nichts tun?«

»Nicht in dieser Hinsicht.«

»Aber sie haben gegen Gesetze verstoßen. Mein Telefon wurde abgehört.«

»Weißt du das genau?«

»Ich hörte ein Klicken, als ich mit meiner Schwester telefonierte, und am nächsten Tag stand etwas aus diesem Gespräch in der Zeitung.«
Wieder machte Cassie sich eine Notiz. »Wir erstatten Anzeige beim Justizminister von Massachusetts.«
Lily hatte sie nun schon mehrfach »wir« sagen hören und gestand zögernd: »Ich habe nicht viel Geld.«
»Vorläufig will ich doch gar keins von dir haben. Darüber sprechen wir von Fall zu Fall, wenn Ausgaben anfallen.« Sie blätterte zur nächsten Seite um. »Ich will alles über deine Beziehung zu dem Kardinal wissen, alles über deine Unterhaltung mit Terry Sullivan und alles, was dir seit dem Erscheinen der Story widerfahren ist.«
Lily redete eine ganze Stunde lang, wie ein Wasserfall, ohne ein einziges Mal zu stottern. Cassie warf nur hin und wieder eine kurze Frage ein. Den größten Teil der Zeit hörte sie zu und machte sich Notizen, die sie, als Lily geendet hatte, noch einmal durchlas. Als Lily die Spannung nicht mehr ertrug, fragte sie: »Was meinst du?«
»Ich meine«, antwortete Cassie, »dass du auf Verleumdung klagen kannst.«
»Aber?«, Lily sprach das Wort aus, das sie aus Cassies Äußerung herausgehört hatte.
»Wenn du auf Grund eines Präzedenzfalles als Person des öffentlichen Lebens zu betrachten bist, wird es schwierig, die Verleumdung nachzuweisen. Dann müssen wir auf Böswilligkeit umschalten. Auf jeden Fall ist der erste Schritt, von der ›Post‹ einen Widerruf zu verlangen. Das erfordert das Gesetz, erst danach können

wir eine Klage einreichen. Wir müssen der Zeitung Gelegenheit zu einem Widerruf – und, in unserem Fall, einer Entschuldigung – geben, bevor wir uns ans Gericht wenden.«

»Und wie viel Zeit gestehen wir ihnen als Bedenkzeit zu?« Lily hatte Funders Warnung vor der Verzögerungstaktik des Gegners nicht vergessen.

»Eine Woche. Mehr brauchen sie nicht. Soll ich es angehen?«

Eine Woche war absehbar, und außerdem fühlte Lily sich mit Cassie an ihrer Seite stark und hatte plötzlich die Hoffnung, dass ihr nun Gerechtigkeit widerfahren würde.

»Ja«, antwortete sie ruhig, »gehen wir es an.«

In der Zeit, als Lily und Cassie miteinander sprachen, starrte John auf den nebelverhangenen See hinaus. Er hatte die Füße auf den Schreibtisch gelegt, seinen Kaffeebecher in den Händen und dachte darüber nach, warum die »Post« Lily bei ihrer Entschuldigung übergangen hatte, und je länger er darüber nachdachte, umso ärgerlicher wurde er. Schließlich griff er zum Telefonhörer und tippte eine vertraute Nummer ein.

»Brian Wallace«, meldete sich eine geistesabwesend klingende Stimme. Brian war bei der »Post« Johns Redakteur gewesen. Terry Sullivans Redakteur war er immer noch.

»Hey, Brian. Hier ist Kip.«

»Hey, Kip!« Auf einmal klang die Stimme hellwach. »Wie geht's dir?«

»Großartig. Und dir?«

»Immer im Stress. Manchmal beneide ich dich um dein beschauliches Leben in der Provinz. Wer hätte gedacht, dass da draußen direkt vor deiner Nase eine solche Bombe explodieren würde.«

»Sie ist vor deiner Nase explodiert«, korrigierte John. »Der Schauplatz ist Boston.«

»Aber das Mädchen stammt aus deinem Ort. Terry sagt, du schweigst dich aus.«

»Terry wollte Informationen, die ich nicht habe. Und selbst, wenn ich etwas gewusst hätte, hätte ich es ihm nicht erzählt.« Brian würde es verstehen – Terry machte sich überall Feinde.

»Das ist ein offenes Wort«, sagte Brian. »Wie ist es – erzählst du mir was?«

»Was sollte ich dir erzählen?«

»Ob sie in Lake Henry ist, zum Beispiel.«

»Wenn sie da ist, hat sie sich gut versteckt. Im Ort hat sie niemand gesehen.« Beides war nicht gelogen. Irreführend vielleicht, aber das hatte Brian Wallace sich selbst zuzuschreiben – er war ihm ein guter Lehrer gewesen. »Aber wir verfolgen die Geschichte natürlich. Die heutige Meldung war besonders interessant. Es passiert nicht oft, dass eine Zeitung sich entschuldigt.«

»Die Kirche war stinkig.«

»Und jetzt sind hier alle stinkig. Sie fragen sich, warum die ›Post‹ sich nicht auch bei Lily entschuldigt hat.«

Brian schnaubte. »Lily Blake sollte sich bei uns entschuldigen. Wenn sie das nicht alles gesagt hätte, wären wir nicht in diese peinliche Lage geraten, verdammt!«

»Glaubst du wirklich, dass sie all das gesagt hat! Es würde mich nicht wundern, wenn Terry es sich aus den Fingern gesogen hätte.«
»Ich hätte den Artikel nicht rausgelassen, wenn es so wäre.«
»Bist du sicher, dass er es nicht getan hat?«
»Ist das eine Anschuldigung?«, fragte Brian nach einer kurzen Pause in merklich kühlerem Ton.
»Ach, komm, Brian – du redest mit mir. Ich weiß doch, was da ein-, zweimal hinter den Kulissen vorging. Ich habe mit Terry zusammengearbeitet. Es wäre nicht das erste Mal, dass er eine Story konstruiert hat.«
»Vorsicht, John.« Jetzt waren sie Gegner. »Solche Aussagen können als Verleumdung gewertet werden.«
»Und was über Lily Blake geschrieben wurde, nicht? Hast du keine Angst, dass sie klagt?«
»Nein.«
Er klang so sicher, dass Johns Ärger wieder hochkochte. »Warum nicht? Die Story war eine Ente. Wofür hättet ihr euch sonst entschuldigen müssen? Beweist das nicht, dass Terry Mist gebaut hat?«
»Verdammt noch mal, John!«, fuhr Brian auf. »Glaubst du im Ernst, wir hätten eine solche Story gebracht, wenn wir nicht von ihrer Glaubwürdigkeit überzeugt gewesen wären? Glaubst du im Ernst, ich hätte sie nur auf Grund von Terrys Behauptungen genehmigt? Ich weiß, was er in der Vergangenheit alles verbrochen hat und bin äußerst vorsichtig bei ihm. Er hatte mir schon wochenlang mit dieser Beziehung in den Ohren gelegen, seit damals, als die ersten Gerüchte über die bevorstehende Ernen-

nung Rosettis aufkamen, und ich sagte ihm, ich würde das Thema nicht mit der Feuerzange anfassen, wenn er mir keine stichhaltigen Beweise brächte. Aber er beschaffte sie sich. Ich habe eine Tonbandaufnahme, John. Lily Blake hat diese Dinge gesagt, das steht außer Zweifel. Vielleicht hat die Kleine ja nicht alle Tassen im Schrank. Vielleicht schwärmt sie für ihn und hat sich so lange eine Beziehung zu ihm zusammenphantasiert, dass sie sie am Ende für Realität hielt. Jedenfalls hat sie diese Dinge gesagt. Ich habe es selbst gehört.«

John stellte sich sofort um. »Wusste sie, dass mitgeschnitten wurde?«

»Angeblich ja – aber Vorsicht ist die Mutter der Porzellankiste. Darum sind wir damit nicht an die Öffentlichkeit gegangen. Wir sind nicht blöd, Kip. Die Aufzeichnung würde bei Gericht nicht zugelassen. Aber sie rechtfertigt den Abdruck der Story. Wir hatten allen Grund, sie daraufhin für echt zu halten. Es lag von unserer Seite keinerlei Böswilligkeit vor. Die Kleine spinnt.«

Poppy hatte schon lange, bevor Lily sie um die Verbindung zu Cassie bat, von der Entschuldigung an den Kardinal erfahren, und zwar am frühen Morgen, von drei Freundinnen, die es aus den Fernsehnachrichten wussten und empört darüber waren, dass Lily nicht in die Entschuldigung eingeschlossen war. Zwischen den Anrufen dieser Freundinnen kamen diverse von den Medien herein. Die Namen waren ihr bekannt, die Stimmen klangen drängend. Man wollte etwas über die Reaktionen von Lilys Heimatort auf die neueste Entwicklung hören.

Dem, der Charlie Owens sprechen wollte, sagte sie: »Wir haben keinen Augenblick an Lily gezweifelt.«

Den Anrufer für Armand Baynes stellte sie ohne Kommentar durch.

Zu dem Reporter, der auf der Suche nach Maida Blake war, sagte sie: »Wir sind glücklich, dass sich die Sache in Wohlgefallen aufgelöst hat.« Das war zwar nicht der Fall, aber Maida war im Mosthaus und würde den Anruf nicht entgegennehmen, und Poppy nutzte die Gelegenheit, um, wie sie meinte, damit Lilys Unschuld zu untermauern.

Dann klingelte das Telefon für Willie Jake. Sie drückte auf den entsprechenden Knopf und sagte: »Polizeiwache Lake Henry. Dieser Anruf wird aufgezeichnet.«

»William Jacobs, bitte«, sagte eine herrlich tiefe Männerstimme.

Willie Jake hatte ihr zuvor mitgeteilt, dass er unterwegs zu Charlies' sei, um dort zu Mittag zu essen. »Er ist nicht da. Vielleicht kann ich Ihnen weiterhelfen.«

»Lassen wir es auf einen Versuch ankommen«, sagte der Mann freundlich. »Mein Name ist Griffin Hughes. Ich bin freier Autor und recherchiere für eine Story zum Thema Verletzung der Privatsphäre, wobei ich mein Hauptaugenmerk auf die Umgebung der Opfer richte. Ich dachte, der Fall Lily Blake würde gut da reinpassen. Lake Henry ist ihr Heimatort, und ich nehme an, dass die Menschen dort sich Gedanken über das machen, was ihr zugestoßen ist.«

»Da haben Sie verdammt Recht«, antwortete Poppy nachdrücklich.

Er lachte leise, und Poppy durchrieselte ein Schauer. »Ich wollte eigentlich beim Polizeichef anfangen«, fuhr der Fremde fort, »aber sein reizender Telefondienst scheint mir eine gute Alternative zu sein. Also – was denken Sie?«
»Ich denke«, Poppy versuchte, ebenfalls locker zu klingen, »dass ich verrückt wäre, wenn ich Ihnen meine Gedanken verriete, denn Lilys Erfahrung mit der Presse hat gezeigt, wie harmlose Äußerungen zu einem Strick um den Hals werden.«
»Hey – werfen Sie mich nicht mit in diesen Topf. Ich arbeite nicht für eine Zeitung. Außerdem bin ich auf Lilys Seite.«
»Und Sie wollen kein Geld mit Ihrer Story verdienen?«
»Natürlich will ich das – aber das bedeutet doch nicht zwangsläufig, dass ich ihr was am Zeug flicken will. Ich recherchiere seit zwei Wochen für dieses Projekt. Die meisten anderen Opfer, die ich bisher interviewte, hatten auf Grund der Weitergabe medizinischer Daten zu leiden, woraus sie getrost schließen können, dass das keine Schmuddelgeschichte wird. Ich schreibe sie auf gut Glück. Wenn ich Pech habe, bringe ich sie nirgends unter, aber ich finde es wichtig, sie zu schreiben.«
Das klang alles sehr sympathisch, und seine Stimme hatte nicht den drängenden oder arroganten Unterton, wie die der Reporter, die ständig anriefen. Sie stellte ihn sich als einen Mann von durchschnittlicher Größe und ebensolchem Gewicht vor, der ein freundliches Gesicht und ein Gefühl für Anstand hatte. Er musste ein Betrüger sein.

»Was ist denn das für ein Name – Griffin Hughes?«, fragte sie verächtlich. »Der klingt nicht echt.«
»Sagen Sie das meinem Vater«, kam die Antwort. »Und seinem. Ich bin der Dritte.«
»Ich traue Ihnen nicht.«
»Das tut mir Leid.« Er wirkte aufrichtig. »Wie, sagten Sie, ist Ihr Name?«
»Ich habe Ihnen meinen Namen nicht genannt. Sie versuchen mich reinzulegen!«
»Nein.« Wieder hörte er sich aufrichtig bedauernd an. »Es war scherzhaft gemeint. Sie sind geradeheraus. Solche Menschen mag ich. Ich weiß gerne, wo ich stehe.«
»Poppy«, sagte sie. »Mein Name ist Poppy. Ich bin Lily Blakes Schwester und empört über das, was man mit ihr gemacht hat. Die Übrigen in der Stadt denken genauso. Das können Sie schreiben.«
»Im Moment schreibe ich gar nichts – ich sammle noch Material.«
Poppy schwieg.
Griffin Hughes seufzte, und dann sagte er mit seiner tiefen Stimme leise: »Okay – ich will Sie nicht bedrängen. Vielleicht erreiche ich den Chief ja, wenn ich das nächste Mal anrufe. Machen Sie's gut, Poppy.«
»Sie auch.« Poppy unterbrach die Verbindung mit einem Gefühl der Erleichterung. Wenn sie der Stimme noch länger zugehört hätte – wer weiß, zu welchen Äußerungen sie sich dann hätte hinreißen lassen.

11

John wäre der Sache mit der Tonbandaufnahme am liebsten gleich morgens nachgegangen, aber es war Montag, und somit hatten die »Lake News« für diese Woche Vorrang. Das Layout war bereits fertig, die Fotos eingelesen. Es fehlte nur noch der Text.

Als Aufmacher hatte er einen Bericht über drei Familien vorgesehen, die kürzlich aus verschiedenen Großstädten zugezogen waren: die Taplins – Rachel und Bill und ihre vier Monate alte Tochter Tara – waren aus New York City nach Lake Henry gekommen, die Smiths – Lynne und Gary und ihre halbwüchsigen Sprösslinge Allyson, Robyn, Matt und Charlie – aus Boston und die Jamisons – Addie und Joe und ihre beiden schokoladenbraunen Labradors – aus Baltimore. Das Alter der Paare bewegte sich zwischen Ende zwanzig und Ende sechzig, aber der Wunsch, ihre Lebensqualität zu verbessern, war ihnen gemeinsam.

John hatte die Familien in der vergangenen Woche interviewt und den Bericht am Sonntag zu Hause umrissen. Er setzte sich an den Computer und begann zu schreiben, wurde jedoch immer wieder von den üblichen Anrufen unterbrochen, bei denen es um Bekanntmachungen öffentlicher Einrichtungen oder private Insera-

te ging. Als es ihm zu dumm wurde, lief er in den einstigen Salon hinunter und bat Jenny, Telefondienst zu machen.
Es war zwar nicht das erste Mal, aber er musste ihr alles noch einmal erklären. Als sie danach immer noch unsicher dreinschaute, ging er das Ganze ein zweites Mal mit ihr durch und versicherte ihr – entgegen seiner Überzeugung –, dass sie »das alles bestimmt mit links bewältigen« würde.
Da er von niemandem mehr gestört wurde, war er schnell mit seiner Arbeit fertig, griff, nachdem er den letzten Punkt gesetzt hatte, zum Telefon und rief Steve Baker an, einen ehemaligen Kollegen bei der »Post«.
»War die Story Brians Idee oder Terrys?«, fragte er nach ein paar einleitenden, erklärenden Worten.
»Terrys.«
»Hat er etwas gegen den Kardinal?«
»Du kennst ihn doch – er muss nichts gegen jemanden haben, um ihn in die Pfanne zu hauen. Er hatte sich diese Story in den Kopf gesetzt, aber er konnte nichts Belastendes finden, und so schrieb er einen Bericht, der zum einen auf Spekulation und zum anderen auf Phantasie fußte. Ich habe Rosetti kennen gelernt. Er ist ein ehrlicher, offener, anständiger Mann. Er hatte nie im Leben ein Verhältnis mit diesem Mädchen.«
»Aber Lily Blake hat es doch angeblich bestätigt.«
»Ja, ja – wir wissen doch, wie das funktioniert: Wenn man geschickt fragt, bekommt man die Antwort, die man hören will – oder eine, die man sich hinbiegen kann.«

»Weißt du von der Tonbandaufnahme?«
Eine Weile war es still in der Leitung, und John zog seine Schlüsse daraus. Schließlich sagte Steve: »Von welcher Tonbandaufnahme?«
»Das Interview soll mitgeschnitten worden sein«, ging John auf das Spiel ein.
»Wenn es so wäre, dann hättest du das auf der Seite eins lesen können.«
»Und wenn es ohne ihr Wissen geschah?«
»Dann wäre es unstatthaft gewesen und die Zeitung, wenn sie von Terrys Plan wusste und ihn nicht davon abbrachte, der Beihilfe schuldig. Dann säße die ›Post‹ ganz schön in der Scheiße. Aber sie säße noch tiefer drin, wenn die Grundlage dieser möglicherweise verleumderischen Story eine illegale Tonbandaufnahme wäre. Also würde die ›Post‹ sich hüten, dieses Tondokument zu erwähnen.«
Diese Argumentation leuchtete John ein. Er rief noch zwei andere Kollegen an, von denen er das Gleiche hörte, und zu guter Letzt Jack Mabbet, einen ehemaligen FBI-Agenten. Mabbet war zehn Jahre zuvor an den Ermittlungen gegen einen Gangster beteiligt gewesen, der vom South End Bostons aus operierte. Terry Sullivan hatte damals eine Reihe von Artikeln geschrieben, in denen er scharfe Kritik an der Untersuchung im Allgemeinen und Jack Mabbet im Besonderen übte. Jack war zu der Zeit fünfundvierzig und hatte eine Frau und vier Kinder, denen die Folgen dieser Hetzkampagne schwer zu schaffen machten. Der Gangster wurde vor Gericht gestellt und verurteilt, ohne dass auch nur die Möglich-

keit zur Sprache gekommen wäre, Jack könne bestechlich sein.
Aber Jack hatte trotzdem kurz darauf seinen Abschied genommen. Seine Vorgesetzten hegten nicht die geringsten Zweifel an seiner Integrität, doch seine Kollegen begegneten ihm mit spürbarem Vorbehalt, und darüber hinaus haftete der Makel des, wenn auch unbegründeten, Verdachts an seiner Familie. Also verkauften die Mabbets ihr kleines Haus in Revere und zogen nach Roanoke in Virginia, wo Jack sich als Privatdetektiv niederließ. Seine Spezialgebiete waren Hintergrunddurchleuchtungen, mit denen ihn Arbeitgeber potenzieller Angestellter beauftragten und Aktiengesellschaften, die sich mit der Absicht einer Fusion oder eines Firmenaufkaufs trugen.
John hatte im Zuge seiner Berichterstattung über andere Fälle, an deren Aufklärung Jack Mabbet mitarbeitete, mehrfach mit ihm gesprochen und empfand große Achtung für ihn. Er hatte sich mit Terry angelegt, als dessen verunglimpfende Artikel erschienen, und sogar mit den verantwortlichen Redakteuren, aber es hatte nichts genutzt. Terry hatte keine verleumderischen Anschuldigungen erhoben, er hatte nur Andeutungen gemacht, böse Jungs zitiert, denen die Vorstellung gefiel, einen guten Jungen mit sich in den Abgrund zu reißen. Er hatte sich bei Jack Mabbet der gleichen Methode bedient wie jetzt bei Lily, und John nahm an, dass Jack sich auf ihre Seite schlagen würde.
»Und ob ich helfen werde«, sagte Jack, nachdem er gehört hatte, worum es John ging. »Was wollen Sie denn über Terry wissen?«

»Was kann ich denn kriegen?«
»So gut wie alles – und das ganz legal. Ich arbeite mit Großhändlern zusammen, die überall verstreute Informationen sammeln und in ihren Datenbänken geordnet speichern. Versicherungsgesellschaften nutzen diesen Dienst, Geschäftskonkurrenten und auch Parteien in strittigen Scheidungsverfahren. Für jemanden wie mich ist er ein Geschenk des Himmels. Also – was darf es sein?« Er war hörbar Feuer und Flamme. »Kreditkartenzahlungen? Telefongesprächsnachweise? Kontenbewegungen? Lebensversicherungspolicen? Krankengeschichten? Verkehrsübertretungen? Ich kann Ihnen sagen, ob er in den letzten zehn Jahren einen Strafzettel wegen falschen Parkens bekommen hat. Geben Sie mir fünf Minuten.«
John hatte von diesen Informationsgroßhändlern gewusst, bislang jedoch keinen Anlass gehabt, sie in Anspruch zu nehmen und war jetzt, als er das Ausmaß der legalisierten Indiskretion so geballt vor Augen geführt bekam, tief erschrocken. »Grundgütiger! Es wundert mich, dass die Leute nicht Sturm gegen diesen freien Fluss von Informationen laufen.«
»Das tun sie ja. Zumindest einige. Im Kongress harren ein Dutzend dahingehender Gesetzentwürfe der Verabschiedung. Richtlinien werden erlassen. Manche Datenbanken erklären sich sogar bereit, ihnen Folge zu leisten, aber es sind noch genügend da, an die man sich wenden kann. Und Privatdetektive haben ohnehin überall Zugang. Wir können sammeln, was wir wollen und damit machen, was wir wollen. Es gibt sechzigtausend von uns

in diesem Land, und in manchen Bundesstaaten braucht ein Privatdetektiv nicht einmal eine Lizenz. Das ist schon zum Fürchten. Aber ich habe eine. Ich habe Quellen und keine freundlichen Gefühle für Terry Sullivan. Sie wollen Informationen über diesen Mistkerl – ich beschaffe sie Ihnen. Unentgeltlich.«

Das klang verführerisch, aber John wollte sich die Sache nicht aus der Hand nehmen lassen. Dies war seine Story, ebenso seine Rache wie Lilys. Also musste er sich von Jack beibringen lassen, wie er selbst in den Besitz der Informationen gelangen konnte. Als er die Enttäuschung in Jacks Stimme hörte, dehnte er die Aktion auf Paul Rizzo und Justin Barr aus. Die beiden könnte Jack sich vornehmen. Terry gehörte John.

Es war erstaunlich, wie wenig er über Terry wusste. Immerhin kannte er ihn alles in allem seit fünfundzwanzig Jahren. Aber im Grunde kannte er ihn eben nicht. Er hoffte, auf Verfehlungen zu stoßen, große wie kleine, auf Ungereimtheiten – und, das vor allem, auf einen Grund dafür, dass Terry sich vorgenommen hatte, Francis P. Rosetti zu vernichten.

Steve Baker glaubte nicht, dass Terry etwas gegen den Kardinal hatte, und Terry, das wusste John, würde es leugnen. Also griff er erneut zum Hörer, um Rosetti zu fragen, doch der Kardinal wurde von seinem Sekretär abgeschirmt, einem freundlichen Mann, der ihm erklärte, dass Seine Eminenz Mr. Sullivan nur auf Medienebene kenne und es niemals zuvor eine Kontroverse zwischen den beiden gegeben habe.

John hatte gerade aufgelegt, als Armand Baynes anrief, um sich nach der Gestaltung der aktuellen Ausgabe der »Lake News« zu erkundigen. Normalerweise tat der Verleger das erst Dienstagmorgen, wenn er nachfragte, ob John seine Kolumne bekommen habe. Dass er sich diesmal einen Tag früher meldete, deutete darauf hin, dass er ein besonderes Anliegen hatte.

John hatte ihm kaum in groben Zügen den Inhalt seines Aufmachers geschildert, als Armand fragte: »Was bringen Sie über Lily Blake?«

»Nicht viel.«

»Was?«, erregte sich Baynes. »Das ist doch eine Sensation – und noch dazu auf unserem Terrain!«

»Auf Bostoner Terrain«, korrigierte John.

»Sie wissen genau, wie ich es meine«, knurrte Armand. »Warum zum Teufel sollen wir mit einer Story über neu Zugezogene aufmachen, wenn wir eine *Einheimische* zu bieten haben, deren Name und Gesicht im ganzen Land bekannt sind? Auf der ganzen *Welt!*«

»Es ist so viel über sie berichtet worden – da brauchen wir es nicht auch noch zu tun.«

»Aber sie ist eine von uns«, insistierte Armand. »Herrgott noch mal – wir haben endlich eine Chance, Auflage zu machen.«

John stand auf, stemmte die Hand in die Seite und starrte in den Nebel hinaus. »Es schmeckt mir nicht.«

»Warum denn nicht?«

»Eben weil sie eine von uns ist. Das gebietet Rücksicht. Die Medien da draußen gehen über Leichen – ich bin nicht bereit, mich auf deren Niveau zu begeben.«

»Das verlange ich ja gar nicht von Ihnen – aber wir können die Story nicht einfach übergehen. Wir verbreiten Neuigkeiten – also auch über dieses Mädchen.«

»Die ›Post‹ hat sich entschuldigt – die Story ist gestorben.«

»Dann schreiben Sie *das.*«

»Okay – auf einer Innenseite«, kam John ihm ein Stück entgegen. »Aber keine große Sache.«

»Ich habe eine bessere Idee«, eröffnete Armand ihm. »Und die passt sogar zu Ihrem Aufmacher, in dem erklärt wird, weshalb die Menschen scharenweise aus den Großstädten wegziehen. Ich werde in meiner Kolumne darauf eingehen, wie schnell dort jemand verurteilt wird, während Lake Henry den Seinen gegenüber sehr viel toleranter und bereit ist, ihnen Fehler zu verzeihen.«

»Daraus ist zu entnehmen, dass Lily Blake schuldig ist. Glauben Sie das?«

»Wo Rauch ist, ist auch Feuer«, zitierte sein Verleger ein altes Sprichwort.

»Ich bin nicht damit einverstanden«, lehnte John kategorisch ab. »Wenn Sie darauf bestehen, bin ich weg. Ich bin hierher gekommen, weil ich diese Art von Journalismus bis obenhin hatte. Wenn Sie Lily fertig machen wollen, dann müssen Sie auf mich verzichten.« Wütend knallte er den Hörer auf.

Erstaunt über seine Heftigkeit ging er ein paarmal auf und ab, riss schließlich das Fenster auf, schob das Fliegengitter hoch und streckte den Kopf hinaus, denn er hatte plötzlich einen Schweißgeruch in der Nase, den

Geschmack von abgestandenem Kaffee und matschigen Sandwiches auf der Zunge wie damals in der Redaktion der »Post«, wenn ihn und seine Kollegen bis spät in die Nacht eine brisante Story am Schreibtisch festhielt.

John vermutete, dass diese Phantasie aus Schuldgefühlen erwachsen war. Er hatte sich zwar geweigert, die Lily-Blake-Story als Aufmacher zu bringen, aber er hatte eine ganze Schublade voll Informationen dazu, und es wurden täglich mehr. Er hatte gestern nicht nur das Layout für die dieswöchige »Lake News« gemacht – er hatte auch Stunden damit zugebracht, Gedanken aufzuschreiben, Einfälle zu ordnen und verschiedene Einstiege zu erwägen.

Er ließ sich auf einen Stuhl sinken, öffnete die besagte Schublade, holte die Notizen über Lily heraus und dann das Material, das er über ihren Vater gesammelt hatte. George war kurz vor Johns Rückkehr nach Lake Henry gestorben. Damals hatte John ihn als typisches Beispiel für die alteingesessenen gesehen, die ihren Lebensunterhalt verdienten, indem sie die lokalen Gegebenheiten nutzten, und ein Buch darüber schreiben wollen – darum das Material –, doch dann hatte ihn das Thema sehr schnell gelangweilt. Jetzt könnten die in der Akte zusammengefassten Informationen, aus einem anderen Blickwinkel betrachtet, doch noch von Nutzen sein.

Das Hauptthema seines Buches würde die Macht der Medien, Menschen zerstören zu können, sein und zum Beweis müsste er Beispiele anführen, Gründe, Handlungsmotive und Hintergründe der beteiligten Personen: die Psychologie des Ganzen hinterfragen. Terry handel-

te nicht grundlos, und auch Lily nicht. Die Erklärung dafür war in der Vergangenheit zu suchen.
Auch auf ihn selbst traf das zu. Er hatte Lake Henry mit fünfzehn verlassen und Gus jahrelang nicht gesehen, sich jedoch nie von ihm befreien können. Bis er von zu Hause fortgegangen war, hatte er alles daran gesetzt, die Meinung seines Vaters, dass er nichts tauge, zu bestätigen. Als Erwachsener hatte er alles darangesetzt, ihn eines Besseren zu belehren.
Es war erschreckend, wie entscheidend Gus sein Leben bis heute beeinflusste. Es musste auch in Terrys Leben einen Gus geben. Und in Lilys. Seine journalistische Neugier war geweckt.

Er rief bei Richard Jacobi an, einem der Geschäftsführer eines kleinen aber feinen Buchverlags in New York. John hatte ihn über einen gemeinsamen Freund in Boston kennen gelernt.
Richard war in einer Konferenz, aber sein Assistent stellte ihn zu seiner Mailbox durch. Da John nicht wusste, wer das Band sonst noch abhören würde, beschränkte er sich auf eine kurze, freundliche Begrüßung und die Bitte um Rückruf.

12

Lily verbrachte den Montagvormittag warm angezogen auf der Veranda. Sie war immer noch zornig, aber der Zorn war zum ersten Mal von einer Ruhe überlagert, die daher rührte, dass sie ein Ziel hatte und sie sich, da ihr jetzt eine Anwältin zur Seite stand, nicht mehr so einsam und ausgeliefert fühlte. Cassie hatte schon eine Stunde nach ihrem Gespräch angerufen und ihr die von ihr formulierte Aufforderung zum Widerruf vorgelesen, die kurz darauf an die »Post« gefaxt wurde.

Lily malte sich aus, wie dort nach dem Erhalt eine Konferenz einberufen und darüber diskutiert wurde. Sie genoss die Vorstellung, dass eine Bande selbstherrlicher Zeitungsmacher gezwungen wurde, sich mit dem Gedanken zu befassen, dass sie ein menschliches Wesen war und kein Fußabstreifer. Es bereitete ihr Vergnügen, einen beschämten Michael Eddy vor ihrem geistigen Auge erstehen zu lassen, einen reuigen Daniel Curry und eine triumphierende Elizabeth Davis. Noch größeres Vergnügen bereitete ihr die Vorstellung von einem am Boden zerstörten Terry Sullivan.

Sie dachte auch darüber nach, wann sie nach Boston zurückkehren sollte. Sie vermisste den Public Garden, ihr Klavier, ihre Wohnung, ihren Wagen und ihre Freunde –

aber sie hatte keinen Job mehr und keine Lust, die Aufmerksamkeit der Medien neu zu entfachen.
Es wäre klüger, noch ein paar Tage verstreichen zu lassen, vielleicht sogar ein, zwei Wochen. Je länger der Skandal zurückläge, umso besser. Außerdem gefiel es ihr in Lake Henry. Die Ruhe in Celias Häuschen und die Atmosphäre stiller Heiterkeit, die der See schuf, wirkten ungemein tröstlich auf sie. Außerdem hatte sie noch etwas zu erledigen: Sie wollte, sobald die »Post« den Widerruf veröffentlicht hätte, mit Maida sprechen. Sie hatte ihr einiges zu sagen.
Der Nebel hielt sich hartnäckig, der Geruch nasser Blätter hing in der Luft. Irgendwann drang das Geschnatter von Wildenten aus dem Dunst zu ihr herüber und eine Weile danach der Ruf eines Seetauchers. Sie hörte ihn später noch einmal, als sie, nachdem die feuchte Luft sie ins Haus getrieben hatte, den Holzofen anfeuerte, und sie bildete sich ein, dass er ihr Mut zusprach, denn sie fühlte sich plötzlich stark und war voller Hoffnung.

Am Dienstagmorgen wachte sie, von Tatendrang erfüllt, auf und rief, als sie annahm, dass er die Zeitung gelesen hätte, John an, um den Stand der Dinge zu erfahren.
»Die Sox haben gewonnen«, sagte er.
Das bedeutete entweder, dass er einen seltsamen Humor hatte oder nichts Gutes zu vermelden.
Sie tippte auf Letzteres, und ihre Hochstimmung schwand. »Oh. Kein Widerruf?«
»Nein.«
»Was dann?«

»Nur dummes Zeug. Schade ums Papier.«

Ihre Knie begannen zu zittern. »Was für dummes Zeug?«

»Sie wissen, dass sie Mist gebaut haben, und jetzt versuchen sie, ihre Haut zu retten.«

»Sie weichen aus«, sagte sie. Als er nicht antwortete, fragte sie in energischem Ton: »Was steht in der Zeitung?«

»Es ist kein Artikel im eigentlichen Sinn.« Er seufzte und fuhr widerstrebend fort: »Es ist ein Beitrag von Douglas Drake. Er schreibt regelmäßig Kolumnen für die ›Post‹.«

»Ich weiß.« Sie hatte einige gelesen. Sein Stil war geschliffen, und er bezog stets eindeutig Stellung. Lily teilte seine Meinung nicht immer, aber die Chefredaktion tat es, wie man aus dem für gewöhnlich ein paar Tage später ohne Nennung des Verfassers erscheinenden Leitartikel entnehmen konnte.

»Drake ist der Vorreiter, hat die Aufgabe, die Meinung zu verfechten, die die Obermotze nicht zu äußern wagen. Ob sie nachziehen oder nicht ist von der Reaktion der Leser auf seine Kolumne abhängig.

Lily wappnete sich. »Was schreibt er?«

»Seiner Ansicht nach hat Ihre Vernarrtheit in den Kardinal zu dem Skandal geführt.«

»Sie machen *mich* verantwortlich?« Lily war entsetzt.

»Ich hab's Ihnen doch gesagt – sie brauchen einen Sündenbock.«

»Aber warum muss ich das sein? Was schreibt New York?«

»Dass Boston den Skandal auf Ihre Vernarrtheit in den Kardinal zurückführt.«

»Und Paul Rizzo?«

John schnaubte verächtlich. »Der sitzt noch in der Gosse und wühlt in anderen Sex-Skandalen, versucht nach wie vor, Übereinstimmungen mit einer Story zu konstruieren, für die die ›Post‹ sich inzwischen entschuldigt hat.«

Lily ließ entmutigt den Kopf hängen.

»Lily?«, fragte er in sanftem Ton.

»Ja?«, antwortete sie flüsternd.

»Nur, damit Sie vollständig informiert sind: Justin Barr tutet in das Horn der ›Post‹. Ich habe vor ein paar Minuten bei ihm reingehört. Er sieht die Erklärung für den Skandal in Ihrer Unzurechnungsfähigkeit. Aber es kamen ebenso viele Anrufe zu Ihren Gunsten wie umgekehrt.«

Das war kein großer Trost. Als Lily auflegte, war sie der Verzweiflung nahe. Dann geschahen zwei Dinge, die ihre Stimmung wieder hoben.

Zuerst rief Cassie an. Auch sie hatte die Zeitung gelesen, sich jedoch nicht schrecken lassen. »Mach dir nichts draus, Lily. Ich habe nicht mit einer prompten Reaktion auf unseren Brief gerechnet. Sie schlachten die Story bis zum Letzten aus, um noch Auflage damit zu machen, aber sie reiten sich damit immer tiefer rein, denn mit jedem Machwerk wie dem heutigen geben sie uns weitere Gründe für eine Verleumdungsklage an die Hand.«

Als zweites kam, durchgestellt von Poppy, ein Anruf des

Kardinals. Zum ersten Mal seit dem Beginn dieses Alptraums von ihm zu hören, löste ein Gefühlswirrwarr von Erleichterung, Zuneigung und Zorn in ihr aus.

»Wie geht es Ihnen, Lily?«, fragte er mit seiner volltönenden Stimme, die manche Frauen offenbar für sexy hielten. In Lilys Ohren klang sie nicht verführerisch, sondern warmherzig und einfühlsam.

Ihre Zuneigung gewann die Oberhand. »Besser, danke. Ich fühle mich nicht mehr so ausgeliefert.«

»Ich kann Ihnen gar nicht sagen, wie Leid mir das Ganze für Sie tut. Sie haben nichts getan, das diesen Medienzirkus rechtfertigen würde.«

»Sie auch nicht.«

»Aber ich konnte mich besser wehren. Wobei mir erst wirklich klar wurde, über welchen Verteidigungsapparat die Erzdiözese verfügt, als ich Anwälte, Sprecher und Lobbyisten brauchte, denn sie traten erst in diesem Moment aus den Kulissen. Und sie sind nach wie vor tätig, Lily. Die Entschuldigung der ›Post‹ hätte Sie selbstverständlich mit einschließen müssen, denn wenn die Anschuldigungen gegen mich sich als unhaltbar erwiesen haben, dann gilt das logischerweise für Sie ebenso.«

Lily rekapitulierte die Anschuldigungen im Geist in Sekundenschnelle und fühlte sich neuerlich tief gedemütigt. »Ich habe das alles nie so gesagt, wie es dargestellt wurde«, beteuerte sie. »Eigentlich hatte ich gar nicht über Sie sprechen wollen, aber dieser Terry Sullivan nötigte mir eine Unterhaltung auf und provozierte mich mit einer raffinierten Taktik dazu, es dann doch zu tun. Als er sagte, dass Frauen Sie anziehend fänden, erwider-

te ich, das sei absurd, schließlich seien Sie Priester – aber das hat er natürlich nicht geschrieben.«
»Ich weiß doch, dass Ihre Gefühle für mich über jeden Zweifel erhaben sind«, sagte er mit einem Lächeln in der Stimme.
»Wie könnte es anders sein – Sie sind Priester.«
»Die kleine Rothaarige, die sich letztes Jahr auf dem Ball beim Gouverneur an mich heranmachte, hat das nicht so eng gesehen.« Als Lily nach Luft schnappte, lachte er leise. »Ja, ja – das kommt schon manchmal vor. Ich nehme an«, er war wieder ernst geworden, »dass es Priester gibt, die der Versuchung erliegen, so wie es auch manchen Ehemännern passiert, aber für mich war das immer undenkbar und wird es immer sein. Und die Behauptung, Sie seien bis zur Unzurechnungsfähigkeit in mich vernarrt, ist eine Ungeheuerlichkeit. Ich kenne Sie seit Jahren und kann meine Hand für Ihre Lauterkeit ins Feuer legen – und für Ihre geistige Gesundheit.«
»Warum geschieht mir das, Vater Fran?«, fragte sie in anklagendem Ton. »Warum passierte damals die Sache mit Donny? Warum lehnt mich meine Mutter ab? Warum hatte ich die schwere Sprachstörung? Habe ich etwas verbrochen?«
»Aber nein«, antwortete er in beruhigendem Ton. »Das alles sind Prüfungen, die Gott Ihnen auferlegt, damit Sie daraus lernen. Manche Menschen haben nicht die Kraft dazu, zerbrechen daran, aber Sie nicht. Sie besitzen innere Stärke. Wie Jesus sie besaß.«
Lily lag auf der Zunge, dass sie nicht Jesus war, dass sie keine Neigung zum Märtyrertum verspürte und dem

Gedanken, gekreuzigt zu werden – was ein Wort für das war, was man ihrem Gefühl nach mit ihr gemacht hatte –, nichts abgewinnen konnte, aber sie sprach es nicht aus. So offen sie auch mit ihm zu sprechen gelernt hatte, gab es doch für sie gewisse Tabuthemen.

»Ach, was rede ich denn da«, schalt er sich selbst. »Ich habe wieder einmal vergessen, dass Sie nicht religiös sind. Aber dass Sie innere Stärke besitzen, ist eine Tatsache, die unabhängig davon zutrifft. Und klug sind Sie auch. Sie wissen, dass Selbstmitleid Sie nicht voranbringt.«

Lily straffte unwillkürlich ihre Schultern. »Ich werde es beherzigen.«

»Haben Sie Ihre Mutter schon besucht?«, wechselte er das Thema.

»Ja – aber sie war nicht begeistert, mich zu sehen. In ihren Augen bin ich der Nagel zu ihrem Sarg.«

»Haben Sie sich ausgesprochen?«

»Nein.«

»Das müssen Sie aber.«

»Ich weiß, aber es ist schwer, mit ihr zu reden.«

»Versuchen Sie es.«

»Warum ist sie nur so schwierig?«

»Mutter zu sein, ist keine leichte Aufgabe. Das werden Sie auch noch feststellen.«

Er sagte das, als sei es nur eine Frage der Zeit, und früher hatte Lily das geglaubt, doch jetzt war sie dessen nicht mehr so sicher. Sie war immerhin schon vierunddreißig. Aber der Gedanke, kinderlos zu bleiben, schreckte sie nicht. Der Kardinal sah den Sinn einer Ehe in der Fort-

pflanzung – sie nicht. Doch auch dieses Thema war ein Tabu, an das sie nie rührte.
»Geben Sie nicht auf, Lily«, sagte der Kardinal in ihre Gedanken hinein, und es dauerte einen Moment, bis sie begriff, dass er von ihrer Beziehung zu Maida sprach.
»Ich möchte, dass Sie mit Ihrer Mutter ins Reine kommen. Werden Sie sich darum bemühen?«
»Da von ihr nicht zu erwarten ist, dass sie den Anfang macht, muss ich das wohl tun. Ich werde noch eine Weile hier bleiben, also habe ich auch die Zeit dazu.«
»Es muss in dieser Jahreszeit herrlich da oben sein.«
»Ja, das ist es.« Sie ging zum Fenster und ließ den Blick wandern. Zwischen Hemlocktannen schimmerte das gelbe Laub einer Erle und daneben das dunkelrote eines Ahorns durch den Nebel, der sich inzwischen zu einem Schleier gelichtet hatte.
»Und Sie wohnen in dem Häuschen, das Sie so lieben. Was wollen Sie mehr?«
Rache, dachte Lily, doch das würde sie dem Kardinal ebenso wenig sagen, wie sie sich mit ihm über die Dreifaltigkeit streiten würde. Francis Rosetti predigte Vergebung – er würde ihren Wunsch nach Vergeltung niemals gutheißen.

Aber John Kipling vielleicht. Am frühen Nachmittag hielt es sie nicht mehr in ihren vier Wänden, und sie beschloss, ihn zu besuchen. Sie zog Jeans, ein kariertes Flanellhemd, wie es die Hälfte der Leute im Ort trug, und eine Jacke an, stopfte ihre Haare unter eine Red-Sox-Kappe, schlang einen Schal so um ihren Hals, dass er ihr Kinn bedeckte, setzte Celias Sonnenbrille mit den riesigen Gläsern auf, um auch den Rest ihres Gesichtes so weit wie möglich zu verstecken, und machte sich auf den Weg in den Ort. Niemand war auf der Straße, als sie beim Postamt von der Main Street zu dem gelben, viktorianischen Haus abbog, in dem die Geschäftsräume der »Lake News« lagen. Sie parkte neben dem Geländewagen, von dem sie annahm, dass er John gehörte.

Die wunderschöne, alte durch Reihen beschrifteter Briefschlitze verunstaltete Eingangstür war, wie sie, nachdem auf ihr Klingeln keine Reaktion erfolgte, feststellte, nicht verschlossen. Lily legte ihre Vermummung nicht ab und ging in die Richtung der Stimme, die an ihr Ohr drang, und gelangte so zu einem offen stehenden Zimmer, in dem eine Frau hinter einem Schreibtisch saß und tief über einen Stoß Papier gebeugt telefonierte. Sie war so konzentriert bei der Sache, dass sie Lily nicht bemerkte. Als sie den Kopf hob, offensichtlich weil jemand die Treppe heruntergelaufen kam, erkannte Lily, dass sie eine junge Frau vor sich hatte. Eine hochschwangere junge Frau. Die gegenüberliegende Tür öffnete sich und John erschien.

»Jenny …«, setzte er an und entdeckte Lily, die er im ersten Moment offenbar nicht einzuordnen wusste, sie dann aber erkannte. Er hob grüßend die Hand und sagte: »Einen Moment Geduld.« Dann ging er zu Jenny, die den Hörer vom Ohr nahm und ihn mit einem Ausdruck der Verzweiflung John hinhielt. Er führte das Gespräch zu Ende, bei dem es, wie Lily sich unschwer zusammenreimen konnte, um eine Privatanzeige ging.

»Siehst du, es klappt doch«, sagte er zu der jungen Frau, nachdem er aufgelegt hatte.
»Allein hätte ich es nicht geschafft«, erwiderte Jenny mit einer hellen, zittrigen Kinderstimme.
»Unsinn. Du hattest doch schon fast alle Angaben beieinander, die wir brauchen.«
»Ich muss gehen«, sagte Jenny. »Buck kommt um drei.«
»Wir hatten doch vereinbart, dass du dienstags bis um fünf arbeitest.«
»Aber er kommt um drei.«
John legte seufzend die Hand an den Nacken. »Also schön – aber mach noch schnell Ordnung.«
Jenny schob mit beiden Händen die vor ihr liegenden Papiere zusammen, kam hinter dem Schreibtisch hervor und huschte, angesichts ihres enormen Bauches erstaunlich leichtfüßig, an Lily vorbei aus dem Zimmer. Als Lily sich nach ihr umdrehte, verschwand sie gerade um die Ecke. Gleich darauf fiel die Haustür zu. Lily wandte sich wieder dem Zimmer zu, nahm die Brille ab und schaute zuerst auf das Durcheinander, das Jenny auf dem Schreibtisch hinterlassen hatte, und dann John an, der bekümmert davor stand.
Sie hatte ihn bei ihrer ersten Begegnung nur flüchtig gemustert. Jetzt betrachtete sie ihn genauer. Das Gesicht mit dem kurz geschnittenen Bart, dessen wettergegerbte Züge darauf schließen ließen, dass John sich häufig im Freien aufhielt, hatte nur eine entfernte Ähnlichkeit mit Donnys, wobei zu bedenken war, dass sie den Bruder als Einundzwanzigjährigen in Erinnerung hatte, während

John bereits Mitte der vierzig sein musste. Das Anziehendste für sie waren seine tiefbraunen Augen.
»Ich gebe mir wirklich Mühe mit ihr, denn sie muss ja irgendetwas lernen, um für sich und das Kind den Lebensunterhalt verdienen zu können, aber manchmal bin ich kurz davor, die Flinte ins Korn zu werfen. Warum musste es nur ausgerechnet Buck sein?«
»Buck ist Ihr Vetter, nicht wahr?« Sie nahm den Schal ab, steckte ihn in die Jackentasche zur Sonnenbrille.
John nickte. »Ein totaler Blindgänger.«
»Und der Vater des Babys.«
Wieder nickte er. »Armes Ding.« Lily wusste nicht, ob er damit Jenny meinte oder das Kind. Als er auf die Uhr schaute, fragte sie: »Komme ich ungelegen?«
John wollte gerade antworten, als die Eingangstür geöffnet wurde. Schritte näherten sich. »Gehen Sie die Treppe rauf!«, flüsterte John. »In den zweiten Stock. Ich bin gleich bei Ihnen.«
Sie floh die Stufen hinauf und kam außer Atem oben an. Die Weite des Raumes, der sie dort erwartete, beeindruckte sie ebenso wie die Helligkeit, die an diesem trüben Tag darin herrschte. Auf jedem der drei Schreibtische stand ein Computer, und an jedem wurde offensichtlich gearbeitet. An einer Wand hingen vergilbte Landkarten von der Gegend und in Holz gerahmte und Ehrwürdigkeit ausstrahlende alte Fotos des Ortes, an einer anderen neuere Aufnahmen in satteren Farben und offenbar vom See aus gemacht, deren Motive in der Hauptsache Seetaucher waren. Die dritte Wand war mit Schwarzweißfotos bepflastert, und Lily überlief ein kalter

Schauer, als sie darauf zutrat. Hier waren Zeitungsleute bei der Arbeit festgehalten – nach der Fahne an der Wand zu urteilen aus Johns Zeit in Boston. Die Gesichter drückten die gleiche Konzentration und Zielstrebigkeit aus wie die in ihren Alpträumen. Sie entdeckte Terry Sullivan und auch noch andere bekannte Gesichter, die sie jedoch keinem Namen zuordnen konnte. Auf einer Aufnahme war eine attraktive Frau zu sehen, die Hauptperson aber war John. Er sah anders aus als jetzt, und das lag nicht nur daran, dass er auf den Fotos keinen Bart trug. Nein – in Schwarzweiß und Hochglanz wirkte er ebenso angespannt und Furcht einflößend wie seine Kollegen.

Als John hereinkam, stand sie vor der Großaufnahme, die er scherzhaft als sein »Fahndungsfoto« bezeichnete. »Erschreckend, nicht wahr?« Wenn er gewusst hätte, dass sie ihn aufsuchen würde, hätte er die Fotografie vorher in einer Schublade verschwinden lassen. Sie war nicht gerade dazu angetan, Lily Vertrauen zu ihm fassen zu lassen. Als sie sich zu ihm umdrehte, und er die Angst in ihren Augen sah, tat sie ihm in der Seele Leid. Obwohl heute nicht im Nachthemd, sondern in einem fast männlichen Outfit, wirkte sie zerbrechlich.

Sie schaute fragend auf den großen braunen Umschlag hinunter, den er in der Hand hielt.

Er warf ihn auf seinen Schreibtisch. »Aufsätze und Gedichte von der Academy«, erklärte er. »Ich versuche in jeder Ausgabe ein paar davon unterzubringen.«

Ihr Blick wanderte zu den beiden anderen Schreibtischen. »Wo sind Ihre Mitarbeiter?«

»Es gibt nur Jenny.«

»Warum dann drei Schreibtische?«

»Verschiedene Schreibtische für verschiedene Ressorts. Einer für die Redaktion, einer für die Herstellung und einer für die Anzeigenabteilung«, erklärte er, nacheinander auf den entsprechenden deutend. »Ich habe in jeder Gemeinde, über die wir berichten, einen Korrespondenten, und außerdem liefern mir freie Mitarbeiter Beiträge. Sie fest anzustellen, würde sich nicht lohnen – dazu tun sie zu wenig.«

Sie verließ die Pressewand und ging zu den Seetauchern hinüber, um sie sich genauer anzusehen. »Haben Sie die Fotos gemacht?«

»Allerdings«, nickte er stolz. Oft hatte er Stunden warten müssen, bis er sich erlauben durfte, näher an sie heranzupaddeln, um dann mit der Kamera am Auge wiederum zu warten, bis der richtige Moment kam, auf den Auslöser zu drücken. »Manche sind vom letzten Jahr, aber die meisten sind neu.«

»Haben Sie sie auch selbst entwickelt?«

»Ja. Zu den Vorzügen dieses Arbeitsplatzes gehört auch eine Dunkelkammer im Keller.«

Lily nahm die Fotografien nacheinander in Augenschein, knapp ein Dutzend, die zu verschiedenen Tageszeiten und bei unterschiedlichem Wetter gemacht waren. Abgesehen von einer Aufnahme, die einen Seetaucher in seinem Nest zeigte, waren alle auf dem See fotografiert – ein Alttier bei der Gefiederpflege, ein Paar, das eine zarte Spur auf der glatten Oberfläche des Wassers hinterließ, ein Elternpaar mit seinen Jungen, ein Küken, das offenbar gerade erst ausgeschlüpft war, und zwei, die es sich auf dem Rücken eines Alttieres gemütlich gemacht hatten.

»Ist das immer das gleiche Paar?«, fragte Lily.

»Das Männchen ist auf jeden Fall dasselbe.« Er trat an ihre Seite und deutete auf den Hals des einen Vogels. »Sehen Sie den dunklen Fleck auf dem weißen Feld? Den hat er auf dem Foto vom letzten Jahr auch.«

»Woher wissen Sie, dass das ein Männchen ist?«

»Ich weiß es nicht sicher – ich schließe es aus seiner Größe. Ansonsten gibt es keinen Hinweis, denn sie wechseln sich beim Brüten und der Nahrungsbeschaffung ab. Halt – da fällt mir etwas ein. Natürlich weiß ich, dass das ein Männchen ist.« Er deutete auf eines der anderen Fotos: »Das habe ich im April von ihm gemacht, und er war als Erster da. Also muss der Vogel ein Männchen sein, denn die kommen ein, zwei Wochen vor den Weibchen zurück, um geeignete Nistplätze zu suchen. Ob das Weibchen in beiden Jahren das Gleiche ist, kann ich allerdings nicht beurteilen. Seetaucher leben zwar während einer Fortpflanzungsperiode monogam, aber man weiß nicht, ob sie sich lebenslang binden.«

»Vor zirka zehn Jahren musste man um den Bestand der Seetaucher verdammt bangen«, sagte Lily.

John war nicht mehr in Lake Henry gewesen, als die Dezimierung der Vögel beängstigende Ausmaße anzunehmen drohte. Darüber hatte er seit seiner Rückkehr jedoch einiges gelesen. »Ich weiß«, nickte er. »Der Bestand schwand, und die Besorgnis wuchs, bis man schließlich erkannte, dass die Motorboote und Wasserskifahrer dafür verantwortlich waren. Der Lärm vertrieb die Seetaucher aus ihren Nestern, und so wurden die Eier, die die Kielwellen nicht eh herausspülten, nicht ausgebrütet. Der Grund des Sees war so aufgewühlt, dass die Vögel die Fische, von denen sie lebten, nicht mehr sehen konnten, und damit war ihnen die Nahrungsquelle entzogen. Also wurde Wasserskifahren verboten und eine Geschwindigkeitsbeschränkung für Motorboote angeordnet. Und seitdem vergrößert sich der Seetaucher-Bestand wieder.«

Als Lily den Kopf hob und zu ihm aufsah, war ihr Blick so weich wie ihre Stimme, und sein Herz geriet ins Stolpern.

Er schluckte. »Es wäre schön, wenn sich alle Probleme so einfach lösen ließen.«

»Es sind wunderschöne Geschöpfe.«

»Ja.« Er konnte die Augen nicht von Lilys feinen Zügen lösen.

»Und die Fotos sind auch wunderschön.«

Sein Herz kam erneut ins Stolpern. »Danke.«

»Ich bin eigentlich gekommen, um über Terry Sullivan mit Ihnen zu sprechen«, eröffnete Lily ihm.

Er hatte Mühe, seine Enttäuschung zu verbergen. »Was wollen Sie wissen?«

»Alles, was erklären könnte, warum er mir das angetan hat.«

»Wie ich die Sache sehe, ging es ihm gar nicht um Sie. Ich vermute, dass er sich aus irgendeinem Grund an dem Kardinal rächen wollte. Rosettis Sekretär sagte mir, dass die beiden sich nicht näher kennen, also muss ich mir andere Quellen suchen.«

»Auch wenn es so ist, wie Sie glauben, bleibt die Tatsache bestehen, dass Sullivan mich durch den Dreck gezogen hat. Ich habe mit Cassie Byrnes gesprochen, und sie erklärte mir, dass ich nur eine Chance hätte, ihm das Handwerk zu legen, wenn ich ihm Böswilligkeit beweisen könnte.«

»Wissen Sie, dass er bei dem Gespräch mit Ihnen ein Tonband mitlaufen ließ?«

Die Verblüffung, die sich auf Lilys Gesicht malte, war eigentlich Antwort genug, doch sie bestätigte sie noch durch ein: »Ich hatte keine Ahnung davon.«

»Dann war es illegal.«

Lily fiel etwas ein. »Aber wenn er aufgenommen hat, was ich sagte, hätte ich doch einen Beweis für seine Böswilligkeit!« Sie war wie elektrisiert.

»Darum hält die ›Post‹ ja das Band unter Verschluss. Außerdem würde es vor Gericht nicht anerkannt.«

Lilys Hoffnung fiel in sich zusammen. »Cassie hat gestern in meinem Auftrag die Aufforderung zum Widerruf an die ›Post‹ gefaxt«, berichtete sie, »aber sie haben nicht reagiert. Cassie meint, ich müsse mich in Geduld fassen, aber die Warterei zerrt an meinen Nerven. Und die Untätigkeit!«

Das Telefon klingelte. Jack nahm den Hörer des ihm am nächsten stehenden Telefons ab.

Der Anrufer war der Inhaber eines Eisenwarenladens zwei Orte weiter, der ein Schnäppchen-Inserat aufgeben wollte, und nun hatte John die Gelegenheit, Lily sein System zu demonstrieren, indem er das Gespräch in die »Anzeigenabteilung« hinüberlegte und dort den Text in den Computer einspeiste. Als er auflegte und hochschaute, blickte er geradewegs in Lilys Augen, und wieder geriet sein Herz ins Stolpern.

»Sie sagten doch, auch die Untätigkeit zerre an Ihren Nerven. Haben Sie Lust, etwas für mich zu tun?«

»Kommt drauf an«, erwiderte sie vorsichtig.

John musste lächeln. Er stand auf und führte sie zu seinem Schreibtisch. »Nehmen Sie Platz.«

Sie setzte sich und schaute fragend zu ihm auf. Er öffnete den großen braunen Umschlag und schüttete den Inhalt vor sie auf den Schreibtisch. »Das sind Schülerarbeiten. Suchen Sie drei aus.«

Sie sah auf die Papiere hinunter und dann wieder zu ihm hoch, und diesmal machte sein Herz zwei Stolperschritte. Er atmete tief durch. Wahrscheinlich lag es an der Kappe – er war ein Fan der Red Sox.

Als sie nichts sagte, fing er an wie ein Wasserfall zu reden. »Sie werden ›Werke‹ aus den Klassen sieben bis zwölf vorfinden, manche mit der Maschine geschrieben und manche mit der Hand. Ich wechsle ab – einmal bringe ich drei, die in Stil, Form und Inhalt grundlegend verschieden sind, wie ein Gedicht, einen Aufsatz und einen Leserbrief, und das nächste Mal drei gleich geartete. Ich lasse Ihnen die freie Wahl – legen Sie einfach heraus, was Sie am meisten anspricht.«

Hilflosigkeit sprach aus ihren Augen.

»Na, los«, ermutigte er sie. »Als Lehrerin sind Sie doch gewohnt, Arbeiten von Schülern zu beurteilen.«

Damit überließ er sie ihrem Schicksal, kehrte in die »Anzeigenabteilung« zurück und machte sich an die Gestaltung des zuletzt hereingekommenen Inserats. Aber er war nicht bei der Sache. Lily war hier aufgetaucht, um ihn um Hilfe zu bitten, aber wenn er ihr hülfe, könnte das das Aus für sein geplantes Buch bedeuten. Andererseits fühlte er sich schuldig, einmal als Bruder von Donny, zum Zweiten als Journalist und als Kollege von Terry Sullivan, und dann waren da noch diese Augen, in die er so gerne schaute.

Also sagte er: »Sie müssen nicht vor Gericht gehen, um Terry kleinzukriegen.«

»Sondern?«, fragte sie von ihrem Platz am Fenster her.

»Schlagen Sie ihn mit seinen eigenen Waffen.«

»Wie soll das aussehen?«

»Gehen Sie Ihrerseits mit diskriminierenden Behauptungen an die Öffentlichkeit.«

»Ich weiß doch gar nichts Diskriminierendes über ihn.«

»Aber ich.«

»Und Sie wären bereit, mir diese Munition zur Verfügung zu stellen?«

»Schon möglich.«

»Im Austausch wogegen?«

John überlegte und kam zu dem Schluss, dass gegen die Eine-Hand-wäscht-die-andere-Methode nichts einzuwenden war. »Ihre Seite der Story.«

Lilys Augen weiteten sich, und ihr Gesichtsausdruck ließ ihn seinen Vorschlag augenblicklich bereuen.

»Sie haben gesagt, Sie würden nichts über mich schreiben.«

»Ohne Ihre Zustimmung tue ich das auch nicht.«

Sie stand auf und sagte hölzern: »Ich habe drei Beiträge herausgesucht.«

Auch er stand auf. »Ich halte mich daran – es erscheint nichts ohne Ihre Zustimmung.«

Lily wand sich den Schal um Hals und Kinn und steuerte auf die Tür zu, doch dann bog sie plötzlich zu den Seetaucherfotos ab und blieb davor stehen. John sah, dass sie tief durchatmete.

»Lily?«

»Ich versuche lieber, Terry Sullivan Böswilligkeit nachzuweisen«, sagte sie, ohne sich zu ihm umzudrehen, und diesmal ging sie wirklich.

13

Es war ein turbulenter Tag für Poppy gewesen. Zwar hatten nur einige Reporter angerufen, um sich nach Lake Henrys Reaktion auf die Meldung, dass Lilys Unzurechnungsfähigkeit den Skandal provoziert habe, zu erkundigen, aber dafür umso mehr Einheimische, die bei Poppy über diese ungeheuerliche Behauptung schimpften. Sie sah diesen Winkelzug der Presse als Versuch, sich reinzuwaschen, und nahm an, dass die Hetzjagd damit vorbei wäre.

Am späten Nachmittag riefen kurz nacheinander Lake Henrys Bibliothekarin, Leila Higgins, und der Postmeister, Nathaniel Roy, an. Beide hatten einen braunen Ford-Kombi mit Massachusetts-Kennzeichen vor dem »Lake News«-Gebäude parken sehen und erkundigten sich, ob sie wisse, wem der Wagen gehörte.

Poppy wusste es natürlich – was sie aber nicht verriet –, doch sie konnte sich nicht vorstellen, was ihre Schwester dort wollte. Also rief sie Kip an und sagte: »Ist Ihre Besucherin noch da?«

»Nein«, antwortete er in gereiztem Ton. »Wer hat Ihnen denn erzählt, dass sie bei mir war?«

»Niemand. Leila und Nat hatten den Wagen vor dem Haus stehen sehen und gehofft, ich könne ihnen eine Auskunft über den Fahrer geben. Was wollte sie denn?«

»Nur hallo sagen.«

»Ihnen? Ich glaube kein Wort.«

»Sie hat mir bei der Arbeit geholfen.«

Schön – es war Dienstag und John vielleicht im Druck, aber wieso sollte ausgerechnet Lily ihm helfen? »Warum?«

»Aus Langeweile.«

»Da wäre sie doch wohl eher zu mir gekommen«, meinte Poppy.

»Fragen Sie sie, warum sie hier war«, knurrte John.

»Das werde ich«, sagte Poppy verwundert, denn so kannte sie ihn nicht. Sie legte auf und versuchte, Lily anzurufen, doch das Handy war ausgeschaltet. Sie versuchte es noch ein paarmal, gab jedoch auf, als ihre Freundinnen eintrafen. Da war es Abend, der Nebel hatte sich verflüchtigt, und die untergehende Sonne malte berauschende Farben an den Himmel.

Sigrid Dunn war eine Künstlerin, wenn es um das Weben von Teppichen oder das Brotbacken ging. Heute brachte sie einen noch warmen, runden Laib Olivenbrot mit und eine Flasche Merlot. Marianne Hersey aus dem Nachbarort besaß eine kleine Buchhandlung und einen Isolierbehälter, der in diesem Fall in einem Bräter einen Coq au vin warm hielt. Als Getränk steuerte sie eine Flasche Chablis bei. Heather Malone war Hausfrau und zog mit Hingabe ihre beiden Kinder und die verschiedensten Gemüse groß. Sie kam mit einer riesigen Schüssel Kopfsalat, zwischen dessen Blättern Mais aus heimischem Anbau leuchtete, und einer Flasche Pinot Grigio. Cassie Byrnes – Anwältin, Mutter und Ehefrau – hatte nach einem Termin beim obersten Gericht von New Hampshire in einer italienischen Bäckerei in Concord Plätzchen besorgt. Poppy hatte Krüge mit Apfelwein und eine Kanne Kaffee bereitgestellt und den Tisch gedeckt.

Sie trafen sich jeden Dienstag und nannten sich das Lake Henry Hilfskomitee, was sich darauf gründete, dass sie beispielsweise neu zuziehenden Familien mit Rat und Tat zur Seite standen. Ansonsten waren sie einfach fünf Freundinnen, die es genossen, einmal in der Woche Neuigkeiten und Gedanken auszutauschen und miteinander zu lachen, was mit steigendem Weinkonsum nicht selten in regelrechten Übermut mündete.

Poppy konnte den anderen zwar nichts von Lilys Heimkehr erzählen, aber es tat ihr gut, zu hören, wie alle Lilys Partei ergriffen. Woraus sich eine Diskussion über Einheimische, die das nicht taten, und ihre Gründe dafür ergab, woraus sich ein Gespräch über die Verklemmten unter den Lake Henryern ergab, woraus sich eine Diskussion über die verknöchertsten Gestalten in der Geschichte der Gemeinde ergab, was zu viel Gelächter führte.

Poppy war schon leicht beschwipst, als das Telefon klingelte. Marianne ging nach nebenan, um den Anruf entgegenzunehmen, kam jedoch gleich wieder zurück. »Es ist für den Chief. Als ich dem Mann erklärte, Willie Jake sei nicht zu sprechen, fragte er nach dir. Sagt dir der Name Griffin Hughes etwas?«

Poppy verschluckte sich an dem Wein, den sie gerade trank. Hustend stellte sie das Glas ab, schlug sich zweimal an die Brust und streckte einen Arm in die Höhe. Es funktionierte. Sie atmete tief durch und fuhr mit ihrem Rollstuhl zu ihrem Arbeitsplatz hinüber.

»Griffin Hughes«, sagte sie ohne Einleitung, »haben Sie im Ernst damit gerechnet, den Chief um diese Uhrzeit noch an seinem Schreibtisch zu erreichen?«

»Es ist erst halb acht«, antwortete die tiefe, weiche Stimme, die ihr besser gefiel, als ihr lieb war.

»Wir sind hier in Lake Henry«, entgegnete sie spitz. »Bei uns gibt es keinen Zwölfstundentag wie bei Ihnen.«

»Den habe ich auch nicht«, erwiderte er in freundlichem Ton. »Ich hatte gedacht, nach Feierabend würden Anrufe für ihn automatisch zu ihm nach Hause weitergeschaltet. Ist das in kleineren Ortschaften nicht so?«

»In Lake Henry nicht.« Wenn er nur nicht so sympathisch klänge!

»Was machen Sie denn noch so spät da?«

»Ich wohne hier.«

»Auf dem Polizeirevier?«

Sie musste lachen. »Nein – in meinem Haus. Mir gehört der Telefondienst in Lake Henry.«
»Das ist ein Scherz.«
»Nein. Sie können die meisten Leute hier nur über mich erreichen, und ich werde Willie Jake den Abend nicht verderben, indem ich Sie auf ihn loslasse. Was mich betrifft – ich bin nach wie vor nicht bereit, mit Ihnen über meine Schwester zu reden. Und die neueste Frechheit der Presse zeigt mir, wie gut ich daran tue. Man sollte es nicht für möglich halten! Was fällt euch Zeitungsheinis ein, Lily für unzurechnungsfähig zu erklären und zu behaupten, den Skandal verursacht zu haben? Das ist nicht nur idiotisch, sondern auch noch unanständig.«
»Ich habe das nicht geschrieben, und ich gebe Ihnen Recht. Es *ist* unanständig. Darum geht es ja in meiner Reportage. Aber ich kann das nicht einfach in den Raum stellen – ich muss es dokumentieren. Und dazu brauche ich Informationen darüber, wie diese Kampagne sich auf das Leben ihrer Schwester ausgewirkt hat. Ich habe versucht, sie in Boston anzurufen, aber sie geht nicht ans Telefon.«
Poppy horchte auf. »Sie hat eine Geheimnummer. Wie sind Sie da drangekommen?«
»Die kann man bei allen Zeitungen erfahren.«
»A-hah!«, erhob Poppy ihre Stimme, um das Gelächter zu übertönen, das plötzlich aus der Küche herüberscholl. »Sie arbeiten also doch mit denen zusammen!«
»Ich arbeite nicht mit ihnen zusammen – ich mache sie mir zu Nutze. Entschuldigen Sie – halte ich Sie von einer Party fern?«

»Es sind ein paar Freundinnen zum Abendessen da. Wir Hinterwäldler machen so was häufig, um unser trostloses, langweiliges Leben in der Isolation besser zu ertragen.«

»Ich mag Sarkasmus«, sagte er, und jetzt lächelte seine tiefe, weiche Stimme noch zu allem Überfluss. »Ist Lily auch bei Ihnen?«

»Glauben Sie, ich würde es Ihnen sagen, wenn es so wäre?«

»Haben Sie etwas von ihr gehört?«

»Glauben Sie, ich würde es Ihnen sagen, wenn ich das hätte?«

»Wollen Sie mir wirklich *gar* nichts erzählen?«

Poppy überlegte einen Moment und bot ihm dann verschmitzt an: »Ich kann Ihnen etwas über James Everell Henry erzählen.«

»Nur zu. Wer ist das?«

»Er war ein Holzbaron, der um die Jahrhundertwende hierher kam. Mit seinen drei Söhnen stampfte er ein Dorf aus dem Boden, baute eine Sägemühle und richtete eine Bahnlinie für den Abtransport der behauenen Baumstämme ein. In kürzester Zeit kaufte er alles umliegende Land auf und rodete es, ohne einen Gedanken an die Folgen zu verschwenden, die er damit heraufbeschwor.«

»Hat die Geschichte eine Pointe?«, wollte Griffin Hughes wissen.

»Allerdings. Die Auswirkungen seines Raubbaus begannen sich schon bald bemerkbar zu machen. Nachdem der Boden nicht mehr von Bäumen an Ort und Stelle gehalten wurde, verursachten die Regenfälle im Frühjahr

Schlammlawinen und Überschwemmungen, die sich auch nachteilig auf Henrys Imperium auswirkten. Schließlich wachten die Leute auf. Sie kauften das Land nach und nach von Henry zurück, um es wieder aufzuforsten, und erließen für den noch in seinem Besitz befindlichen Wald ein Rodungsverbot. Das war das Ende von Henrys Schreckensherrschaft. Er verkaufte alles, was er noch hatte und starb ein paar Jahre später als beinahe armer Mann.«

»Und?«, fragte Griffin, als sie nicht weitersprach.

»Bis dahin hieß dieser Ort Newestown. Kurz nach seinem Tod wurde er in Lake Henry umbenannt.«

»Man hat einem Kerl diese Ehre erwiesen, der die Landschaft zerstört hatte?«

»Er war ein wichtiger Mann. Man könnte sagen, er war der Vater der hiesigen Umweltschutzbewegung.«

»So kann man es natürlich auch sehen.« Seine Stimme lächelte schon wieder.

»Die New Hampshirer sind dafür bekannt, dass sie alles auf eine besondere Weise sehen«, sagte Poppy.

»Ich wünschte, ich könnte sie dazu bewegen, meine Reportage auf *meine* Weise zu sehen«, knüpfte Griffin daran an. »Ich möchte sie damit aufrütteln, und das wäre doch auch im Sinne Ihrer Schwester.«

Poppy war nicht gewillt, sich von dem wohlklingenden Bariton einlullen zu lassen. »Haben Sie einen Spitznamen?«

»Einen Spitznamen?«

»Griffin Hughes klingt so abgehoben. Werden Sie nicht Griff genannt?«

»Nein – Griffin.«

»Was ist mit Junior? Sagten Sie nicht, Sie seien der dritte Griffin Hughes?«

»Das stimmt schon, aber der zweite Vorname ist dreimal verschieden, also bin ich kein Junior.«

»Und wie hat man Sie als Jungen genannt?«

»Red.«

»Red?«

»Ich habe rote Haare.«

»Das ist nicht Ihr Ernst!«, platzte Poppy heraus. Sie hatte sich zu der tiefen erotischen Stimme dunkle Haare vorgestellt. Umdenken war angesagt. »Kurz oder lang?«, fragte sie, als sie sich gefasst hatte. Hinter ihr raschelte es. Sie drehte sich um, sah ihre vier Freundinnen mit neugierigen Mienen in der Tür stehen.

»Meine Haare?«, fragte Griffin. »Wie soll ich das beschreiben? Sie sind nicht ganz kurz, aber sie gehen nicht bis über die Ohren.«

Sie wedelte mit den Händen, um ihre Freundinnen zu verscheuchen. Als sie sich nicht von der Stelle rührten, dachte sie: Sollen sie's doch hören. »Stehen sie ab?«

»Worum geht es da?«, fragte Cassie.

»Nein«, antwortete Griffin. »Burschen, die Griffin Hughes heißen, haben anliegende, kleine Ohren – aber wir hören ausgezeichnet. Wer hat da eben gesprochen?«

»Meine Freundin Cassie.« Poppy starrte das Grüppchen trotzig an. »Wie groß sind Sie?«

»Wer ist das?«, flüsterte Heather.

»Einsfünfundsiebzig. Gewicht fünfundachtzig Kilo. Augenfarbe blau.«

»Dunkelblau oder hellblau?«

»Beim Sex dunkel, ansonsten hell.«

»Das war unnötig«, sagte Poppy verstimmt.

»Sie wollten es wissen.«

»Aber nichts über Ihr Sexleben.«

Das Grüppchen an der Tür begann zu kichern.

»Jetzt bin ich dran«, sagte Griffin. »Größe, Gewicht, Augenfarbe?«

»Sie haben mir Ihr Alter noch nicht verraten.«

»Dreißig.«

»Dann bin ich älter als Sie.«

»Wie viele Jahre?«

»Eine Dame spricht nicht über ihr Alter«, erklärte sie pikiert.

»Und über ihr Gewicht auch nicht. Bleiben noch Größe und Augenfarbe.«

»Das sind sehr persönliche Angaben.«

»Die ich Ihnen gemacht habe.«

»Ich behalte meine für mich. Ich sage Ihnen was: Ich erzähle dem Chief, dass Sie angerufen haben. Ich gebe ihm sogar Ihre Nummer, falls Sie möchten, dass er zurückruft.«

»Glauben Sie, das würde er tun?«

»Nein.«

»Dann behalte ich meine Nummer für mich.«

»Warum denn plötzlich so zugeknöpft?«

»Poppy!« Plötzlich klang seine Stimme väterlich streng.

»Sie glauben nicht, dass er mich zurückrufen würde, also braucht er meine Nummer nicht. Ich versuche ein andermal wieder, ihn zu erreichen. Gehen Sie zu Ihren Freundinnen zurück.«

Als er auflegte, empfand sie einen Anflug von Enttäuschung, doch ihre Freundinnen ließen ihr keine Zeit, sich darüber zu ärgern.
»Wer war das?«, fragte Cassie.
»Irgend so ein Schreiber.« Sie fuhr auf die Tür zu.
»Worum ging es bei der Frage ›stehen sie ab‹?«, wollte Heather wissen.
»Um seine Ohren. Sie tun es nicht.«
Die Frauen traten zur Seite, damit Poppy in die Küche zurückfahren konnte.
»Wie seid ihr denn auf Ohren zu sprechen gekommen?«, wunderte sich Sigrid, die dicht hinter ihr herging.
»Er wollte mich partout dazu bringen, ihm etwas über Lily zu erzählen, als es mir zu dumm wurde, wechselte ich einfach das Thema. Was Lily passiert ist, beweist ja wohl, dass man diesen Typen nicht von zwölf bis Mittag trauen darf.«
»Also – wie alt ist er?«, erkundigte sich Marianne. Als Poppy ihr einen genervten Blick zuwarf, sagte sie: »Wenn du nicht interessiert bist – ich bin es.«
»Er sagte, er sei dreißig.«
Marianne näherte sich den vierzig. Ein Schatten huschte über ihr Gesicht. »Er klang älter.«
Poppy nickte. »Vielleicht ist er das ja. Er sagte auch, er sei einsfünfundsiebzig groß, wiege fünfundachtzig Kilo und habe rote Haare und blaue Augen. Vielleicht stimmt das alles nicht. Ich meine – wer gibt einem wildfremden Menschen eine so ausführliche Beschreibung von sich? Ich würde das nicht tun.«

Stille folgte ihren Worten, und Poppy dachte gerade, dass sie ganz bestimmte Gründe davon abhalten würden, einem Fremden eine detaillierte Beschreibung von sich zu geben, als Marianne traurig sagte: »Ein Jammer. Er hat so eine tolle Stimme.«
Poppy seufzte. »Ja, das hat er«, nickte sie und ließ es dabei bewenden.

Lily saß mit überkreuzten Beinen auf ihrem Bootssteg. Sie hatte ihren Schal fest um den Hals gewickelt, eine Wollmütze übergezogen und einen Daunenparka, Wanderstiefel und Handschuhe an, diesmal jedoch nicht, um sich zu maskieren, sondern wegen der Temperatur. Seit der Nebel sich aufgelöst hatte, war die Luft zwar nicht mehr feucht, aber kalt.
Aber sie wäre um nichts in der Welt ins Haus gegangen. Es war eine Bilderbuchnacht. Die glatte Oberfläche des Wassers spiegelte den Mond und den Polarstern wider, und es herrschte eine unwirkliche Stille.
Dann lenkte ein Geräusch auf dem Wasser ihren Blick westwärts. Sie hielt den Atem an und lauschte angestrengt. Zuerst dachte sie, es sei ein Seetaucher, doch dann erkannte sie das leise rhythmische Klatschen: Irgend jemand war da mit dem Paddelboot unterwegs! Lily überlegte, ob sie flüchten sollte. In diesem Moment kam das Boot um eine Biegung und glitt im Mondlicht direkt auf sie zu. Lily starrte ihm wie gelähmt entgegen. Als es noch etwa zehn Meter entfernt war, setzte der Mann darin sein Paddel als Steuerruder ein. Gleich darauf ging er längsseits.

»Irgendetwas hat mir gesagt, dass ich Sie hier antreffen würde.« John hielt sich am Rand des Stegs fest, um das Boot in Position zu halten. »Kommen Sie – wir machen einen kleinen Ausflug.«

Lily rutschte zum Rand des Stegs und ließ sich langsam hinuntergleiten. Sie hatte sich kaum vor John zurechtgesetzt, als er das Boot mit Übung verratendem Geschick wendete und in die Richtung lenkte, aus der er gekommen war.

»Wohin fahren wir?«, erkundigte sie sich.

»Meine Seetaucher besuchen.«

»Sie meinen die auf den Fotos?«

»Ja. Sie machen sich bald auf den Weg in die Wärme – ich werde sie nicht mehr lange besuchen können.« Nach einer Pause meinte er scherzend: »Sie sind ja angezogen wie für eine Arktisexpedition.«

Sie musterte ihn eingehend über ihre Schulter hinweg. Er trug Jeans, ein Sweatshirt und darüber eine offene Fleecejacke. Kopf und Hände waren ungeschützt. »Wenn Sie gerne frieren, dann ist das Ihre Sache«, gab sie zurück und richtete ihren Blick wieder nach vorn. Sie war heilfroh, so warm eingepackt zu sein, denn auf dem Wasser war es noch kälter, als auf ihrem Steg.

John paddelte das Boot fast lautlos auf den See hinaus, und Lily überließ sich dem Zauber der Atmosphäre. So sehr sie Boston liebte – hiermit konnte es nicht konkurrieren. Auch Albany nicht und noch weniger New York City.

Da und dort schimmerte von einem Haus am See Licht

herüber. Außer ihnen war niemand hier draußen. Lily fühlte sich sicher.

Sie hatten eine Hand voll kleiner Inseln passiert, als John zu paddeln aufhörte und das Boot auf eine kleine Insel zugleiten ließ. Sie war kaum länger als hundertzwanzig Meter. Nach ihrer Skyline zu urteilen, wuchsen Hemlocktannen und Kiefern darauf. John drosselte das Tempo, und schließlich brachte er das Boot mit Hilfe seines Paddels zum Stehen. Hier lag es in flachem Wasser, nahe dem Gebüsch.

Lily spürte, wie John sich vorbeugte, und dann flüsterte er dicht an ihrem Ohr: »Da drüben haben sie genistet.« Er hatte seinen Arm ausgestreckt und deutete mit der Hand auf eine Stelle, aber Lily konnte nur Grasbüschel erkennen. »Der Große hatte den Platz im April ausgekundschaftet. Seine Gefährtin kam Mitte Mai. Mitte Juni war ein Ei da, am nächsten Tag ein zweites.«

»Wie konnten Sie die Eier fotografieren, ohne die Seetaucher aus dem Nest zu scheuchen?«, fragte sie ebenfalls flüsternd. Sie brauchte sich nicht umzudrehen – er saß noch immer vorgebeugt.

»Mit Geduld und einem Teleobjektiv. Ich musste einmal geschlagene drei Stunden warten, bis ein Alttier das andere beim Brüten ablöste. Sie lassen ihre Eier nie länger als eine Minute ungeschützt. Diese Wachablösung ist sehenswert. Der, dessen Schicht zu Ende ist, rutscht ins Wasser, um zu fischen, sein Gefieder zu putzen, während der Diensthabende sich zum Nest hinaufquält, die Eier dreht, das Nistmaterial zurechtzupft und sich dann darauf plumpsen lässt. Wenn sich ein Feind nähert, kreischt er und schlägt bedrohlich mit den Flügeln, aber ansonsten sitzt er regungslos da, als sei er eine Skulptur.«

Lily sah das Bild vor sich.

»Die Brutzeit beträgt rund neunundzwanzig Tage«, fuhr John fort. »Dann schlüpft ein Küken aus und am nächsten Tag das andere. Sobald ihre Federn trocken sind, suchen sie das Wasser auf, und wenn nichts geschieht, das sie ans Ufer treibt, gehen sie drei Jahre nicht an Land – bis sie selbst nisten.«

»Tatsächlich?«

»Mmm. Sie verbringen neunundneunzig Prozent ihres Lebens auf dem Wasser.«

Das hatte Lily nicht gewusst.

»An Land ist jede Bewegung für sie eine Strapaze.«

Plötzlich glitt in einiger Entfernung ein Vogel aus dem Schutz des Ufers ins Mondlicht hinaus, dann ein zweiter, ein dritter und ein vierter.

Sie hielt den Atem an.

»Die beiden ersten sind die Eltern«, flüsterte John noch leiser, »die beiden anderen die Jungen.«

»Die Jungen sind ja fast so groß wie die Eltern«, bemerkte sie ebenso flüsternd.

»Sie wachsen schnell.«

»Können sie fliegen?«

»Noch nicht. Erst in etwa einem Monat. Die Eltern überlassen sie ihrem Schicksal. Sie machen sich für ihre Reise bereit. Der Federwechsel hat schon begonnen. Bevor sie sich im Herbst auf den Weg machen, mausern sie sich nur zum Teil, vor der Rückkehr im Frühling vollständig. Wenn das geschieht, für gewöhnlich im März, können sie überhaupt nicht fliegen. Dann sprießen die Brutfedern – das sind die glänzenden, die sie jetzt verlieren. Zum Zeitpunkt ihres Aufbruchs werden sie fast wie ihre Jungen aussehen.«

Die Seetaucher schwammen hintereinander am Ufer entlang.

»Wenn die Eltern sie im Stich lassen, wer sorgt denn dann dafür, dass die Jungen fliegen lernen?«

»Der Große Geist des Sees«, scherzte John. »Nein – keine Sorge. Das klappt nun schon seit zwanzig Millionen Jahren.«

»Was?« Sie konnte es nicht fassen. »Menschen gibt es noch nicht einmal ein Viertel dieser Zeit.«

»So ist es. Vielleicht macht das den Zauber dieser Vögel aus – sie haben viele Veränderungen auf diesem Planeten erlebt.«

Einer der Seetaucher stieß einen lang gezogenen, hohen Laut aus.

Gleich darauf kam von Osten Antwort, kristallklar, aber aus der Ferne. »Vom nächsten See«, flüsterte John.

Der Lake-Henry-Seetaucher wiederholte seinen Ruf, und der andere antwortete sofort. Sein Ruf war kaum verklungen, als ein dritter aus noch größerer Entfernung, aber ebenfalls klar erkennbar, herüberscholl.

Die Unterhaltung der Vögel dauerte fast zwanzig Minuten. Lily war schon öfter Zeuge dieses Phänomens gewesen, aber nie auf dem Wasser und niemals so nah bei einem der Gesprächspartner. Es war faszinierend, unheimlich und zauberhaft zugleich.

Als wieder Stille einkehrte, verharrte sie, John noch immer ganz nah bei sich spürend, hielt inne, bis die Seetaucher um die Spitze der Insel verschwanden.
Dann wendete John das Boot. Auf dem Rückweg zu Celias Haus wurde Lily von Melancholie erfasst. Die nächtliche Szenerie erschien ihr wie ein kunstvoll gewebter Wandteppich, ihr Leben im Vergleich dazu wie ein einzelner Faden. Sie fühlte sich klein und unbedeutend – isoliert – verloren.
Und plötzlich begann sie trotz ihrer warmen Kleidung zu frieren. John war zum Paddeln natürlich von ihr abgerückt, und er sprach kein Wort, was ihr Einsamkeitsgefühl noch verstärkte. Als sie den Steg erreichten, stemmte John sich blitzschnell hinauf, vertäute das Boot und reichte ihr die Hand. Sie ergriff sie, ließ sich hochziehen und wollte ihm für den Ausflug danken und ihn verabschieden, doch er legte ihr die Hand auf den Rücken und führte sie mit sanftem Druck auf das Haus zu. Zu ihrem Erstaunen spürte sie seine Hand auf der Haut – durch den Daunenparka, das Flanellhemd und das T-Shirt hindurch. Und sie empfand die Berührung als angenehm, als fürsorglich, als freundschaftlich.
Es schien ihr eine Ewigkeit her zu sein, dass jemand ihr freundschaftlich begegnet war. Dabei hatte sie Elizabeth Davis erst vor ein paar Tagen aus dem Alptraum errettet, der nach der vermeintlich zwanglosen Unterhaltung begann, die sie eine Woche zuvor abends auf dem Nachhauseweg auf der Commonwealth Avenue in Boston mit Terry Sullivan nach ihrem Auftritt im Essex Club geführt hatte.

John blieb am Fuß der Treppe zur Veranda stehen. Lily stieg eine Stufe hinauf und drehte sich zu ihm um.

»Dddanke«, sagte sie und hasste sich für ihre Unsicherheit, aber die Erinnerung an die Hölle, durch die sie in Boston gegangen war, hatte sie aufgewühlt und neuerliche Zweifel an seiner Aufrichtigkeit in ihr geweckt.

»Ich habe *Ihnen* zu danken«, erwiderte er. »Für gewöhnlich bin ich allein da draußen. Es war schön.«

Sie nickte, steckte die Hände in die Taschen und presste die Arme an ihren Körper. Mach, dass du ins Haus kommst!, rief eine Stimme in ihr, doch sie konnte sich nicht bewegen – seine Augen, jetzt auf gleicher Höhe mit ihren, hielten sie fest. Sie war versucht, ihm ihre Freundschaft anzubieten, unterließ es jedoch, weil sie fürchtete, er würde es nicht zu würdigen wissen.

»Das Leben ist kompliziert«, sagte sie schließlich.

Er lächelte. »Darum liebe ich die Seetaucher – sie sind die verkörperte Unkompliziertheit.«

»Und das seit zwanzig Millionen Jahren.«

»Wenn man sich das vor Augen führt, kommen einem ernste Zweifel daran, dass der Mensch die Krone der Schöpfung ist.«

Sie nickte. Er streichelte kurz ihre Wange und wandte sich zum Gehen. So flüchtig die Berührung auch gewesen war, sie hatte etwas in Lily ausgelöst. Ein Gefühl der Verbundenheit. Und ein Kribbeln.

Sie wusste nicht, was sie davon halten sollte, und das beunruhigte sie.

14

John war am Mittwoch schon sehr früh wieder draußen auf dem See, aber diesmal nicht, um die Seetaucher zu beobachten, sondern um Ordnung in seine Gedanken zu bringen, denn in seinem Kopf ging es drunter und drüber. Noch hing Morgendunst über dem Wasser, was der Szenerie etwas Unwirkliches verlieh, und kein Laut war zu hören – die Voraussetzungen hätten für sein Anliegen nicht besser sein können, doch immer, wenn er sich auf ein Thema konzentrieren wollte, erschien Lily vor seinem geistigen Auge, mal in dem langen, altmodischen Rüschennachthemd, das sie bei ihrer ersten Begegnung getragen hatte, mal in der Aufmachung, in der sie ihn im Büro aufgesucht hatte, und dann warm eingepackt, wie sie nach ihrem gemeinsamen nächtlichen Ausflug vor ihm auf der Treppe gestanden hatte. Ihre Haut hatte sich ganz weich angefühlt. In späteren Wachträumen berührte er mehr als ihre Wange. Er fühlte sich zu ihr hingezogen. Das komplizierte die Dinge.

Er wollte ein Buch über Lily schreiben, doch sie bestand auf ihrer Privatsphäre. Wie sollte er sie umstimmen? Wenn er ihr offenbarte, dass er sie erotisch anziehend fand, würde sie anschließend wahrscheinlich überhaupt nicht mehr mit ihm sprechen.

Auch als er zurückpaddelte und in den Ort fuhr, um die Zeitungen zu holen, war er nur mit Lily beschäftigt. Er war erst ein paar Minuten zu Hause, als das Telefon klingelte.
»Heute steht nichts drin«, beantwortete er ihre täglich gleiche Frage.
»Gar nichts?«
»Nicht ein Wort. In keiner der Zeitungen.«
In der Pause, die folgte, stellte er sich vor, wie sie an den Widerruf dachte, auf den sie wartete, und zu entscheiden versuchte, ob keine Neuigkeiten gute Neuigkeiten waren oder schlechte. Schließlich fragte sie vorsichtig, aber doch mit Hoffnung in der Stimme: »Ist das ein Grund zum Aufatmen?«
»Ich denke schon.«
»Aber wenn ich jetzt kein Thema mehr bin – was wird dann aus dem Widerruf?«
»Da werden Sie vielleicht noch mal nachhaken müssen.« John war hin- und hergerissen. Einerseits wünschte er Lily den Widerruf, andererseits wünschte er sich, dass die Zeitungen die Geschichte zu den Akten gelegt hätten. Dann würde kein Reporter mehr in ihrem Leben herumstochern. Was es da noch zu entdecken gab, wollte *er* finden.

Da John später als sonst ins Büro gekommen war, hatte er alle Hände voll zu tun, die »Lake News« druckfertig zu machen, was eigentlich bis zwölf Uhr geschehen sein sollte. Heute bekam der Drucker die letzte Seite erst um zwei, aber da sie im Winter oft miteinander zum Eisangeln gingen, würde ihn die Verzögerung nur ein Essen bei »Charlie's« kosten. Damit kam er glimpflich davon.

Als die Zeitung aus dem Haus war, kaufte er bei »Charlie's« eine große Tüte Lebensmittel und fuhr zu Gus, und wie immer verspürte er ein Unbehagen – und ein Ziehen in der Brust, als er das Haus seines Vaters betrat.

Nichts deutete mehr darauf hin, dass Dulcey am Morgen Ordnung gemacht hatte. Der Couchtisch stand schräg im Raum, und einer der Lampenschirme hing schief. Auf dem Sofa lag zerknittert die Morgenzeitung, auf dem Boden ein Teller und daneben ein Rest Rührei und eine angebissene Scheibe Toast.

»Dad?«, rief John, wie er es immer tat, sammelte die Überbleibsel des Frühstücks auf und trug den Teller in die Küche, wo Gus, über den Tisch gebeugt, mit seinen knorrigen, rissigen Händen an einer Gabel herumdrückte.

»Was machst du da?«, fragte John freundlich.

»Die Zinken wieder grade«, antwortete Gus ohne aufzuschauen. »Sie verbiegt sie immer.«

»Dulcey?«

»Wer fuhrwerkt denn sonst noch hier rum?«, knurrte Gus.

John ging zum Spülbecken, um den Teller hineinzustellen. Es war befremdlicherweise leer. »Hast du zu Mittag gegessen?«

»Ich hatte keinen Hunger.«

John vermutete, dass er in Wahrheit nicht die Energie aufgebracht hatte, sich etwas herzurichten, und wieder spürte er ein Ziehen in der Brust. Er verstaute das mitgebrachte Eis im Tiefkühler, und die Milch, die Sahne, die Eier und das in vier Stücke zerteilte und in Klarsichtfolie verpackte Brathähnchen im Kühlschrank. Dann nahm er das Brot heraus, das er am vergangenen Wochenende gekauft hatte – die Hälfte war noch da –, öffnete eine Büchse Tunfisch, verrührte den Inhalt mit Mayonnaise und machte drei Sandwiches, von denen er eines zum späteren Verzehr für Gus in den Kühlschrank tat. Nachdem er die anderen beiden auf Teller gelegt hatte, goss er Milch in zwei Gläser und setzte sich, um mit seinem Vater zu essen.

»Die Zeitung ist heute erst später als sonst zum Drucker gekommen«, erzählte er, um ein Gespräch in Gang zu bringen. »Ich hatte sie nicht rechtzeitig fertig. Aber ich glaube, sie ist gut geworden.« Er biss, weniger aus Hunger, als vielmehr, um Gus zum Essen zu animieren, ein großes Stück von seinem Sandwich ab.

Gus kämpfte weiter mit der Gabel.

»Der Aufmacher ist eine Geschichte über neu zugezogene Familien.«

»Die brauchen wir wie ein Loch im Kopf.«

»Aber sie brauchen uns. Darum geht es in dem Artikel.« Als Gus sich nicht dazu äußerte, setzte John hinzu: »Es hat etwas mit Lebensqualität zu tun. Das ist heutzutage ein Schlagwort.«

»Bei uns hier oben wohl kaum«, schnaubte Gus.

»Der Ridge ist besser als ein Elendsviertel in einer Großstadt«, sagte John, hütete sich jedoch, den Gedanken weiterzuspinnen, denn das hätte unweigerlich dazu geführt, dass Gus ihn als hochnäsigen Großstädter beschimpfte, der sich für allwissend hielt. »Armand und ich hatten gestern eine Auseinandersetzung darüber, wie viel über Lily Blake in unserer Zeitung stehen soll. Hast du die Story verfolgt?«

Gus legte die Gabel weg und starrte auf sein Sandwich hinunter. »Nein.«

»Du hast nichts über Lily und Kardinal Rosetti gelesen?«

»Warum sollte mich das interessieren?«

»Weil Lily von hier stammt. Erinnerst du dich an sie?«

Gus hob den Blick und starrte John trotzig an. »Nein.«

»Du kannst doch die Geschichte mit Lily und Donny nicht vergessen haben.« Als sein Vater darauf nicht antwortete, deutete John auf das Sandwich. »Iss.« Er biss erneut ein großes Stück von seinem ab, kaute, schluckte und beschloss, nicht aufzugeben. »Sie war unschuldig. Das weißt du, nicht wahr?«

Gus senkte den Blick auf seinen Teller, und John nahm das als Eingeständnis – und als Ausdruck von Scham. Er musste es so deuten, denn er wollte nicht glauben, dass sein Vater kein Gewissen hatte.

»Ich frage mich oft, ob sich nicht alles anders entwickelt hätte, wenn ich hier geblieben wäre«, sagte John.

»Du meinst, du hättest uns alle davor bewahrt, uns wie Idioten aufzuführen?«, fragte Gus.

»Nein. Ich hätte Donny vielleicht davor bewahrt, über die Stränge zu schlagen. Bis ich wegging, gab es doch nie Probleme mit ihm. Ich war der Böse. Was ist denn passiert, nachdem Mutter mich mitgenommen hatte?«

Gus antwortete nicht.

Heute verstand John sich mit seiner Mutter, die wieder verheiratet war – diesmal sehr glücklich – und noch immer in North Carolina lebte, wo John die letzten Jugendjahre verbracht hatte, aber damals war ihr Verhältnis gespannt gewesen. »Warum sind wir überhaupt auseinandergerissen worden?«

»Weil wir uns darauf geeinigt hatten, dass jeder einen von euch aufziehen würde.« John nahm an, dass Dorothy eigentlich Donny hatte haben wollen und Gus genau aus diesem Grund anders entschied, womit sie sich, da sie die Scheidung wollte, hatte abfinden müssen.

»Ich hatte damals den Eindruck, du wolltest mich damit bestrafen, dass du mich fortschicktest.«

»So war es auch«, brummte Gus.

Während John seinen nächsten Bissen kaute, wurde ihm klar, dass er auch diesmal nicht näher an seinen Vater herankommen würde als bisher. Also wechselte er erneut das Thema. »Du kanntest George Blake ziemlich gut, nicht wahr?«

Gus hob ruckartig den Kopf. »Nein. Ich habe nur einmal für ihn gearbeitet.«

John wusste genau, dass das nicht stimmte. Sein Vater hatte sowohl in dem großen Haus von George wie auch in Celias Haus die Steinarbeiten gemacht. John hatte ihm dabei zugesehen, wenn auch nur aus der Ferne. »Was hieltest du von ihm?«

»Von wem?«

»George.«

»Ich kannte George nicht – ich hatte nur mit Maida zu

tun. Ein pedantisches, kleines Ding«, murmelte er und setzte lauter hinzu: »Kalt wie ein Barsch, den man im März aus dem See holt.« Er stieß einen Grunzlaut aus und schaute mit zusammengezogenen Brauen in den Garten hinaus. »Irgendetwas stimmte nicht mit ihr.«

»Und was war das?«, fragte John in einem Ton, als interessiere es ihn eigentlich gar nicht.

Gus wandte sich ihm zu. »Woher zum Teufel soll ich das wissen? Es war nur so ein Gefühl. Jedenfalls kam sie mir von Anfang an komisch vor.« Nach einer Pause sagte er: »Die Tochter wird zurückkommen.«

»Lily? Glaubst du?«

»Glaubst du?«, äffte Gus ihn nach. »Was glaubst *du* mit deiner Großstadtbildung? Du müsstest es doch wissen. Kommt sie zurück?«

John hätte ihm gerne erzählt, dass Lily bereits da war – als eine Geste des guten Willens, als Beweis seines Vertrauens.

Nur hatte er dieses Vertrauen nicht. Auch nach drei Jahren regelmäßiger Besuche bei ihm, wusste John noch immer nicht, wie es in seinem Vater aussah. Er verstand nicht, wie ein Mann seinen Sohn fortschicken und sich von da an nicht mehr um ihn scheren konnte. Genau das hatte Gus getan. Er hatte kein einziges Mal angerufen oder geschrieben, nicht zum Geburtstag, nicht zu Weihnachten. Dorothy, die Donny regelmäßig schrieb und ihn auch besuchte – sie hatte nach seinem Tod sehr lange um ihn getrauert –, bezeichnete Gus als gefühlsarm, und John hatte sich ihrer Meinung damals angeschlossen, doch tief in seinem Innern gehofft, dass sein Vater viel an ihn dachte.

Er konnte sich nicht vorstellen, dass Gus tatsächlich so kaltherzig war, wie er wirkte, und er dachte, wenn sie sich oft genug sähen, würde er irgendwann einmal zu dem weichen Kern vorstoßen, wenn er sich seiner Liebe als wert erwiese, würde sein Vater sich dazu bekennen.

Und so war er, als er von der Verschlechterung seines Gesundheitszustandes erfuhr, nach Lake Henry zurückgekehrt. Er hatte sich eine Aussöhnung vorgestellt, eine Annäherung, Gespräche über Donny und über Dorothy, über Gus' schönste Mauern und über die Reportagen, auf die John am stolzesten war. Er hatte sich ausgemalt, einen Vater vorzufinden. Was er vorfand, war ein Mann, der ebenso hart war wie die wunderschönen Mauern, die er baute.

Nichts deutete darauf hin, dass er auch nur einen Funken Sympathie für seinen Sohn empfand. Wenn dieser Eindruck richtig war, würde er Johns Bitte um Verschwiegenheit nicht respektieren, sondern dem ersten Menschen, der ihm über den Weg lief, von Lilys Rückkehr erzählen. Das wäre aller Wahrscheinlichkeit nach Dulcey, die es ihrer Mutter erzählen würde, die es ihrem Mann erzählen würde, der es der Frau erzählen würde, die für seine Zimmerei und die Hälfte der anderen Kleinbetriebe in der Stadt die dünnen Bücher führte – und diese Frau war das größte Tratschweib von Lake Henry.

Bei dem Postmeister des Ortes lag der Fall anders. Nathaniel Roy mochte und respektierte John. Das zeigte

sich schon bald nach Johns Rückkehr an den See, als Nat ihn bei seinen täglichen Besuchen im Postamt in immer längere Gespräche verwickelte, die zusehends offener und tief schürfender wurden. Und er griff John wegen seiner »Großstadtbildung«, wie Gus es nannte, nicht an, sondern maß im Gegenteil gerade deshalb Johns Standpunkten großen Wert bei. Obwohl sie viele Jahre trennten – der Posthalter war fünfundsiebzig – waren sie gute Freunde geworden.
Nach der wieder einmal deprimierenden Begegnung mit Gus brauchte John dringend ein wenig Freundlichkeit und fuhr in die Stadt, um seine Post zu holen.
Das Postamt war ein hübscher, einstöckiger Ziegelbau. Beim Betreten des kleinen Schalterraumes stieg einem der Geruch von Werbeprospekten und – zwar schwächer, aber dennoch eindeutig erkennbar – dem Pfeifentabak mit Kirscharoma, dem Nathaniel vor Jahren abgeschworen hatte, in die Nase.
Nat schaute von der Illustrierten auf, die vor ihm lag, und ein Lächeln erhellte sein langes, schmales Gesicht. Er war überhaupt lang und schmal, von den schütteren grauen Haaren über die randlose Brille bis zu seiner ausgeleierten Strickjacke, den Tweedhosen und abgetragenen Segeltuchschuhen ein Yankee, wie er im Buche stand. Er kaute ständig auf seiner kalten Pfeife herum und nahm nur selten ein Blatt vor den Mund.
»Heute habe ich nicht viel für Sie«, nuschelte er an seiner Pfeife vorbei und reichte John ein dünnes, von einem Gummiring zusammengehaltenes Päckchen. »Ein paar Rechnungen, ein paar Prospekte, den neuen L. L. Bean-

Katalog. Und eine Postkarte von Ihrer Mutter. Sie und ihr Mann sind in Florida. Klingt, als wollten sie dort ein Haus kaufen.«

Dass sie auf der Suche waren, hatte John gewusst. Er zog die Karte aus dem Stapel und las die Rückseite, auf der ein vier Blocks vom Strand entfernt gelegenes Häuschen in Naples beschrieben wurde. »Scheint hübsch zu sein.«

»Sie ist ganz aufgeregt. So eine nette Frau. Selbst in schweren Zeiten immer höflich, immer lächelnd. »Es ist mir bis heute ein Rätsel, was sie an Gus gefunden hatte.«

»Immerhin sah er als junger Mann sehr gut aus.«

Nat nahm die Pfeife aus dem Mund. »Gutes Aussehen ist nicht von Dauer – und das Übrige musste sie ja über kurz oder lang in die Flucht treiben. Aber die Ehe stand sowieso unter keinem guten Stern, denn Ihre Mutter kam von außerhalb.«

»Maida Blake kam auch von außerhalb«, hielt John ihm vor Augen. »Aber sie und George waren, als er starb, schon mehr als dreißig Jahre verheiratet. Glauben Sie etwa, die beiden waren auch nicht glücklich miteinander?«

Nat dachte einen Moment nach und antwortete dann: »Doch, das waren sie bestimmt. George sah natürlich nie so gut aus wie Gus, und so ging ihr nichts verloren, als er älter und dicker wurde. Ich fand es beachtlich, wie selbstverständlich sie sofort nach seinem Tod die Leitung des Betriebes übernahm.«

Er beugte sich zur Seite und brachte von irgendwoher das neue »People Magazine« zum Vorschein, blätterte zu einer Seite, die er sich offenbar gemerkt hatte und schob John das aufgeschlagene Heft hin.

Er überflog den Artikel, in dem es um Lily und den Kardinal ging, und der vor der Entschuldigung bei Rosetti geschrieben worden war.

»Sie ist berühmt«, sagte Nat. »Ich kann mir vorstellen, dass Maida nicht gerade begeistert davon ist. Sie hat nicht gebilligt, dass Lily damals nach New York ging. Für sie war diese Stadt die schlimmste Lasterhöhle auf Erden. Aber ich konnte verstehen, dass das Mädchen nach der üblen Geschichte mit Ihrem Bruder nicht mehr hier bleiben wollte.« Er beugte sich vor und sagte mit gesenkter Stimme, als wolle er vermeiden, dass andere mithörten: »Glauben Sie, sie kommt zurück?«

John war versucht, ihn einzuweihen, ließ es dann aber, jedoch nicht aus Mangel an Vertrauen. Er hatte Nat ein paarmal getestet und festgestellt, dass der Mann, wenn man ihn darum bat, schwieg wie ein Grab. Nein – etwas anderes hielt ihn davon ab. »Schon möglich.« Er sah eine Chance, an Informationen zu gelangen. »Schreibt sie jemals an Maida?«

»Nein – aber Maida schreibt ihr auch nicht. Sie hat es überhaupt nicht damit. Schon seit jeher. Als sie hierher übersiedelt war, schickte sie niemals Briefe in ihre ehemalige Heimatstadt.«

»Woher kam sie denn?«

»Aus Linsworth in Maine, einer kleinen Gemeinde nordöstlich von uns, die von der Holzverarbeitung lebt. Celia schrieb in der ersten Zeit ab und zu dorthin und bekam auch Antwort, aber das hörte sich schon bald auf. Sie kappten ihre Bande.« Er runzelte die Brauen. »Vielleicht hatten sie Unangenehmes hinter sich und wollten einfach neu anfangen.«

»Gingen die Briefe, die Celia am Anfang noch schrieb, an Familienmitglieder?«

»Das kann ich nicht beurteilen. Ich weiß nur, dass niemals der Name St. Marie vorkam – auch auf den Absendern nicht. Ach – ich habe Ihnen ja noch gar nicht erzählt, dass gestern ein Reporter aus Worchester hier auftauchte. Er wollte mir weismachen, dass er auf Lilys Seite sei, aber da hätte er seine Fragen anders stellen müssen. Es hat mir richtig Spaß gemacht, ihn auflaufen zu lassen.«

Nat schob die Pfeife in den anderen Mundwinkel. »Sie sind zwar auch ein Zeitungsmann, aber Sie sind einer von uns, und darum würden Sie nie versuchen, jemandem von hier zu schaden. Auch wenn in Lake Henry nicht jeder jeden liebt, ist uns klar, dass wir alle in einem Boot sitzen, und dementsprechend verhalten wir uns. Leute aus der Großstadt verstehen das nicht – die haben keine Ahnung von Gemeinschaftssinn.«

Hätte John die Zeitung nicht zwei Stunden später in Druck gegeben als sonst, wäre er auf dem Weg in das vierzig Autominuten entfernte Elkland gewesen, als Richard Jacobi anrief. Da die neue Ausgabe heute aber erst um zwanzig Uhr dort zur Abholung bereitliegen würde und er noch zwei Stunden totzuschlagen hatte, war er ins Büro zurückgekehrt und damit beschäftigt, seine Materialsammlung durchzusehen, sich Notizen zu machen und über Möglichkeiten und Wahrscheinlichkeiten nachzudenken, als das Telefon klingelte.

Richard war interessiert. Nachdem er Antworten auf ein paar Fragen erhalten hatte, war er *sehr* interessiert. Wiederum ein paar Antworten später war er *so* interessiert, dass er John eine große Summe anbot, um die Sache gleich unter Dach und Fach zu bringen. »Dazu brauchen Sie keinen Agenten«, sagte er. »Wir können Ihr Buch in sechs Monaten auf den Markt bringen«, sagte er. »Da Sie sich an unseren Verlag gewandt haben, kennen Sie den Ruf dieses Hauses und wissen, dass Sie bei uns gut aufgehoben sind.«

Der Verlag war zwar ein David unter lauter Goliaths, aber nicht selten schafften es Titel von dort in die Bestsellerlisten, was für ein gutes Gespür der Geschäftsleitung sprach. Und der Vorschuss, den Richard Jacobi John angeboten hatte, sprach dafür, dass der Verlag das Potenzial dafür auch in seinem Buch sah.

Als John nach zehn Minuten auflegte, klopfte ihm das Herz bis zum Hals. Richard wollte so bald wie möglich ein Exposé und die ersten Kapitel haben. Das bedeutete, dass John schleunigst Ordnung in seine Gedanken bringen müsste.

15

Als es dunkel wurde, verließ Lily Celias Cottage und fuhr um das untere, nur dünn besiedelte Ende des Sees herum, an der schmalen Straße vorbei, die zu Poppys Haus führte, und bog in die breitere ein, die sich leicht ansteigend bis zu Maidas erstreckte, nahm davor jedoch die Abzweigung, an deren Ende ihre Schwester Rose und Art Winslow mit ihren drei Töchtern wohnten.

Das Haus, ein Hochzeitsgeschenk der Eltern Winslow, die es auf dem Stück Land für das junge Paar hatten bauen lassen, das die Eltern Blake zu diesem Anlass gestiftet hatten, war Roses Wunsch entsprechend eine exakte, wenn auch kleinere Kopie des Hauses auf dem Hügel.

Wie immer, wenn ihr eine Begegnung mit Rose bevorstand, hatte Lily ein flaues Gefühl im Magen, aber sie sah sich, nachdem sie bei Poppy und ihrer Mutter gewesen war, zu dem Besuch verpflichtet, weil sie es nicht anständig gefunden hätte, Rose auszugrenzen.

Sie klopfte an das Fenster neben der Tür. Gleich darauf hörte sie schwere Schritte näher kommen, und als die Eichentür geöffnet wurde, sah sie sich ihrem imposanten Schwager gegenüber.

Art Winslow behauptete, sich am allerersten Schultag in Rose verliebt zu haben. Er hatte bei seiner Frau nichts zu melden, aber da er als Juniorchef in der Textilfabrik eine Autoritätsperson war, machte es ihm nichts aus, zu Hause herumkommandiert zu werden. So ähnlich Rose ihrer Mutter war, so ähnlich war Art ihrem Vater: ein sanfter Riese.

Sein überraschter Gesichtsausdruck zeigte Lily, dass Hannah sie nicht verraten hatte.

Er streckte ihr die Hand entgegen, sie ergriff sie, und er zog sie ins Haus. »Wir hatten uns schon gefragt, ob du zurückkommen würdest«, sagte er freundlich und schickte ein donnerndes »Rosie!« die Treppe hinauf, die von der Eingangshalle nach oben führte. »Sie ist bei den Mädchen«, erklärte er.

»Ich will nicht stören«, versuchte Lily diesen Umstand zum Rückzug zu nutzen – immerhin hatte sie ihren guten Willen bekundet.

»Du störst doch nicht«, vereitelte der liebenswürdige Art ihre Flucht. »Sie wird sich freuen, dich zu sehen.«

»Hallo«, kam eine kühle Stimme vom Kopf der Treppe her. »Die verlorene Tochter ist heimgekehrt. Seit wann bist du da?«

Roses Haare waren länger als Lilys, stumpf geschnitten und auf einer Seite hinter das Ohr geklemmt, aber Lily hatte dennoch das Gefühl, in einen Spiegel zu schauen. Daran änderte auch Roses elegante Kleidung nichts, denn sie hatten die gleichen schlanken Beine, schmalen Hüften und üppigen Brüste. »Seit Samstag«, antwortete sie, den Impuls zu lügen unterdrückend, und konnte sich nur mühsam zurückhalten, den Kopf einzuziehen.

»Seit Samstag?«, erregte sich Rose wie erwartet. »Und

da kommst du erst jetzt? Heute ist Mittwoch! Weiß Mom, dass du hier bist?«

»Ja.«

»Poppy?«

»Ja.«

»Ist ja reizend«, sagte Rose gekränkt.

Lily wurde zu ihrer großen Erleichterung der Versuch einer Rechtfertigung erspart, als hinter ihrer Schwester übermütiges Kinderlachen ertönte.

Rose drehte sich um und sagte: »Eure Tante Lily ist da. Lauft hinunter und begrüßt sie.«

Die sechsjährige Ruth kam, die siebenjährige Emma dicht auf den Fersen, in die Halle heruntergestürmt. Hannah folgte zögernd und mit ernstem Gesicht. Die kleinen Wirbelwinde sahen mit ihren dunklen Lockenköpfen und den bodenlangen, geblümten Nachthemden entzückend aus. Hannah, die wie bei Maida ein Bigshirt trug, wirkte daneben unscheinbar und plump. Sie hielt sich im Hintergrund, während ihre Schwestern Lily umarmten, und kam auch danach erst näher, als Lily sie dazu aufforderte. »Schön, dich zu sehen, Hannah. Dein Shirt gefällt mir.« Es war eine große Katze darauf. »Hast du eine Katze?«

Hannah schüttelte den Kopf.

»Das fehlte noch«, sagte Rose, die sich dazu überwunden hatte, sich dazuzugesellen. »Ich habe schon mit ihr genug Ärger.«

»Katzen machen keinen Ärger«, wandte Hannah ein.

»Sie haaren!«, gab Rose in scharfem Ton zurück, und Lily bedauerte, das Thema angeschnitten zu haben.

»Zeigt Tante Lily eure Zähne«, befahl Art den Kleinen. Sie rissen die Münder auf und präsentierten stolz ihre Lücken.
»Toll!« Sie zeigte sich pflichtschuldigst beeindruckt.
»Für dich ist das ja nicht aufregend«, wandte sie sich wieder Hannah zu. »Du kennst das von dir.«
Rose seufzte. »Ihre Zähne sind schief rausgekommen – sie bekommt bald eine Spange.«
»Ich hatte auch eine Spange«, erzählte Lily Hannah, die interessiert die Brauen hob.
»Ich nicht«, unterband Rose eine Vertiefung des Themas. »Und Art auch nicht. Da wir gerade von Zähnen sprechen«, sie schaute die beiden Kleinen an und deutete auf die Treppe, »geht sie putzen. Daddy wird euch zusehen. Es ist höchste Zeit fürs Bett.«
»Und Hannah?«, fragte Ruth in anklagendem Ton.
»Hannah hat große Zähne zu putzen!«, rief Emma.
»Hannah braucht keinen Aufpasser dabei«, antwortete Rose. »Sie ist zehn und für ihre Zähne selbst verantwortlich. Wenn sie verfaulen, ist das ihr Problem.«
»Ich putze sie immer«, sagte Hannah, doch sie hätte ihren Atem sparen können, denn Rose bedeutete Art gerade wortlos mit einem nachdrücklichen Blick, was sie von ihm erwartete.
Im nächsten Augenblick hatte er seine kleinen Töchter im Arm und stieg mit ihnen die Treppe hinauf. Hannah blieb bei Lily stehen.
»Sind deine Hausaufgaben fertig?«, fragte Rose, und sagte auf ihr Nicken hin. »Dann geh rauf und lies etwas. Ich habe mit deiner Tante zu reden.«

Lily umarmte sie. »Wir sehen uns ein andermal«, bemühte sie sich das Mädchen zu trösten. Es tat ihr in der Seele weh, als sie Hannah mit gesenktem Kopf langsam die Stufen hinaufsteigen sah.

Rose lehnte sich an die Wand. »Ich hätte mir eigentlich denken können, dass du wieder da bist. Mom hat entsetzliche Laune. Üble Laune hat sie schon, seit diese Geschichte anfing. Die Schlagzeilen, die Fotos, die Anrufe – es war grauenvoll für uns, Lily. Sie hatte schon damals die größten Befürchtungen, als du nach New York gingst, aber was jetzt passiert ist, hat ihre schlimmsten Alpträume übertroffen. Sie fährt nur noch in die Stadt, wenn es unbedingt sein muss, weil sie glaubt, dass alle hinter ihrem Rücken tuscheln. Das nervt sie, und wenn sie genervt ist, muss ich es ausbaden.«

Das konnte Lily kaum glauben. Rose war immer ihr Ein und Alles gewesen.

»Wen sollte sie sonst anschreien?«, fuhr Rose fort. »Poppy kann sie nicht anschreien, also schreit sie mich an. Ich bin immer hier. Ich kümmere mich um sie.«

»Sie ist doch kein Pflegefall«, sagte Lily.

»Aber sie braucht mich«, erwiderte Rose spitz. »Ich bringe jeden Tag Essen nach oben oder erledige Dinge im Ort für sie ...«

»Sie leitet doch noch immer die Firma.«

»Schon – aber es strengt sie mehr an als früher. Schließlich ist sie nicht mehr die Jüngste. Eine Frau ihres Alters sollte nicht so schuften. Sie sollte sich schonen. Reisen. Ihre Enkel genießen.«

»War Hannah nicht neulich bei ihr oben?«

»Hannah ist kein Kind, das man genießt. Sie wird noch mal mein Tod sein.«
»Wie das?«
»Sie ist störrisch.« Das Telefon klingelte. »Dickköpfig. Fett.«
»Sie ist nicht fett.«
Das Telefon klingelte weiter.
»Aber auf dem besten Weg, es zu werden.«
»Das verwächst sich, wenn sie größer wird. Und ihr Gesicht ist bildhübsch.«
Das Telefon klingelte ein drittes Mal.
»Nimmst du mal ab, Art?«, schrie Rose die Treppe hinauf und wandte sich dann wieder Lily zu. »Warum bist du ausgerechnet hier untergetaucht?«
»Ich habe ein Haus hier«, beantwortete Lily die indignierte Frage im gleichen Ton.
»Und wie lange wirst du bleiben?«
»So lange es nötig ist.«
»Wenn die Presse dich hier aufstöbert, flippt Mom aus. Und wenn Mom ausflippt, muss ich darunter leiden.«
»Ich kann nichts für diese schreckliche Geschichte«, wehrte Lily sich gegen Roses indirekten Angriff. »Ich habe nichts Unrechtes getan.«
Art erschien am Kopf der Treppe. »Das war Maida«, berichtete er im Herunterkommen. »Zwei von den Quebecern sind mit dem Traktor auf der Wiese verunglückt. Sie hat den Notarzt angerufen. Ich fahr mal rauf.«
»Sind sie schwer verletzt?«
Er holte seine Jacke aus dem Garderobenschrank. »Weiß ich nicht – aber sie ist ganz durcheinander.«

»Ich komme mit«, sagte Rose.
»Dann bleibe ich bei den Mädchen«, bot Lily an.
»Die sind doch im Bett.« Art half seiner Frau in einen Mantel. »Sie werden gar nicht merken, dass wir weg sind.«
»Ich bleibe gern«, insistierte Lily und schloss leise die Tür hinter ihnen. Sie erinnerte sich, dass in ihrer Kindheit viele Unfälle passiert waren und sie immer Angst gehabt hatte, ihr Vater würde irgendwann durch eine der Maschinen den Tod finden. Sie hatte sich aber nie vorgestellt, dass in einer friedlichen Sommernacht, während er schlief, einfach sein Herz zu schlagen aufhören würde.
Lily fühlte sich im Haus ihrer Schwester zu sehr als Fremde, um darin herumzuwandern, und so setzte sie sich auf die unterste Stufe der Treppe. Das Kinn in die Hände gestützt, lauschte sie nach oben und nach draußen, doch es war nichts zu hören. Natürlich würde die Ambulanz auf einer freien Straße nicht die Sirene heulen lassen, aber sie nahm an, dass sie noch gar nicht hier war.
Als sie ein Knarzen hörte, drehte sie sich um und schaute nach oben. Hannah stand unentschlossen auf der obersten Stufe, doch als Lily sie zu sich winkte, kam sie sofort heruntergelaufen und setzte sich neben sie.
Eine Weile hingen sie beide ihren Gedanken nach. Und dann flüsterte Hannah plötzlich: »Ich bin froh, dass du hier bist.«
Als Lily in das bildhübsche Gesicht blickte, auf dem ein schüchternes Lächeln lag, antwortete sie, und es war ihr in diesem Augenblick ernst damit: »Ich auch.«

Keiner der beiden Arbeiter war bei dem Unfall lebensgefährlich verletzt worden, aber die Knochenbrüche würden die Männer für den Rest der Erntezeit außer Gefecht setzen. Da die Mosterei zwei Drittel ihrer Jahreseinkünfte im Oktober und November erwirtschaftete, war das ein empfindlicher Schlag. Zu allem Übel war einer der Männer auch noch ein langjähriges Mitglied der Mannschaft, die im Mosthaus arbeitet.

Aus diesem Grund stand Lily am nächsten Morgen bei Anbruch der Dämmerung auf, zog sich warm an und fuhr wieder um den See. Diesmal folgte sie der breiten Zufahrt bis ganz oben, bog hinter dem großen Haus rechts ab und ein Stück die Straße hinunter um eine Kurve.

Das Mosthaus, ein gedrungener von Hemlocktannen umstandener Steinbau, den Efeu völlig überwuchert hatte, sah eher wie ein verwunschener Ort aus als wie ein Ort, an dem hart gearbeitet wurde. Es war vor zwanzig Jahren ausgewaidet, mit Pfeilern abgestützt und die Anlage modernisiert worden, aber abgesehen von einer leistungsfähigeren Kühlanlage und einem schnelleren Abfüllsystem hatte sich nicht viel geändert, seit die Blakes vor mehreren Generationen ihren ersten Liter Apfelwein abgefüllt hatten.

Als Lily das Haus betrat, wurde sie von süßem Apfelduft empfangen, der Erinnerungen wach werden ließ. Schon als Kind war sie von der Obstpresse fasziniert gewesen, und sie hatte es kaum erwarten können, alt genug zu werden, um mitzuarbeiten, aber als sie dann sechzehn war, hinderten sie drei Umstände daran: ihre Musik, die

Schule und die Ansicht ihres Vaters, dass Mosten Männersache sei.
Sie sah ihn wieder, groß und breit, in einer langen Gummischürze, einen beschädigten Apfel aus der Waschwanne fischen, in eine Kiste werfen und die übrigen durch das Wasser auf den Lift zuschieben, der sie zur Zerkleinerungsmaschine hinauftransportierte. Ein Arbeiter, der anderthalb Meter über dem Boden auf einer Plattform stand, rollte sie das Fließband entlang und in den Zerkleinerer. Zwei weitere Arbeiter standen auf ähnlichen Plattformen und schichteten, immer im Wechsel, quadratische Gitter mit neunzig Zentimetern Kantenlänge, Tücher und Apfelschnitzel aufeinander, bis sie elf Lagen zusammen hatten, immer elf, das wusste Lily noch genau.
»Du meine Güte!«, riss eine Stimme hinter ihr sie aus ihren Gedanken. Sie drehte sich um und blickte in das verblüffte Gesicht von Oralee Moore. Oralee war die Witwe von Georges Vorarbeiter und – eine Ironie, wenn man Georges Ansicht über Frauen bedachte – nun Maidas Vorarbeiterin, inzwischen an die siebzig, aber immer noch hoch gewachsen und robust.
Lily mochte Oralee. Selbst damals, nach der Geschichte mit Donny hatte diese Frau immer ein freundliches Lächeln und einen mitfühlenden Blick für sie gehabt. So auch jetzt, doch Lily wurde durch den jungen Mann abgelenkt, der hinter Oralee stand.
In diesem Augenblick begriff Lily, was sie getan hatte. Oralee würde sie nicht verraten, wenn sie sie darum bäte, aber der junge Mann war nur der Erste von vielen,

die Lily im Laufe des Tages hier sehen würden. Manche wohnten in der betriebseigenen Unterkunft, andere im Ort, und die würden nach der Arbeit heimgehen und von ihr erzählen. Das hatte sie nicht bedacht, als sie sich spontan entschloss, einzuspringen, weil Maida Hilfe brauchte – und sie endlich an der Apfelpresse arbeiten könnte. Aber als sie jetzt darüber nachdachte, bedauerte sie nicht, dass ihr Geheimnis heute Abend keines mehr wäre. Ihr Magen verkrampfte sich zwar immer noch, wenn sie sich daran erinnerte, wie die Medien sie terrorisiert hatten, aber in Boston hatte sie es allein mit ihnen aufnehmen müssen. Sie war nicht mehr in Boston. Sie war in Lake Henry. Sie war hier geboren und aufgewachsen, und jetzt hatte die Gemeinde die Chance, wieder gutzumachen, was sie ihr einst angetan hatte. Sie war es müde, sich zu verstecken.

Außerdem erübrigte es sich jetzt.

»Wie geht es André und Jacques?«, erkundigte sie sich nach den beiden verletzten Arbeitern.

Oralee lächelte spöttisch. »Die kommen in zwei Tagen aus dem Krankenhaus, und dann werden sie in der Unterkunft sitzen und genießen, dass sie fürs Nichtstun bezahlt werden.« Sie winkte den jungen Mann heran. »Das ist Bub. Er lebt drüben auf dem Ridge.«

Bub war groß und kräftig und höchstens achtzehn – und so verlegen, dass sie daraus schließen konnte, dass er sie aus dem Fernsehen oder der Zeitung kannte. Sie begrüßte ihn äußerlich unbefangen und ging dann wieder hinaus, um auf Maida zu warten.

Es war noch immer sehr frisch. Eine Mischung aus Tau

und Reif lag auf den Hügelwiesen. Lily lehnte sich an die efeubewachsene Mauer, zog ihre Ärmel über die Hände und steckte sie unter die Arme. Die Luft schmeckte nach Herbst und verwandelte sich beim Ausatmen in weiße Schleierwölkchen.

Sie fragte sich, was wohl heute in der »Post« stehen mochte. Als sie Celias Cottage verlassen hatte, war es noch viel zu früh gewesen, um John anzurufen. Heute würde auch die neue »Lake News« erscheinen. Sie fragte sich, ob er wohl die von ihr gewählten Beiträge hineingenommen hatte. Es hatte ihr Spaß gemacht, sie auszusuchen und sich die Freude der Schüler vorzustellen, wenn sie ihre Arbeiten gedruckt sähen.

In diesem Moment bog Maida mit gesenktem Blick um die Ecke. Lily straffte ihre Schultern, aber ihre Mutter schaute erst auf, als sie schon fast vor ihr stand. Maida schien irritiert zu sein.

»Dir fehlt ein Arbeiter«, sagte Lily. Als Maida nichts erwiderte, setzte sie hinzu: »Ich will helfen.«

Die Miene ihrer Mutter drückte eine solche Ablehnung aus, dass Lily befürchtete, weggeschickt zu werden.

Schweigend setzte ihre Mutter ihren Weg fort, und das Damoklesschwert blieb über Lilys Kopf hängen. Erst als sie Lily die Tür zum Mosthaus aufhielt, konnte sie aufatmen.

Die Motoren, die die Waschanlage, das Fließband, den Zerkleinerer und die Presse antrieben, liefen bereits mit altvertrautem Klang warm, und Lily musste wieder an ihren Vater denken, der für sie untrennbar mit dieser

Welt verbunden war. Jetzt trug Maida die Gummischürze, aber ihre Anwesenheit erschien Lily unpassend, obwohl ihre Mutter offensichtlich genau wusste, was sie tat und auch als Chefin respektiert wurde.
Lily tauschte ihre Jacke gegen Ölzeug mit Kapuze, zog Stiefel, die ihr viel zu groß waren, und lange Gummihandschuhe an und kletterte Bub gegenüber auf die Plattform neben der Presse. Sie sagte ihm nicht, dass sie diese Arbeit noch nie gemacht hatte, denn es kam ihr nicht so vor. Sie hatte den Ablauf als Kind hunderte von Malen beobachtet, und wenn auch die Tücher, die auf die Gitter gelegt wurden, nicht mehr aus grobem Leinen, sondern aus Nylon waren, so hatte sich an Gittern und Falttechnik seit damals nichts geändert.
Das bedeutete nicht, dass sie nicht nervös war. Aber sie war gleichzeitig auch von Vorfreude erfüllt. Wie lange hatte sie darauf gewartet, endlich hier oben zu stehen! In ihrer Vorstellung war es ebenso ein Spiel wie eine Arbeit.
Innerhalb von Minuten lag das erste Tuch mit überhängenden Ecken auf dem untersten Gitter, und die ersten Äpfel wanderten durch die Zerkleinerungsmaschine in den großen Trichter über ihnen. Bub öffnete mit einem Hebel die Klappe und schloss sie wieder, nachdem die erforderliche Menge Apfelschnitzel auf das Tuch heruntergefallen war. Jetzt trat Lily in Aktion. Sie legte die linke Ecke des Tuches über die Schnitzel, wartete bis Bub seine Ecke darüber gelegt hatte, und legte dann ihre rechte Ecke darüber, wonach Bub seine rechte Ecke darüber legte. Während er das Tuch glatt strich und

zurechtzupfte, nahm sie schon das nächste Gitter und setzte es, als Bub fertig war, auf das erste Paket. Bub breitete das zweite Tuch darüber, holte die zweite Ladung Apfelschnitzel herunter, und dann legten sie wieder abwechselnd die Stoffecken darüber.

Als elf Pakete fertig waren, wurde ein letztes Gitter darauf gelegt, und dann schoben sie den ganzen Turm auf Laufrollen unter die große, eiserne Presse. Bub klemmte dicke Holzpflöcke zwischen das oberste Gitter und die Presse, um das Ganze zu stabilisieren, Maida betätigte den Hebel, der die Hebebühne mit dem Turm darauf in Bewegung setzen würde, und plötzlich steigerte sich das dumpfe Hintergrundknattern zu einem lauten, rhythmischen Klopfen. Sofort begann Saft an dem Turm herab in den Behälter darunter zu laufen.

Ein unbändiges Glücksgefühl durchströmte Lily, sie hatte es geschafft! Triumphierend schaute sie zu ihrer Mutter hinüber, aber Maida stand schon wieder mit dem Rücken zu ihr an der Waschanlage. Enttäuscht ließ sie ihren Blick weiterwandern und wurde von Oralee mit einem Lächeln getröstet, das sowohl Verstehen als auch Anerkennung ausdrückte. Und dann begann alles wieder von vorn. Diesmal mussten, bevor der neue Elferturm unter die Presse geschoben werden konnte, der erste entfernt, die Apfelreste in den Container vor dem Hintereingang geschüttet, die Tücher zur Wiederverwendung auf einen Haufen geworfen und die Gitter an die Wand gelehnt werden.

Irgendwann hörte Lily auf mitzuzählen, wie viele Türme sie aufrichteten und nach dem Pressen wieder auseinander nahmen. Nach einem der Durchgänge setzte Maida die Pumpe in Gang, um den Saft im Auffangbecken in den großen Kühlbehälter am anderen Ende des Raumes zu befördern. Nach einem weiteren forderte sie mit ihrem Walkie-Talkie eine neue Ladung Äpfel an und transportierte die Steigen dann mit dem kleinen Gabelstapler zur Waschanlage hinauf. Zu einem späteren Zeitpunkt schloss sie einen Schlauch an und spülte verirrte Apfelschnitzel und Saftreste über den Betonboden zum Gully in der Mitte des Raumes.

Das Mosthaus war sauber. Darauf hatte George stets streng geachtet, und Maida führte diese Tradition fort. Lily war nur froh, dass selbst die gründlichsten Reinigungsmaßnahmen nicht den Geruch frischer Äpfel und süßen Saftes zu beseitigen vermochten. Die Wände und der Boden, die Maschinen und die Arbeitskleidung – alles verströmte diesen berauschenden Duft. Lily atmete ihn genussvoll ein. Er weckte schöne Erinnerungen. Sie sah sich wieder mit Poppy und Rose neben der Kühlanlage in einer Ecke hocken und in einen der Äpfel beißen, die ihr Vater ihnen zuwarf.

Als Maida die Vormittagspause ausrief, war Lily zu aufgedreht, um erschöpft zu sein. Sie spülte ihre Arbeitskleidung ab, hängte den Kapuzenmantel an einen Haken, stellte die Gummistiefel darunter und ging zum Haupthaus hinüber.

Die Zeitung lag zusammengefaltet auf dem Tisch in der Küche. Mit einem flauen Gefühl im Magen überflog Lily die obere Hälfte der ersten Seite. Nichts. Sie legte sie auf den Kopf. Auch auf der unteren Hälfte stand nichts.

Nun hätte sie die Innenseiten überprüfen müssen, aber davor scheute sie sich.
Das Nächstliegende wäre gewesen, Cassie anzurufen, denn die war ihre Rechtsanwältin, hatte die Aufforderung zum Widerruf an die »Post« geschickt und würde bestimmt nach einer Reaktion forschen.
Aber sie hatte Cassies Nummer nicht im Kopf. Johns dagegen schon. Das Telefon klingelte dreimal, und sie wollte gerade enttäuscht auflegen, als der Hörer abgenommen wurde.
»›Lake News‹, Kipling am Apparat«, meldete er sich mit neutral-freundlicher Stimme.
»Hi«, sagte sie ein wenig atemlos.
»Hey!«, jetzt klang die Stimme herzlich. »Ich habe Ihren Anruf heute Morgen vermisst.«
»Ich bin schon ganz früh zu meiner Mutter gefahren. Sie braucht Hilfe, weil im Mosthaus ein Arbeiter ausgefallen ist.«
»Ich habe schon von dem Unfall gehört.«
»Das überrascht mich nicht«, lächelte Lily. Dann wurde sie wieder ernst. »Ich habe heute noch nicht in die Zeitung geschaut.«
»Das können Sie sich auch sparen – es steht wieder nichts drin.«
Ihre Erleichterung mischte sich mit Zorn. »Die ›Post‹ schuldet mir immer noch den Widerruf.«
»Reden Sie mit Cassie.«
»Glauben Sie, die haben aufgehört, mein Apartment zu belagern?«
»Ich denke schon. Letzte Nacht wurde ein Aktivist der

Republikaner in seinem Haus in Back Bay erstochen. Als Täter kommen zwei Exfrauen, eine Geliebte, ein vergrätzter Geschäftspartner und der Mob in Frage. Das ist ein weites Feld. Die Zeitungen werden all ihre Leute dafür brauchen.«

»Dann werde ich also wieder ein Niemand sein, wenn ich nach Boston zurückkehre?«

»Das kann ich Ihnen natürlich nicht garantieren. Eilt es Ihnen denn damit?«

»Ich lebe dort«, sagte sie. »Meine Wohnung ist dort, meine Kleider, mein Klavier, mein Auto …« Sie brach ab, denn letztendlich waren das alles nur Dinge. »Ich rufe Cassie an. Bis bald«, beendete sie das Gespräch abrupt und ließ sich von Poppy verbinden. Die Anwaltsgehilfin nahm den Hörer ab, gab ihn jedoch gleich an Cassie weiter.

»Wir geben ihnen eine Woche«, kam sie Lilys Frage zuvor. »Eine Woche. Dann unternehmen wir den nächsten Schritt.«

»Und wie sieht der aus?«

»Wir verklagen sie wegen Ehrabschneidung.«

Eine Klage würde eine Verhandlung nach sich ziehen, und die könnte ewig dauern. Die Idee hatte Lily von Anfang an nicht gefallen. Nachdem ihr Name seit zwei Tagen nicht mehr in den Bostoner Zeitungen erwähnt worden war, fragte sie sich jetzt zum ersten Mal, ob sie das Ganze nicht, wenn aus den zwei Tagen drei und dann fünf und schließlich zehn geworden wären, auf sich beruhen lassen sollte. Vielleicht würden die Leute die Geschichte vergessen.

Aber was, wenn nicht? Wenn sie angestarrt würde, sobald sie in den Aufzug stiege oder auf die Straße ginge? Wenn ihr niemand mehr Arbeit gäbe? Dann könnte sie Boston vergessen.
Sie hatte drei Möglichkeiten: Sie konnte klagen, sie konnte irgendwo inkognito ein neues Leben beginnen, oder sie konnte hier bleiben.
Also war es gut, dass die Arbeiter ihre Rückkehr publik machen würden. Sie musste wissen, woran sie war.

16

Anna Winslow war die Matriarchin der örtlichen Textilfabrikantenfamilie. Die Leitung der Firma hatte sie vor einiger Zeit an ihren Sohn Art abgegeben, aber ihren Sitz im Vorstand behalten und ein kleines Büro neben seinem. Winslow Textiles war mehr Jahre, als sie zählen mochte, ihr Leben gewesen. Sie hatte sich eingeschaltet, als ihr Mann Phipps begann, hübsche, junge Weberinnen von der Arbeit abzuhalten und seine entsprechend schleifen zu lassen, und war dann aus Begeisterung für den Betrieb geblieben, nicht, um Macht oder Anerkennung zu erlangen. Darum hatte sie ihren Mann auch die Lorbeeren für fortschrittliches Denken einheimsen lassen, obwohl in Wahrheit sie die treibende Kraft war. Phipps war inzwischen im Ruhestand. Gelegentlich stolzierte er zwar noch durch die Firma und machte sich wichtig, doch die meiste Zeit bracht er damit zu, monströse Ölbilder zu malen, die nur ihm gefielen. Sie füllten bereits einen Schuppen, und Anna hatte den Bau eines zweiten in Auftrag gegeben, damit er seiner neuen Leidenschaft auch weiterhin frönen konnte, denn sie zog diese der ehemaligen bei weitem vor.

Anna hatte dafür gesorgt, dass Art schon von klein auf in den Betrieb hineinwuchs. Er hatte ihr Pflichtbewusstsein und ihren Geschäftssinn geerbt, wusste mit den Angestellten und den Aktionären umzugehen und wann eine Maschine oder ein Stoffmuster ausgedient hatte. Wenn jemand in einer Zeit der Großkonzerne eine kleine Textilfabrik am Leben erhalten konnte, dann war es Art. Sie brauchte ihm nicht auf die Finger zu schauen, um zu wissen, dass er das Richtige tat.

Dieser glückliche Umstand gab ihr die Möglichkeit, sich in aller Ruhe an dem Konzert der Webstühle zu erfreuen, am Geruch der Wolle, an dem Licht, das durch die Oberlichter in die Halle flutete. Es verging kaum ein Tag, an dem sie nicht zwischen den Webstühlen herumwanderte und ein paar freundliche Worte mit den Arbeiterinnen wechselte oder interessiert einer Designerin über die Schulter schaute. Sie hatte selbst viele Muster entworfen, sogar gelernt, am Computer zu zeichnen.

Anna war eine voluminöse Frau, doch sie verstand es, das Beste daraus zu machen. Weite Blusen aus einzigartigen Garnen, Tücher mit Aufsehen erregenden Mustern, Röcke aus fließenden, kostbaren Stoffen komponierte sie in einer Weise, dass Kunden, die in die Fabrik kamen und sie darin sahen, viele Stoffe nur deshalb kauften, weil sie ihnen an ihr so gut gefielen. Art präsentierte ihnen Verarbeitungsdiagramme und Preislisten, Anna präsentierte ihnen Stil. Sie hatte ein so gewinnendes Wesen, dass sie ihre Abschlüsse ohne Mühe tätigte, oft sogar bei einem Mittagessen.

Anna ging für ihr Leben gerne essen. Da Phipps lieber in seinem Schuppen bei seinen Bildern war, suchte sie ständig jemanden, der ihr beim Lunch Gesellschaft leistete. Durchschnittlich zweimal in der Woche kamen Kunden nach Lake Henry, und an einem der anderen Tage hatte meistens irgendeiner der Leute in der Firma Geburtstag, aber an diesem Donnerstag war keines von beidem der Fall und Anna demzufolge glücklich, als John sie anrief und einlud.

»Die Donnerstage mag ich nicht«, erklärte sie ihm, als sie in seiner Fensternische bei »Charlie's« Platz genommen hatten. »Sie sind nicht Fisch und nicht Fleisch, man hat die Woche nicht mehr vor sich und noch nicht hinter sich. Ich bin so froh, dass Sie angerufen haben!« Sie beugte sich vor und fragte: »Was sagen Sie dazu, dass Lily Blake wieder da ist?«

John hatte Mühe, seine Bestürzung zu verbergen. Er hatte zwar damit gerechnet, dass sie nicht lange unentdeckt bleiben würden, jedoch nichts davon gehört, dass sie bereits aufgeflogen war. »Woher wissen Sie das?«, stellte er sich ahnungslos.

»Eine meiner Weberinnen, Minna DuMont, hat es mir vorhin erzählt. Ihr Mann arbeitet auf der Plantage. Lily hat heute Morgen im Mosthaus gearbeitet! Mit Maida!

Können Sie sich das vorstellen? Ich konnte es nicht, und deshalb habe ich meine Schwiegertochter angerufen, um es mir bestätigen zu lassen. Es stimmt tatsächlich! Ich hatte von dem Unfall gestern Abend gehört und wusste, dass zwei Arbeiter ausgefallen sind, aber dass ausgerechnet Lily ihrer Mutter zu Hilfe gekommen ist, kann ich gar nicht fassen. Die beiden waren sich doch nie grün.«

John sah eine neue Informationsquelle sprudeln, doch in diesem Moment kam Charlie an den Tisch, um ihre Bestellung aufzunehmen, und so musste er sich, bis sein Freund wieder abgezogen war, gedulden, ehe er fragen konnte: »Wie gut kannten Sie die Blakes, bevor Art Rose heiratete?«

»Nur auf gesellschaftlicher Ebene. Phipps und George – Friede seiner Seele – hatten sich zwar nichts zu sagen, aber Lake Henry ist klein, und die Apfelplantage und die Textilfabrik sind nun mal die Säulen unserer Gemeinde. Maida führte früher ein gastliches Haus. Lily habe ich bei den Einladungen immer nur kurz gesehen – sie verschwand nach der Begrüßung gleich wieder. Das arme Ding! Singen konnte sie ja wie ein Engel – es war ein Genuss, sie sonntags in der Kirche zu hören –, aber sprechen …« Anna verzog das Gesicht. »Maida war ganz verzweifelt wegen ihres Stotterns.«

»Um Lilys oder um ihrer selbst willen?«

»Beides«, verfiel Anna ins Flüstern. »Sie war überzeugt, dass die Leute ihr die Schuld daran gaben.«

Wie hätten sie nur darauf kommen sollen?, dachte John gerade nicht ohne Sarkasmus, als Anna, nun wieder in normaler Lautstärke, fortfuhr: »Stottern hat organische Gründe – wissen Sie das?«

»Nein.« Er hatte es für ein rein psychisches Problem gehalten.

»Es beruht auf einer mangelnden Koordination der Zungenmuskeln. Was nicht heißt, dass nicht auch die Gemütsverfassung eine Rolle spielt. Nervosität verschlimmert das Leiden zum Beispiel, weil die betreffende Person dann nicht mehr in der Lage ist, sich darauf zu konzentrieren, die Muskeln unter Kontrolle zu halten – aber der Ursprung der Störung ist ein organischer.«

»Hatte Lily diese Störung von Geburt an?«

»Ja. Sie fing erst spät zu sprechen an und sagte auch dann nicht viel – wahrscheinlich weil sie sich so schwer tat. Darum bemerkten sie es zuerst gar nicht, und dann dachten sie, es ließe sich durch Übung beheben – aber je mehr sie sie zum Sprechen nötigten, umso schlimmer wurde es. Mir brach es fast das Herz, wenn Maida sie wegen ihres Stotterns anfuhr.« Anna seufzte und lehnte sich zurück.

»Sie hat sie angefahren?« John war bestürzt.

»Sie fuhr sie an, drohte ihr mit dem Finger und entschuldigte sich bei den Umstehenden für ihre Tochter.«

Jetzt brach es John fast das Herz. »Warum ließen sie sie nicht behandeln?«

»Nach einer Weile taten sie das ja – aber Maida kostete dieser Schritt große Überwindung.«

»Warum?«

»Weil er bestätigte, dass Lily ein Problem hatte.«

»Ich denke, das wussten alle ...«

»Ja, schon – aber die Therapie machte ihr unmöglich, es weiter herunterzuspielen. Maida wollte perfekte Kinder, und plötzlich erklärte ihr ein Arzt, dass eines davon diesem Anspruch nicht gerecht wurde, womit Lilys Fehlverhalten – als das *sie* ihre Störung sah – ins Licht der Öffentlichkeit gerückt worden war. Und nun hat sie mit derselben Tochter das Gleiche noch einmal erleben müssen – in ihren Augen zumindest. Aber glauben Sie ja nicht, dass ich dem Reporter etwas davon erzählt hätte.« Sie schaute auf und lächelte, als Charlie mit dem Essen erschien.

Anna hatte eine Blattsalatschüssel mit Schinkenstreifen und einer großen Portion Roquefortdressing bestellt, gegen die Johns Cheeseburger mit Bacon und die Pommes frites regelrecht armselig wirkten.

»Welchem Reporter?«, hakte er nach, als Charlie gegangen war.

»Er heißt Sullivan. Seit die Geschichte losging, hat er fast täglich bei mir angerufen. Und er lässt immer noch nicht locker.«

»Er ruft Sie nach wie vor an?« Das war John ein Rätsel – und ein Grund zur Beunruhigung. Nachdem die »Post« sich bei Rosetti entschuldigt hatte, hätte Terry die Story eigentlich zu den Akten legen müssen. Dass er es nicht getan hatte, deutete darauf hin, dass er etwas im Schilde führte.

»So ist es«, nickte Anna. »Er verfährt nach der Methode ›mit Speck fängt man Mäuse‹. Er versucht, mir weiszumachen, dass er mich so faszinierend findet, dass er einfach immer wieder anrufen muss. Er bringt das Gespräch auf die Fabrik und schwärmt mir vor, dass sie genügend Stoff für drei Storys hergäbe – aber ich lebe lange genug mit einem Süßholzraspler zusammen, um Unehrlichkeit auf Anhieb zu erkennen. Er will sich mein Vertrauen erschleichen, um mich dazu zu bringen, ein Mitglied meiner Familie zu verraten.« Sie wedelte mit ihrer Gabel. »Und zwischendurch streut er immer wieder Fragen ein.«

»Auf Lily bezogene?«

»Und auf Maida. Ich verabscheue Menschen wie ihn, die anderen partout etwas am Zeug flicken wollen. Da findet sich bei ihm bestimmt auch ein Grund. Ich meine – es gibt doch wohl im Leben eines jeden Menschen einen dunklen Punkt, etwas, worauf er nicht stolz ist.« Sie stützte die Ellbogen auf den Tisch und ließ die Gabel baumeln. »Was ist es bei Ihnen?«

In Johns Vergangenheit gab es viele dunkle Punkte und auch einige regelrechte Kleckse, aber in diesem Moment fiel ihm einer ein, an den er schon eine Ewigkeit nicht mehr gedacht hatte. »Meinen Vater einen Bastard geschimpft zu haben. Ich war damals zwölf. Er hatte mich als Mädchen verspottet, weil ich noch nicht im Stimmbruch war, und man kann einem Zwölfjährigen kaum etwas Schlimmeres antun. Also schimpfte ich ihn einen Bastard. Er stand einen Moment lang da wie versteinert. Dann verließ er mit merkwürdig steifbeinigem Gang das Haus und blieb drei Tage weg. Was ich zu dem Zeitpunkt nicht wusste, war erstens, dass er tatsächlich ein Bastard ist, und zweitens, dass meine Mutter ihm genau dieses Wort am Tag zuvor bei einem Streit an den Kopf geworfen hatte.«

»Und was haben Sie getan?«
Sie lächelte verschmitzt. »Die Reißverschlüsse von Phipps' Hosen zugenäht. Allesamt. Es war köstlich mitanzusehen, wie er sich mit einem nach dem anderen abmühte.«
John brauchte nicht zu fragen, warum sie das getan hatte. »Und wer hat die Nähte wieder aufgetrennt?«
»Ich nicht«, antwortete sie voller Stolz. »Ich dachte, da er in seinem Beruf ja mit der Schere umzugehen wusste, könnte er es ruhig selbst machen, was er auch tat – und sogar einigermaßen zerknirscht. Aber ich warne Sie«, Anna richtete die Zinken ihrer Gabel auf Johns Herz, »wenn Sie diese Geschichte irgendjemandem weitererzählen, werde ich Sie bei Ihrem Verleger schlecht machen, der daraufhin die Prämie streichen wird, die er Ihnen sonst immer am Jahresende zahlt. Du meine Güte – das ist auch ein Süßholzraspler vor dem Herrn.«
»Armand Baynes?«, fragte John verblüfft.
»Sie wissen das natürlich nicht.« Anna fuhr mit der Gabel durch die Luft. »Sie sind keine Frau.« Sie spießte einen Schinkenstreifen auf. »Um auf mein Thema zurückzukommen – in unser aller Leben gibt es dunkle Punkte, sonst gäbe es das Wort ›Geheimnis‹ in unserem Sprachschatz nicht, aber hier bei uns stochert keiner in der Vergangenheit von anderen herum wie dieser Reporter.« Sie schob den Schinkenstreifen in den Mund, kaute und schluckte. »Wir mögen einander. Wir respektieren einander. Zeitungsleute haben eben keinen Anstand.« Sie schenkte John ein bezauberndes Lächeln. »Anwesende natürlich ausgeschlossen.«

Das Einzige, was John sich als Erklärung für Terrys Hartnäckigkeit vorstellen konnte, war der Versuch, Beweise für Lilys angebliche psychische Labilität zu finden. Doch seit John die Abmachung mit Richard Jacobi getroffen hatte, betrachtete er Lilys Geschichte als sein geistiges Eigentum und war nicht bereit, sich von Sullivan ins Handwerk pfuschen zu lassen. Er war in regelrechter Kampfstimmung, als er nach dem Lunch ins Büro zurückkehrte, aber ehe er sich über seinen nächsten Schritt klar werden konnte, klingelte das Telefon.

»Lily Blake ist in der Stadt!«, sagte Armand mit vor Aufregung vibrierender Stimme. »Treiben Sie sie auf, und machen Sie ein Exklusivinterview mit ihr!«

»Die aktuelle ›Lake News‹ ist bereits im Handel«, erinnerte John ihn.

»Na und? Wir haben eine Sonderausgabe gedruckt, als dieses republikanische Nest bei den letzten Wahlen zu den Demokraten umschwenkte, und wir werden in diesem Fall eben auch eine Sonderausgabe drucken.«

»Ich finde nicht, dass diese beiden Ereignisse denselben Stellenwert haben.«

»Was zieren Sie sich denn so? Sie bekommen die Arbeit doch bezahlt!«

»Ich ziere mich nicht – ich will nur, dass die Leser etwas für ihr Geld kriegen«, erwiderte John. »Was sollte denn in dieser Sonderausgabe stehen? Wollen Sie etwa, dass ich wiederkäue, was bereits in allen Zeitungen gestanden hat? Es gibt doch nichts Neues.«

»Haben Sie mir nicht zugehört?«, bellte Armand. »Sie ist heimgekehrt! Das *ist* etwas Neues. Großer Gott,

John – muss ich Ihnen etwa die Grundregeln des Journalismus erklären? Die Leute wollen wissen, warum sie wieder da ist und wie lange sie bleiben wird, wo sie wohnt und welche Pläne sie hat.«
»Das meiste davon werden sie bereits heute Abend wissen«, gab John mit mühsam erkämpfter Ruhe zurück. »Es geht Ihnen doch nur darum, den großen Zeitungen gegenüber aufzutrumpfen.«
»Was ist dagegen einzuwenden? Die Gelegenheit bietet sich schließlich nicht alle Tage. Was ist bloß los mit Ihnen, John? Das Mädchen ist eine von uns – es ist *unsere* Story.«
»Richtig – sie ist eine von uns, und wir beschützen die Unsren. Unsere Story sollte sein, dass es keine Story gibt, denn das ist, soviel ich weiß, der Stand der Dinge. Wenn Ihnen *das* eine Sonderausgabe wert ist, dann bin ich dabei.«

Als er auflegte, kam John sich in zweierlei Hinsicht unanständig vor. Zum einen gegenüber seinem Verleger, den er um eine möglicherweise wirklich gute Story für die »Lake News« gebracht hatte. Zum anderen gegenüber Lily, die er zwar für den Moment davor bewahrt hatte, erneut ein Fressen für die Geier zu werden, jedoch seinerseits für sein Buch auszubeuten beabsichtigte. Er mochte Lily. Je mehr er über sie erfuhr, umso mehr bewunderte er sie. Je mehr er sie bewunderte, umso mieser erschien ihm sein Plan. Um sich abzulenken, raffte er den Rest seiner Kampfstimmung zusammen und konzentrierte sich auf Terry Sullivan, holte sich auf die eine Seite des Computerbildschirms die Liste der Tipps, die Jack Mabbet ihm gegeben hatte, und auf die andere seine wachsende Materialsammlung. Einige Klicks und ein halbes Dutzend eingegebene Antworten später war er mit seiner Datenbank verbunden, die ihm unter Angabe von Terrys derzeitiger Adresse seine Sozialversicherungsnummer, die Höhe seiner Monatsmiete, die Nummern von zwei Bankkonten und vier Kreditkarten und, über einen Zeitraum von dreiundzwanzig Jahren, zehn weitere Wohnadressen in insgesamt vier verschiedenen Einzelstaaten lieferte.

John befasste sich als Erstes mit diesen. Die drei neueren Datums lagen alle im Großraum Boston, was bedeutete, dass Terry in seinen bisher zwölf Jahren bei der »Post« viermal umgezogen war. John bezweifelte, dass er selbst sich dazu aufraffen könnte, seinen ganzen Kram so oft ein- und auszupacken, aber viermal in zwölf Jahren lag durchaus im grünen Bereich. Die sieben Umzüge in den elf Jahren davor erschienen ihm dagegen schon etwas befremdlich.

Er ging die Wohnungen systematisch durch.

Die beiden ersten waren College-Apartments gewesen – das erkannte er an der Adresse in Pennsylvania. Blieben noch fünf.

Die nächsten beiden Wohnungen lagen in Connecticut – eine direkt in Hartford, eine in einem Vorort – und hatten ihn in den an die Collegezeit anschließenden vier Jahren beherbergt, in denen Terry als freier Autor für einige der Lokalblätter schrieb.

Als ihm seine erste Festanstellung angeboten wurde,

übersiedelte er nach Rhode Island und wohnte in den fünf Jahren, die er bei der Zeitung blieb, unter drei verschiedenen Adressen, die sich allesamt in Pendelnähe von Providence befanden.
John lehnte sich zurück und schaute, mit dem Daumen über seinen Mund streichend, auf den See hinaus. Er hatte Terry auf dem College lange genug erlebt, um zu wissen, dass er in null Komma nichts von charmant auf bösartig umschalten konnte. Steckte das vielleicht hinter den vielen Umzügen? Hatte er sich, wie damals mit seine Zimmergenossen, mit seinen Vermietern oder Nachbarn angelegt? War er geistesgestört? Psychisch labil? Bei dem letzten Gedanken musste John grinsen, denn als genau das hatte Terry Lily hingestellt.
Das Klingeln des Telefons riss ihn aus einen Erwägungen. »›Lake News‹ – Kipling am Apparat.«
»Hi, Kip!« Es war Poppy. »Ich habe Terry Sullivan für Sie in der Leitung. Soll ich ihn durchstellen?«
Für einen Sekundenbruchteil hatte John ein schlechtes Gewissen, fühlte sich ertappt, als wisse Terry, dass er in seinem Leben herumschnüffelte, doch dann sagte ihm seine Vernunft, dass das gar nicht möglich war. Und selbst wenn er es wüsste, könnte er ihm deshalb wohl kaum Vorwürfe machen, denn er tat bei Lily nichts anderes.
Diese Schlussfolgerung ließ seinen Zorn wieder erwachen. »Ich rede mit ihm«, sagte er freundlich zu Poppy und Sekunden später kühl zu Sullivan: »Was gibt's, Terry?«
»Ich habe gehört, sie sei zurückgekommen.«

Es so weit zu treiben, ihn zu fragen, wen er mit »sie« meine, erschien John kindisch. Also fragte er. »Von wem hast du das gehört?«
»Oh, ich habe meine Quellen. Kannst du es bestätigen?«
»Nein, das kann ich nicht«, erwiderte John wahrheitsgemäß, denn wenn er es täte, würde er Lily in den Rücken fallen. »Warum interessierst du dich überhaupt noch dafür? Die Story ist doch tot, seit die ›Post‹ sich entschuldigt hat.«
»Die ›Post‹ hat dem Druck der Kirche nachgegeben. Ich stehe zu meiner Story.«
John konnte es nicht glauben. »Das ist nicht dein Ernst! Alles, was du hattest, waren Indizien und noch dazu äußerst dürftige. Gibt es einen bestimmten Grund für deine Hartnäckigkeit? Hast du etwas gegen Rosetti?«
»Blödsinn. Ich weiß nur, dass er ein Frauentyp ist und die Beziehung zwischen ihm und Lily Blake zu eng war, um harmlos zu sein.«
»Hast du einen Augenzeugen aufgetrieben, der das bestätigt?«
»Nein – aber ich bin auf der Suche danach.«
»Da bist du bei Anna Winslow aber an der falschen Adresse.«
»Weißt du, dass sie verheiratet war?«
»Natürlich. Ihr Sohn ist mit Lilys Schwester verheiratet.«
»Ich rede nicht von Anna«, sagte Terry. »*Lily* war verheiratet.«
Das war John neu, und sein Schweigen verriet ihn.
»Du weißt es *nicht!*« Terry freute sich diebisch. »Dann

lass dich mal aufklären, mein Guter. Es war eine Blitzheirat – in dem Sommer nach ihrem ersten Collegejahr. Ihr Holder hatte noch ein Jahr vor sich. Sie hatten beide einen Kurs in Mexiko belegt. Einen Monat nach ihrer Rückkehr ließ sie die Ehe annullieren. Diesmal habe ich Beweise, John.«

»Und – wird die ›Post‹ die Geschichte bringen?«

»Nein …«

»Weil die Story tot ist«, hinderte John ihn am Weitersprechen. »Und weil diese Jahre zurückliegende Blitzheirat sie nicht wieder zum Leben erwecken kann.«

»Das ist noch nicht raus«, erwiderte Terry.

»Halte dich zurück – sonst bekommst du es mit mir zu tun!«, sagte John drohend.

»Mit dir?« Terry lachte spöttisch. »Früher hättest du mich damit vielleicht schrecken können, aber die Zeiten sind vorbei. Jetzt hockst du in der Provinz und döst vor dich hin. Weißt du, was? Ich glaube, Lily Blake könnte wochenlang in eurem Kaff sein, ohne dass du es mitbekämst.«

»Sonst noch was?«

»Nein, das war's«, erklärte Terry und setzte, mehr zu sich selbst, angewidert hinzu: »Das war schade um die Zeit. Schade ums Geld.« Dann legte er auf.

John verbrachte die Nacht damit, über Lily nachzudenken. Als es hell wurde, erwachte der Wunsch in ihm, mit ihr zu sprechen. Um sie noch zu erwischen, bevor sie zu Maida führe, duschte er in aller Eile, zog die Sachen vom Vortag an, um nicht mit der Auswahl eines neuen Outfits Zeit zu verlieren, griff sich eine Daunenweste und fuhr los. Fünf Minuten später bog er in die Straße zur Thissen Cove ein, und sah gleich darauf zu seiner Erleichterung den braunen Ford-Kombi noch neben dem Häuschen stehen.

Es war empfindlich kühl und John froh um seine Weste, als er über den Kiefernnadelteppich zur Veranda ging. Er nahm die Stufen mit einem einzigen, großen Schritt und klopfte Sekunden später an die Eingangstür. Nichts rührte sich. Er klopfte noch einmal. Kurz darauf bewegte sich der Vorhang des Seitenfensters kaum merklich, und dann öffnete sich die Tür.

Lily schaute erschrocken zu ihm auf. Ihre zerzausten Haare und die Tatsache, dass sie einen Blazer über ihrem langen Nachthemd trug, ließen darauf schließen, dass er sie aus dem Schlaf gerissen hatte. Das Bild hatte etwas Rührendes.

»Ist was passiert?«, flüsterte sie ängstlich.

Er räusperte sich. »Äh … nein. Ich meine, ich weiß es nicht – ich habe noch keine Zeitung gesehen.« Er schluckte. »Darf ich einen Moment reinkommen?«

Sie trat zur Seite und schloss, als er eingetreten war, die Tür hinter ihm. Dann ging sie zu der Küchenzeile hinüber, ließ Wasser in einen altmodischen Kaffeekocher laufen, hängte den Einsatz hinein und begann ihn mit Kaffeepulver zu füllen.

Die nackten Füße, die unter dem Volant des Nachthemdes hervorschauten, gaben ihr etwas Kindlich-Verletzliches.

John blieb hinter einem der vier Stühle am Küchentisch

stehen und stützte die Hände auf die leiterförmige Rückenlehne. Jeder hatte eine andere Farbe. Dieser war dunkelgrün gestrichen. »Es tut mir Leid, dass ich Sie geweckt habe«, entschuldigte er sich. »Ich dachte, Sie würden wieder zum Mosthaus hinauffahren, und wollte Sie vorher treffen.«

Lily löffelte noch immer Kaffee in den Filter. »Oralee hat heute Morgen einen Zahnarzttermin. Darum fangen wir erst um neun an.«

»Wann war denn gestern Feierabend für Sie?«

»Um vier.« Sie setzte den Deckel auf die Kanne.

»Da müssen Sie ja total erschöpft gewesen sein.«

»Ja – aber auf eine angenehme Weise.« Sie stellte den Kaffeekocher auf den Herd, drehte das Gas auf und zündete es an. Dann wandte sie sich ihm zu und schaute ihm in die Augen. »Warum wollten Sie mich sprechen?«

»Terry Sullivan hat mich gestern angerufen. Er sagte, Sie seien früher mal verheiratet gewesen.«

Sie erstarrte.

»Es geht mich ja eigentlich nichts an ...«, begann er.

»Wird er einen Artikel darüber schreiben?«

»Ich weiß es nicht. Ist es denn wahr?«

Lily nickte und setzte sich auf den ihr am nächsten stehenden Stuhl, einen dunkelroten. John sah sie tief durchatmen, und dann erzählte sie, während sie auf die Tischplatte hinunterstarrte: »Ich war in dem Sommer nach meinem ersten Collegejahr zu einem Kunstkurs in Mexiko. Brad hatte nur noch ein Jahr vor sich. Ich dachte, ich sei verliebt, und die sechs Wochen waren sehr schön, aber als er zum ersten Mal wieder in New York aufwachte, erklärte er mir, er könnte nicht bei mir bleiben, weil er eine andere liebe.«

Es war ihr anzusehen, wie tief diese Kränkung saß, aber auch, wie peinlich es ihr war, sie ihm zu offenbaren, und er wünschte fast, das Thema nicht angeschnitten zu haben.

»Ich nahm mir einen Anwalt, um die Ehe annullieren zu lassen, aber das erwies sich als überflüssig: Die Eheschließung hatte keine rechtliche Gültigkeit. Brad hatte das von Anfang an gewusst. Ich kam mir wie eine Idiotin vor.«

»Weiß hier jemand etwas von der Geschichte?«

Sie schüttelte den Kopf. »Als wir heirateten, meinte Brad, wir sollten es noch eine Weile für uns behalten, und das war sehr recht, denn ich hätte nicht gewusst, wie ich meinen Eltern diese Blitzaktion hätte beibringen sollen – und dann erübrigte es sich ja.«

Lily hob den Blick.

»Ich werde es nicht weitererzählen«, beantwortete er die Frage, die darin stand. Als er ihren Zweifel sah, sagte er: »Es gibt auch in meinem Leben etwas, das hier niemand weiß. Donny war nicht der einzige Kipling, der ein Auto stahl – er war nur der Einzige, der es mehrmals tat und der Einzige, der erwischt wurde. Mit vierzehn war ich ganz wild aufs Autofahren, aber mein Vater ließ mich nicht einmal ans Steuer, wenn er mit im Wagen saß. Also klaute ich einen. Mitten in der Stadt.«

»Wem gehörte er?«

»Willie Jake.« Als sich ihre Augen weiteten, lachte er. Sie sah hinreißend aus, wenn sie verblüfft war. »Jawohl.

Der Sportflitzer war sein ganzer Stolz. Er parkte immer vor der Polizeiwache, wenn er mit dem Streifenwagen seine Runden machte.«

»Vor der Wache?«, echote sie mit einer Mischung aus Faszination und Entsetzen. »Wie konnten Sie ihn da wegfahren, ohne dass es jemand bemerkte?«

»Erinnern Sie sich an den Brand in der Academy oben? Nein, wahrscheinlich nicht – damals waren Sie ja noch ein kleines Kind. Jedenfalls war in einem der Schlafräume Feuer ausgebrochen und die ganze Stadt auf den Beinen dorthin. Der Mustang stand wie immer vor der Wache, der Schlüssel steckte. Ich fuhr um den See herum und dann zur Fabrik hoch.«

»Und da hat Sie auch niemand gesehen?«

»Ich stellte den Wagen einfach zwischen die anderen auf den Firmenparkplatz und ging.« Sie schaute ihn an, als zweifle sie an seinem Verstand. »Ein Seelenklempner würde wahrscheinlich sagen, dass ich erwischt werden wollte, aber ich fand es damals einfach spannender, als den Wagen irgendwo am See stehen zu lassen. Willie Jake war außer sich. Er kam zu uns auf den Ridge und verhörte dutzende von uns, aber ohne Erfolg. Den Schlüssel habe ich eines Nachts in der alten Mauer hinter seinem Haus versteckt. Er hat ihn bestimmt nie gefunden.«

»Also haben Sie ein Auto gestohlen und wurden nicht bestraft, und ich habe kein Auto gestohlen und wurde bestraft«, resümierte Lily in sachlichem Ton.

»Ja«, nickte John. »Damit haben Sie etwas gegen mich in der Hand.«

»Die Sache ist doch längst verjährt.«
»Aber es würde meinem Ansehen empfindlich schaden, wenn sie bekannt würde. Sollte ich also irgendjemandem von Ihrer Ehe mit Brad erzählen, können Sie sich rächen. Doch dazu lasse ich es nicht kommen.«
»Aber was ist mit Terry?«
»Ich denke, die ›Post‹ wird so kurz, nachdem sie sich bei dem Kardinal entschuldigen musste, kein neues Risiko mit Terry eingehen.«
»Und später?«
»Wenn ich beweisen kann, dass er Dreck am Stecken hat, brauchen Sie ihn nicht mehr zu fürchten.«
»Das klingt nach Erpressung.«
»O nein. Er kann dann noch immer sagen, was er will – es wird ihm nur keiner mehr zuhören.«
In Johns Ohren klang das wie Musik. Lily sah aus, als denke sie darüber nach, wurde jedoch abgelenkt, als der Kaffee zu blubbern begann. Sie stand auf, drehte die Flamme kleiner und blieb, die Arme um ihre Mitte geschlungen, mit gesenktem Kopf vor dem Herd stehen. Herrlicher Kaffeeduft breitete sich aus. John hatte eine moderne Maschine zu Hause und mahlte die Bohnen für jede Kanne frisch, aber sein Kaffee duftete niemals wie dieser.
Und er schmeckte auch nicht so, stellte er ein paar Minuten später fest.
Fünf Minuten später bat er um eine zweite Tasse. Als er das Häuschen verließ, um in den Ort zu fahren, war er hellwach, aber keine Spur nervös.
Auf der Fahrt dachte er über Lily nach – und über sein

Buch. Die Geschichte ihrer Ehe hatte ihm eine weitere Facette ihres Wesens offenbart, aber wenn er sie benutzen würde, um ihr Bild für den Leser abzurunden, wäre das eine gravierende Verletzung ihrer Privatsphäre – und genau dagegen wollte er doch Stellung beziehen. Sein Projekt gestaltete sich zusehends problematischer.

17

Eine halbe Stunde, nachdem sie John verabschiedet hatte, rief Lily ihn im Büro an.

»Nichts«, bekam sie auch heute zur Antwort.

Lily war erleichtert, dass ihre Ehe nicht ausgeschlachtet worden war – sie mochte sich gar nicht vorstellen, wie zornig ihre Mutter geworden wäre, wenn sie aus der Zeitung davon erfahren hätte.

Andererseits bedeutete Johns Auskunft aber auch, dass weder eine Entschuldigung noch ein Widerruf erschienen war.

»Sie haben die Story einfach sterben lassen, nachdem sie mir die Schuld an dem Debakel in die Schuhe geschoben hatten. Eine miese Taktik!«

»In zwei Leserbriefen wird ihnen genau das vorgeworfen – Sie haben also Fans da draußen. Die Zeitungen haben sie abgedruckt, um ihre Fairness unter Beweis zu stellen.«

»Ihre Fairness? Dass ich nicht lache!« Sie bedankte sich bei John. Als sie auflegte, erwog sie, Cassie anzurufen, doch dann erinnerte sie sich an die Woche Karenzzeit, die ihre Anwältin der »Post« eingeräumt hatte. Also verbannte sie die Angelegenheit aus ihren Gedanken und fuhr zum Mosthaus, wo der Apfelduft, die Schnelligkeit und Präzision erfordernde Arbeit und die Motorengeräusche sie völlig gefangen nahmen.

Da sie später angefangen hatten, verschob sich der gesamte Stundenplan, und so war es, als Maida die erste Pause ausrief, schon beinahe Mittag. Lily ging ins Haus hinüber und rief Dan Curry an.

»Was für eine Überraschung!« Er schien sich aufrichtig zu freuen, ihre Stimme zu hören. »George und ich haben gerade von Ihnen gesprochen. Wie geht es Ihnen?«

Eine Welle der Wehmut erfasste sie, als sie sich daran erinnerte, wie oft sie mit Dan und George gemütlich Kaffee getrunken hatte, wenn sie im Club vorbeischaute, um sich einen Gagen-Scheck abzuholen. »Gut. Und Ihnen beiden?«

»Hervorragend«, antwortete er aufgeräumt. »Wir sind jeden Abend ausgebucht. Unsere Mitglieder sind froh, dass wieder normale Zustände bei uns herrschen.«

»Die ›Post‹ hat sich noch immer nicht bei mir entschuldigt. Kardinal Rosetti hat mir in einem Telefongespräch gesagt, seine Leute würden sich darum kümmern. Wissen Sie, wie weit sie schon gekommen sind?« Die Entschuldigung für *ihn* hatten sie weiß Gott schnell durchgedrückt!

»Ich habe keine Ahnung«, gestand Dan bedauernd.

»Diese Warterei ist zermürbend. Der Club fehlt mir, ich möchte endlich wieder arbeiten.«

»Hier?« Dans Aufschrei traf sie wie ein Schlag in die Magengrube.

»Ja, nnnatürlich«, brachte sie mühsam heraus. »Ich verdiene mmmeine Miete damit, bei Ihnen aufzutreten.«

Dan seufzte. »Ich weiß«, sagte er kummervoll. »Aber wenn Sie zurückkämen, ginge der Zirkus von vorn los – auch wenn Sie rehabilitiert wären. Das kann ich meinen Mitgliedern nicht noch einmal zumuten. Außerdem habe ich einen Ersatz für Sie engagieren müssen und gottlob einen recht guten Griff getan.«

»Ich verstehe«, flüsterte Lily erstickt.

»Es tut mir wirklich Leid, Lily – es blieb mir im Interesse des Clubs nichts anderes übrig. Natürlich weiß ich, dass es nicht in Ihrer Absicht lag, mit Ihren Äußerungen diesen Skandal heraufzubeschwören.«

Wut kochte in ihr hoch. Nicht nur, um ein Stottern zu vermeiden, sondern auch, um einen Mann zu belehren, den sie für einen Freund gehalten hatte, sagte sie, jedes Wort langsam und überdeutlich aussprechend: »Meine Äußerungen sind absichtlich verfälscht worden. Ich habe gesagt, dass ich den Kardinal als Menschen liebe – nicht als Mann. Wir wären nicht einmal Freunde geworden, wenn er sich nicht vorgenommen hätte, meine Seele zu retten – und ich hatte ihn nicht darum gebeten!«

Damit beendete sie das Gespräch mit wild klopfendem Herzen und tippte Elizabeths Nummer ein. Wenn sie Glück hätte, wäre ihre Retterin noch zu Hause, um sich nach einer langen Nacht zu erholen.

Zu ihrer Bestürzung klang das »Hallo?« schlaftrunken.

»Oje – tut mir Leid, dass ich Sie geweckt habe!«, entschuldigte sie sich hastig. »Hier ist Lily.«

»Lily!« Jetzt klang die Stimme hellwach. »Wow! Schön, von Ihnen zu hören. Geht's Ihnen gut?«

»Nein, das kann ich wirklich nicht behaupten«, antwortete sie. »Die ›Post‹ lässt mich in der Luft hängen, und gerade habe ich erfahren, dass ich meinen Job beim Essex Club endgültig los bin!« Sie atmete tief durch und fragte in gemäßigterem Ton: »Und was haben Sie mir Gutes zu berichten?«

»Sie haben Post bekommen.«

»Viel?«

»Eine große Einkaufstüte voll. Hauptsächlich Werbung und Kataloge – und einen Brief von Justin Barr. Soll ich ihn aufmachen?«

»Ja, bitte.« Lily hörte Papier reißen und nach ein paar Sekunden absoluter Stille ein verblüfftes: »Boha! Er bietet Ihnen Geld an, um Sie für seine Sendung zu ködern!«

»Dieser Heuchler! Er behauptet doch immer, er bezahle seinen Gästen nichts!«

»Das habe ich ihm nie abgekauft«, sagte Elizabeth. »Es sind auch noch andere Briefe gekommen.« Sie ratterte die Absender herunter. Einige waren Freunde, andere Fremde. »Soll ich die auch vorlesen?«

»Wenn es Ihnen nicht zu viel ist.«

Sara Markovich hatte herzerwärmende Ich-denke-an-Dich-Zeilen geschrieben, und auch ihre Zimmergenossin aus dem College, einige Lehrer und Schüler aus der

Winchester School und Freunde aus New York hatten tröstende Worte gefunden, die ihr gut taten. Dann kamen die bösen Briefe dran, und die taten ihr weh.
Als Elizabeth mit einem besonders gemeinen Brief geendet hatte, verkündete sie: »Ich habe noch etwas Unangenehmes für Sie: Gestern Abend fand eine Versammlung der Wohnungseigentümer unseres Hauses statt. Wir werden zwar nicht mehr rund um die Uhr belagert, aber es tauchen immer wieder Reporter auf, die Leute beim Betreten und Verlassen des Gebäudes mit Fragen nach Ihnen belästigen, und nun fürchten die Eigentümer, dass die Mieter in Scharen ausziehen und sie auf ihren teuren Apartments sitzen bleiben und wollten von mir hören, was denn nun wirklich Sache ist. Ich habe mich für Sie ins Zeug gelegt, aber ich weiß nicht, ob es etwas genutzt hat.«
»Die sind zu Ihnen gekommen?«
»Na ja – sie haben erfahren, dass Sie nicht da sind, und nachdem sich herumgesprochen hatte, dass ich den Pressefritzen Ihretwegen die Leviten gelesen habe, dachten sie, ich sei eingeweiht und wollten wissen, was an der Geschichte stimmt und was nicht, ob Sie klagen wollen und wann Sie zurückkommen. Die letzten beiden Fragen konnte ich ihnen natürlich nicht beantworten ...«
Lily beschloss, es auch dabei zu belassen. Nachdem sie sich bei Elizabeth bedankt und mit einem »Ich melde mich wieder« verabschiedet hatte, überdachte sie ihre Situation. Wenn sie nach Boston zurückkehrte, müsste sie sich darauf gefasst machen, von den anderen Hausbewohnern angefeindet zu werden. Wenn sie gegen die

»Post« klagen und gewinnen würde, sähe die Sache sicher wieder anders aus, aber bis zu dem Urteil könnten Jahre vergehen, Jahre negativer Publicity, für die ihre Mitbewohner sie hassen würden. Sie fragte sich, ob der Widerruf, wenn es Cassie denn gelänge, ihn durchzusetzen, ihr Ansehen wiederherstellen könnte oder ob es für immer geschädigt bliebe.

Maida kam in die Küche, setzte Wasser auf, öffnete die Geschirrspülmaschine und begann, sie auszuräumen. Lily schob die Hände in die Gesäßtaschen ihrer Jeans und machte einen neuerlichen Versuch, zu ihrer Mutter durchzudringen. »Der Besitzer des Essex Clubs hat jemand anderen engagiert – ich kann nicht mehr dort arbeiten.«

»Na, das ist doch endlich mal eine gute Nachricht«, meinte ihre Mutter.

»Wie kannst du so etwas sagen?«, rief Lily mit aufgebrachter Stimme. Sie war erzürnt darüber, dass ihre Mutter wieder nicht bereit war, mit ihr zu fühlen.

»Wie kannst du etwas anderes von mir erwarten?«, konterte Maida über das Geklimper des Bestecks hinweg, das sie gerade einsortierte. »Ein Club ist kein seriöser Arbeitsplatz – auch wenn du das nicht einsiehst. In der Zeitung wurdest du als ›Barsängerin‹ bezeichnet – das ist ja wohl kaum ein erstrebendes Image.«

»Sie haben mich doch nur mit diesem Etikett versehen, weil es zu der unmoralischen Person passte, die sie aus mir machen wollten. Ich habe ein anständiges Leben geführt, Mom. Tagsüber habe ich an der Schule unterrichtet und abends Klavier gespielt und gesungen. Der

Job war nicht anrüchig. Ich habe nichts Unrechtes getan. Womit habe ich das nur verdient?«

Maida lachte unfroh auf. »Stellen wir uns die Frage nicht alle irgendwann im Leben?« Sie machte die Besteckschublade zu und begann, die Becher aus dem Geschirrspüler zu räumen.

»Hast *du* sie dir auch schon gestellt?«, fragte Lily.

»Allerdings.« Jetzt wandte ihre Mutter sich ihr endlich zu. »Nach dem Tod eures Vaters«, fuhr sie fort, »damals watete ich förmlich in Selbstmitleid. Ich hatte keine Ahnung, wie man Apfelwein macht oder eine Firma leitet. Es hieß, lernen oder verkaufen. Ich entschied mich fürs Lernen. Welche Alternative gibt es für *dich*? Für welche wirst du *dich* entscheiden?«

»Ich habe verschiedene Möglichkeiten, aber ich bin mir noch nicht schlüssig.« Lily hatte Boston in der Überzeugung verlassen, zurückzukommen. Ihr Mietvertrag lief noch bis nächsten Juni, so lange könnte sie also in dem Apartment bleiben, ob es den Mitbewohnern passte oder nicht.

Aber ohne Arbeit?

Terry Sullivan hatte seine Arbeit nach wie vor, wie die Autorenzeile unter dem Bericht über den Back-Bay-Mord in der heutigen »Post« bewies. Es war nicht fair!

Der Kessel begann zu pfeifen. Lily wollte gerade gehen, als ihre Mutter wortlos zwei Tassen und einen Teller mit Muffins auf den Tisch stellte. Lily sehnte sich verzweifelt nach Mitgefühl und Rückenstärkung und beschloss, diese Geste als Ausdruck dafür zu deuten. Also blieb sie.

In der Mittagspause fuhr Lily in den Ort. Die Maskerade konnte sie sich heute sparen, denn inzwischen wussten alle in Lake Henry, dass sie da war. Scheinbar unbefangen lächelnd, winkte sie den Leuten zu, die in der Main Street neugierig vom Bürgersteig zu ihr herüberschauten.

Hinter dem Postamt bog sie ab und hielt gerade neben dem gelben, viktorianischen Haus, als John aus der an der Seite gelegenen Tür trat. Sie schaltete die Zündung aus, kurbelte das Fenster herunter und rief ihm zu: »Haben Sie ein bisschen Zeit für mich?« Als er näher kam, senkte sie die Stimme: »Ich muss mit Ihnen reden.«

Er ging um den Kombi herum, stieg auf der Beifahrerseite ein und schloss die Tür, wandte sich Lily zu und legte den Arm auf die Rückenlehne. »Ich bin ganz Ohr.«

Wenn sie innerlich nicht so angespannt gewesen wäre, hätte sie gelächelt. »Ich will kämpfen!«, erklärte sie. »Wie mache ich das?«

Er rieb sich das Knie. »Sollte nicht Cassie das für Sie tun?«

»Doch, schon – aber sie geht den langen Weg, und ich halte es einfach nicht aus, tatenlos herumzusitzen, bis sie etwas erreicht. Wie kann ich Terry drankriegen?«

»Das kommt drauf an.« Es lag eine überraschende Herzlichkeit in seinem Blick. »Sprechen wir über Rache?«

»Nennen wir es Gerechtigkeit.«

Er verzog den Mund zu einem schiefen Lächeln. »Das kommt so ziemlich auf dasselbe raus.«

»Gerechtigkeit klingt aber besser.«

Er verfiel in nachdenkliches Schweigen, doch sie drängte ihn nicht. Es tat ihr gut, hier mit ihm zu sitzen, gab ihr das Gefühl, endlich etwas zu *tun*.

»Ob wir es nun Rache oder Gerechtigkeit nennen«, sagte er schließlich, »wenn es schnell gehen soll, gebe ich Ihnen eine Liste fragwürdiger Artikel, die Terry für die ›Post‹ geschrieben hat, Sie berufen eine Pressekonferenz ein, decken seine Arbeitsweise auf, und schon ist er als Journalist erledigt.«

»Würden Sie es so machen?«

Er schüttelte den Kopf. »Ich glaube, er hat noch wesentlich mehr Dreck am Stecken, und je mehr wir zu Tage fördern, umso überzeugender können wir argumentieren. Aber das geht nicht von heute auf morgen. Wie weit reicht Ihre Geduld?«

»Nicht weit. Ich will Sullivan so schnell wie möglich das Handwerk legen – er muss dafür bestraft werden, dass er mich dermaßen gedemütigt hat.«

»Wie es scheint, stimmt auch in seinem Privatleben etwas nicht. Er ist in den letzten Jahren auffallend oft umgezogen. Vielleicht zahlt er die Miete nicht und fliegt raus. Vielleicht randaliert er und der Mietvertrag wird gekündigt. Vielleicht fickt er sich durchs Haus – verzeihen Sie den Kraftausdruck – und macht sich aus dem Staub, wenn es brenzlig wird. Ich will herausfinden, warum er ein solches Nomadenleben führt.«

»Ich will wissen, warum er mich aufs Korn genommen hat«, sagte Lily.

»Und ich will wissen, warum er den Kardinal aufs Korn genommen hat«, ergänzte John.

Sie schaute in seine schokoladenbraunen Augen, deren Blick so aufrichtig wirkte. Konnte sie ihm vertrauen? Das letzte Mal hatte er ihr seine Hilfe im Austausch gegen ihre Story angeboten.

»Ist der Preis für Ihre Hilfe noch der gleiche?«

John nahm den Arm von der Lehne und betrachtete angelegentlich seine Hände. Die Finger waren lang und schlank, die Unterarme, die die bis zu den Ellbogen hochgekrempelten Ärmel des Flanellhemdes, das er über ausgewaschenen Jeans trug, sehen ließen, leicht behaart.

Er hob den Kopf. »Ja.« Der Ausdruck der schokoladenbraunen Augen hatte seine Herzlichkeit verloren.

»Meine Story.«

Er nickte. »Exklusiv.«

»Für die Zeitung?«

»Nein. Ich will ein Buch darüber schreiben, wie die Medien das Recht des Menschen auf Privatsphäre mit Füßen treten. Was Ihnen widerfahren ist, würde dieses heute weit verbreitete Problem auf eindrucksvolle Weise veranschaulichen.«

Ein Buch? Nun – das klang zumindest seriöser als ein Zeitungsartikel. »Wäre ich das einzige Beispiel darin?«

»Ja«, antwortete er nach kurzem Zögern. »Ich will das Thema an Ihren Erfahrungen aufhängen. Es ist brisant. Das Buch könnte im nächsten Sommer erscheinen – ich habe bereits einen Verleger dafür.«

Er hatte bereits einen Verleger dafür? Das missfiel Lily, denn es bedeutete, dass er fest damit rechnete, sie herumzukriegen – aber andererseits käme mit dem Buch bereits in neun Monaten Bewegung in die Sache – nicht erst in sechsunddreißig wie im Falle einer Klage.

»Der Verlag hat oft Bücher auf den Bestsellerlisten«, versuchte John ihr seine Idee schmackhaft zu machen, »und offenbar sieht die Geschäftsleitung mein Buch auch schon dort. Das würde Besprechungen in allen großen Zeitungen nach sich ziehen und Einladungen zu den wichtigsten Talkshows …«

»Keine Chance!«, fiel sie ihm ins Wort.

»Nur die Ruhe – ich gehe hin. Das ist eine großartige Möglichkeit, Ihre Version der Geschichte und Ihre schlimmen Erfahrungen publik zu machen.«

Das hörte sich gut an – aber sie wusste noch immer nicht, ob sie ihm trauen konnte. »Woher weiß ich, dass Sie wirklich auf meiner Seite sind?«

Wieder betrachtete er seine Hände. Als er diesmal den Kopf hob, lag wieder Herzlichkeit in seinem Blick. »Ich habe Ihnen gesagt, dass es so ist.«

»Ich bin ein gebranntes Kind.«

»Nun – Sie kennen meine Einstellung zu Terry. So wie Sie stellvertretend für alle Opfer stehen werden, wird er stellvertretend für alle Täter stehen. Genügt Ihnen das als Beweis?«

Sie nickte. »Sie haben ein persönliches Interesse daran, Terry zu entlarven. Werden Sie das erwähnen?«

»Darüber bin ich mir noch nicht schlüssig.«

»Sie müssen es tun – das gebietet die Ehrlichkeit. Wenn ich mit Ihnen zusammenarbeiten soll, mache ich die zur Bedingung.«

»Ehrlichkeit.«

»Und ein Vetorecht«, setzte sie hinzu.
»Sie wollen nicht, dass Ihre Ehe erwähnt wird.«
»So ist es.«
»Sonst noch was?«
»Im Moment weiß ich nichts«, antwortete sie. »Ich werde es von Fall zu Fall entscheiden.«
»Damit haben Sie die Oberhand.«
Sie zuckte mit den Schultern. »Mehr kann ich Ihnen nicht anbieten.«
»Sie dürfen mit niemand anderem sprechen – ich habe die Exklusivrechte«, sagte er.
»Ich habe nicht vor, mit jemand anderem zu sprechen. Ich spreche überhaupt nicht gerne.«
Er lächelte. »Außer, wenn es darum geht, einen Vertrag auszuhandeln.«
Sie erwiderte sein Lächeln. »Das war der Mut der Verzweiflung.«
»So wichtig ist Ihnen Ihre Rache – pardon, die Gerechtigkeit?«
Sie dachte an den Psychoterror und die Demütigungen, die sie Terry ebenso zu verdanken hatte wie den Verlust ihrer beiden festen Arbeitsplätze. Sicher, es hatten sie auch andere Zeitungen als die »Post« verleumdet, aber die hatten Sullivans Story lediglich aufgegriffen und weitergesponnen. Aus welchen Gründen auch immer – er hatte ihr das Leben zur Hölle gemacht.
»Ja«, antwortete sie entschieden.
Regelrecht beflügelt von der Hoffnung, ihr Ziel nun in absehbarer Zeit zu erreichen, kehrte Lily ins Mosthaus zurück. Maida arbeitete mit, bis es an der Zeit war, den

Saft aus dem Kühlbehälter zur Abfüllanlage umzuleiten. Dann überließ sie Oralee ihren Platz. Als siebenhundertsechzig Liter in Flaschen auf dem Weg zum Lagerhaus, die Maschinen gereinigt waren und der Boden des Mosthauses mit dem Schlauch sauber gespritzt war, ging Lily zum Wohnhaus hinüber, wo sie ihre Mutter auf der Veranda in einem Schaukelstuhl vorfand.

»Stimmt etwas nicht?«, sprach sie sie auf ihre sorgenvolle Miene an.

»Der Traktor ist diesmal nicht mehr zu reparieren.«

»Ist ein neuer sehr teuer?«

Maida seufzte und ließ den Blick über die Apfelbäume wandern, die zu beiden Seiten der Zufahrt standen. »An einen neuen ist gar nicht zu denken, aber ich hoffe, bei der Zwangsversteigerung, die demnächst ein Stück weiter oben im Norden stattfindet, preiswert einen gebrauchten ergattern zu können. Einer der letzten kleinen Milchwirtschaftsbetriebe kommt unter den Hammer. Es ist eine Schande, wie einer nach dem anderen zum Aufgeben gezwungen wird.«

Lily lehnte sich an einen der Stützbalken und folgte mit den Augen dem Blick ihrer Mutter. Das mattgrüne Laub der Apfelbäume wirkte im Vergleich zu der Farbenpracht unten am See langweilig, aber dennoch boten die kräftigen Bäume einen eindrucksvollen Anblick. Unter einem von ihnen stand eine hölzerne Steige, in einer Astgabel verankert hing ein auf einen langen Stiel montierter Pflücker.

»Als ich hierher kam, waren die Bäume größer«, erinnerte sich Maida. »Damals hatte man das so: große Bäume und dafür nicht so viele. Dann änderte sich die Denkweise, und wir machten uns daran, an Stelle jedes großen Baumes vier kleine Bäume zu pflanzen. Der Ertrag ist auf diese Weise höher.«

Lily erinnerte sich an die Unsicherheit, die mit der Umstellung einherging. Nachdem Generationen nach der alten Methode verfahren waren, wagte ihr Vater es, einen neuen Weg zu beschreiten, und wenn die Veränderung auch nur schrittweise vor sich ging, so barg sie doch ein großes Risiko in sich, und ihr Vater trug schwer an dieser Verantwortung.

»Wir haben in diesem Jahr zwar eine Rekordernte«, fuhr Maida fort, »aber die Betriebskosten werden den Profit verschlingen. Manchmal frage ich mich, warum ich mir die Knochen wund arbeite. Keine von euch Mädchen hat Interesse daran, die Mosterei irgendwann zu übernehmen. Wenn ich einmal nicht mehr bin, wird sie verkauft, und das war's dann. Ich hätte einen Sohn bekommen sollen.«

Angefangen von »Manchmal frage ich mich«, hatte Lily diesen Text schon x-mal gehört, und jedes Mal weckte er von Neuem Schuldgefühle in ihr – aber plötzlich hatte sie es satt. Also wandte sie sich ihrer Mutter wieder zu und fragte in scharfem Ton: »Und warum hast du keinen bekommen?«

Ihre Mutter begegnete ihrem Blick: »Ich hatte ja einen bestellt, aber es wurde der falsche Artikel geliefert.«

Zu Lilys Überraschung schwang ein Anflug von Heiterkeit in Maidas Stimme mit und blitzte in ihren Augen.

»Du hättest doch noch einen Versuch machen können«, meinte Lily besänftigt.
Maida schüttelte lächelnd den Kopf. »Nein. Ich hatte einige Probleme mit der Schwangerschaft, als ich Rose erwartete, und nach ihrer Geburt wurde mir empfohlen, es dabei bewenden zu lassen. Und so blieb es bei meinen drei Töchtern.«
Voller Staunen hörte Lily, was aus ihrem Ton sprach: nicht Unmut, sondern Zufriedenheit. Höchst ungewöhnlich. Höchst willkommen.
Ein Auto kam die Straße herauf, und Maida beugte sich vor und hielt den Schaukelstuhl an. »Es ist Alice.« Alice Bayburr war eine ihrer engsten Freundinnen. Sie stand auf und trat an das Geländer der Veranda.
»Dann fahre ich mal los«, sagte Lily.
»Jetzt warte doch noch einen Moment. Was würde das denn für einen Eindruck machen!«
Alice war kaum ausgestiegen, als sie herüberrief: »Lily! Ich habe gehört, dass du da bist und gehofft, dich hier zu sehen. Du bist ja jetzt eine Berühmtheit!«
»Das wolltest du schließlich immer sein«, sagte Maida aus dem Mundwinkel.
»Nein. Ich wollte Klavier spielen.«
»Und singen.«
»Ja.«
Alice war eine Brünette von durchschnittlicher Größe und durchschnittlichem Gewicht, die ihre Unscheinbarkeit damit bekämpfte, dass sie Pink trug. Heute trug sie pinkfarbene Hosen, eine pinkfarbene Bluse und einen pinkfarbenen Blazer darüber.

Sie kam die Stufen herauf und musterte Lily prüfend. »Du bist ein bisschen dünner geworden und ein bisschen blass um die Nase, aber ansonsten wie immer Celias Abbild.« Sie schloss Lily in die Arme. »Und du riechst nach Äpfeln wie deine Mom.«

»Sie hilft momentan im Mosthaus«, erklärte Maida.

Alice gab Lily frei. »Auch das habe ich in Lake Henry gehört. Ich finde das sehr tapfer von dir, Lily. Eine andere Frau würde bestimmt nicht wagen, sich sehen zu lassen, nachdem sie öffentlich zur Schlampe abgestempelt worden ist.« Flammende Röte ergoss sich über Alices Gesicht. »O Gott, ich wollte dich nicht kränken. Was ich meinte, war ...«

»Wir wissen, was du meintest«, fiel Maida ihr ins Wort, und Lily erinnerte sich daran, dass Alice berühmt dafür war, in jedes erreichbare Fettnäpfchen zu treten.

»Entschuldige«, sagte Alice zerknirscht zu ihr und dann wieder zu Lily: »Wann bist du angekommen?«

»Letztes Wochenende.« Kommende Nacht wäre sie schon eine Woche hier.

»So lange hast du uns im Ungewissen gelassen? Na ja, das war vielleicht gar nicht dumm von dir. Als die Geschichte das erste Mal in der Zeitung stand, wussten wir nicht recht, was wir davon halten sollten. Trotz der Sache mit dem jungen Kipling damals trauten wir dir eigentlich nicht zu, was da über dich geschrieben wurde, aber die Fotos sprachen dafür.« Alices Augen leuchteten. »Wie ist er denn so – der Kardinal, meine ich?«, fragte sie mit verschwörerisch gesenkter Stimme.

»Alice!«, protestierte Maida.

Aber Alice sagte: »Ich will es wissen!«, und wiederholte die Frage.
»Er ist ein netter Mann«, antwortete Lily.
»Sieht er wirklich so gut aus wie auf den Fotos?«
»Ich denke schon.«
»Dann ist er ein Herzensbrecher.«
»Alice!«, protestierte Maida erneut. Alice wehrte ihren Einwand mit einer Handbewegung ab. »Also – ist er einer?«, fragte sie Lily.
»Nein.«
»Du glaubst, dass er niemals ...«
»Alice!«
»Um Himmels willen, Maida – das ist doch eine ganz normale Frage.« Sie wandte sich wieder Lily zu. »Nachdem ein solcher Frauen-Typ zum Kardinal ernannt worden ist, fragt man sich doch unwillkürlich, wie er es mit dem Zölibat hält, und es war klar, dass irgendein Reporter diesem Aspekt nachgehen würde, nachdem ansonsten bereits haarklein über ihn berichtet worden war – und da kamst du, meine Liebe, gerade recht.«
»Da kommt Rose«, verkündete Maida, und gleich darauf hielt der Wagen ihrer Zweitgeborenen neben dem von Alice. Wie sich zeigte, hatte sie die Mädchen mitgebracht. Die beiden Kleinen begannen, um die Autos herum Fangen zu spielen, Hannah blieb neben dem Wagen stehen.
Rose kam die Stufen herauf, stellte einen Topf auf das Geländer und umarmte Alice. »Bist du gekommen, um die Attraktion von Lake Henry zu besichtigen?«
»Seit sich herumgesprochen hat, dass deine Schwester

hier ist, hat mein Telefon nicht mehr stillgestanden, und um zu verhindern, dass ganze Heerscharen hier heraufpilgern, habe ich mich erboten, ihnen nach meinem Besuch Bericht zu erstatten. Immerhin hatten wir hier keinen solchen Skandal mehr seit ... seit ...«

»Seit den Polygamisten«, warf Rose ein.

»Das war zwar vor unser aller Zeit, aber du hast Recht. Auch damals ging es um Sitte und Moral.« Sie richtete ihren Blick erneut auf Lily. »Ich habe meine Mission erfüllt, also fahre ich jetzt wieder. Mach dir nichts draus, wenn die Leute dich anstarren. Du bist eben im Moment eine Sehenswürdigkeit für sie – aber das legt sich schon mit der Zeit.« Damit verabschiedete sie sich.

»Passt auf, Mädchen!«, schrie Rose, als Alice in ihren Wagen stieg, und hielt gebieterisch die Hand erhoben, bis Alice gewendet hatte und an ihnen vorbeigefahren war. Dann ließ sie die Hand sinken, um die Kleinen aus ihrer Erstarrung zu entlassen, und wandte sich an Maida. »Ich habe einen Hühnereintopf für dich mitgebracht. Wie geht es dir?«

»Gut.«

»Warst du krank?«, fragte Lily ihre Mutter.

»Sie hat oft Kopfschmerzen«, antwortete Rose an ihrer Stelle. »Das macht der Stress.«

»Nein«, widersprach Maida. »Es kommt von meinen Augen. Ich brauche eine neue Brille.«

»Percy deVille ist letzten Sommer gestorben«, erklärte Rose Lily. »Aber ich habe in Concord einen guten Optiker aufgetan. Die Schwierigkeit ist nur, unsere Mutter dazu zu bringen, ihm ihr Vertrauen zu schenken. Ich war letzten Monat mit Hannah bei ihm und bin sehr zufrieden.«

»Wo ist Hannah?« Lily ließ den Blick suchend über die gekieste Zufahrt wandern.

»Hannah?«, rief Rose in scharfem Ton.

Hannah kam hinter dem Auto hervor und zögernd die Stufen herauf.

»Die Lehrerin hatte angerufen, weil ihr aufgefallen war, dass Hannah immer die Augen zusammenkniff, wenn sie an die Tafel schaute, und wir dachten, sie bräuchte eine Brille. Gottlob war es blinder Alarm.«

»Es hätte mich nicht gestört«, sagte Hannah.

»Du würdest mit Brille grauenvoll aussehen«, erwiderte Rose.

»Viele Filmstars tragen Brillen, und manche sehen richtig cool damit aus.«

»Nun – auf dich träfe das nicht zu.« Rose wandte sich aufgebracht an Maida: »Es ist nicht auszuhalten! Ewig widerspricht sie mir!«

Lily hatte den Eindruck, dass es eher umgekehrt war, und sie wusste aus Erfahrung, wie Hannah sich dabei fühlte. Sie musterte das ernste Gesicht des Mädchens. »Eines von diesen randlosen Calvin-Klein-Modellen würde dir großartig stehen.«

»Warum redest du ihr so was ein, Lily?«, beschwerte sich Rose.

»Ich rede ihr nichts ein – es ist wahr. Vielleicht braucht sie irgendwann wirklich eine Brille, und dann wird sie damit hinreißend aussehen.«

»Es ist müßig, sich jetzt den Kopf darüber zu zerbrechen – im Moment braucht sie keine Brille. Ich habe keine Ahnung, was die Zusammenkneiferei soll – ihre Augen sind gut. Gott sein Dank. Schließlich ist sie erst zehn.«

»Schon fast elf«, sagte Hannah. »Ich habe Dienstag in einer Woche Geburtstag.«

Rose drückte genervt ihre Fingerknöchel an die Augenbraue. »Das ist auch so ein Zankapfel. Sie will unbedingt eine Party – dabei weiß ich gar nicht, wen sie einladen könnte.«

»Ich schon« sagte Hannah.

»Wen? Melissa und Heather?« Zu Maida gewandt sagte Rose: »Das sind die beiden einzigen Namen, die ich jemals höre – und ich fände es im höchsten Maße albern, für drei Mädchen ein Fest zu veranstalten.«

»Ich nicht«, widersprach Lily, der es fast das Herz brach. Es war schlimm, dass Rose so dachte und noch schlimmer, dass sie es aussprach – aber am schlimmsten war, dass sie es in Gegenwart des Kindes tat.

Rose lächelte sie zuckersüß an. »Wenn das so ist, dann übernimm doch du diese Aufgabe.«

Lily nahm die Herausforderung an. »Aber gerne«, erwiderte sie das Lächeln ihrer Schwester und hielt Hannah die Hand hin: »Bring mich zu meinem Auto – du musst mir genau erklären, wie du dir deine Party vorstellst.«

Es war zwar möglich, dass sich durch ihre Aktion die Fronten zwischen Mutter und Tochter noch verhärteten, aber sie hätte es nicht über sich gebracht, tatenlos zuzusehen, wie Rose Hannah auch noch den Geburtstag verdarb. Irgendjemand musste dem armen Mädchen den Rücken stärken. Bei Lily hatte es Celia getan, aber Hannah schien niemanden zu haben.

Sie nahm das Kind an die Hand und sagte zu Maida: »Ich bin Montag früh wieder hier.«

Maida antwortete nicht. Sie schien es gar nicht gehört zu haben. Ihr Blick ruhte auf Rose – mit einem Ausdruck, den Lily nicht zu deuten vermochte.

18

Am Freitagabend hatte Poppy wieder Griffin Hughes' erotischen Bariton in der Leitung. Da es genau halb acht war und sie ihn nicht als geistesschwach eingeordnet hatte, würde er sicherlich noch wissen, dass er Willie Jake am Dienstag um diese Zeit nicht mehr hatte erreichen können. Das bedeutete, dass er nicht mit dem Polizeichef sprechen wollte, sondern mit ihr.

Jedenfalls wollte sie das gerne glauben.

Seit dem letzten Telefonat mit ihm hatte sie viel Zeit damit verbracht, sich anhand der von ihm angegebenen roten Haare, blauen Augen und hübschen kleinen Ohren ein Bild von ihm zu machen, doch sie war sich klar darüber, dass all diese Informationen falsch sein konnten. Der einzige Punkt, in dem er sie nicht beschwindeln konnte, war seine Stimme.

»Hallo-oh«, begrüßte sie ihn fröhlich, während sie ein Schauer überlief.

»Wie geht's?«, erkundigte er sich.

»Großartig. Wenn Sie Willie Jake sprechen wollen, muss ich Sie enttäuschen.«

»Er hat schon wieder Feierabend, was?«

»So ist es.«

»Das macht nichts«, sagte Griffin. »Ich habe ohnehin angerufen, um mit *Ihnen* zu sprechen.« Poppys Herz machte einen Satz. »Es geht das Gerücht, dass Lily in Lake Henry sei, und ich dachte, Sie als ihre Schwester wüssten bestimmt, ob da was dran ist.«

So erotisch seine Stimme auch war, Poppy hatte ihre Prinzipien. »Meine Einstellung hat sich nicht geändert – von mir erfahren Sie nichts.«

»Ich bin nicht der Feind«, senkte er seine Stimme noch weiter.

Poppy rieb sich die Unterarme, an denen sich die Härchen aufgestellt hatten. »Jeder, der an dieser Lügengeschichte über meine Schwester verdienen will, ist der Feind«, gab sie zurück.

»Ich will ihr Ansehen doch wiederherstellen«, versuchte Griffin sie erneut von seinen lauteren Absichten zu überzeugen, doch ehe sie etwas dazu sagen konnte, wechselte er das Thema. »Sind Ihre Freundinnen heute Abend wieder da?«

Poppy blinzelte Lily zu, die am Türrahmen lehnte. »Nein«, antwortete sie wahrheitsgemäß. »Heute nicht.«

»Dann gehe ich davon aus, dass Sie ein wenig Zeit für mich haben. Vielleicht kann ich Ihnen ja diesmal die

Einzelheiten entlocken, die Sie mir am Dienstag nicht preisgeben wollten.«

Poppy beschloss, ihm in diesem Punkt entgegenzukommen. »Fragen Sie.«

»Wie alt sind Sie?«

Sie lehnte sich entspannt zurück. »Zweiunddreißig.«

»Hoijoijoi – so alt schon! Welche Farbe haben Ihre Haare?«

»Weiß.«

»Das ist nicht wahr.«

»Nein. Sie sind braun. Und kurz. Wahrscheinlich kürzer als Ihre.«

»Aus irgendeinem besonderen Grund?«

»Warum wollen Sie das wissen?«

»Es ist einer der Tricks, die wir Journalisten anwenden, um etwas über einen Menschen zu erfahren. Eine Frau kann kurze Haare tragen, weil sie keine Zeit an eine Frisur verschwenden will. Dann ist sie der offene, ungezwungene Typ. Wenn sie es aus modischen Erwägungen tut, ist sie hip. Tut sie es, um die Form ihres Kopfes zu betonen, ist sie eitel. Welcher der Gründe trifft auf Sie zu?«

Poppy dachte einen Moment nach und antwortete dann: »Hauptsächlich der erste.«

»Also sind Sie offen und ungezwungen? Darauf wäre ich nicht gekommen – dazu erscheinen Sie mir zu verschlossen.«

»Die Verschlossenheit erleben nur Fremde, die ihre Nase in Angelegenheiten stecken wollen, die sie nichts angehen«, erwiderte Poppy. »Und das gilt nicht nur für mich, sondern für die ganze Gemeinde.«

»Bedeutet das, dass die Leute geschlossen hinter Lily stehen, oder blocken sie einfach aus Prinzip ab?«

»Es bedeutet, dass sie hinter Lily stehen.« Sie wusste zwar, dass das nicht für alle galt, aber sie würde sich eher die Zunge abbeißen, als das zuzugeben. Erstens mit Rücksicht auf Lily, und zweitens, weil sie Griffin Hughes keinen Schwachpunkt eingestehen wollte. »Übrigens habe ich mich Ihnen gegenüber am Dienstag durchaus mitteilsam gezeigt.«

»Sie meinen, als Sie mir die Geschichte von James Everell Henry erzählten?«

Er hatte sich tatsächlich den vollständigen Namen gemerkt! »Genau«, sagte Poppy. »Möchten Sie vielleicht noch etwas aus der Vergangenheit von Lake Henry hören?«

»Aber sicher.«

»Es war einmal«, begann sie im Ton einer Märchenerzählerin, »zu der Zeit, als unser hübsches Städtchen noch Neweston hieß ... Ich hatte diesen Namen doch neulich erwähnt, oder?«

»Ja.«

»Der Name ging auf die Hafenstadt Weston zurück, aus der die englischen Siedler kamen, die sich als Erste hier niederließen.«

»Ahhh.«

»Also – damals, als Lake Henry noch Neweston hieß, kam eine Gruppe von Polygamisten auf der Suche nach einem schönen Fleckchen Erde auch in diese Gegend. Der See gefiel ihnen, und so siedelten sie sich hier an.«

»Polygamisten?«

»Es dauerte eine Weile, bis die Einheimischen begriffen, welcher Lebensphilosophie diese Leute frönten – aber als sie es schließlich erkannten, waren sie außer sich. Reiche, Arme, Baptisten, Episkopale, Kongregationalisten waren sich einig wie nie zuvor. Sie legten ihr Geld zusammen und versuchten, die unerwünschten Siedler rauszukaufen, aber die gingen nicht darauf ein. Also verlegten sie sich darauf, sie anzustarren.«

»Anzustarren?«

»Ja. Sie starrten sie im Postamt an, in der Schule, auf der Straße, im General Store – wo sie gingen und standen. Sie fuhren sogar auf den See hinaus, brachten ihre Boote in eine Reihe und starrten von dort. Ohne ein Wort zu sagen, machten sie den Leuten das Leben zur Hölle.«

»Und – wurden die irgendwann mürbe?«

»Es dauerte eine Zeit, aber schließlich verschwanden sie.«

»Haben Sie mir diese Geschichte aus einem bestimmten Grund erzählt?«, fragte Griffin Hughes.

»Ja«, antwortete Poppy. »Sie macht deutlich, wie unerbittlich die Lake Henryer gegen in ihren Augen unmoralische Menschen vorgehen. Wenn sie glaubten, dass Lily getan hat, was Ihre Kollegen behaupten, hätten sie unsere ganze Familie geächtet. Das ist nicht geschehen.«

»Steht auch Ihre Mutter hinter Lily?«

Das war eine typische Interview-Frage. Misstrauen erhob sein hässliches Haupt. »Warum fragen Sie das?«

»Weil ich gelesen habe, dass sie und Lily nicht miteinander auskommen.«

»In einer solchen Situation steht jede Mutter hinter ihrer Tochter.«

Es war lange still in der Leitung, bis er leise sagte: »Touché.«

Wieder folgte Stille. Poppy wartete.

»Ich habe auch eine Schwester«, erzählte er schließlich mit noch immer leiser Stimme. »Vier Brüder, aber nur eine Schwester. Unter diesen Umständen hätte man meinen sollen, dass sie und unsere Mutter sich als die beiden einzigen weiblichen Wesen im Haus nahe standen, aber so war es nicht. Sie bekriegten sich ständig. Cindy war dickköpfig und wollte sich partout nichts vorschreiben lassen, und am Ende gab Mom auf. Es blieb ihr nichts anderes übrig, denn jedes Kind wird irgendwann volljährig. Cindy zog an ihrem achtzehnten Geburtstag aus und machte danach all die klassischen Fehler – sie ließ sich mit miesen Typen ein, wurde schwanger, trieb ab, studierte, brach ab, schrieb sich wieder ein. Meine Mom hatte sie offiziell abgeschrieben, aber jedes Mal, wenn etwas passierte, sah man an ihrem Augenausdruck, wie sie litt.«

»Vertragen die beiden sich inzwischen besser?«

»Unsere Mutter ist tot.«

»Das tut mir Leid.«

»Mir auch. Wir Brüder sind über das ganze Land verstreut, aber sie machte an Feiertagen das Heimkommen der Mühe wert.«

»Ist Ihr Vater noch am Leben?«

»Mmm – und er genießt es in vollen Zügen. Als er Mom heiratete, war er zwanzig, und seit sie nicht mehr ist, holt er seine Jugend nach. In fünf Jahren hat er sich fünfmal verliebt, und jedes Mal eine andere Frau vorzufinden, macht das Heimkommen an Feiertagen der Mühe nicht wert.«

»Aber wenn er glücklich ist ...«

»Ich weiß gar nicht, warum ich Ihnen das erzähle«, wechselte er verlegen das Thema. »Es gehört doch gar nicht hierher.«

»Es gehört zu Ihrem Leben.«

»Und damit nicht zu Ihrem oder dem Ihrer Schwester. Sie wollen mir wirklich nichts sagen?«

»Über Lily? Nein.«

»Und über sich?«

»Das habe ich doch schon getan.«

»Ich möchte aber mehr wissen.«

Sie erwog, ihm zu erzählen, dass sie Forstwirtschaft studiert hatte, verwarf die Idee jedoch, weil sie fürchtete, dass er sie fragen würde, warum sie dann einen Telefonservice betrieb. Sie erwog, ihm zu erzählen, dass sie die Natur liebte, doch dann würde er vielleicht fragen, ob sie gerne wandere. Sie erwog, ihm zu drohen, dass Bayne, der die »Lake News« finanzierte und jeden kannte, der im Zeitungswesen etwas darstellte, dafür sorgen würde, dass niemand mehr eine Zeile von ihm, Griffin Hughes, abdruckte, wenn er sie, Poppy Blake, mit einem Trick dazu verleitete, eine Indiskretion zu begehen. Aber dieser Schuss könnte auch nach hinten losgehen – wenn Griffin daraufhin Armand anriefe und dieser im Verlauf des Gesprächs, und sei es auch nur nebenbei, erwähnte, dass Poppy Blake im Rollstuhl saß.

Also antwortete sie: »Ich möchte Ihnen aber nicht mehr erzählen – schließlich kenne ich Sie nicht persönlich.«

»Das können wir schnell ändern. Ich lebe in New Jersey – das ist keine Entfernung. Ich hatte ohnehin schon daran gedacht, am Wochenende einen Ausflug nach Lake Henry zu machen.«

Ihr Herz schlug schneller. »Das ist keine gute Idee.«

»Warum nicht?«

»Der Indian Summer hat seinen Höhepunkt fast erreicht, und es wimmelt von Touristen. Außerdem fahre ich weg, und da sonst niemand mit Ihnen sprechen würde, wäre es nicht sinnvoll, wenn Sie hierher kämen.«

»Wohin fahren Sie denn?«

»Weg«, wiederholte Poppy ihre ausweichende Antwort.

»Das ist wirklich schade«, bedauerte Griffin. »Es hätte nett werden können.«

Ja, dachte Poppy, als er aufgelegt hatte – es hätte nett werden können. Sie wollte sich eigentlich nicht weiter damit befassen, aber ihre Phantasie entwickelte ärgerlicherweise ein Eigenleben.

John verbrachte den Samstag im Büro – zumindest den größten Teil. Zwischendurch schlenderte er zum Postamt hinauf, zu »Charlie's« hinüber und zuletzt über den Markt, der an diesem Tag auf dem Platz vor der Kirche stattfand. Es gab viel zu sehen – Körbe und Türkränze in allen Variationen, handgetauchte Kerzen, Holzschnitzereien, kleine Ölgemälde, Phantasiegeschöpfe aus Stei-

nen – aber nichts davon nahm seine Aufmerksamkeit wirklich gefangen. Seine Gedanken kreisten um Terry Sullivan.
Nachdem er sich zuvor mit dem Aufmacher für die nächste Ausgabe der »Lake News« befasst hatte – dem tags zuvor in Ashcroft versehentlich erschossenen Dreijährigen und, daran festgemacht, einer Rekapitulation des Waffengesetzes –, ging er nun daran, Terrys häufige Umzüge per Computer zu hinterfragen, was mehrere Telefonate zur Folge hatte.
Um sieben hörte er auf und fuhr in der Absicht nach Hause, einige seiner Gedanken von Hand niederzuschreiben – doch als die Sonne hinter den Bäumen versank, lockte es ihn auf den See hinaus. Er zog einen alten Pullover über sein T-Shirt, schob sein Boot ins Wasser, stieg hinein und paddelte los.
Als er die Heimatinsel seiner Seetaucher erreichte, sah er zwei Jungtiere am Ufer entlangschwimmen, aber nur eines der Alttiere. Wahrscheinlich war das andere irgendwo zu Besuch. Das Federkleid des Daheimgebliebenen war in den zwei Tagen, seit er das letzte Mal hier gewesen war, neuerlich matter geworden. Je prächtiger das Laub wurde, umso unscheinbarer wurden die Seetaucher. Auch wenn der Abend sehr mild war – die Luft roch nach Herbst. Bald würden die Äste der Bäume kahl sein und die Seetaucher fort.
Abgesehen von der Kälte, die er nicht mochte, freute John sich auf den Winter, auf das Skifahren, auf das Eisfischen, auf die Schneeflocken, die vor dem Fenster seiner Lieblingsnische bei »Charlie's« zwischen den

Birkenzweigen tanzten, während er eine von reichlich Schlagsahne gekrönte heiße Schokolade genoss.
Doch im Moment genoss er die friedliche Atmosphäre auf dem See. Er ließ es dunkel werden und den Mond aufgehen, bevor er die Blätter wieder ins Wasser tauchte. Gemächlich machte er sich auf den Weg zur Thissen-Bucht. Etwa zehn Meter vor dem Ufer legte er das Paddel quer und ließ das Boot treiben.
Einladendes Licht fiel aus den Fenstern von Celias Häuschen – dann hörte er auf einmal eine Altstimme singen.

Als Lily von Poppy kam, ging sie zum See hinunter und kuschelte sich zwischen ihre Lieblingswurzeln. Ob es daran lag, dass die Tapferkeit, mit der ihre Schwester ihr Leben meisterte, sie beschämt hatte, oder die Aussicht darauf, Hannahs Geburtstagsparty zu organisieren oder das Bewusstsein, in Cassie Byrnes und John Kipling Menschen gefunden zu haben, die ihr, wenn auch auf sehr unterschiedliche Weise, helfen wollten, ihr Ansehen wiederherzustellen, ober ob schlicht die Zeit ihr Werk getan hatte, konnte sie nicht sagen – sie wusste nur, dass sie ihre Probleme nicht mehr so schwer nahm.

Kein Seetaucher rief, nichts raschelte im Unterholz, kein Windhauch kräuselte den Spiegel des Sees – es herrschte absolute Stille. Lily begann zu singen, ein altes keltisches Lied mit einer wehmütigen Melodie und Worten, die sie zwar auswendig konnte, deren Bedeutung sie jedoch nicht kannte. Erinnerungen an Sonntage, an denen sie

als Kind in der Kirche gesungen hatte, wurden wach. Die Ehrfurcht, die sie in diesem Augenblick empfand, war der von damals sehr ähnlich.
Sie hörte sich singen, und ein Gefühl tiefer Zufriedenheit durchströmte Lily. Sie hatte zu sich zurückgefunden.
Als sie zu frieren begann, ging sie ins Haus. Poppy hatte ihr einen Maiseintopf, ein selbst gebackenes, tiefgekühltes Maisbrot und eine Flasche Wein mitgegeben, und Lily freute sich auf dieses Festmahl. Sie stellte den Topf auf den Herd, schob das Brot in den Ofen und entkorkte die Flasche. Schon bald mischte sich köstlicher Essensduft mit der würzigen Nachtluft, die durch das offene Fenster neben der Küchenzeile hereinströmte. Singend rührte sie den Eintopf um, deckte den Tisch mit einem handgewebten Set und ihren Lieblingsstücken aus Celias bunt zusammengewürfeltem Geschirr, stellte drei Kerzen von unterschiedlicher Höhe und Form aus verschiedenen Ecken des Häuschens dazu und zündete sie an. Noch immer singend wollte sie sich gerade Wein in ein langstieliges Glas einschenken, als es klopfte.
Lily hörte auf zu singen und zu atmen, ihr schlug das Herz bis zum Hals, innerhalb einer Sekunde schossen ihr die verschiedensten Erklärungen für diesen spätabendlichen Besuch durch den Kopf – und dann sagte eine vertraute Stimme: »Ich bin's bloß.«
Schwindlig vor Erleichterung stolperte sie zur Tür und öffnete sie. »Ich könnte jetzt tot sein!«
»Das wurde mir in dem Moment klar, als ich geklopft hatte. Entschuldigen Sie – ich wollte Sie nicht erschrecken.«

Lily atmete tief durch. Das Herz schlug ihr noch immer bis zum Hals, aber jetzt war der gut aussehende Mann daran schuld, der mit zerknirschter Miene vor ihr stand.

Sie schob die Hände in die Gesäßtaschen ihrer Jeans und fragte betont forsch: »Was gibt's?«, aber John schaute an ihr vorbei.

»Oje – ich komme ungelegen.«

Sie folgte seinem Blick und lachte. »Keine Sorge – Sie sehen doch: Es ist nur eine Party für eine Person.«

Er sog die Luft durch die Nase ein. »Was immer Sie gekocht haben – es duftet unglaublich.«

»Ich werde das Kompliment an Poppy weitergeben – sie ist die Köchin«, gestand Lily, obwohl es ihr nicht leicht fiel. »Möchten Sie mitessen?«

»Ich will mich nicht aufdrängen.«

Sie verdrehte die Augen und bat ihn mit einer weit ausholenden Geste herein.

Er strich mit der Hand über seinen Pullover. »Ich bin nicht gerade passend angezogen.«

Sicher, sein Pullover war ausgeleiert, die Shorts waren ausgefranst und die Segeltuchschuhe alt, aber er bot trotzdem einen höchst erfreulichen Anblick. »Seien Sie nicht albern – schließlich bin ich nicht im Kleinen Schwarzen.«

Sie ließ ihn stehen, um ein zweites Gedeck aufzulegen, das Maisbrot aus dem Ofen zu holen und in Scheiben zu schneiden. Als sie es in einem Körbchen auf den Tisch stellte, stand John vor der Sitzgruppe und schaute sich um. Plötzlich kamen ihr Bedenken.

»Was Sie hier sehen, ist meine Privatsache. Davon gehört nichts in Ihr Buch«, sagte sie in energischem Ton.

»Okay, okay – ich schreibe nichts darüber«, versprach er. »Wenn es auch ein Jammer ist. Treiben Sie bei jeder Mahlzeit einen solchen Aufwand?«

»Nein – aber heute war mir danach.«

»Was für ein Glück für mich.«

Als Lily die dampfenden Eintopfschüsselchen auf den Tisch stellte, kam er herbeigeeilt, um ihren Stuhl zurückzuziehen, und sie fragte sich, wenn auch von seiner Höflichkeit beeindruckt, angesichts seines Eifers, wann er wohl das letzte Mal ordentlich gegessen hatte.

»Danke«, sagte sie, als er ihr half, an den Tisch zu rücken.

Er ging zu seinem Platz, setzte sich und legte die Serviette auf den Schoß.

»Sind Sie aus einem bestimmten Grund hier?«, erkundigte sie sich, während sie ihnen beiden Wein einschenkte.

»Eigentlich nicht. Ich war draußen bei den Seetauchern, als mir die Idee kam, bei Ihnen vorbeizuschauen. Und dann hörte ich Sie singen. Sie haben eine wunderschöne Stimme.«

Genau das hatte Terry Sullivan auch gesagt. »Die haben die Seetaucher auch.«

»Aber Ihre ist wandlungsfähiger.«

»Dafür hört man sie nicht so weit.«

»Mag sein – aber sie ist schön.« Er hob sein Glas. »Auf Ihre Stimme.«

Er hatte eine ganz andere Art als Terry Sullivan. Doch wie sollte sie wissen, ob *er* aufrichtig war?
Der Wein rann warm durch ihre Kehle. »Danke.« Sie stellte ihr Glas wieder hin. »Mir ist vorhin erst bewusst geworden, dass ich seit zehn Tagen nicht gesungen habe.«
»Das ist kein Wunder«, sagte er in ihre Augen hinein. »Würden Sie jetzt bitte anfangen zu essen – ich sterbe vor Hunger.«
Einige Minuten aßen sie schweigend. Dann stand Lily auf und schob eine Liszt-CD in den Player. Ihr war heute Abend nach Dur. Regelrecht beschwingt kehrte sie an den Tisch zurück.
»Das Cottage ist ein Schmuckstück«, sagte John.
Lily ließ den Blick wandern. »Meine Großmutter hat es dazu gemacht. Das i-Tüpfelchen wäre ein Klavier. Ich habe eines in Boston stehen. Und einen BMW.«
»Ahhh – den berühmten BMW.«
Sie lächelte über seinen scherzhaften Ton, ging jedoch trotzdem in die Defensive: »Ich habe ihn mir buchstäblich vom Munde abgespart – genau wie das Klavier. Und beide fehlen mir. Das Klavier wegen meiner Musik, und der Wagen, weil er etwas für mich repräsentiert.«
»Was?«
»Dass ich schaffen kann, was ich mir vornehme. Ich hoffe, das gilt auch für Sie.«
»Wollen Sie jetzt etwa über das Buch reden?«
»Ja.« Sie legte ihren Löffel weg. »Haben Sie schon etwas herausgefunden?«
»Ja – ich weiß nur nicht, was für eine Bedeutung es hat.«

Er schob ein Stück Maisbrot in den Mund, kaute, schluckte. »Ich habe entdeckt, dass er einen acht Jahre alten Honda fährt, dessen Zulassung er jedes Mal erlöschen lässt, um sie dann zu erneuen. Das heißt, dass er entweder faul oder vergesslich ist. Außerdem kassiert er massenweise Strafzettel wegen falschen Parkens, bezahlt für gewöhnlich einen ganzen Packen auf einmal, meistens zeitgleich mit der Wiederzulassung. Er bekommt auch oft Strafzettel wegen zu schnellen Fahrens. Gegen die erhebt er Einspruch.«

»Und – gewinnt er?«

»Ja. Terry versteht sich aufs Reden.«

Davon konnte Lily ein Lied singen. »Ist das alles?«, fragte sie enttäuscht, denn Strafzettel wären keine Veröffentlichung wert.

»Nein – ich habe noch etwas für Sie: Er war dreimal verheiratet.«

»Wie alt ist er?«

»Dreiundvierzig – wie ich. Ich weiß, was Sie jetzt denken, und Sie haben Recht. Es gibt viele Männer in meinem Alter, die dreimal verheiratet waren.«

Lily fragte sich, ob John überhaupt schon einmal verheiratet gewesen war.

»Das Merkwürdige an diesem Fall ist«, fuhr John fort, »dass niemand wusste, dass er verheiratet war. Wirklich niemand. Die erste Ehe fiel in die Studienzeit. Terry und ich besuchten die gleichen Kurse, aber ich wusste nichts von einer Ehefrau. Ich habe zwei Kommilitonen von uns angerufen, aber auch die hatten keine Ahnung davon. Das zweite Mal heiratete er während seiner Zeit in Providence, in Rhode Island. Ich kenne einen Fotografen, der häufig mit ihm unterwegs war, aber Terry hat seine Frau ihm gegenüber nie erwähnt. Die dritte Ehe wurde in Boston geschlossen. Ich habe drei Kollegen dort angerufen, einschließlich seines Redakteurs, und die dachten alle, ich wolle sie veralbern. Sie wussten nichts von einer Ehefrau, geschweige denn von dreien.«

»Und was schließen Sie daraus?«

»Ich weiß es nicht. Jedenfalls ist es höchst seltsam. Okay, er ist ein ausgesprochener Partylöwe, trennt sein Privatleben vom Beruflichen – aber wäre es nicht normal gewesen, Kollegen zur Hochzeit einzuladen oder Freunden sogar schon von der Verlobung zu erzählen? Die Frauen den Leuten vorzustellen, mit denen er zu tun hatte? Dass er drei Ehen in den Sand gesetzt hat, würde ein Psychologe mit Beziehungsunfähigkeit erklären – aber dass niemand davon weiß, ist bizarr.«

Lily musste ihm Recht geben. »Haben Sie die Namen der Frauen?«

John nickte. »Sie standen in Mietverträgen. Als nächsten Schritt habe ich mir vorgenommen, mich mit ihnen in Verbindung zu setzen.«

»Was kann ihn dazu veranlasst haben, es geheim zu halten?«

Die Möglichkeiten reichten von harmlos bis verurteilenswert, aber sie waren reine Spekulationen. Als John seine zweite Portion Eintopf gegessen hatte, war Lily das Spekulieren müde und wollte sich lieber mit John befassen. Sie erhitzte Apfelwein, füllte ihn in zwei Becher und gab ihm einen davon. »Gehen wir raus«, schlug sie vor.

Sie setzten sich auf die Verandatreppe, und eine Weile wagte keiner von beiden die tiefe Stille um sie herum zu stören. Sie schauten auf den See hinaus, nippten an ihrem Most – und Lily war sich Johns Gegenwart, seiner Hände, die den Becher umfasst hielten, seiner nackten Knie und seiner schönen Beine so angenehm bewusst, dass sie gerne noch Stunden schweigend hier gesessen hätte.

»Ist Ihnen kalt?«, fragte er schließlich.

Sie schüttelte den Kopf. »Erzählen Sie mir von sich.«

»Was wollen Sie wissen?«

Sie wollte wissen, ob er ehrlich war. Sie wollte wissen, ob er seine Interessen über ihre stellen würde, wenn es hart auf hart ginge. Sie wollte wissen, ob sie ihm trauen konnte.

Aber wenn sie ihm nicht vertraute, wären die Antworten bedeutungslos. Also fragte sie: »Waren Sie schon mal verheiratet?«

»Nein. Aber ich habe einmal acht Jahre mit einer Frau zusammengelebt. Wobei das relativ zu sehen ist: Sie war bei einer Werbeagentur angestellt und hatte genauso verrückte Arbeitszeiten wie ich – sie lagen nur anders. Darum sahen wir uns kaum, was wahrscheinlich die Erklärung dafür ist, dass unsere Beziehung so lange hielt. Wir waren grundverschieden. Marley hätte das Leben in Lake Henry nicht gefallen. Auch die Seetaucher zu beobachten, hätte ihr nicht gefallen. Bei ihr musste immer etwas los sein – ich entspanne mich auch gern.«

Um sich vorstellen zu können, wo er das tat, fragte Lily: »Wie ist Ihr Haus denn so?«

»Bescheiden, aber im Werden. Als ich es kaufte, war es ein typisches, altes Seehäuschen. Klein und muffig. Ich schaffte als Erstes einen Holzofen an, aber ohne Isolierung half der nicht viel. In dem ersten Winter wäre ich fast erfroren. Die Wasserleitung platzte. Das war ein Erlebnis. Aber ich kriegte sie wieder hin, und im Frühling erneuerte ich sie und isolierte das ganze Haus. Im Sommer baute ich im Parterre ein Zimmer an, und im Sommer darauf stockte ich auf.«

»Sind Sie wegen Ihres Vaters zurückgekommen?«

»Nein. Der Job hat mich hergelockt.« Nach einer kleinen Pause korrigierte er sich. »Ja – es war seinetwegen. Er ist alles, was ich habe, und es gibt zwischen ihm und mir einiges zu bereinigen.«

»Kommen Sie damit voran?«

»Noch nicht. Er ist eine harte Nuss.«

Lily wusste, wovon er sprach – sie hatte mit Maida das gleiche Problem. »Hatten Sie es schwer, als Sie zurückkamen?«

»Anfangs schon. Ich wurde wie ein Fremder behandelt. Aber nach ein paar Ausgaben der ›Lake News‹ begannen die Leute aufzutauen.« Er wandte sich ihr zu. »Es sind einige Leserbriefe zu Ihrem Fall gekommen.«

Leserbriefe? Sie schauderte. John zog seinen Pullover aus und legte ihn ihr um die Schultern. Sie holte sich die Ärmel nach vorn und wickelte ihre Hände hinein. »Danke. Sind die Schreiber für oder gegen mich?«

»Größtenteils für Sie.«

»Größtenteils.«

»Einer äußerte die Besorgnis, dass wieder Journalisten

hier herumschnüffeln werden, wenn sie erfahren, dass Sie hier sind. Der Tenor der anderen Zuschriften war verständnisvoll bis mitfühlend. Soll ich sie veröffentlichen?«

Lily war verblüfft. »Fragen Sie mich das im Ernst?«

»Ja.«

»Sie meinen, wenn ich Sie bitte, es nicht zu tun, dann tun Sie es nicht?«

»Richtig. Sie entscheiden darüber.«

Sie zog den Pullover enger um sich, obwohl sie nicht fror. Er fühlte sich behaglich an, und sie spürte sich lächeln. »Gestehen Sie mir das zu, weil Sie ein netter Mensch sind oder weil Sie sich bei mir einschmeicheln wollen?«

»Beides«, antwortete er entwaffnend ehrlich, und sein jungenhaftes Grinsen weckte ein Gefühl in ihr, das sie lange nicht empfunden hatte.

Plötzlich drangen gedämpft undefinierbare Laute zu ihnen herüber. Lily lauschte angestrengt. War das Gelächter?

»Was ist das?«, fragte sie John.

»Es ist die letzte Samstagnacht im September.«

»Du liebe Güte – machen sie das immer noch?«

»Lake Henry pflegt seine Traditionen.«

In der letzten Samstagnacht im September trafen sich die Mutigen aus dem Ort zum Nacktbaden. Treffpunkt war eine versteckte Bucht in Lilys unmittelbarer Nachbarschaft. Die Teilnehmer waren für gewöhnlich zwischen dreizehn und Anfang zwanzig. In manchen Jahren war es um diese Zeit schon richtig kalt, was die jungen Leute vor lauter Aufregung aber gar nicht spürten.

Als Lily sich die nackten Körper vorstellte, die sich kaum mehr als einen Katzensprung entfernt vergnügten, wurde ihr plötzlich sehr warm.
John rückte näher an sie heran. »Haben Sie auch mal mitgemacht?«, fragte er leise, und das Timbre seiner Stimme ließ sie erneut schaudern – diesmal jedoch nicht vor Angst.
Sein Oberschenkel schien den ihren zu berühren. Sie senkte den Kopf und atmete tief den Geruch des Pullovers ein. »Nein«, flüsterte sie erstickt. »Sie?«
»O ja! Ich fing sogar schon mit elf an, und danach habe ich, bis ich wegmusste, kein Jahr ausgelassen. Bei dieser Gelegenheit berührte ich zum ersten Mal eine Brust.«
Lily versuchte sich John als Halbwüchsigen vorzustellen, doch das Bild, das vor ihrem geistigen Auge erschien, war das des Erwachsenen. Nur nackt. Lily wurde es heiß.
»Sich mitten in diesem Knäuel aus Körpern zu befinden war wie ein Rausch.« Seine Stimme war noch leiser geworden, das Timbre noch erregender.
Lily räusperte sich. »Und wessen Brust haben Sie berührt?«
»Ich habe keine Ahnung – aber es fühlte sich herrlich an.«
Lily musste lachen, und der Bann war gebrochen. Mit Bedauern fühlte sie das lange nicht verspürte Ziehen an der bewussten Stelle schwinden und überlegte gerade, wie sie John dazu bewegen könnte, es wieder aufleben zu lassen, als er abrupt aufstand und sagte: »Ich gehe dann mal besser.« Ehe sie ihn aufhalten konnte, war er

schon mit großen Schritten auf dem Weg zu seinem Boot.
Sie erwog, ihm nachzurufen: »Halt! Ihr Pullover!« oder »Danke für Ihren Besuch!« oder »Bleiben Sie doch noch!«, aber sie tat es nicht. Eingehüllt in seinen Geruch sah sie dem Paddelboot nach, das sich im Mondlicht zusehends von ihrem Steg entfernte.

Lily ging zwar irgendwann ins Bett, aber sie war hellwach. Einen Mann gut aussehend zu finden war eine Sache – ihn berühren zu wollen eine ganz andere. Und genau das malte sie sich aus, während sie von Sehnsucht gepeinigt in der Dunkelheit lag und sich einbildete, John zu riechen, obwohl sie seinen Pullover tunlichst unten gelassen hatte.
Irgendwann kam der Schlaf dann doch. Als sie aufwachte, wurde sie von Ratlosigkeit empfangen. Sie wusste nicht, ob sie John vertrauen konnte. Sie wusste nicht, ob es klug wäre, Geschäft und Vergnügen zu verquicken. Sie wusste nicht, ob sie all den ihr von außen aufgezwungenen Komplikationen in ihrem Leben nun auch noch selbst eine hinzufügen sollte.
Sie wünschte, sie hätte den Kardinal um Rat fragen können, wie sie es damals getan hatte, als sie sich darüber klar zu werden versuchte, ob sie von Albany nach Boston übersiedeln sollte. Sie war seinerzeit mit einem jungen Mann ausgegangen, der aufregend, romantisch und sehr an ihr interessiert war – aber auch spielsüchtig. Vater Fran hatte ihr nicht geraten, ihn fallen zu lassen, ihr nicht vorgeschrieben, was sie denken oder tun sollte.

Er hatte ihr lediglich Fragen gestellt, deren Beantwortung sie zu entsprechenden Überlegungen zwang.
Wenn er das doch nur auch jetzt täte! Nicht nur im Hinblick auf John, sondern auch, was all die anderen Probleme betraf, die einer Lösung harrten.
Aber an Vater Fran konnte sie sich nicht mehr wenden, und so beschloss sie, da Sonntag war, in die Kirche zu gehen.

19

Als Lily unter der Dusche stand, überdachte sie ihren Einfall. Er war aus der Erinnerung an Vater Francis' Warmherzigkeit, Anteilnahme und Unterstützung geboren worden, doch realistisch betrachtet, erwartete sie bei dem Sonntagsgottesdienst in der Ersten Kongregationalisten-Kirche bestenfalls Neugier und schlimmstenfalls Ablehnung. Obwohl die Vorstellung sie ängstigte, beschloss sie, ihre Idee in die Tat umzusetzen. Immerhin könnte sie der Gemeinde ihre Anwesenheit in Lake Henry auf diese Weise demonstrieren, ohne dass ihr gleich peinliche Gespräche aufgenötigt würden.
Lily schminkte sich dezent, föhnte ihre Haare zwecks Fülle über Kopf, zog den Hosenanzug an, den sie als einziges elegantes Stück aus ihrem gut sortierten Bostoner Kleiderschrank mitgebracht hatte, und trank dann, im-

mer wieder auf die Uhr schauend, einen Becher Kaffee. Als es Zeit wurde, verließ sie das Häuschen, stieg in den brauen Ford-Kombi und spielte das Startritual durch. Der Motor stotterte diesmal irritierend lange, doch schließlich fing er sich. Sie ließ ihn eine Minute lang warm laufen und machte sich auf den Weg in den Ort. Ein wolkenloser Himmel spannte sich über der farbenprächtigen Landschaft, doch Lily war zu nervös, um die Schönheit dieses Herbstmorgens angemessen würdigen zu können.

Da vor der Kirche alle Parkplätze belegt waren, parkte sie bei der Bibliothek. Als sie am Fuß der breiten weißen Treppe des Gotteshauses anlangte, liefen zwei kirchenfein gemachte Teenager an ihr vorbei die Stufen hinauf. Aus den Blicken, die sie dabei trafen, und dem anschließenden Gelächter schloss Lily, dass sie sie erkannt hatten. Mach kehrt und fahr nach Hause!, rief der Feigling in ihr. Kommt nicht in Frage, du stehst das durch!, protestierte der Starke – und er gewann den Disput. Die beiden Mädchen hatten sie gesehen und es inzwischen bestimmt schon weitererzählt – wenn sie sich nicht in der Kirche blicken ließe, würde sie nur noch mehr Gesprächsstoff liefern.

Und so trat sie die Flucht nach vorn an. Im Vorraum empfingen sie Orgelklänge. Dann intonierte der Chor »Faith of Our Fathers's«, und plötzlich fühlte sie sich in die Zeit zurückversetzt, als sie selbst im Chor gesungen hatte. Sie hatte es geliebt und ihre Mutter gebilligt, was die Gottesdienste in ihrer Kindheit zum Begriff der Harmonie machte.

Sie atmete tief ein, durchquerte den Vorraum, blieb an der Tür des Hauptraumes stehen und überflog hastig die Bankreihen. In der vorletzten Bank rechts am Mittelgang war noch ein schmaler Platz frei. Mit einem entschuldigenden Blick an die Adresse von Charlie Owens' jüngstem Bruder, den sie mit ihrem Auftauchen zwang, ein paar Zentimeter nach innen zu rücken, setzte sie sich hin, faltete die Hände im Schoß und senkte den Kopf. Sie spürte Blicke und hörte in der Stille, die nach dem Lied folgte, Getuschel, schaute jedoch nicht auf. Als die Orgel wieder einsetzte, konzentrierte sie sich auf die Musik und den Text, sang aber nicht mit und beteiligte sich auch nicht am Wechselgebet. Als der Prediger von der Kanzel herab von Wohltätigkeit, Vergebung und Liebe sprach, traten ihre Probleme in den Hintergrund, und als sie danach ganz bewusst die spirituelle Atmosphäre in sich aufnahm, durchströmte sie eine wohltuende Ruhe. Doch als das Schlusslied endete, war es mit ihrer Gelassenheit vorbei. Um nicht doch noch angesprochen zu werden, verließ sie die Kirche vor dem Segen.

Auch John hatte sich an diesem Sonntag entschlossen, in die Kirche zu gehen. Nachdem Lily bis zum Einschlafen seine Gedanken beherrscht hatte und dann seine Träume, wollte er sich durch geistliche Lieder und Gebete von seinen weltlichen Phantasien ablenken lassen, was auch gelang – bis ihn Getuschel neben sich aufhorchen ließ und er, neugierig geworden, wie seine Nachbarn einen Blick nach hinten warf. Als er Lily sah, verspürte er eine in diesem Raum gänzlich unangebrachte Regung. Beschämt drehte er den Kopf hastig wieder nach vorn und konzentrierte sich bis zum Ende des Gottesdienstes mit grimmiger Inbrunst auf die Lieder, die er aus vollem Hals mitsang, die Predigt und die Gebete.

Im Pulk der Gläubigen auf den Ausgang zustrebend, stellte er fest, dass Lily bereits gegangen war. Angesichts des Aufsehens, das ihr Gottesdienstbesuch erregt hatte, konnte er es ihr nicht verdenken. Dass sie sich dieser Herausforderung überhaupt gestellt hatte, nötigte ihm Bewunderung ab.

Als er in den milden Herbstsonnenschein hinaustrat, sah er Cassie Byrnes mit einem ihrer Kinder auf dem Arm und zwei weiteren, die sich an ihren Rock klammerten, am Fuß der Treppe auf ihren Mann warten, der beim Prediger stehen geblieben war, der seine Schäflein verabschiedete. John ging zu Cassie hinüber.

»Haben Sie gesehen, dass Lily in der Kirche war?«, fragte er.

»Wie hätte mir das bei dem Getue der Leute entgehen können?« Sie warf einen Blick zur Kirchentür. »Das dauert wohl noch. Da gehe ich schon mal zum Auto. Begleiten Sie mich?«

»Aber sicher.« Er hob den vierjährigen Ethan auf seine Schultern und ging neben Cassie her.

»Sie hat mir erzählt, dass Sie sie vertreten«, sagte er ein wenig undeutlich, denn der Junge klammerte sich an seinem Kinn fest. »Wie geht es voran?«

»Wenn Sie als Journalist fragen, habe ich keine Antwort für Sie.«

»Ich frage als Freund«, erklärte er. Das war zumindest zur Hälfte wahr.
»Als Freund von Lily?«
»Ja.«
Sie blieb stehen und schaute ihn forschend an. Was sie sah, war offenbar nicht beunruhigend, denn sie sagte, als sie sich wieder in Bewegung setzten: »Es geht leider überhaupt nicht voran. Ich habe am Freitag ein Fax an die ›Post‹ geschickt, um an die einwöchige Frist zu erinnern, die ich ihnen für den Widerruf eingeräumt hatte. Die Woche ist morgen zu Ende, und er ist bis heute nicht erschienen.«
»Meinen Sie, sie bringen ihn noch?«
»Sie kennen diese Leute besser als ich. Meinen Sie, dass sie es tun?«
»Ich denke, sie werden es auf eine Klage ankommen lassen.«
»Das bedeutet Krieg.« Sie waren bei der Familienkutsche der Byrnes' angelangt. Cassie öffnete die hintere Tür und verfrachtete den Sprössling, den sie auf dem Arm hatte, in einen Kindersitz und Ethan, als John ihn von seinen Schultern hob, auf der anderen Seite in den zweiten. Als das dritte Kind in den Wagen kletterte, richtete sie sich auf und wandte sich John zu. »Diese Geschichte stinkt zum Himmel! Man sollte meinen, das Schicksal hätte Lily in ihrer Kindheit schon übel genug mitgespielt. Ich erinnere mich gut daran, wie sie gelitten hat.«
»Unter ihrer Sprachstörung?«, fragte John. Am Abend zuvor hatte Lily kein einziges Mal gestottert, und er

wünschte sich, dass das daran lag, dass sie sich in seiner Gegenwart wohl gefühlt hatte.

»In erster Linie unter Maida«, sagte Cassie. Es war zwar niemand in Hörweite, doch sie hatte trotzdem die Stimme gesenkt. »Ich hatte auch Probleme mit meiner Mutter – unsere Beziehung war in meiner Teenagerzeit nicht gerade ein Zuckerschlecken –, aber ich weiß noch, dass ich mehr als einmal dankbar war, dass Maida nicht *meine* Mutter war.«

»So schlimm war sie?«

Cassie verdrehte die Augen. »Eine Perfektionistin. Alles sollte vollkommen sein.«

»Warum?«

»Das weiß ich nicht. Meine Mutter sagt, dass sie diesen Anspruch von Anfang an hatte – seit sie hierher kam und George heiratete.«

»Also war ihr Leben davor vollkommen gewesen?«

»Sie erweckte den Eindruck. Ob es so war, kann ich nicht beurteilen.«

Johns Neugier war geweckt. Menschen taten nichts grundlos. Seine Mutter entstammte gehobenen Kreisen, und so war ihre Ehe mit Gus eine Herausforderung gewesen. John hatte in den Augen seines Vaters nie etwas gegolten und bemühte sich noch heute, mit dreiundvierzig, um seine Anerkennung. Und Maida? Maida Blake wünschte sich Makellosigkeit. Warum?

»Gibt es jemanden, der etwas über ihre Vergangenheit weiß?«, fragte er Cassie.

»Versuchen Sie Ihr Glück bei Mary Joan Sweet.« Sie hielt ihrem Mann, der auf sie zukam, die Autoschlüssel hin.

Mary Joan war die Vorsitzende des Gartenvereins, eine kleine, zarte Person mit einer Kurzhaarfrisur, einem Hauch von Blau auf den Lidern und dezentem Rouge auf den Wangen, die John an Stiefmütterchen erinnerte, die der Verein jeden Frühling in die Pflanztröge der öffentlichen Gebäude einsetzte. Wie es hieß, war sie nur im Umgang mit Pflanzen redselig, und tatsächlich hörte John sie dem feuerrot blühenden Busch neben dem Eingang zu »Charlie's« Komplimente machen, als er sie dort nach dem Gespräch mit Cassie auf dem Weg zum Einkaufen traf.

»Ja, ich kenne sie fast seit ihrem ersten Tag hier«, sagte sie, als er sie auf Maida ansprach. »Ich war bereits Mitglied, als sie seinerzeit in den Verein eintrat. Obwohl ich älter bin als sie, wurden wir schnell Freundinnen. Als sich Lilys Sprachstörung herausstellte …« Sie brach ab und schaute John bekümmert an. »Arme Maida.«

»Arme Lily«, korrigierte John.

»Nein – arme Maida«, insistierte Mary Joan. »Sie hat sich wirklich Mühe mit ihr gegeben. Wenn man sich vorstellt, was sie schon alles mitgemacht hat …«, sie nahm die Finger zu Hilfe, um es aufzuzählen, »Lilys Stottern, die Sache mit Ihrem Bruder damals, Poppys Unfall, Georges Tod – und jetzt diese Geschichte mit dem Kardinal …«

»Glauben Sie, was in den Zeitungen steht?«

Mary Joan schüttelte den Kopf. »Nein – aber es ist trotzdem unendlich peinlich für Maida.« Sie legte behutsam die Hand um eine der Blüten und murmelte etwas.

»Wie bitte?«, fragte John.

»Ich habe gesagt, dass Maida auf der Suche nach einem besseren Leben hierher kam.«
»Es sollte besser sein? Inwiefern?«
»In jeder Beziehung.«
Mary Joan ließ die Blüte los, richtete sich auf und schaute John in die Augen. »Sie stellen zu viele Fragen, John Kipling. Wie Terry Sullivan.«
»Er hat Sie angerufen?«
»Als einer von vielen – doch er war der Hartnäckigste.«
»Und was haben Sie ihm erzählt?«
»Genauso wenig wie Ihnen.«
»Ich bin nicht auf Informationen für einen Zeitungsartikel aus«, versuchte John die Auster zu knacken.
»Kann schon sein – aber Maida ist meine Freundin, und ich werde keine privaten Details ihres Lebens ausplaudern.«
»Sie kennen private Details ihres Lebens?«
»Wir sind seit fünfunddreißig Jahren befreundet.« Sie presste demonstrativ die Lippen aufeinander, neigte grüßend ihren Stiefmütterchenkopf und entfernte sich.

Gus hockte zusammengesunken auf dem Sofa und starrte auf den Couchtisch hinunter. Er trug eine zerknitterte grüne Hose und ein schief zugeknöpftes, orangefarbenes Hemd. John hatte Dulcey angewiesen, ihn jeden zweiten Tag zu rasieren, doch sein Vater musste sich gewehrt und gewonnen haben, denn die grauen Stoppeln in seinem Gesicht waren älter. Er trug keine Schuhe, und seine Socken hatten Löcher. Das Bild der Verwahrlosung zerriss John fast das Herz.

Mit der Lebensmitteltüte im Arm ging er auf das Sofa zu und fragte: »Warum trägst du keine von den neuen Socken?«

»Von welchen neuen Socken?«, knurrte Gus, ohne den Blick zu heben.

»Ich habe dir letzten Monat ein Dutzend mitgebracht.«

»Ich habe dich nicht darum gebeten.«

»Das weiß ich – aber ich habe sie dir nicht geschenkt, damit sie in der Kommode liegen bleiben.«

»Ich mag meine alten lieber.«

»Aber deine alten sind zerrissen.«

Jetzt hob Gus den Blick. »Was geht das dich an? Wenn ich gerne zerrissene Socken trage, dann ist das meine Sache. Mein ganzes Leben ist meine Sache! Sag Dulcey Hewitt, dass sie nicht mehr kommen soll. Ich habe es satt, mir Vorschriften machen zu lassen. Es wird Zeit, dass du das begreifst. Lass mich in Ruhe!«

Er sah so unglücklich aus, dass John in die Küche floh, wo ihn eine erstaunliche Ordnung empfing.

»Hast du zu Mittag gegessen?«, rief er ins Wohnzimmer hinüber.

Als Gus nicht antwortete, schaute John um die Ecke. Sein Vater starrte wieder mit verbissenem Gesicht auf den Couchtisch hinunter. John packte die Lebensmittel aus, machte Rühreier, bestrich eine Scheibe Brot mit Butter legte sie auf den Tellerrand und trug das Essen ins Wohnzimmer.

Gus' Blick schwenkte von der Tischplatte zu dem Teller, den John ihm reichte.

»Es ist alles drin, was du magst – Schinken, Käse und

grüner Paprika. Und das Brot habe ich eben frisch bei »Charlie's« gekauft.«

»Ich hasse grünen Paprika.«

John erinnerte sich noch gut daran, wie sein Vater früher grüne Paprikaschoten gegessen hatte wie andere Leute Äpfel, doch es hatte keinen Sinn, sich deswegen mit ihm zu streiten. »Sie sind gesund.«

Gus schnaubte verächtlich. »Machen sie mich vielleicht wieder stark und jung? Pah!« Aber er nahm den Teller.

Um ihm Gelegenheit zu geben, in Ruhe zu essen, ging John in die Küche zurück, aß den Rest des Rühreis direkt aus der Pfanne und wusch ab, was er benutzt hatte. Aus dem Bedürfnis heraus, noch etwas für seinen Vater zu tun, beschloss er, den Kühlschrank zu putzen. Der größte Teil der Lebensmittel, die er bei seinem letzten Besuch mitgebracht hatte, war verschwunden, aber er wusste natürlich nicht, ob Gus sie gegessen oder Dulcey sie weggeworfen hatte. Er räumte alles aus, wischte die gläsernen Einschübe feucht ab und räumte alles wieder ein. Als er damit fertig war, riskierte er einen neuerlichen Blick ins Wohnzimmer. Auf dem Teller lag kein Krümelchen mehr, und Gus schlief.

John ließ sich in den Sessel sinken und schaute seinem Vater beim Schlafen zu, wie er es als kleiner Junge oft getan hatte. Damals war Gus ihm wie ein Riese erschienen, die an den Armen hervortretenden Adern, die Narben an den Fingern und die Haare, die auf den Ohrmuscheln sprossen, als Zeichen von Kraft.

Er hatte ihn bewundert. Ihm das zu sagen hatte er nie gewagt.

Über Maidas Vergangenheit wusste er nichts, über die seines Vaters zumindest einiges. Dass er ein uneheliches Kind war. Dass seine Ehe gescheitert war. Dass er prächtige Mauern gebaut hatte, was er – zu Recht – als Kunst ansah. Im Gegensatz zu dem, was John tat. Seiner Meinung nach schrieben Zeitungsleute über Geschehnisse, weil sie nicht genug Verstand hatten, sich selbst etwas auszudenken. Rudyard Kipling schrieb Romane – das war kreativ. Aber Tatsachenberichte waren für Gus nichts mehr als Nacherzählungen.
John fragte sich, ob ein erfolgreiches Buch wohl vor den Augen seines Vaters Gnade finden würde.

Das Fax, das ihn im Büro erwartete, als er nach dem Besuch auf dem Ridge dort vorbeischaute, gab ihm Auftrieb. Es war von Jack Mabett und in zweierlei Hinsicht informativ.
Paul Rizzo hatte seine Karriere unter Vorspielung falscher Tatsachen begonnen. Er behauptete, ihn New York City am Duke College seinen Abschluss in Englisch und an der N.Y.U. in Journalistik gemacht zu haben. Tatsache war, dass er zwar am Duke angefangen, das Studium jedoch abgebrochen hatte, dann an die University of Miami wechselte, dort aber auch das Handtuch warf. Und an der New York University hatte er sich nicht einmal eingeschrieben.
Und Justin Barr, der Hüter von Heim, Herd und Tugendhaftigkeit, hatte eine Vorliebe für abartige Sexualpraktiken, was ein kleiner Ring von Callgirls bezeugte, die darauf spezialisiert waren, verheirateten Männern

Vergnügen zu schenken, zu denen ihre Ehefrauen nicht bereit waren. Sie bedienten illustre Kunden, die beträchtliche Summen für Diskretion bezahlten. Aber es existierten Aufzeichnungen. Und es existierten Fotos. Justin Barrs Tage als Moralapostel waren gezählt.

20

Als Lily während der Vormittagspause in Maidas Küche feststellte, dass die »Post« noch immer keinen Widerruf gebracht hatte, rief sie bei Cassie an. Es war Montag und die Karenzwoche verstrichen. Cassie versprach ihr, noch an diesem Nachmittag die Klage einzureichen, aber Lila war tief enttäuscht. Sie hatte sich wider alle Vernunft Hoffnungen gemacht, dass der Schwebezustand, in dem sich ihr Leben befand, doch noch ein schnelles Ende fände.

Die Arbeit in der Mosterei tröstete sie ein wenig, denn hier hatte sie die Möglichkeit, etwas zu *bewegen* – und das tat sie mit einem an Besessenheit grenzenden Eifer.

Auch mittags ging sie ins Haus hinüber, aber diesmal nicht in die Küche, sondern ins Wohnzimmer, wo sie sich an den Flügel setzte.

Allein schon der Anblick der Tasten tat ihr gut. Es war, als träfe sie alte Freunde wieder. Liebevoll fuhr sie mit den Fingerkuppen über das kühle, glatte Elfenbein, bevor sie ihnen, die Augen schließend, ihren Willen ließ und sich der Schönheit der melancholischen Melodien hingab, mit denen sie den Raum füllten. Ihre Anspannung wich, in ihren Kopf kehrte Ruhe ein. Als sie frische Energie durch ihren Körper strömen spürte, beendeten ihre Finger ihr Spiel mit einem sanften Akkord. Lily richtete sich auf, atmete tief durch und öffnete die Augen.

Maida stand in der Tür und schaute sie mit einem Blick an, als erwache sie gerade aus einem Traum. »Niemand sonst entlockt diesem Instrument solche Klänge«, sagte sie mit entrückter Stimme. Dann straffte sie sich und fragte in sachlichem Ton: »Möchtest du etwas essen?«

Das Kompliment ihrer Mutter war ebenso überraschend wie wohltuend, und Lily merkte plötzlich, dass sie Hunger hatte. Sie machte Anstalten aufzustehen, aber Maida hinderte sie daran.

»Bleib sitzen und spiel weiter – ich hole etwas.«

Maida bediente sie? Lily verstand die Welt nicht mehr, doch sie genoss es. Und entsprechend beschwingt waren die Melodien, die sie nun folgen ließ, bis ihre Mutter mit einem großen Silbertablett zurückkam und den Tisch deckte, wie sie es sonst nur tat, wenn sie einen Gast hatte.

»Ich danke dir«, sagte Lily, als sie auf dem Sofa saßen und Maida ihr die Platte mit Schinken-Käse-Sandwiches reichte, zu denen es köstlich duftenden Tee gab.

Ihre Mutter presste Zitronensaft in ihren Tee. »Das ist das Mindeste, was ich tun kann. Du machst dich gut im Mosthaus.«

»Die Arbeit gefällt mir.«
»Ich sollte dich dafür bezahlen.«
Lily, die gerade ein Sandwich zum Mund führte, hielt mitten in der Bewegung inne. »Bitte tu das nicht.«
»Warum nicht? Die anderen bezahle ich schließlich auch.«
»Das sind ja keine Verwandten.«
»Wie ist es nun – wirst du eine Klage einreichen?«, wechselte ihre Mutter das Thema.
»Es bleibt mir nichts anderes übrig.«
Maida biss von ihrem Sandwich ab, legte es auf ihren Teller zurück, kaute, schluckte und fragte dann lächelnd: »Erinnerst du dich an Jennifer Hauke? Sie war in einer deiner Parallelklassen. Inzwischen ist sie mit Darby Ellison verheiratet. War das ein niedlicher, kleiner Kerl! Sie haben gerade ihr drittes Kind bekommen. Wieder ein Mädchen.«
Lily konnte zwar keinen Zusammenhang zwischen Jennifer Ellisons neugeborener Tochter und ihrer Klage gegen die »Post« herstellen, aber das Baby war auf jeden Fall ein ungefährlicheres Thema. Also sagte sie: »Das ist ja nett. Wohnen sie noch in Lake Henry?«
»Nein – sie haben ein Haus in Center Sayfield. Anita Ellison ist letzten Monat gestorben.«
»Darbys Großmutter? Das tut mir Leid.«
»Sie war eine gute Freundin von Celia.«
Daran erinnerte Lily sich. Sie hatte viel Zeit bei ihrer Großmutter verbracht und Gelegenheit gehabt, all ihre Freundinnen kennen zu lernen, denn Celia hatte für ihr Leben gerne das Haus voller Besuch. Lily wurde warm

ums Herz, als sie sich in diesem Moment wieder oben auf Celias Schlafloft ins Eisenbett gekuschelt dem fröhlichen Gelächter lauschen sah, das von unten zu ihr heraufdrang.

»Ich vermisse Celia«, überraschte Maida sie von neuem.

»Ich auch.«

»Sie war ein grundanständiger Mensch.«

»Ja.«

»Und sie hatte ein großes Herz.«

»Und immer ein offenes Ohr für mich«, sagte Lily versonnen. »Ich konnte mit ihr über alles sprechen.«

Maida setzte zu einer Erwiderung an, und Lily befürchtete schon ein jähes Ende der harmonischen Stimmung, als vom anderen Ende des Hauses her eine unverwechselbare Stimme »Mom?« rief.

»Wir sind im Wohnzimmer«, antwortete Maida. Gleich darauf erschien Rose in der Tür. Befremdet ließ sie den Blick über den festlich gedeckten Sofatisch gleiten. »Gibt es etwas zu feiern?«, fragte sie spitz.

»Nein – wir hatten Hunger«, erklärte Maida und hielt ihr die Platte hin, auf der noch ein halbes Sandwich lag. »Möchtest du?«

Rose schüttelte den Kopf. »Ich bin bloß gekommen, um dir einen Putenrollbraten zu bringen. Er ist im Kühlschrank. Du brauchst ihn nur warm zu machen. Die Schule war heute früher aus, und ich habe die Mädchen im Auto.«

»Emma und Ruthie«, korrigierte Hannah, als sie an ihr vorbeischlüpfte. »Hi, Gram. Hi, Tante Lily.«

»Ich hatte doch gesagt, du sollst bei den Kleinen bleiben«, fuhr Rose sie an.
»Sie haben mich gepiesackt.« Hannah lehnte sich auf Lilys Seite ans Sofa. Lily streichelte zur Begrüßung ihren Arm und wurde mit einem strahlenden Lächeln belohnt.
»Sie kommen alle vier!«, berichtete ihre älteste Nichte aufgeregt.
»Super!«, freute sich Lily mit ihr.
Der Geburtstag sollte mit einem Kinobesuch und einem Abendessen geehrt werden. Sie hatten Maidas Briefpapier mit dem Paisley-Muster für die Einladungen verwendet, und Hannah hatte ihren Vater überredet, sie am Freitagabend zum Postamt zu fahren, damit sie sie abschicken konnte. Das hatte Lily von Poppy gehört, die es von Rose gehört hatte, die sich offenbar darüber erregt hatte.
»Sie hat Schuldgefühle, weil sie genau weiß, dass es eigentlich ihre Aufgabe wäre, den Tag zu organisieren«, hatte Poppy gesagt, »und darum ist sie stinkig.«
»Sie macht mich noch irre mit ihrem Geburtstag«, schimpfte Rose in Lilys Gedanken hinein.
Hannahs Strahlen erlosch. »Das tue ich nicht«, widersprach sie leise. »Ich weiß nur nicht, was ich anziehen soll.«
»Dein Schrank quillt über«, erwiderte ihre Mutter scharf. »Es ist nicht meine Schuld, wenn dir die Sachen nicht passen.«
»Du hast sie zu klein gekauft.«
»Du bist zu schnell herausgewachsen.«
»Dafür kann ich doch nichts.«

»O doch, das kannst du!«

Die Worte waren andere, aber der Ton war derselbe. Die Erinnerungen an die ungezählten Auseinandersetzungen in ihrer Kindheit waren so schmerzlich für Lily, dass sie es nicht länger mit anhören konnte. Also sagte sie hastig: »Ich habe nichts zum Anziehen mitgebracht, das für diesen Anlass festlich genug ist – ich werde mir etwas kaufen müssen.«

»Sei nicht albern – ihr geht doch bloß ins Kino«, sagte Rose.

»Es ist Hannahs Ehrentag«, gab Lily entschieden zurück. »Ich nehme sie mit zum Einkaufen. Wir werden für uns beide etwas Hübsches suchen.«

»Wann?«, fragte Hannah, die jetzt wieder strahlte, und plötzlich war Lily genauso aufgeregt wie sie.

Sie hatten sich für den nächsten Nachmittag verabredet. Lily kam gerade erst von der Arbeit herüber, als Hannah die Zufahrt heraufkeuchte. Das Bigshirt und die formlosen Jeans waren ebenso unvorteilhaft für sie wie die zu einem straffen Pferdeschwanz zusammengebundenen Haare, aber ihre Augen leuchteten vor Begeisterung, und Lily, die sich so stark mit ihr identifizierte, freute sich für sie.

Sie fuhren nach Concord. Poppy hatte Lily eine Liste einschlägiger Geschäfte mitgegeben, aber sie brauchten nicht lange zu suchen, denn Hannah fand bereits im ersten das Kleid ihrer Träume. Es war schwarz-grün kariert, im Empirestil geschnitten und aus weich fallendem Stoff. Hannah konnte sich nicht von ihrem Spiegelbild

losreißen, und Lily verstand sie gut. Das Kleid ließ sie erwachsen erscheinen – und erstaunlich schlank.
Sie kauften ein dazu passendes Haarband, dunkelgrüne Strumpfhosen und Schuhe mit einem winzigen Keilabsatz, deponierten Hannahs Schätze an der Kasse und machten sich auf den Weg zu der Abteilung, in der es Kleidung für Lily gab. Und wieder war es Hannah, die mit sicherem Blick das Richtige fand. Als Lily aus der Ankleidekabine und vor den Spiegel trat und sich in dem langen Rock und der Bluse aus erikafarbener Kunstseide und der bunt gemusterten Weste betrachtete, war auch sie mit ihrem Erscheinungsbild höchst zufrieden.
»Was ist mit Schuhen?«, fragte Hannah eifrig.
»Schuhe habe ich«, musste Lily sie enttäuschen.
»Aber Ohrringe brauchst du«, meinte Hannah und deutete auf einen Ständer in der Nähe.
»Ohrringe habe ich ebenfalls.« Sie holte ihre Brieftasche heraus. »Meine Kreditkarte ist nicht unbegrenzt belastbar.« Sie zog sie aus der Klarsichthülle und gab sie der jungen, hübschen Kassiererin, die den Namen las und dann mit großen Augen aufblickte. »Sie sind Lily Blake?«, fragte sie in ehrfürchtigem Ton. »*Die* Lily Blake?«
Voller Entsetzen war Lily im ersten Moment versucht, es zu leugnen, doch sie bekam keine Gelegenheit dazu, denn das Mädchen rief aufgeregt: »Sie kamen mir gleich bekannt vor! Gott! Wenn ich das meiner Chefin erzähle! Sie wird sich schwarz ärgern, weil sie nicht hier war!«
Lily spürte, wie ihre Zungenmuskeln sich verkrampften. Sie hob die Hand und schüttelte den Kopf. Als sie es

wagen konnte zu sprechen, flehte sie: »Bitte erzählen Sie ihr nicht, dass Sie mich gesehen haben! Ich möchte auf keinen Fall, dass bekannt wird, in welcher Gegend ich mich aufhalte.«

»Wenn ich meiner Chefin das sage, wird sie es niemandem verraten«, versprach die Angestellte.

Plötzlich baute Hannah sich vor ihr auf und verkündete in energischem Tonfall: »Wenn Sie nicht den Mund halten, werden wir nie wieder bei Ihnen einkaufen. Ich nicht, meine Mutter nicht oder sonst jemand aus unserer Familie, und auch niemand aus unserem Ort!«

Lily starrte sie verblüfft an. Ihre Nichte klang genau wie Rose! Aber in diesem Fall störte sie sich nicht daran. Mit zitternder Hand unterschrieb sie den Kassenbon, raffte die Tüten zusammen, nahm Hannah an die Hand und floh mit ihr aus dem Laden.

»Hey, Poppy«, sagte Griffin Hughes früh am Mittwochmorgen. »Wie geht es meinem Mädchen?«

Oh, wie sie diese Stimme liebte! »Danke, gut«, antwortete sie mit wild klopfendem Herzen. »Haben Sie Willie Jake nicht erreichen können?« Um diese Zeit hätte er eigentlich an seinem Schreibtisch sitzen müssen.

»Doch – aber da er nicht mit mir reden wollte, bat ich ihn, mich mit Ihnen zu verbinden. Er meinte zwar, Sie würden auch nicht mit mir reden, aber ich wollte noch mal einen Versuch starten.«

»Ich rede doch immer mit Ihnen, wenn Sie anrufen.«

»Nicht über Lily.«

»Jetzt bin ich aber schwer enttäuscht«, verbarg Poppy

die Wahrheit hinter einem ironischen Ton. »Ich dachte tatsächlich, Sie interessieren sich für *mich*.«

»Das tue ich auch.«

»Aber Sie löchern mich immer wieder wegen Lily! Alle Welt löchert mich wegen Lily! Heute haben schon vier Reporter ihretwegen angerufen!«

»Und was haben Sie ihnen gesagt?«

»Nichts! Die Presse hat Lily in der Luft zerrissen. Was wäre ich für eine Schwester, wenn ich mit diesen Leuten über sie spräche?«

»Ich habe Ihnen doch schon erklärt, dass ich kein solcher Reporter bin. Vielleicht würden Sie mir glauben, wenn wir uns richtig kennen lernen würden – von Angesicht zu Angesicht, meine ich. Ja, ich denke, ich sollte Sie besuchen.«

In Poppys Phantasie war er ihr Prinz, dem sie auf zwei gesunden Beinen entgegeneilte. Wenn er sie im Rollstuhl sähe, würde diese Seifenblase zerplatzen. »Das ist keine gute Idee«, antwortete sie. »Nicht in dieser Situation.«

»Weil Lily da ist?«

»Ich habe nie gesagt, dass sie hier ist – und ich bin es Leid, danach gefragt zu werden.«

»Sagen Sie mir definitiv, dass sie es nicht ist, und ich werde Sie nicht mehr anrufen.«

Panik erfasste Poppy – das hatte sie mit ihrer Weigerung, ihm von Lily zu erzählen, nicht erreichen wollen! »Ich möchte aber, dass Sie auch weiterhin anrufen«, beeilte sie sich zu versichern. »Ich unterhalte mich gerne mit Ihnen – nur eben nicht über Lily.«

21

Auch an diesem Mittwoch war John mit der Fertigstellung der »Lake News« in Verzug. Allerdings lag es heute daran, dass Jenny mit einer Erkältung im Bett lag und er unentwegt durch Anrufe gestört wurde. Als er kurz vor eins die letzte Seite an den Drucker geschickt hatte und sich gerade zurücklehnen wollte, um zu verschnaufen, klingelte erneut das Telefon.

»Lily Blake ist gestern in Concord gesehen worden«, sagte Terry Sullivan. »Willst du immer noch behaupten, du wüsstest nicht, wo sie ist?«

»Ich verstehe wirklich nicht, dass du immer noch hinter ihr her bist«, erwiderte John gereizt.

»Dann lass dich überraschen«, gab Terry mit einem Grinsen in der Stimme zurück.

»Wenn du die Absicht haben solltest, sie noch einmal in die Pfanne zu hauen, dann muss ich dich fairerweise warnen: Es könnte sein, dass das dann dein Schwanengesang wäre.«

»Was soll das heißen?«

»Dass ich nicht ganz so eingeschlafen bin, wie du es mir unterstellst. Ich habe ein paar interessante Einzelheiten aus deiner Vergangenheit ausgegraben. Unter anderem deine drei Eheschließungen. Ich wette, die Damen haben interessante Geschichten zu erzählen. Und ich werde bestimmt auch noch dahinter kommen, warum du den Ruf einer unschuldigen Frau zerstört hast, um den Kardinal zu Fall zu bringen. Hasst du ihn persönlich oder die Kirche allgemein? Wurdest du vielleicht als Ministrant von einem Priester belästigt?«

»Ich war niemals Ministrant.« Terrys Ton war eisig.

»Dann vielleicht Chorknabe. Wie auch immer – ich komme dir auf die Schliche, das verspreche ich dir.« John knallte den Hörer auf die Gabel. Gleich darauf nahm er ihn wieder ab und rief Brian Wallace bei der »Post« an.

»Es geht noch mal um die Tonbandaufnahme von Terrys Interview mit Lily Blake«, erklärte er seinem ehemaligen Redakteur.

»Wenn Sie vorhaben, uns beim Justizminister anzuzeigen, können wir uns entspannt zurücklehnen«, sagte Brian. »Wir haben keinen Beweis dafür, dass die Blake nichts von dem Mitschnitt wusste. Wir brachten die Story in der Überzeugung, dass sie sich mit der Aufzeichnung einverstanden erklärt hatte. Ich habe Rücksprache mit unseren Anwälten gehalten – die ›Post‹ ist in dieser Hinsicht rechtlich abgesichert.«

»Ich wollte eigentlich nur wissen, ob Sie sich vergewissert haben, dass die Aufnahme echt ist.«

»Wie meinen Sie das?«

»Ich meine, dass auch ein Betrug vorliegen könnte.«

»Dass möglicherweise gar nicht Lily Blake auf dem Band zu hören ist?«

»Das hatte ich dabei zwar nicht im Sinn – aber natürlich

wäre auch diese Variante denkbar. Woran ich dachte, war eine Manipulation.«

»Inwiefern?«

»Terry könnte an dem Band herumgedoktert haben. Miss Blake hat vehement bestritten, die Äußerungen in der abgedruckten Form getan zu haben.«

»Weil ihr klar geworden war, dass sie sich um Kopf und Kragen geredet hatte.«

»Ich glaube ihr.«

»Ich habe mir das Band angehört. Verlassen Sie sich darauf – es ist echt.«

Für gewöhnlich fuhr John am Mittwochnachmittag zu Gus hinauf. Heute nicht. Das Gespräch mit Terry trieb ihn zu schnellem Handeln. Einer Reihe von Mietverträgen nachgehend, hatte er zwei von Terrys Exfrauen schnell aufgetan. Die bislang letzte lebte in Boston. Ihr Name war Maddie Johnson – und sie war vorgewarnt.

»Er hat mir Ihren Anruf schon angekündigt. Ich habe Ihnen nichts zu sagen.«

»Warum so zugeknöpft?«

»Ich habe Ihnen nichts zu sagen«, wiederholte sie.

»Hat er Ihnen gedroht?«

»Er meinte, Sie würden mich unter Druck setzen.«

»Wie könnte ich das? Ich verstehe Ihre Zurückhaltung nicht. Sie sind nicht mehr mit ihm verheiratet – warum weigern Sie sich, mir etwas über ihn zu erzählen?«

»Weil er gefährlich ist! Wenn ich etwas über ihn erzähle, erzählt er etwas über mich – und ich habe, wie wohl alle

Menschen, meine kleinen Geheimnisse. Sie sind Journalist wie Terry – ihr seid *alle* gefährlich.«

John dachte, sie würde auflegen, aber sie tat es nicht. Also wagte er einen weiteren Versuch. »Ich will nichts über Ihre Ehe mit ihm wissen – ich will nur etwas über ihn erfahren. Er hat mit der Skandalstory über den Kardinal und Lily Blake eine unschuldige Frau verleumdet, weil er darauf aus war, den Kardinal zu vernichten, und ich möchte ergründen, was ihn dazu veranlasst hat.«

»Sein Ego. Er wollte Schlagzeilen machen. Das wollte er immer.«

»Das ist alles? Es steckt kein Groll gegen die Kirche dahinter?«

»Warum fragen Sie mich?«, rief sie. »Ich war vier Jahre mit ihm verheiratet, aber er hat mich nie ins Vertrauen gezogen. Dass es eine Exfrau gab, erfuhr ich erst, als sie irgendwann anrief. Er sagte, die Ehe sei so grauenvoll gewesen, dass er die Erinnerung daran verdrängt habe. Ich glaubte ihm – aber als ich eines Tages versuchte, ihn im Büro zu erreichen, stellte sich heraus, dass man nichts von mir wusste. Können Sie sich vorstellen, wie ich mich fühlte? Terry erklärte es mir damit, dass er mich ganz für sich haben wollte. Er wurde sogar wütend, wenn ich mich mit Freundinnen traf, die ich aus der Zeit vor unserer Ehe kannte, da ich schon lange in Boston lebte, als er hierher zog. Er behauptete, er wolle Kinder mit mir, sagte aber, wir sollten damit warten, bis wir uns ein finanzielles Polster angespart hätten. Nur kam es nie dazu, denn er schickte angeblich jeden überzähligen Cent an seine Mutter – eine Frau, die ich nie kennen lernte, weil

sie, wie er sagte, geistesgestört war und in seinem Leben keine Rolle spielte. In Wirklichkeit war sie tot, aber das erfuhr ich erst im Laufe des Scheidungsverfahrens. Verstehen Sie jetzt, warum es sinnlos ist, mich nach Terrys Beweggründen zu fragen? Ich kenne sie auch nicht.«
Nach einer kurzen Pause, in der ihr offenbar klar wurde, wie viel sie John offenbart hatte, flüsterte sie entsetzt: »O Gott – er wird mich umbringen.«
»Nein, das wird er nicht«, versicherte John ihr. »Er wird nie erfahren, dass Sie mit mir gesprochen haben.«
»Sie werden nichts darüber schreiben?«
»Nein. Ich sagte Ihnen doch – es geht mir ausschließlich darum, Terrys Persönlichkeit zu erfassen. Darum werde ich auch noch mit seinen beiden anderen Exfrauen sprechen.«
»Er war doch vor mir nur einmal verheiratet.«
»Nein – zweimal.«
»Ich fass es nicht! Der Mann ist krank!«
»Das sehe ich auch so – aber ich bin kein Psychiater. Ich bin nur ein Journalist, der sich fragt, warum Terry auf Rosetti losging. Fällt Ihnen dazu etwas ein?«
Sie lachte sarkastisch auf. »Wir heirateten eine Woche, nachdem wir uns kennen gelernt hatten, bei Nacht und Nebel in einem kleinen Kaff. Getraut wurden wir von einem Friedensrichter, weil Terry sagte, er habe mit der Kirche nichts am Hut. Angesichts seiner anderen Lügen wäre es gut möglich, dass auch das gelogen war. Wenn Sie die Antwort auf Ihre Frage finden sollten, rufen Sie mich an – die Geschichte interessiert mich jetzt auch.«
Das Telefonat mit Terrys erster Frau erwies sich als

ergiebiger. Auch Rebecca Hooger war nicht überrascht, von John zu hören.
»Er hat gesagt, dass Sie mich anrufen würden«, hauchte sie mit einer ängstlichen Jungmädchenstimme, obwohl sie mindestens vierzig sein musste.
»Hat er Ihnen auch einen Grund genannt?«, fragte John in sanftem Ton, um sie nicht noch mehr zu verschrecken.
»Er sagte, Sie würden versuchen, mich über unsere Ehe auszuhorchen«, antwortete sie und setzte hastig hinzu: »Aber da gibt es nichts zu erzählen. Ehrlich nicht!«
»Terry und ich haben zusammen studiert, als Sie mit ihm verheiratet waren – Sie müssen meinen Namen aus der Zeit doch kennen.«
»Nein. Er hat mir nie etwas erzählt.« Nach kurzem Schweigen sagte sie leise: »Ich will nicht mit Ihnen reden.«
»Sie haben nichts von mir zu befürchten«, versicherte John ihr. »Ich versuche nur, Terry zu begreifen.«
»Viel Glück.«
John lachte. »Danke – das werde ich wohl brauchen. Er lässt niemanden an sich heran, und ich vermute, dass der Grund dafür in seiner Kindheit zu suchen ist.«
»Wissen Sie, wo er aufgewachsen ist?«
»Nein.« Das hatte ihm bisher niemand sagen können. Die erste in Unterlagen vermerkte Adresse war eine in Dallas, in Pennsylvania, doch die stammte aus seinem vorletzten High-School-Jahr.
»Wissen Sie es denn?«, fragte er Rebecca.
»In Meadville.«

»Meadville in Pennsylvania?«

»Ja.«

Das war ein Anfang. »Ich bin Ihnen sehr dankbar für diese Information.«

»Ich lernte ihn erst in Lancaster kennen.« Dort war das College. »Aber Sie liegen richtig.«

»Womit?«

»Mit Ihrer Vermutung. Es ist tatsächlich etwas in Meadville geschehen.«

»Und was war das?«

»Ich muss jetzt auflegen«, erklärte sie abrupt, aber John war nicht unglücklich darüber. Er schaltete den Computer wieder ein und holte sich die Angaben zu Meadville auf den Schirm, das sich angenehmerweise als überschaubare Gemeinde erwies.

Der stellvertretende Rektor der High School, zu dem er bei seinem Anruf in der Schule durchgestellt wurde, war die Freundlichkeit selbst und äußerst redselig. »Terry verließ unsere Schule zwar schon lange vor meiner Zeit, aber nachdem der Chef uns darauf aufmerksam gemacht hat, dass diese Skandalgeschichte von einem unserer Ehemaligen stammte, sind auch wir ›Neuzugänge‹ über ihn informiert. Allerdings hätten wir nie davon erfahren, wenn die in Boston lebende Schwester unseres Chefs sich nicht anhand der Autorenzeile über dem Artikel daran erinnert hätte, dass Al ihr damals von ihm erzählt hatte.«

»Was führte denn dazu, dass er so einen bleibenden Eindruck hinterließ?«, fragte John. Immerhin waren seit Terrys High-School-Tagen viele Jahre vergangen.

»Er besaß eine ungewöhnliche Schreibbegabung – im Gegensatz zu seinem Bruder. Der konnte dafür gut mit Menschen umgehen und war ein unheimlich netter Bursche.«

John hatte genauso wenig von dem Bruder gewusst wie von den Ehefrauen. »Wie groß war der Altersunterschied zwischen ihnen?«

»So an die vier, fünf Jahre. Vielleicht auch mehr. Wie ich schon sagte – ich war damals noch nicht hier. Es hat ihn nur vor ein paar Tagen jemand am Rande erwähnt. Das Hauptgesprächsthema ist Terry. Al war sein Englischlehrer, und er sagt, der Junge sei den anderen haushoch überlegen gewesen. Schreiben Sie eine Story über ihn?«

»So ist es«, gab John zu. »Hatte er Freunde?«

»Da kann ich Ihnen leider nicht weiterhelfen – ich weiß nur von seinen Ruhmestaten. Er hat ein paar ganz hervorragende Artikel für die Schülerzeitung geschrieben. Für einen davon bekam er alle möglichen Auszeichnungen. Er wurde sogar in der ›Tribune‹ abgedruckt.«

»In der ›Meadville Tribune‹?«

»Genau. Ich habe ein Exemplar hier auf meinem Schreibtisch liegen. Wir ließen es die Runde machen, nachdem wir erfahren hatten, dass es Terry war, der die Rosetti-Blake-Affäre aufgedeckt hatte. Ich faxe Ihnen den Artikel gerne, wenn Sie möchten.«

Das Thema des Artikels war das Leben im italienischen Viertel in Pittsburgh, in Pennsylvania nach dem Zweiten Weltkrieg. John stellte fest, dass Terry schon damals nicht drei Adjektive benutzte, wenn ein treffendes genügte, und er fand treffende. Man sah die von ihm beschriebenen Lokalgrößen vor sich, wenn John auch nicht scharf darauf gewesen wäre, mit einer davon Bekanntschaft zu machen, denn sie hatten nichts Sympathisches. Der Bösewicht in der Geschichte war die Katholische Kirche.

John jubilierte im Stillen – er hatte den richtigen Riecher gehabt! Jetzt brauchte er sich nur auf diese Fährte zu setzen.

Aber das musste warten. Die »Lake News« war zur Abholung bereit. John ging beschwingten Schrittes zu seinem Wagen und fuhr, vergnügt vor sich hin pfeifend, nach Elkland, wo er dreitausend Zeitungen in seinen Geländewagen packte, die er anschließend auf die Postämter und General Stores von Elkland, Hedgeton und Cotter Cove verteilte. In Center Sayfield, wo es keinen General Store gab, belieferte er stattdessen ein kleines Familien-Restaurant. Überall traf er Bekannte und in Cotter Cove, einen Freund, mit dem er zu Abend aß, und so war es schon ziemlich spät, als er wieder in Lake Henry ankam. Er lud einen Stapel Zeitungen bei der Post, bei »Charlie's« und bei Armand ab und war die ganze Zeit über so abgelenkt, dass er erst auf dem Weg zum Wheaton Point wieder an Terry dachte.

Und dann traf ihn die Erkenntnis wie ein Blitz.

Lily saß am Ende ihres Bootssteges, hatte die Arme um ihre hochgezogenen Knie geschlungen und genoss die Stille der für Anfang Oktober ungewöhnlich milden Nacht. Sie trug Jeans und Johns Pullover, der ihr zwar viel zu groß war, aber herrlich nach ihm roch. Der Ge-

ruch mischte sich mit dem der Kiefern am Ufer und dem des Sees.
In der Hoffnung, einen Seetaucher damit animieren zu können, begann sie zu singen, aber es blieb still. Nach einer Weile ging sie ins Haus zurück, schob eine Harry-Connick-junior-CD in den Player und setzte sich auf die Veranda. Sie summt gerade »Where or When« mit, als Scheinwerferlicht aus der Richtung der Zufahrt einen Besucher ankündigte. Lily stand auf, hastete ins Haus und stoppte die Musik. Eine Autotür wurde zugeschlagen. Das satte Geräusch deutete auf einen schweren Wagen hin. Sollte sie auch das Licht ausmachen und leise die Tür schließen? Während sie noch überlegte, rief eine vertraute Stimme: »Lily?«
Erleichtert ließ sie die CD weiterlaufen, ging wieder hinaus und erwartete John am Kopf der Treppe.
»Ich habe Neuigkeiten!«, verkündete er aufgeregt und nahm die beiden unteren Stufen mit einem Schritt, wonach sich ihre Gesichter fast auf gleicher Höhe befanden. Er legte die Unterarme auf ihre Schultern und schaute Lily, die im Schein des Lichtes stand, das aus ihrem Haus fiel, mit leuchtenden Augen an. »Terry Sullivan wuchs in Meadville in Pennsylvania auf«, eröffnete er ihr in einem Ton, als sei das eine Sensation, »und bis er und seine Familie nach Dallas übersiedelten, schrieb er regelmäßig für die Schülerzeitung seiner alten Schule in Meadville. Unter anderem auch einen Artikel über das Leben im italienischen Viertel von Pittsburgh in den ausgehenden Vierzigerjahren.« Er hielt inne, wartete sichtlich gespannt auf eine Reaktion.

»Und?«, fragte Lily, die nicht ahnte, worauf er hinauswollte.
»Fällt Ihnen dazu nichts ein?«
Ratlos schüttelte sie den Kopf.
»Kardinal Rosetti kommt auch aus Pennsylvania, er wuchs im italienischen Viertel von Pittsburgh auf!« John strahlte übers ganze Gesicht. »Das war zwar im Rahmen der Berichterstattung zu seiner Ernennung erwähnt worden, aber ich hatte es mir nicht gemerkt. Doch vorhin erinnerte ich mich plötzlich daran. Terry Sullivan, der vor kurzem versucht hat, Francis Rosetti zu vernichten, schrieb im zarten Alter von sechzehn Jahren einen Artikel über die Heimatstadt des Kardinals. Kann das Zufall sein? Ich glaube nicht. Es war nicht Terrys Heimatstadt. Woher wusste er so viel über Pittsburgh?«
»Vielleicht hat er Sommerferien dort verbracht«, bot Lily ihm als Lösung an. »Oder vielleicht kannte er jemanden, der von dort stammte.« Sie begann sich für das Thema zu erwärmen. »Vielleicht jemanden, der Vater Fran kannte? Oder kennen sich die beiden vielleicht von früher?« Sie schüttelte den Kopf. »Nein – das hätte er mir erzählt.«
»Es kann auch eine Verbindung zwischen ihnen bestehen, ohne dass sie sich näher kennen«, sagte John, und Lily gestattete sich ein Fünkchen Hoffnung. Wenn es gelänge, Terry auf Grund eines persönlichen Grolls Böswilligkeit nachzuweisen, hätte ihre Verleumdungsklage Hand und Fuß. »Das klingt gut«, lächelte sie.
»Allerdings!« John grinste. Ehe sie sich's versah, hatte er

ihre Taille umfasst, sie von der Veranda gehoben und schwenkte sie fröhlich im Kreis herum. Dann stellte er sie auf den Boden, ließ sie los und fragte mit einer formvollendeten Verbeugung: »Darf ich bitten, Milady?«
Sie neigte huldvoll den Kopf und erwiderte: »Es ist mir eine Ehre, Sir.«
John zog sie an sich und wiegte sich mit ihr zum Klang der zärtlichen Weise von »It had to be You« langsam hin und her, während er dicht an ihrem Ohr die Melodie mitsummte. Die milde Luft, der würzige Duft der Kiefern, Johns warmer Atem auf ihrer Haut und die Berührung seines Körpers – all das machte diesen Tanz für Lily zu einem wahrhaft zauberhaften Erlebnis.
Als sie den Kopf hob, um zu sehen, ob auch er ihn so empfand, küsste er sie, und damit wurde ihre Entrücktheit von einem Verlangen abgelöst, dessen Heftigkeit sie überraschte und das sich dem seinen entsprechend zu einer Weltvergessenheit steigerte, wie sie es nie zuvor erlebt hatte. Als irgendwann ein lautes Brummen zu ihr durchdrang und John sich von ihr löste, konnte sie sich nur schwer dazu überwinden, die Augen zu öffnen. Fragend schaute sie zu ihm auf.
»Es kommt ein Auto!« John hatte unwillkürlich geflüstert und holte Lily damit jäh in die Wirklichkeit zurück.
»Wer kann das sein?«, fragte sie ebenfalls flüsternd.
»Das werden wir gleich erfahren«, meinte John trocken.
Der Wagen hielt an, das Motorgeräusch erstarb, und eine weibliche Stimme rief: »Lily!«
»Es ist Poppy!« Lily erschrak. »Wenn sie so spät hier auftaucht, muss etwas passiert sein!«

Hand in Hand liefen sie los. Poppys Geländewagen stand hinter Johns. Die Innenbeleuchtung brannte, und als Lily die sorgenvolle Miene ihrer Schwester sah, dachte sie sofort an Maida, doch Poppy wandte sich an John.
»Ein Glück, dass ich Sie gefunden habe! Ich bin aufs Geratewohl hergekommen, weil ich Sie zu Hause nicht erreichen konnte und auch Lily nicht, weil ihr Handy ausgeschaltet ist.«
»Was gibt es denn so Wichtiges?«, fragte John.
»Ihr Vater hatte einen Herzinfarkt.«

22

In normalem Tempo brauchte man von Lake Henry nach North Hedgeton eine halbe Stunde, aber John fuhr mit halsbrecherischer Geschwindigkeit, denn er hatte Angst, dass Gus ihm zum Trotz sterben würde, bevor er, John, im Krankenhaus ankäme. Wenn das passierte, wären all seine Annäherungsversuche in den letzten drei Jahren umsonst gewesen.
Er erinnertes ich daran, schon einmal das Gefühl gehabt zu haben, seinen Vater zu verlieren – damals, als er mit seiner Mutter fortgegangen war –, und er fühlte sich heute, mit über vierzig, genauso wie seinerzeit mit fünfzehn.
Lily hatte sich erboten, ihn zu begleiten, und er war froh, sie bei sich zu haben. Sie gab ihm Halt.

»Ich bin okay«, versicherte er ihr und sich alle paar Minuten, und dann streichelte sie seinen Arm oder nickte oder sagte leise: »Ich weiß.«

Als sie die Klinik erreichten, war John dankbar für den kleinen Lichtblick, nicht, wie in einer Großstadt, kostbare Zeit mit der Suche nach einem Parkplatz verschwenden zu müssen. Er stellte den Wagen einfach vor dem Eingang der Notaufnahme ab und hastete mit Lily an der Hand in das Gebäude. Als er einer vorbeikommenden Krankenschwester seinen Namen nannte, wurden sie in den ersten Stock geschickt, und dort steuerte er mit großen Schritten auf die drei Ärzte zu, die vor einem der Zimmer beieinander standen.

Es erwies sich als das seines Vaters, der an mehrere Geräte und Infusionen angeschlossen war.

»Wie geht es ihm?«, fragte John das Ärztetrio, ohne den Blick von der wie schlafend im Bett liegenden Gestalt zu lösen.

»Nicht gut«, antwortete Harold Webber, in dessen Behandlung sich Gus seit seinem ersten Infarkt kurz vor Johns Rückkehr nach Lake Henry befand. »Diesmal hat es ihn schlimmer erwischt.«

»Werden Sie operieren?«

»Vorläufig nicht. Wir müssen warten, bis sein Zustand sich stabilisiert hat. Wenn er dann zustimmt …« Bypass-Operationen waren heutzutage schon Routineeingriffe, aber das bedeutete nicht, dass sie keine Risiken in sich bargen. Bisher hatte Gus den Vorschlag rundweg abgelehnt. Das letzte Mal vor vier Monaten.

»Wer hat ihn gefunden?«, erkundigte sich John.

»Dulcey. Sie war beunruhigt, weil so spät noch Licht bei ihm brannte, und ging nach ihm sehen. Und dann rief sie gleich den Notarzt an. Es könnte schlimmer sein. Die Sauerstoffzufuhr des Gehirns war nicht unterbrochen – es funktioniert noch. Er ist nur sehr, sehr schwach.«
»Ist er bewusstlos?«
»Mal ja, mal nein.«
John umklammerte Lilys Hand. »Dürfen wir zu ihm rein?«
»Ich wüsste nicht, was ihm das schaden könnte.«
John wollte Lily mit sich ziehen, aber sie blieb stehen.
»Was ist?«, fragte er leise.
»Ich glaube, ich sollte draußen bleiben«, sagte sie. »Wenn er mich sieht, wird er an Donny erinnert.«
Das war zwar möglich, aber John wollte sie bei sich haben. »Bitte komm mit!«, flehte er. »Ja?«
Widerstrebend willigte sie ein. Von Angst erfüllt, trat er an das Bett und ließ Lilys Hand los. Er beugte sich vor und rief leise: »Gus?«
Keine Reaktion.
»Dad? Ich bin's – John. Kannst du mich hören?« Als sein Vater immer noch nicht reagierte, sagte er zu Lily: »Sonst besuche ich ihn mittwochs immer. Heute war ich zu beschäftigt, wollte stattdessen morgen zu ihm hinauffahren. Wenn ich es doch nur heute getan hätte!«
Lily streichelte seinen Arm, und er fühlte sich ein wenig getröstet. Er stützte die Ellbogen auf das Geländer des Bettes und betrachtete Gus' Gesicht. Selbst im Zustand der Bewusstlosigkeit drückte es Zorn aus.
»Ich habe keine Ahnung, warum er so grimmig ist«, sag-

te er leise. »Früher dachte ich, es sei meine Schuld. Ich habe ihn in meinem ganzen Leben nur ein einziges Mal zum Lächeln gebracht – und das auch noch unabsichtlich.«
»Womit?«, flüsterte Lily.
»Als ich einen Stein von ihm mit ins Bett nahm.«
»Einen Stein?«
»Mit einem Gesicht. Es sah aus wie geschnitzt. So was machte er öfter, und diesen hatte er mir geschenkt, als ich sechs Jahre alt war.«
»Zum Geburtstag?«
»Geburtstage fanden bei ihm nicht statt. Nein – er gab ihn mir einfach so. Warum, weiß ich bis heute nicht.«
John stieß einen Unwillen vermittelnden Laut aus. »Das ist nur eins von vielen Weiß-ich-bis-heute-nicht-Dingen.«
Er zog zwei Sessel ans Bett, die an der Wand gestanden hatten. »Setzen wir uns ein bisschen.«

Eine Stunde verging, in deren Verlauf eine für ein so kleines Krankenhaus erstaunliche Anzahl von Ärzten und Schwestern nach Gus sehen kam. John stand ab und zu auf und sprach seinen Vater an, doch es war vergebens.
Irgendwann, sie waren gerade allein im Zimmer, sagte Lily: »Ich schlage mich auch mit einigen Weiß-ich-bis-heute-nicht-Dingen herum.«
»Auf Maida bezogen?«
»Hauptsächlich.«
»Sie ist gesund – du hast noch Zeit, dir die Antworten zu

holen.« Was Gus betraf, hatte er die Befürchtung, diese Gelegenheit nicht mehr zu bekommen. Er hätte hartnäckiger sein sollen. Schließlich war es ihm nicht entgangen, dass sein Vater dramatisch abbaute. Er hätte wissen müssen, dass so etwas passieren würde.

Er hätte es wissen müssen.

Der Mittwoch ging in den Donnerstag über, und ein Gefühl der Verlorenheit ergriff von John Besitz. Lily hatte sich mit hochgezogenen Füßen in ihren Sessel gekuschelt. Immer wieder fielen ihr die Augen zu, aber jedes Mal, wenn er dachte, sie sei eingeschlafen, öffnete sie sie und lächelte ihn ermutigend an.

Dass er an Gus' Bett Wache hielt, war selbstverständlich, aber er durfte nicht so selbstsüchtig sein, sie zu zwingen, sich die Nacht um die Ohren zu schlagen. Also berührte er, als ihre Lider wieder einmal herabsanken, ihre Hand und sagte: »Du brauchst nicht hier zu bleiben«, flüsterte er. »Du bist ja völlig erledigt.«

»Ich bin okay«, widersprach sie.

»Nimm meinen Wagen, und fahr nach Hause«, drängte er sie.

»Möchtest du lieber mit ihm allein sein?«, fragte sie.

Er schüttelte den Kopf.

»Dann bleibe ich«, erklärte sie und setzte sich zurecht.

Das war der Augenblick, in dem John sich ernsthaft in sie verliebte.

Lily schlief ein. Es brannte nur das Nachttischlämpchen, und das Piepsen des Überwachungsgerätes für die Herzfrequenz wirkte in seiner Regelmäßigkeit hypnotisch. Johns Augen begannen zu brennen, und er spürte unter dem linken Auge einen Muskel zucken, aber er zwang sich, wach zu bleiben. Als ein Engel in Schwesterntracht Kaffee brachte, trank er gierig die zwei Tassen, die die Kanne fasste.

Nach nicht einmal einer Stunde schrak Lily hoch und schaute alarmiert zum Bett hinüber.

»Sein Zustand ist unverändert«, beruhigte John sie.

Sie schüttelte den Kopf. »Das war verrückt«, sagte sie. »Ich habe geträumt, meine Mutter läge hier.«

»Du arbeitest doch jetzt mit ihr. Sprecht ihr miteinander?«

»Nicht über Wesentliches.«

»Also sprecht ihr zwar miteinander, aber ihr sagt nichts.«

Lily nickte.

John stand auf. Als er eines von Gus' Lidern zucken sah, streckte er den Arm nach der Hand seines Vaters aus, zog seine jedoch kurz vor der Berührung zurück. Sie berührten einander nie – zumindest nicht aus Sympathie.

»Gus!«, machte er in drängendem Ton einen neuerlichen Versuch, ihn zu erreichen. »Sprich mit mir!«

Lily trat zu ihm. »Vielleicht solltest *du* mit *ihm* sprechen«, meinte sie leise.

John zermarterte sich den Kopf, doch er fand nicht die richtigen Worte. Er war wieder fünfzehn. »Ich kann nicht.«

»Warum nicht?«
»Weil ich nicht weiß, was ich sagen soll.«
»Dann sprich mit mir.«
»Über Gus?«
»Ja. Was liebst du an ihm?«
Absolut nichts, war die Antwort, die John spontan einfiel. Dafür gab es vieles, was er hasste. Oder ablehnte. Oder nicht verstand.
Aber es musste auch anderes geben, sonst würde er jetzt nicht diese Angst empfinden, diese Frustration und dieses Gefühl der Verlorenheit. Er wäre gar nicht hier, sondern würde zu Hause seelenruhig schlafen, bis er aus dem Krankenhaus angerufen und ihm mitgeteilt würde dass es vorbei sei. Wenn er nichts an seinem Vater liebte, wäre er überhaupt nicht nach Lake Henry zurückgekommen.
Was konnte er Positives über Gus sagen?
»Er hat wunderschöne Natursteinmauern gebaut«, sagte John. »Es werden wohl im Laufe der Jahre hunderte gewesen sein. Sie werden noch stehen, wenn du und ich längst unter der Erde sind. Mich haben diese Mauern immer mit Ehrfurcht erfüllt.«
»Er ist ein Künstler«, sagte Lily.
John nickte. Er bildete sich ein, dass die Züge seines Vaters sich ein wenig entspannt hatten, und er fasste Mut.
»Er hat sein ganzes Leben lang mit Steinen gearbeitet.«
»Wie ist er dazu gekommen?«
»Das hat er mir nie erzählt. Er ging mit vierzehn von der Schule ab, und monatelang wusste niemand, wo er seine Tage verbrachte. Dann stellte sich heraus, dass er einem

alten Steinmetz half. Er machte seine Sache gut und keinen Ärger, und so wurde er nicht gezwungen, in die Schule zurückzukehren. Und dieser Mann war außer sich, wenn ich auch nur einen Tag die Schule schwänzte!«

»Er wünschte sich eben ein besseres Leben für dich.«

»Ein besseres Leben als das eines Künstlers? Ich hätte alles darum gegeben, mit ihm zusammenarbeiten zu dürfen, aber er wollte nichts davon hören. Er meinte, damit sei weder ihm noch mir gedient, weil wir uns nur gegenseitig ins Handwerk pfuschen würden. Er war ein Perfektionist. Und stolz auf seine Werke.«

»Bist du stolz auf das, was du schreibst?«

»Ich denke schon.«

»Dann bist du in dieser Hinsicht wie er.«

John nickt. »Da hast du Recht – wenn auch unsere Arbeit nichts miteinander gemein hat. Mauern sind nützlich und ästhetisch – mit einer spitzen Feder kann man Menschenleben zerstören. Als ich das damals in Boston erkannte, hängte ich diese Art von Journalismus an den Nagel. Aber auf die ›Lake Post‹ bin ich schon stolz. Es ist eine gut gemachte Zeitung.« Er lächelte, als ihm bewusst wurde, worauf seine Argumentation hinauslief. »Sie ist nützlich und ästhetisch. Wie die Mauern von Gus.«

Kurz vor Tagesanbruch flatterten Gus' Lider und hoben sich dann.

John, der gerade wieder an seinem Bett stand, war wie elektrisiert. »Dad!«

Der Blick seines Vaters irrte umher und kam am Ende zwar auf ihm zur Ruhe, ließ jedoch keine bewusste Wahrnehmung erkennen. Als die Augen sich langsam wieder schlossen, schaute John zu dem Monitor hinüber. Nach ein paar großen Zacken zeichnete er wieder eine normale Herztätigkeit auf.
John überlegte, ob er versuchten sollte, Gus aufzuwecken, entschied sich aber dagegen. Einerseits war das Aufwachen ein gutes Zeichen, aber wenn es Herzrhythmusstörungen verursachte, wollte er es lieber nicht forcieren. Und so blieb er am Bett stehen und betrachtete das Gesicht seines Vaters. Das hatte er auch als Kind oft getan, wenn Gus am Feierabend in dem großen Sessel neben dem Holzofen schlief. Er war ihm dann weniger bedrohlich erschienen als in wachem Zustand. Auch seine Mutter war in diesen Momenten ruhiger gewesen, hatte ihren Mann beinahe liebevoll angesehen und John leise beschworen, keinen Lärm zu machen.
Lily war wieder eingeschlafen. Als es hell wurde, wachte sie auf und trat zu ihm. »Er war ein ausgesprochen gut aussehender Bursche«, sagte John. »Meine Mutter spricht noch heute davon.«
»Wie haben sich die beiden kennen gelernt?«
»Sie war mit einer Freundin in diese Gegend gekommen, um den Indian Summer zu genießen, und sie hatte eine Reifenpanne. Er entdeckte sie, als er aus dem Wald kam, und errettete sie aus ihrer misslichen Lage. Einen Monat später kam sie mit drei von ihrer Mutter gebackenen Kaffeekuchen zurück und begann ihn zu umsorgen, bis er begriff, dass er keine bessere Frau finden könnte, um

eine Familie zu gründen. Er war damals schon fast vierzig, und sie war jung und hübsch und versessen darauf, ihn zu heiraten.« John seufzte. »Ich habe nie gewagt, ihren Namen zu erwähnen, wenn ich ihn nach der Trennung besuchte.«

»Wann war denn das?«

»Ein paarmal während meiner Studienzeit. Ich dachte, er wäre stolz darauf, wie weit ich es gebracht hatte. Er war es nicht. Er vermied es sogar, mich anzusehen, und so blieb ich nie lange. Und anschließend nagten all die Dinge an mir, die ich hatte sagen wollen ...«

Eine Schwester brachte Kaffee, stellte die Geschwindigkeit einer Infusion neu ein und verschwand wieder.

John begrüßte die Wärme, die der Kaffee durch seinen Körper strömen ließ. Lily bei sich zu haben, war ihm eine große Hilfe, aber auch ihre Gegenwart hatte nicht verhindern können, dass ihm bei der Erinnerungen an seine Vergangenheit mit Gus kalt geworden war.

»Ich wollte ihm sagen«, knüpfte er an, »dass ich verstand, was zwischen ihm und meiner Mutter vorgegangen war. Dass er nicht allein schuld war. Sie hatte ihn unbedingt haben wollen, aber dann konnte sie das Leben auf dem Ridge nicht ertragen. Ich mache ihm die Scheidung nicht zum Vorwurf. Das wollte ich ihm sagen.«

Du hast es gerade getan, glaubte er, Lily antworten zu hören – aber sie nickte nur und blieb dicht an seiner Seite.

Für Lily war es ganz selbstverständlich, an Gus Kiplings Bett Wache zu halten – nicht um des alten Mannes willen, sondern weil sie bei John sein wollte –, aber als sie um kurz vor sieben ihre Mutter anrief, stieß sie auf Unverständnis.

»Gus Kipling wird es dir nicht danken«, sagte Maida.

»Ich bin nicht seinetwegen hier, sondern John zuliebe«, erklärte Lily. »Er war bei mir, als er erfuhr, was passiert war, und ich konnte ihn unmöglich allein hierher fahren lassen.«

»Man sollte meinen, die schlechte Erfahrung mit Donny hätte dir den Geschmack an der Kipling-Sippe verdorben.«

»Das hier ist etwas ganz anderes«, erwiderte Lily, und dann machte sie sich bewusst, dass sie eine junge Frau war – sie brauchte die Erlaubnis ihrer Mutter nicht. »Ich habe nur angerufen, um zu fragen, ob einer der Pflücker für mich einspringen kann.«

»Du willst also tatsächlich dort bleiben?«, fragte Maida bitter.

»Ja, das will ich.«

Die Ärzte waren überrascht, dass Gus sich so gut gehalten hatte, verbreiteten jedoch keinen Optimismus, was John aber nicht daran hinderte, sich von Hoffnung getragene Tagträume zu gestatten. Er malte sich aus, wie Gus aufwachte und sich ihm gegenüber zugänglich zeigte. Er machte sich glauben, dass sie noch eine wirklich wertvolle Zeit miteinander verbringen könnten.

Im Laufe der nächsten Stunden wachte Gus mehrmals auf. Jedes Mal kam sein Blick nach anfänglicher Ziellosigkeit auf John zur Ruhe – und er erkannte ihn, dessen

war John sich ganz sicher. Nur wusste er nicht, ob das seinem Vater gut tat oder schadete.
Am frühen Nachmittag veränderte sich plötzlich der Herzrhythmus. Ärzte und Schwestern kamen angelaufen, und nach einer Umstellung der Medikation stabilisierte sich das Herz wieder, aber es war die Rede von einem Sekundärinfarkt und Wasser in der Lunge.
John wartete mit Lily auf dem Korridor, während die Ärzte sich um Gus kümmerten, aber sobald das Zimmer wieder zu betreten war, nahm er seinen Platz am Geländer des Bettes ein. Als er auf das wächserne Gesicht seines Vaters hinunterschaute, verlieh ihm die Verzweiflung den Mut, seine Hand zu ergreifen. Sie fühlte sich unangenehm schlaff und kalt an, aber er brachte es nicht über sich, sie, nachdem er die Verbindung endlich hergestellt hatte, auf die Decke zurückzulegen.
»Komm schon, Gus«, murmelte er. »Komm schon. Lass mich nicht hängen. Wage es nicht, mich hängen zu lassen.« Als sein Vater nicht reagierte, sagte er: »Ich versuche zu helfen. Verdammt noch mal, ich versuche zu helfen!« Als immer noch keine Reaktion erfolgte, wurde er zornig. »Du hörst mich, Gus – ich weiß, dass du mich hörst! Du hast mich immer gehört – du hast dich nur abgewandt, als sei es nicht hörenswert, was ich zu sagen habe. Vielleicht war das damals auch so. Ich habe dich enttäuscht. Es tut mir Leid. Ich habe Donny schlecht behandelt. Auch das tut mir Leid. Wenn ich die Uhr zurückdrehen könnte, würde ich es tun und das anders machen. Aber jetzt bin ich sicher, und ich möchte, dass du mir eine Chance gibst.«

Sein Zorn verrauchte. Wie hätte er sich auch halten sollen ohne Gus' Übellaunigkeit?
Mutlos öffnete er die Hand und betrachtete die alten, narbigen Finger. Sie wirkten in einer Weise verwundbar, wie er Gus nie empfunden hatte. »Wie kann man einen Mann um Verzeihung bitten, der nicht bereit ist, zuzuhören?«, sagte er leise zu sich selbst.
In diesem Moment bewegten sich die Finger – nicht viel, aber es zeugte von Leben. Als John den Blick hob, begegnete er dem seines Vaters.
»Du siehst das falsch«, sagte der alte Mann mit heiserer, brüchiger Stimme. »Ich habe dich enttäuscht ... ich habe versagt ... ich war nicht gut genug ... nicht für eure Mutter ... nicht für Don ... nicht für dich ...«
»Das ist nicht wahr«, widersprach John, aber Gus hatte die Augen schon wieder geschlossen. Und dann begann das Gerät, das die Herzfrequenz aufzeichnete, plötzlich durchdringend zu pfeifen. John fuhr herum und sah die gerade Linie auf dem Monitor.
Sie versuchten, Gus zurückzuholen. Mit Elektroschocks. Nach dem dritten gaben sie auf.
Die Ärzte und Schwestern verließen das Zimmer.
»Er hat noch sagen können, was ihm auf der Seele lag«, flüsterte Lily, und John hielt sie nicht zurück, als sie sich zum Gehen wandte. Er wollte allein Abschied von seinem Vater nehmen.
Er umschloss Gus' Hand mit seinen beiden Händen und betrachtete zum letzten Mal das Gesicht, das er gehasst und geliebt hatte. Nach einer Weile legte er Gus' Hand auf die Decke zurück, beugte sich hinunter, küsste sei-

nen Vater auf die Wange und wollte gehen, doch irgendetwas hinderte ihn daran, und so blieb er noch. Als er sicher war, dass die Seele seines Vaters sich auf die Reise begeben hatte, verließ er das Zimmer.

Lily hatte auf dem Korridor gewartet. John lächelte sie traurig an, nahm sie in die Arme und drückte sie so fest an sich, dass seine Arme zitterten und sie keine Luft mehr bekam, aber sie hätte sich um nichts in der Welt beschwert. Ihm ein Trost zu sein war eine unbeschreibliche Freude für sie.

Als er sie schließlich freigab, waren seine Augen feucht. Er sah zur Decke hinauf und atmete zweimal durch. Dann schaute er Lily an und sagte: »Ich setz dich zu Hause ab und fahr gleich weiter – ich muss auf den Ridge hinauf.«

Auf der Fahrt nach Lake Henry sprachen sie kein Wort. Als John neben ihrem Häuschen hielt, bedankte er sich. »Es hat mir viel bedeutet, dich bei mir zu haben.«

Sie legte den Finger an seine Lippen und schüttelte den Kopf. Dann stieg sie aus und blickte dem Wagen nach. Als er nicht mehr zu sehen war, schlenderte sie zum See. Es war kurz vor fünf. Das Wasser spiegelte den blauen Himmel mit den weißen Wolkentupfen wider, kein Lüftchen ließ die Blätter rascheln. Es war, als verharre die Welt nach Gus' Tod in ehrerbietigem Schweigen.

23

Es widerstrebte John zwar, Lily zu verlassen, aber das Bedürfnis, zu Gus' Haus hinaufzufahren, war stärker. Gus' Haus? Es war auch sein Haus. Er war dort aufgewachsen. Weder der neue Anstrich noch die neuen Büsche im Vorgarten konnten daran etwas ändern. Als er jetzt, zum ersten Mal als der letzte Kipling, den Weg auf den Ridge nahm, musste er diese Tatsache anerkennen. Sauberkeit und Ordnung erwarteten ihn. Er setzte sich auf das Sofa in dem kleinen Wohnzimmer, das Donny und er früher bewohnt hatten, legte den Kopf an die Lehne und schloss die Augen. Stimmen aus jener Zeit hallten durch seinen Kopf – Schimpfen, aber auch Gelächter. Sein Vater war kein fröhlicher Mensch gewesen, seine Mutter hingegen lachte gerne, und Donny ebenfalls. John und sein Bruder hatten durchaus auch Spaß miteinander gehabt.

Die Erinnerungen verschmolzen, wurden undeutlich – er schlief ein. Als er langsam wieder zu sich kam, empfand er ein Gefühl der Leere, das er sich nicht erklären konnte. Er öffnete die Augen. Dunkelheit empfing ihn. Es dauerte einen Moment, bis er begriff, wo er sich befand – und warum er hier war. Die Emotionen, die die Erkenntnis in ihm auslösten, waren so überwältigend, dass er kaum die Kraft aufbrachte, den Arm zu heben, um die neben ihm stehende Lampe anzumachen. Blicklos starrte er auf den Couchtisch hinunter. So hatte er Gus bei seinem Besuch in der vergangenen Woche vorgefunden!

Ein Geräusch veranlasste ihn, aufzuschauen. Dulcey Hewitt stand in der Tür.

»Ich wollte nicht stören, solange kein Licht brannte«, sagte sie. »Es tut mir Leid um Gus. Ich habe vorhin im Krankenhaus angerufen, um mich nach ihm zu erkundigen, und da sagte man mir, dass er nicht mehr am Leben sei.«

John schluckte. »Danke, dass Sie gestern Abend nach ihm gesehen haben. Es wäre schlimm gewesen, wenn er ganz allein hätte sterben müssen.«

»Waren Sie bei ihm, als es zu Ende ging?«

John nickte.

Dulcey verabschiedete sich. Sie war kaum gegangen, als die Nachbarin von der anderen Seite herüberkam, um ihm ihr Beileid auszusprechen, was sie allerdings, wie auch die anderen Ridge-Bewohner, die nach ihr in rascher Folge erschienen, auf der Türschwelle tat.

Ihre Anteilnahme rührte John. Gus war ihnen nicht freundlicher begegnet als seiner Familie, und trotzdem schien sein Tod sie zu bewegen. Er leistete im Stillen Abbitte für jeden negativen Gedanken, den er je in Verbindung mit dem Ridge gehabt hatte.

Als der Strom der Kondolenzbesucher verebbte, ging John ins Schlafzimmer, um nachzusehen, ob sich dort ordentliche Kleidung finden ließe, in der Gus beerdigt werden könnte. In dem Schrank herrschte ein wüstes Durcheinander. Entweder hatte Dulcey sich geweigert, ihn aufzuräumen, oder sein Vater hatte es ihr verboten. John entdeckte einen Mantel, den er aus seiner Kindheit kannte, und neben mehreren karierten Flanellhemden auch zwei weiße. Und einen Anzug! Er zog ihn heraus. Abgesehen von Knitterfalten war er in tadellosem Zustand. Seltsamerweise lugten die Griffe einer undurchsichtigen Plastiktüte, die an dem Haken des Kleiderbügels hin, oben aus dem Sakko. Er legte den Anzug aufs Bett, knöpfte die Jacke auf und nahm die Tüte vom Bügel.

Wie er feststellte, enthielt sie Zeitungsausschnitte, die chronologisch geordnet und so glatt waren, als seien sie gebügelt worden. John blätterte sie durch, und eine tiefe Traurigkeit ergriff von ihm Besitz. Da lag eine Sammlung seiner Arbeiten vor ihm, sorgfältig aufbewahrt von seinem Vater, der ihm *kein einziges* Mal gesagt hatte, dass er ihn liebte.

John richtete sich auf, drückte seinen Rücken durch und presste die Handballen auf die Augen. Er atmete tief ein, um den eisernen Ring zu sprengen, der sich um seine Brust gelegt hatte, doch es half nichts. Die Hand an den Nacken gelegt, schaute er auf die Ausschnitte hinunter und stieß einen Laut aus, indem sich hilfloser Zorn mit Seelenqual mischte.

Unfähig, länger still zu stehen, ging er durch die Hintertür in den Garten hinaus und an der Natursteinmauer auf und ab, die Gus zuletzt solche Probleme bereitet hatte. Plötzlich sah John wieder das Bild vor sich, als

sein Vater hinfiel und sich nur sehr widerwillig von ihm hatte aufhelfen lassen.
Und dann hörte er wieder die heisere, schwache Stimme. Ich habe dich enttäuscht. Ich habe versagt. Ich war nicht gut genug. Nicht für eure Mutter. Nicht für Don. Nicht für dich. Jetzt verstand er, was seinen Vater gequält hatte, und es zerriss ihm fast das Herz: Als uneheliches Kind, das in einer Zeit geboren worden war, da unehelich geboren zu sein, ein Makel bedeutete, war er in dem Glauben aufgewachsen, nichts wert zu sein. John sank mit hängenden Schultern auf die Knie, neigte den Kopf und fing an, bitterlich zu weinen, wie er zuletzt als kleiner Junge geweint hatte. Es tat gut, löste die Anspannung in seinem Innern, und so weinte er, bis er keine Tränen mehr hatte. Dann stand er auf, fuhr sich mit dem Ärmel über die nassen Wangen, ging ins Haus und schöpfte sich mit den Händen kaltes Wasser ins Gesicht. Als er sich aufrichtete, war sein Kopf wieder klar.
John tat die Zeitungsausschnitte in die Tüte zurück, und hängte sie wieder an den Bügel. Er würde sie Gus in den Sarg legen. Danach suchte er Unterwäsche, Socken, ein weißes Hemd und Schuhe zusammen und verstaute alles in seinem Wagen, fuhr heim, hängte den Anzug und das Hemd seines Vaters in seinen Schrank und duschte, was ihm nach anderthalb Tagen ein dringendes Bedürfnis war. Kaum trocken, stieg er in sein Boot und paddelte auf den See hinaus. Als er die Insel erreichte, fand er seine Seetaucher-Familie vollzählig versammelt vor. Sie schwammen gemächlich am Ufer entlang, tauchten ab und zu nach Fischen und schickten ihren Ruf in die

Nacht hinaus, dessen Urtümlichkeit ihn heute noch stärker anrührte als sonst. Hier draußen herrschte eine Atmosphäre der Zeitlosigkeit, die das Gefühl in ihm weckte, dass der Tod nur eine Fortsetzung des Lebens war. Einerseits von Kummer, andererseits von Zuversicht erfüllt, tauchte John das Paddel wieder ins Wasser, und der Gesang der Seetaucher folgte ihm bis zur Thissen Cove.

Lily stand am Ende des Stegs, als habe sie ihn erwartet. Er ging längsseits, sie nahm ihm die Leine ab und vertäute das Boot.

Sekunden später nahm er sie in die Arme, und in diesem Moment dachte er weder an seinen Vater noch an Terry Sullivan, weder an das Buch, das er schreiben wollte, noch daran, wie er Lily und ihre Familie darin verwerten könnte. Kopf und Herz waren in Einklang.

John hielt sie an sich gedrückt, und als sie den Kopf hob, küsste er sie, zuerst zart und dann zunehmend leidenschaftlicher. Irgendwann löste Lily sich von ihm, nahm ihn an die Hand und zog ihn ins Haus und dann die Treppe zum Schlaloft hinauf, und auch hier herrschte völliger Einklang, als sie einander entkleideten und sich voller Begehren zu erforschen begannen. Johns Träume waren von Lilys Brüsten dominiert gewesen. Jetzt stellte er fest, dass sie noch viel schöner waren, als er gedacht hatte, doch es waren nicht nur sie, was ihn gefangen nahm, sondern Lilys Haut, ihr Duft und ihr Wesen. Sie bereitete ihm Lust, spendete ihm Trost und gab ihm Hoffnung, und all dies zusammen erweckte seinen Körper zu einer nie gekannten Lebendigkeit. Während er

tiefer und tiefer in sie eindrang, empfand er eine Erfüllung, die ihm an sich Befriedigung genug gewesen wäre, doch sein Körper verlangte nach mehr.
Lily kam mit einem leisen Aufschrei zum Höhepunkt, der seinen Orgasmus noch überwältigender machte.
Nur sehr widerstrebend löste er sich nach einer Weile von ihr, drehte sich auf die Seite und zog sie in seine Arme, küsste sie zärtlich und dachte gerade, dass es nichts Schöneres für ihn geben könnte, als so mit ihr hier zu liegen, als sein Penis erneut auf sich aufmerksam machte. Und Lily war bereit für ihn, und als sie in den folgenden Stunden zusehends aktiver und kühner wurde, steigerte sich seine Erregung, bis er am ganzen Körper zitterte.
Irgendwann setzte Erschöpfung ein, und John ließ sich gehen, wie er sich in Lily hatte gehen lassen, und im Garten des Häuschens auf dem Ridge. Völlig entspannt sank er, Lilys Duft einatmend, in einen traumlosen Schlaf.

Ich fahre zum Mosthaus. Um vier ist Schluss. Lily lehnte die Nachricht an ihr Kissen, nahm sie dann jedoch noch einmal weg, setzte ihren Anfangsbuchstaben darunter und ein schwungvolles Herz darüber.
Während sie an der Presse arbeitete, dachte sie über die vergangene Nacht nach und über die Nacht zuvor, über die vergangene Woche und die Woche davor. So viel hatte sich in so kurzer Zeit getan. Ihr Leben stand Kopf, und sie wusste nicht, wie sie es wieder auf die Füße stellen sollte.

Mittags servierte Maida Sandwiches für zwei auf der Veranda. Sie fragte nicht nach Gus oder John oder Terry, und Lily war ihr dankbar dafür.

Um kurz vor vier war sie gerade dabei, den Boden des Mosthauses mit dem Schlauch sauber zu spritzen, als John in der Tür erschien. Er wirkte genau so unsicher, wie sie sich fühlte. Wie sollte sie ihn nach dieser Nacht begrüßen?

Als sie sich draußen trafen, hatte er die Hände in die Taschen seiner Jeans vergraben und wirkte noch immer unsicher.

Aber es gab nichts daran zu deuteln – sie waren jetzt ein Liebespaar. Das hatte Lily irgendwann im Laufe des Tages akzeptiert. Auch wenn es vielleicht gefährlich war, sich ihm so vorbehaltlos zu öffnen – sie konnte nicht anders.

»Gehen wir ein Stück?«, fragte sie mit einem schüchternen Lächeln.

Seine Züge entspannten sich mit einer solchen Geschwindigkeit, dass es beinahe komisch war. Aber eben nur beinahe. In Wahrheit war es ungemein liebenswert, dachte Lily, als sie wortlos auf den Hang mit den Apfelbäumen deutete. Minuten später wanderten sie auf einem schnurgeraden Feldweg zwischen in Reihen gepflanzten Bäumen entlang. Der Duft war berauschend.

»Was sind das für Äpfel?«, fragte er.

»Das ist ein Cortland«, erklärte sie auf einen Baum zeigend. »Und das ist ein Macoun. Dort haben wir Gravensteiner und dort drüben McIntoshs.«

»Alles durcheinander?«

»Das muss so sein. Die Blüten müssen Pollen von verschiedenen Sorten aufnehmen, um befruchtet zu werden. Cortlands können keine Cortlands befruchten, McIntoshs keine McIntoshs. Unglücklicherweise wissen die Bienen das nicht. Aber sie fliegen von Baum zu Baum, und darum mischen wir die Sorten in dieser Weise.«

»Aus welcher Sorte wird Apfelwein gemacht?«

»Aus mehreren Sorten. Most ist eine Mischung. Jeder Hersteller hat sein eigenes Rezept.«

»Und wie ist eures?«

»Das weiß nur Mom. Sie hat eine Wissenschaft daraus gemacht. Ich weiß nur, dass die am besten schmeckenden Äpfel sich am schlechtesten für Apfelmost eignen. Er wird dann zu wässrig.« Sie ging zu einem Baum, begutachtete die Äpfel in ihrer Reichweite und pflückte dann zwei, wobei sie, wie sie es vor langer Zeit gelernt hatte, darauf achtete, dass der Stiel dran blieb, warf John einen zu und schaute sich um. An einigen Bäumen lehnten Holzleitern, unter anderen standen Steigen. »In zwei Wochen ist alles abgeerntet. Die Äpfel, die als Obst zum Verkauf kommen, werden verpackt, die zu Wein verarbeitet werden, in Kellerräumen unter reduziertem Sauerstoff gelagert, damit sie nicht verderben. Wir holen dann jede Woche die erforderliche Menge herauf.«

Sie winkte ihn zu einem älteren Baum mit einer ausladenden Krone, und sie setzten sich unter ihm nebeneinander ins Gras.

Eine Weile saßen sie schweigend da. Dann sagte er leise: »Ich hatte Sehnsucht nach dir, als ich aufwachte.«

Lily schaute zu ihm hinüber, aber sein Blick war in die Ferne gerichtet. »Wann war denn das?«
»Um zwölf.«
»Und was hast du dann gemacht?«
»Ich bin in den Ort gefahren und habe die Arrangements für die Beerdigung getroffen.«
»Wann ist sie?«
»Morgen früh.«
Sie betrachtete liebevoll das Gesicht, das sie in der Nacht mit den Lippen liebkost hatte, von der Seite.
Auf einmal wandte John den Kopf. »Ich hatte gedacht, er hätte sich ungewollt gefühlt. Aber er hatte das Gefühl, nichts wert zu sein.«
»Ich bin froh, dass er das noch sagen konnte. Es hilft dir bestimmt.«
»Mir schon – aber ihm nicht.«
»Bist du sicher?«
Er legte den Kopf in den Nacken, blickte zu dem Baum hinauf und schwieg so lange, dass sie nicht mehr mit einer Antwort rechnete. Plötzlich neigte er den Kopf und lächelte. »Ganz schön gescheit für eine Barsängerin«, neckte er sie, hakte seinen Arm um ihren Nacken und zog sie zu sich heran.
Lily wusste nicht, ob es das Lächeln war, das Lob oder seine Nähe – jedenfalls durchströmte sie eine wohlige Wärme.
Und dann wurde ihr noch wärmer.
Und dann noch wärmer. Ihre Hand lag auf seiner Brust, die jetzt ein Hemd bedeckte, und sie erinnerte sich. Glatte Haut spannte sich über durchtrainierten Muskeln.

Auf der oberen Region seines Brustkorbes wuchs ein wenig Flaum, über seinem Nabel etwas mehr und dichterer im Bereich der Lenden.

John zog sie mit sich auf die Füße, und sie schlenderten Arm in Arm hinunter zu ihren Autos. »Ich fahre hinter dir her«, sagte er nur, doch es lag Vertrautheit in diesen nüchternen Worten und – Verheißung.

Als sie bei ihrem Häuschen ankamen, war Lily genauso erregt wie in der Nacht zuvor oben auf der Galerie, als er sie an sich gepresst hatte. Nein – erregter. Sie wusste jetzt, wie sich sein Bart an ihren Brüsten anfühlte, wie sich seine Brustwarzen zusammenzogen und seine Schenkel zitterten. Sie wusste, wie er nach dem Duschen roch – und nach dem Sex.

Diesmal kamen sie nicht bis zum Bett, liebten sich bereits am Kopf der Treppe, wozu sie nur das Nötigste auszogen. Danach hielt er sie fest im Arm, bis ihre Körper zur Ruhe gekommen waren. Dann legte er seine Stirn an ihre.

Was hatte sie bewogen, mit ihm zu schlafen? Das Bedürfnis nach Leben im Angesicht des Todes? Das Bedürfnis nach einem Freund in unfreundlichen Zeiten? Schlicht und einfach Verlangen? Es konnte auch Liebe sein. Ein interessanter Gedanke. Ein erschreckender Gedanke. Also schob sie ihn eilends weg.

John behielt sie auf dem Schoß, bis Dunkelheit das Häuschen einhüllte, und er blieb über Nacht.

Der Gottesdienst war kurz, ein einfacher Wegbereiter für einen komplizierten Mann. Die Bewohner des Ridge waren fast vollzählig erschienen, um einem der Ihren das letzte Geleit zu geben, doch es hatten sich auch viele andere eingefunden, zweifellos, um John ihre Achtung zu erweisen.

Wie am vergangenen Sonntag setzte Lily sich in eine der hinteren Bänke der Kirche und hielt den Kopf gesenkt, während der Prediger sprach. Sie wäre auch auf dem Friedhof im Hintergrund geblieben, wenn John sie nicht beim Verlassen der Kirche an seine Seite gezogen hätte, um mit ihr hinter dem Sarg herzugehen. Da sie ihn nicht verletzen wollte, ließ sie es zu, obwohl sie sich wie ein gefangenes Tier fühlte. John umklammerte ihre Hand, wie er es schon einmal getan hatte – als sei sie das Einzige, was ihn aufrecht hielt. Aber jetzt war es anders – jetzt war es offiziell. Nach ein paar Gebeten wurde der Sarg ins Grab gesenkt und Johns Griff schmerzhaft, aber sie hätte sich um nichts in der Welt losgerissen, obwohl sie sich am liebsten in einem Mauseloch verkrochen hätte, denn nun begann das Defilee. Die Trauergäste bedachten John mit ein paar kurzen Worten, einem Händedruck, einer Berührung seines Armes – und Lily mit Blicken unterschiedlichen Ausdrucks. Es waren Gesichter mit Namen darunter – Cassie, Charlie Owens senior und Charlie Owens junior, Willie Jake und seine Emma, Allison Quimby, Liddie Baynes – und Gesichter ohne Namen. Lily nickte verlegen, schluckte immer wieder und dankte ihrem Glücksstern dafür, dass sie nicht sprechen musste.

Doch sie ging erst, als auch John ging. Zu diesem Zeitpunkt hatten die Totengräber die Grube wieder zuge-

schaufelt, die Trauergäste waren gegangen und niemand mehr da, der sie neugierig musterte.
Das war Lily nur ein kleiner Trost. Für Gesprächsstoff hatte sie auf jeden Fall gesorgt.

John sah die Sache anders. Er dachte, wenn die Achtung, die man ihm in Lake Henry entgegenbrachte, Lily einbezöge, wäre das hilfreich. Je willkommener sie sich fühlte, umso eher würde sie erwägen, hier zu bleiben. Vielleicht.
Er dachte dabei nicht an sein Buch. Wenn er es tat, fühlte er sich unbehaglich – als entwerte dieser Gedanke, was sie geteilt hatten. Dass er sich wünschte, dass sie in Lake Henry bliebe, hatte nicht das Geringste mit seinem Projekt zu tun.
Er kannte sie inzwischen gut genug, um zu wissen, dass, wenn sie bliebe, sie es nur täte, weil sie es *wollte*, nicht weil sie keine Alternative hätte – und sie würde es nur wollen, wenn sie mit ihrer Mutter ins Reine käme. John hoffte, ihr dabei helfen zu können, indem er Maidas Geheimnis lüftete, gleichzeitig erschien ihm das angesichts seiner jetzigen Beziehung zu Lily ausgesprochen indiskret.
Terry auszuspionieren hatte er jedoch keinerlei Skrupel. Ja, es wäre ihm eine große Genugtuung, wenn er Lily dabei helfen könnte, ihm Böswilligkeit nachzuweisen.
Und so war er am Montag, nachdem er den Sonntag, von Poppys Hilfskomitee verpflegt, zu Hause mit Vorarbeiten für die neue »Lake News« zugebracht hatte,

schon früh im Büro und machte da weiter, wo er vor dem Herzinfarkt seines Vaters aufgehört hatte. Als Erstes rief er bei einer Kirche im italienischen Viertel von Pittsburgh an, wo er nach zwei jungen Geistlichen einen Priester an den Apparat bekam, der alt genug war, um Terry Sullivan zu kennen, jedoch erfahren musste, dass diesem der Name erst seit dem Skandal in Boston geläufig war. Terry Sullivan, erklärte der Pfarrer entschieden, habe nie in seinem Amtsbezirk gewohnt.

Demnach war Terry kein praktizierender Katholik in Pittsburgh gewesen – zumindest nicht in dem Viertel, über das er geschrieben hatte.

Also nahm John sich wieder Meadville vor, aber im dortigen Pfarramt erinnerte sich niemand an die Familie. Darauf wandte er sich an den stellvertretenden High-School-Rektor, mit dem er schon einmal gesprochen hatte. Nach wie vor bemüht, zu helfen, reichte der Mann ihn an einen Mittelschullehrer weiter, der ihn an einen Grundschullehrer weiterreichte. Beide bestätigten die Aussagen des jeweils anderen. Beide staunten angesichts der Probleme, die Terry damals gehabt hatte, darüber, wie weit er es gebracht habe.

»Probleme?«, hakte John bei beiden sofort ein.

»Er war anders als seine Mitschüler«, vertraute der eine ihm an. »Ein Eigenbrötler.«

Der zweite ergänzte das Bild. »Ich habe ihn letztes Wochenende in einer Talkshow gesehen und konnte gar nicht fassen, zu was für einem stattlichen, gut aussehenden Mann er sich entwickelt hat. Als Junge war er richtig mickrig.«

»Mickrig?«
»Klein. Mager. Schwächlich. Schüchtern. Der Arme hatte es aber auch nicht leicht – bei dem Bruder ...«
»Wie war der Bruder denn?«
»Neil war ein ausgesprochen hübsches Kind. Lieb, umgänglich, ein Sonnenschein. Er besaß schon als Grundschüler Führungsqualitäten. Terry war der bessere Schüler, aber Kinder in dem Alter wissen geistige Fähigkeiten nicht zu würdigen. Terry gerieten sie zum Fluch. Seine Klassenkameraden verspotteten ihn als Streber, weil er im Unterricht jede Frage beantworten konnte. Und zu Hause hatte er es ebenfalls schwer. Sein Vater war ein schwieriger Mann.«
Der erste Lehrer erwähnte das ebenfalls. »Wenn wir heute Kinder wie Terry sehen, erstatten wir Anzeige wegen Misshandlung. Damals unternahmen wir nichts.«
»Was gab es denn zu sehen?«, fragte John.
»Blutergüsse. Terry wurde geschlagen. Sein Vater war jähzornig.«
»Schlug er den Bruder auch?«
»O nein.«
»Warum nicht?«
»Seine Frau hätte ihn bestimmt sofort verlassen, wenn er die Hand gegen Neil erhoben hätte. Sie vergötterte ihren Ältesten, hatte ihn gleich bei seiner Geburt für das Priesteramt bestimmt.«
Johns Herz machte einen Satz. »Und – ist er Geistlicher geworden?«
»Allerdings. Wir waren alle sehr stolz auf ihn.«
Genügte bereits, was er herausgefunden hatte? Hatte die

Tatsache, dass der Bruder Priester und Terry immer vorgezogen worden war, einen solchen Hass in ihm ausgelöst, dass er sich vorgenommen hatte, Kardinal Rosetti zu vernichten?

Nein, dachte John – es musste eine direktere Verbindung geben.

»Konnte der Bruder den Vater nicht davon abhalten, Terry zu schlagen?«

»Das konnte niemand. James Sullivan war groß und stark und aggressiv.«

»Was ist mit der Mutter?«

»Oh, die ist ums Leben gekommen – bei einem Autounfall vor gut zehn Jahren.«

»Ich meine – wo war sie, wenn ihr Mann die Fäuste schwang?«

»Sie ging dazwischen – aber es bekam ihr nicht gut.«

John empfand Mitleid mit ihr. So heftig die Auseinandersetzungen zwischen seinen Eltern auch gewesen waren – zu körperlicher Gewalt war es dabei nicht gekommen.

»Hat der Mann getrunken?«

Das konnten ihm beide Lehrer nicht beantworten, aber einer von ihnen nannte ihm den Namen der Frau, die während all der Jahre, die die Sullivans in Meadville lebten, Tür an Tür mit ihnen gewohnt hatte. Sie wohnte noch immer dort und war äußerst mitteilsam. »Ob er trank? Ja, das tat er. Und er war krankhaft eifersüchtig. Jean konnte in der Öffentlichkeit kaum den Blick heben, ohne dass er sie bezichtigte, irgendeinem Mann schöne Augen zu machen. Er war sogar auf seinen Sohn eifersüchtig! James Sullivan war ein böser Mensch.«

»Warum hat sie ihn dann geheiratet?«
»Weil sie es nicht wusste. Männer zeigen ihr wahres Gesicht doch immer erst, wenn sie verheiratet sind. Dieser hat nicht lange gefackelt, bedrohte sie bereits in der Hochzeitsnacht, wie sie mir einmal erzählte. Er verlangte von ihr, ihre Vergangenheit zu vergessen, und sie schwor es ihm – aber er glaubte ihr nicht.«
»Gab es denn einen Mann in ihrer Vergangenheit?«
»O ja. Einen Mitschüler. Sie waren schon in der High School und dann auch noch auf dem College zusammen. Nach dem Leuchten zu urteilen, das jedes Mal in ihre Augen trat, wenn sie mir über die Zeit erzählte, war er ihre große Liebe.«
»Warum haben sie sich getrennt?«
»Das weiß ich nicht. Ich fragte sie einmal danach, aber da blockte sie ab. Sie schien zu bedauern, dass sie mir von ihm erzählt hatte.«
»Wo ist sie aufgewachsen?«
»Auch das hat sie mir nie verraten.«
»Wissen Sie ihren Mädchennamen?«
»Boccia – wie das Spiel. Das habe ich seinerzeit in der Todesanzeige gelesen und mir gemerkt, weil sie mir auch so vorkam wie eine dieser Kugeln, die immer herumgestoßen werden.«
Boccia! Das war ein italienisches Spiel, wurde also in italienischen Vierteln gespielt – wie in dem, wo Francis Rosetti gelebt hatte!
John beendete das Telefonat, und nach ein paar Mouseclicks hatte er die Nummer der High School, die der Kardinal besucht hatte.

»Hi«, begrüßte er die Frau, die den Hörer abnahm, mit gespielter Unbefangenheit. »Ich bin auf der Suche nach einer alten Freundin. Ich glaube, sie ging auf Ihre Schule. Ihr Name ist Jean Boccia. B-o-c-c-i-a. Wenn ich richtig informiert bin, war sie zur gleichen Zeit dort wie Francis Rosetti.«

Die Frau lachte auf. »Ganz zufällig habe ich das Jahrbuch hier liegen.«

»Es haben doch nicht etwa Journalisten seinetwegen angerufen?«, scherzte John.

»Das kann man wohl sagen! Boccia, sagten Sie?«

»Richtig.«

»Alexander ... Azziza ... Buford«, las sie vor. »Tut mir Leid – Boccia kann ich Ihnen nicht bieten.«

»Vielleicht war sie ja eine Klasse unter ihm. Oder sie hatte an dem gleichen Wahlfach teilgenommen. Vielleicht Musik? Oder Französisch? Oder war sie mit ihm im Debattierclub?« John kannte Rosettis Fächer aus den Medien. »Irgendwoher kannten sich die beiden.«

»Vielleicht aus der Kirche.«

»Vielleicht.« Aber John konnte unmöglich einen der Priester der Kirche der Unbefleckten Empfängnis nach einer Freundin des Kardinals fragen.

»Vielleicht haben sie sich ja doch von hier gekannt«, sagte die Frau plötzlich nachdenklich. John hörte, wie Seiten umgeblättert wurden. Und dann erklang es triumphierend: »Ahhh! Da haben wir sie ja! Im Chor. Sie steht in der zweiten Reihe – als dritte von links. Ein hübsches Ding. Da fällt mir etwas ein. Bleiben Sie dran!«

John hatte nicht vorgehabt, aufzulegen.

Als sie zurückkam, verkündete sie mit einem Lächeln in der Stimme. »Ich wusste doch, dass ich das Gesicht noch woanders gesehen hatte. Auf diesem Foto sind drei Paare abgebildet, unter anderem Ihre Freundin mit Francis Rosetti. Sie war seine Partnerin beim Abschlussball.«

John war aufgesprungen. »Sind Sie sicher?«

»Natürlich bin ich sicher. Ich kann Ihnen Fotokopien von beiden Aufnahmen schicken. Lassen Sie mich nachsehen, ob ich irgendwelche neueren Angaben zu Jean Boccia habe.«

John tanzte auf der Stelle, während er ungeduldig wartete, bekundete pflichtschuldigst Bedauern, als ihm mitgeteilt wurde, dass die Schule ihm mit keiner aktuellen Adresse dienen könne, bedankte sich, legte auf und stieß einen Jubelschrei aus.

Sekunden später informierte er sich im Internet über den Zölibat und die priesterlichen Gelübde. Dann rief er Brian Wallace an und sagte: »Ich habe gerade etwas erfahren, das ich Ihnen nicht vorenthalten will.«

Brian seufzte. »Warum habe ich nur das Gefühl, dass ich es nicht hören will?«

»Weil Sie einen guten Instinkt haben. Terry Sullivan hatte guten Grund, Kardinal Rosetti an den Karren zu fahren. Wissen Sie, dass Terry als Kind geschlagen wurde?«

»Von einem Priester?«, fragte Brian entgeistert.

»Nein – von seinem Vater. Und der war krankhaft eifersüchtig auf die große Liebe der Mutter, einen Mann, mit dem sie vor ihrer Heirat jahrelang zusammen gewesen war. Dreimal dürfen Sie raten, um wen es sich dabei handelt.«

Am anderen Ende der Leitung herrschte tiefes Schweigen.

»Sie war Francis Rosettis Partnerin beim High-School-Abschlussball«, fuhr John fort. »Das belegt ein Foto im Jahrbuch der Schule.«

»Damit ist doch nicht bewiesen, dass er ihre große Liebe war.«

»Eine Nachbarin der Sullivans, die sie gut kannte, sagte, Terrys Mutter sei auf dem College mit dem gleichen Jungen zusammen gewesen, mit dem sie auf der High School ging. Das Foto vom Abschlussball dokumentiert quasi die Mitte ihrer Zeit.«

»Was heißt, sie war mit ihm ›zusammen‹?«, wollte Brian wissen.

»Na – zusammen heißt zusammen.«

»Sie meinen, die beiden haben miteinander geschlafen? Vergessen Sie's, Kip. Rosetti ist Priester!«

»So dachte ich zuerst auch, aber ich habe ein bisschen recherchiert. Wer Priester werden will, muss nicht jungfräulich sein. Bei Nonnen ist das anders. Für Priester beginnt die Verpflichtung zur Enthaltsamkeit und Ehelosigkeit mit der Weihe zum Diakon.«

»Sie ziehen da was an den Haaren herbei, Kip.«

»Können Sie sich Rosetti nicht als Liebhaber vorstellen? Ich kann es – und die Puzzleteilchen passen. Terry wird ständig geschlagen, wahrscheinlich, weil er versucht, seine Mutter zu beschützen, die Francis Rosetti immer noch liebt, und der wahrscheinlich als lebendiges Gespenst mit im Ehebett liegt. Also entwickelt Terry einen unbändigen Hass auf Rosetti, schreibt einen Aufsatz über das italienische Viertel, in dem seine Mutter und Rosetti aufwuchsen, und wettert gegen die Kirche. Jetzt wird Rosetti zum Kardinal ernannt, was lange genug vorher diskutiert wurde, so dass Terry Gelegenheit hatte, rechtzeitig Nachforschungen anzustellen. Als er nichts findet, womit er Rosettis Ernennung torpedieren kann, denkt er sich etwas aus.«

»Hat seine Mutter diese Geschichte bestätigt?«

»Sie ist tot.«

»Dann ist das alles reine Spekulation – aber ich habe immer noch die Tonbandaufnahme.«

»Ich sage noch einmal: Lassen Sie sie untersuchen.«

Es gab noch eine andere mögliche Erklärung für Terrys Feldzug: Seinen Bruder Neil, den Priester, von dem John Brian aber nichts gesagt hatte. Wenn dieser Bruder mehr Liebe erfahren hatte und Terry bis zum Erbrechen als leuchtendes Vorbild hingestellt worden war, wäre es zu verstehen, wenn er ihn mit der Kirche gleichgesetzt und somit beide hassen gelernt hätte. Und es drängte sich die Frage auf, ob die Vergötterung ihres Erstgeborenen und die Entscheidung der Mutter, ihn Priester werden zu lassen, nicht vielleicht daher rührte, dass Francis Rosetti diese Laufbahn eingeschlagen hatte.

Alles in allem fand John seine Theorien durchaus plausibel – aber die Möglichkeit, die eine oder andere zu erhärten, wollte er nicht ungenutzt lassen. Also machte er sich auf die Suche nach dem Bruder.

24

Hannahs Geburtstag fiel auf den Dienstag. Lily hatte dafür gesorgt, das Mosthaus so früh verlassen zu können, dass ihr genügend Zeit blieb, nach Hause zu fahren, zu duschen, sich umzuziehen und dann Hannah dabei zu helfen, sich schön zu machen. Es war geplant, ihre Freundinnen um vier zu einem Kinobesuch und anschließendem Abendessen abzuholen.

Lily war bestürzt, als sie Hannah allein vorfand. Rose hatte sie nach der Schule nur schnell daheim abgesetzt und war mit den Kleinen gleich wieder weggefahren.

»Ich fand es richtig«, verteidigte Hannah ihre Mutter. »Emma und Ruthie mussten zur Gymnastik – und schließlich bin ich alt genug, um mich allein anzuziehen.«

Das war Lily natürlich klar, aber sie fand es trotzdem nicht nett, dass Rose Hannah sich selbst überlassen hatte. Sicher hatte Poppy Recht, die meinte, Rose sei »stinkig«, weil sie ein schlechtes Gewissen habe, aber Lily hatte kein Verständnis dafür, dass ihre Schwester Hannah auch noch dafür büßen ließ, dass sie für ihre Älteste eintrat.

Hannah hatte offenbar gerade geduscht, denn sie stand in ein riesiges Handtuch gewickelt vor Lily, hatte ihre kindlich-runden Arme seitlich fest an den Körper gepresst, um das Handtuch am Herunterrutschen zu hindern. Die Haare fielen in einem tropfnassen Wirrwarr über ihre Schultern, und ihr hübsches Gesicht glühte vor Aufregung.

Lily schob ihren Ärger über Rose beiseite, setzte Hannah im Bad auf einen Hocker und föhnte, dem Wunsch des Geburtstagskindes entsprechend, mit Hilfe einer Rundbürste Fülle in die Haare und die Spitzen zu einer leichten Außenwelle. Nachdem Hannah die grüne Strumpfhose angezogen hatte, half sie ihr in das karierte Kleid, band ihr die dazugehörige Schleife ins Haar, fasste sie bei den Schultern und drehte sie zum Spiegel hin.

»Ah, du siehst absolut umwerfend aus!«, schwärmte sie.

Hannah straffte sich bei diesem Kompliment unwillkürlich und lächelte ihr Spiegelbild selig an.

Es war ein erfreulicher Anfang, und wie sich zeigte, ging es auch erfreulich weiter. Hannahs Freundinnen erwiesen sich als ausgesprochen nette Mädchen, und Lily hörte voller Stolz, wie sie sich hinten im Van der Musterei, den sie für diesen Anlass ausgeliehen hatte, begeistert zu Frisur und Outfit ihrer Nichte äußerten.

Bei gelegentlichen Blicken in den Rückspiegel sah sie eine Hannah, die von innen her zu leuchten schien, und sie wünschte, Rose, Art und Maida könnten sie so sehen.

Als sie nach dem Essen das Letzte der Mädchen zu Hause abgesetzt hatten, stieg Hannah vorne ein, kniete sich auf den Beifahrersitz und umarmte Lily über den Schalthebel hinweg. »Danke!«, rief sie überschwänglich. »Das war ein toller Geburtstag!«

»Ja«, lächelte Lily, als Hannah sich anschnallte und sie weiterfuhren.

»Und ich habe tolle Geschenke bekommen!« Sie hatte sie ihr zwar schon auf der Hinfahrt gezeigt und immer wieder über Einzelheiten gesprochen, zählte sie nun aber noch einmal auf. Dann rekapitulierte sie die Szenen des Films, die ihr am besten gefallen hatten, und am Ende sagte sie: »Aber das Essen fand ich noch schöner – weil da alle mein hübsches Kleid sehen konnten, und weil ich mit meinen Freundinnen zusammen war.«

»Nicht nur das Kleid ist hübsch – auch das Mädchen, das darin steckt.«

»Das haben meine Freundinnen auch gesagt«, strahlte Hannah.

»Ich habe es gehört«, nickte Lily lächelnd.

»Oh, Tante Lily – du bist an unserer Abzweigung vorbeigefahren!«

»Ich dachte, du möchtest dich vielleicht Gram zeigen und ihr erzählen, wie es war.«

»Au ja!«

Aber Maida war nicht allein. Rose war bei ihr. Ihre Schwester hielt es also nicht einmal für nötig, ihre Tochter zu Hause zu empfangen! Dabei hatte Hannah sicherlich darauf hingefiebert, ihrer Mutter zu zeigen, dass sie nicht fett und hässlich war. Doch selbst jetzt war es nur Maida, die überrascht aufschaute und auf Hannah zukam. »Du siehst ja ganz entzückend aus«, sagte sie voller Bewunderung in der Stimme. Hannahs Augen leuchteten. Dann glitt ihr Blick zu ihrer Mutter.

»Wie war's denn?«, erkundigte Rose sich in einem Ton, der verriet, dass es sie eigentlich nicht interessierte.

»Nett«, antwortete Hannah tonlos.

Lily, die die Atmosphäre nicht mehr ertrug, umarmte Hannah, gab ihr einen Gutenachtkuss und floh an den Flügel. Schon nach ein paar simplen Arpeggios spürte sie ihren Zorn schwinden. Sie spielte ein paar klassische, langsame Lieder und ging dann zu zeitgenössischen über, sang, soweit sie den Text beherrschte, ansonsten summte sie die Melodie mit. Völlig in die Musik versunken, hörte sie ihre Mutter nicht kommen. Erst als sie den Kopf in den Nacken legte, ihn hin und her drehte, um die Muskeln zu lockern, sah sie sie auf der Türschwelle stehen. Lily setzte sich kerzengerade hin. »Sind sie weg?« Maida nickte. Sie hatte die Hände in die Taschen ihrer weich fallenden, schmal geschnittenen Hose gesteckt, wirkte aber trotz ihrer lässigen Pose angespannt.

»Du könntest in der Academy anfangen«, meinte sie. Der Vorschlag verblüffte Lily, zeugte er doch davon, dass ihre Mutter sich mit ihr beschäftigte.

»Haben die denn niemanden?«

»Doch, natürlich, aber der taugt nicht viel. Ich bin mit dem Rektor befreundet und könnte ihn bitten, etwas für dich zu tun.«

Lily wusste nicht, was sie sagen sollte. Einerseits war sie glücklich über dieses große Kompliment, andererseits hieße das, hier einen Job anzunehmen, hier zu bleiben. Wollte sie das? Sie wusste es nicht.

Maidas Miene verfinsterte sich plötzlich, und sie stieß hervor: »Wiederholt sich die Geschichte?«
Lily konnte ihr nicht folgen. »Was meinst du damit?«
Im ersten Moment hatte sie geglaubt, dass ihre Mutter zornig schaute, doch dann erkannte sie, dass sie sie kummervoll ansah.
»Ich spreche davon, wie Rose mit Hannah umgeht«, erklärte ihre Mutter. »Habe ich dir auch so wehgetan?«
Lily schlug das Herz bis zum Hals. Da sie keine Auseinandersetzung entfachen wollte, senkte sie den Blick auf die Tasten und schwieg.
»Antworte mir, Lily!«
Sie hob den Kopf. »Es waren andere Umstände ...«
»Aber die Kränkung war die gleiche.«
Lily nickte.
Maida war näher gekommen. Sie verschränkte die Arme auf der Brust und schaute zur Decke hinauf. Lily sah zu ihrem Erstaunen Tränen in den Wimpern glitzern. Es machte sie verlegen. So kannte sie ihre Mutter nicht. Sie legte die Hände in den Schoß und versuchte, ihre Erregung zu dämpfen.
Maidas Blick fand Lilys. »Es tut mir Leid.« Sie schluckte.
»Ich habe dir Unrecht getan.«
»Es war nicht so schlimm«, hörte Lily sich abwiegeln.
»Ich habe dir Unrecht getan«, insistierte Maida. Ihr Ton versetzte Lily in ihre Kindheit zurück, und damit war der Schmerz wieder frisch.
»Warum hast du es dann getan?« Ja, ihre Mutter sah tatsächlich kummervoll aus! Sollte es endlich möglich

sein, zu ihr durchzudringen? »Weil ich stotterte? Dafür konnte ich doch nichts.«
»Ich weiß.«
»War ich nicht liebenswert?«
Maidas Augen weiteten sich. »Aber ich liebte dich doch! Ich liebe dich auch heute noch.«
»Du hast es mir nie gesagt. Du hast es mir nie gezeigt. Und auf die Sache mit Donny reagiertest du, als hätte ich ein Kapitalverbrechen begangen. Dabei war ich wirklich unschuldig.«
»Ich weiß«, sagte Maida noch einmal.
»Warum hast du mir dann nicht beigestanden?«
Ihre Mutter schüttelte den Kopf. Lily wollte sie fragen, was das zu bedeuten hatte – aber dann wollte sie auf einmal etwas anderes, sehnte sich nach mehr. Maida brauchte ihr nicht zu antworten. Sie sollte sie nur in den Arm nehmen. Wenn sie das täte, würde Lily ihr alles verzeihen.
Aber sie tat es nicht, sie machte nur weiterhin ein trübseliges Gesicht. Nach einer Weile drehte sie sich um und verließ mit gesenktem Kopf den Raum.

»Ich gehe morgen vielleicht nicht zur Arbeit«, eröffnete Lily John in dieser mondhellen Nacht, als sie einander zugewandt in dem Eisenbett auf dem Schlafloft lagen. Zwei Seetaucher unterhielten sich angeregt. In der Regel wirkte ihr Rufen beruhigend auf Lily, aber heute war sie voller Grimm.
»Wie das? Hattest du einen Zusammenstoß mit deiner Mutter?«, fragte er.

»Nein«, antwortete sie knapp.
»Dann vielleicht eine höfliche Meinungsverschiedenheit?«, scherzte er.
»Ich erzähl's dir nicht – sonst verwendest du es in deinem Buch.«
Er wurde ernst. »Ich habe dir doch versprochen, dass ich nur schreibe, womit du einverstanden bist.«
Das stimmte – und sie beschloss, darauf zu vertrauen, dass er sein Wort halten würde. »Sie hat sich entschuldigt.«
»Wofür?«
»Für die Vergangenheit.«
John richtete sich halb auf und stützte sich auf einen Ellbogen. »Na, das ist doch schon was, oder?«
Lily nickte widerstrebend.
»Aber?«
»Es genügt mir nicht.«
Er strich ihr übers Haar. Seine Zärtlichkeit besänftigte sie ein wenig.
»Was willst du noch?«
»Mehr! Sie hat mich grauenhaft behandelt, gab mir das Gefühl, unerwünscht, nicht liebenswert und hässlich zu sein.«
»Hässlich?«, echote John.
»Innerlich. Als sei ich nichts wert. Weißt du, wer mich schließlich aufgebaut hat?«
»Der Kardinal.«
»Er machte mir auch klar, dass es nicht einfach ist, Mutter zu sein. Ich möchte endlich wissen, was es Maida so schwer machte, *meine* Mutter zu sein.«

Lily ging am Mittwoch doch zur Arbeit. Nachdem sie John ihr Herz ausgeschüttet hatte, schlief sie tief und fest und wachte ausgeruht und guter Dinge auf.
Ihre Mutter hingegen wirkte schon am Morgen erschöpft, und Lily dachte zum ersten Mal darüber nach, was die Frau, die fast sechsunddreißig Jahre lang nur einen Haushalt geführt hatte, seit dem Tod ihres Mannes zu leisten gezwungen war. Und wenn sie abends ins Bett sank, war da noch nicht einmal jemand, in dessen Armen sie Geborgenheit fand.
Lily konnte nicht umhin, ihre Mutter zu bewundern – und zu bedauern, als sie sah, wie Maida ihre Tätigkeit unterbrach, um ihr Kreuz zu massieren. In der Mittagspause wartete Lily auf sie und ging mit ihr zum Haus hinüber.
»Macht dein Rücken Ärger?«, fragte sie.
»Ein bisschen.«
»Die Steigen in den Lift zu heben, ist viel zu anstrengend für dich.«
»Einer muss es tun.«
»Oralee könnte das doch übernehmen.«
»Oralee ist zu alt.«
»Dann lass es mich tun.«
Sie waren schon fast beim Haus angelangt, als Maida zögernd antwortete: »Das wäre vielleicht eine Möglichkeit.«

Nach der Pause tauschten sie die Plätze – nur versuchsweise, hatten sie vereinbart, aber es klappte tadellos. Maida baute die Gittertürme und Lily hob Steigen in den Lift, kippte Äpfel in die Waschwanne, sortierte schlechte und wurmstichige aus, betätigte die Presse, fuhr den Gabelstapler, wenn Apfelnachschub gebraucht wurde, und sie genoss jeden Handgriff, empfand eine nie gekannte Befriedigung, denn sie fühlte sich nicht länger als Hilfsarbeiter, sondern als ein vollwertiges Mitglied der Mannschaft, die sich für einen Betrieb ins Zeug legte, der den Namen ihrer Familie trug.

25

Pfarrer Neil Sullivan, Terrys Bruder, lebte im Bundesstaat Vermont, in Burlington. Wenn er nicht im Pfarramt von Christ Thee King zu tun hatte, arbeitete er in einem Beratungszentrum für Studienabgänger im Ort oder hielt Vorlesungen. John hatte lange überlegt, ob er ihn anrufen oder besuchen sollte und sich dann für Letzteres entschieden, weil er vermutete, dass er in einem persönlichen Gespräch besser Zugang zu ihm fände. Aber er rief vorher im Pfarrhaus an, um zu erkunden, ob Pfarrer Sullivan überhaupt da war. Vom Sekretariat bekam er die Auskunft, dass er seinen Dienst versehe, aber gerade am St. Michael's College in Colchester, einem Nachbarort von Burlington, eine Vorlesung halte.
Nachdem John dem Drucker die letzte Seite der »Lake News« geschickt und arrangiert hatte, dass einer seiner

Korrespondenten die Verteilung der Zeitungen übernahm, machte er sich auf die Fünf-Stunden-Fahrt nach Burlington. Da er für das Gespräch mit Sullivan einige Stunden veranschlagte, ging er davon aus, dort zu übernachten.

John kannte Burlington. Er hatte während seiner Zeit bei der »Post« im Raum von fünf Jahren Journalistik an der Universität von Vermont belegt. Ihm gefiel die Stadt auf dem Hügel über dem Lake Champlain und die Atmosphäre, die sechs Colleges und sechzehntausend Studenten ihr verliehen. Das Herbstlaub hier hatte den Höhepunkt seiner Pracht zwar bereits überschritten, doch das Farbenspiel der Nachmittagssonne auf dem See und am Himmel ließ keine Eintönigkeit aufkommen.

Im Pfarramt erfuhr er, dass der Pfarrer im Beratungszentrum war, das John innerhalb weniger Minuten erreichte. Es lag am See und befand sich im ersten Stock eines Gebäudes im Stil der Bürgerkriegsarchitektur und bestand aus einer zwar aufgrund überall herumliegender Illustrierten und zahlreicher benutzter Styropor-Kaffeetassen unordentlichen, aber bequem möblierten Empfangszone und mehreren, von einem langen Flur abgehenden Zimmern.

In der Empfangszone war niemand, aber das Neonlicht, das durch die Glasscheiben über zwei der geschlossenen Türen in den Gang fiel, zeigte, dass der Betrieb lief. John war fast am Ende des Flurs angelangt, als eine Frau aus einer Tür trat. Ein Blick über ihre Schulter hinweg ließ ihn eine Küche erkennen.

Die Frau war mittelgroß und schlank und trug einen

Mittelscheitel und eine randlose Brille. John schätzte sie auf Ende dreißig.
»Kann ich Ihnen helfen?«, fragte sie in gebieterischem Ton.
»Ich suche Pfarrer Neil Sullivan.«
Sie kam auf ihn zu und deutete im Vorbeigehen auf eine der verschlossenen Türen. »Es wird nicht mehr lange dauern. Haben Sie einen Termin?«
»Nein. Ich dachte, er hätte nach Feierabend vielleicht etwas Zeit für mich.«
»Zu welchem Zweck?«
»Nur um zu reden.«
»Über …?«
John erwog, zu lügen. Wenn diese Person so energisch war, wie sie klang, würde sie ihn vielleicht auf die Straße setzen, wenn sie von seinem Anliegen erführe – vorausgesetzt, sie wüsste von Terry. Andererseits könnte er den Pfarrer auch draußen abpassen. Also antwortete er wahrheitsgemäß: »Über seinen Bruder.«
Ihre Augen weiteten sich kaum merklich. Sie wusste also von Terry.
Sie lehnte sich an die Wand und schob die Hände in die Taschen ihrer eleganten Hose. »Warum?«
John fiel etwas ein. »Entschuldigen Sie – ich habe mich noch gar nicht vorgestellt. Mein Name ist John Kipling.« Er hielt ihr die Hand hin.
Sie nahm ihre nur für den kurzen Moment, die die Höflichkeit erforderte, aus der Tasche. »Anita Monroe. Ich bin die Leiterin dieses Zentrums. Arbeiten Sie für eine Zeitung?«

»Für eine kleine – in Lake Henry in New Hampshire. Früher war ich in Boston bei der ›Post‹ und Terry Sullivan mein Kollege.«

»Sie Glückspilz«, sagte sie in einem nicht zu deutenden Ton, und John wollte gerade fragen, was sie damit meine, als sich hinter ihr eine Tür öffnete. Als Erster kam ein junger Mann aus dem Zimmer, dem Alter und dem Outfit nach ein Student. Er schlüpfte mit gesenktem Blick zwischen ihnen hindurch und eilte hinaus.

Als John wieder zur Tür schaute, sah er einen Mann mit Kollar im Rahmen stehen und ihn fragend mustern. John konnte keine Ähnlichkeit mit Terry entdecken, weder Gesicht noch Gestalt hatten etwas gemeinsam. Neil war bereits grauhaarig, Stirn und Wangen durchzogen Falten, er war glatt rasiert, sein Mund schön geschwungen, die Augen strahlten Wärme aus. Es fiel John nicht schwer, all das Gute zu glauben, das er über ihn gehört hatte.

Als Neil Sullivan zu ihm trat, kam Anita gleich zur Sache: »Das ist John Kipling, Pfarrer Sullivan. Er möchte mit Ihnen über Ihren Bruder sprechen.«

Ein Schatten huschte über das Gesicht des Priesters, aber er schüttelte John die Hand und fragte in freundlichem Ton: »Wie sind Sie auf mich gekommen?«

»Meine Suche nach Details aus Terrys Leben brachte mich nach Meadville, und dann führte eins zum anderen.«

»Warum interessieren Sie sich für ihn?«

»Ich bin mit Lily Blake befreundet, und wir möchten herausfinden, warum er Francis Rosetti vernichten wollte und Lily im Zuge dessen verleumdete. Ich weiß, dass Ihre Frau Mutter und der Kardinal in der Jugend ein Liebespaar waren, dass Ihr Vater eifersüchtig auf ihn war und dass Terry von ihm misshandelt wurde. Und ich weiß, dass Sie verschont wurden.«

John sah, dass die Erinnerung, die er wachgerufen hatte, den Priester schmerzte. »Wenn Sie das alles wissen – wozu brauchen Sie dann mich?«, fragte Pfarrer Neil Sullivan leise.

»Wir können nur Spekulationen anstellen, was seine Beweggründe angeht. Ich habe zwar mit Terry zusammen studiert und war später gemeinsam mit ihm bei der ›Boston Post‹, aber inzwischen haben mir meine Nachforschungen gezeigt, dass ich ihn im Grunde gar nicht kenne. Wir brauchen einen Menschen, der uns seine Motive erklären kann.«

»Es geht Ihnen doch sicher nicht nur darum, meinen Bruder zu verstehen. Was haben Sie vor?«

»Ich schreibe ein Buch über die heutigen Praktiken der Medien«, antwortete John, denn er sah keinen Anlass für ein Versteckspiel, »und will darin Lilys Geschichte der von Terry gegenüberstellen.«

»Ich kann Ihnen unmöglich helfen, meinen Bruder bloßzustellen – das müssen Sie verstehen.«

»Aber er hat den Kardinal verunglimpft und einer unschuldigen Frau das Leben zur Hölle gemacht.«

»Das ändert nichts an der Tatsache, dass ich meinem Bruder nicht in den Rücken fallen kann.«

»Es kümmert Sie nicht, dass Terry so viel Schaden angerichtet hat?«

»Es erfüllt mich mit Besorgnis, dass die *Presse* die Macht hat, so viel Schaden anzurichten«, erwiderte Pfarrer Sullivan.
»Irgendwo muss eine Grenze gezogen werden«, nickte John, der dabei an Terry dachte.
»So ist es«, stimmte der Priester ihm zu, dachte dabei jedoch, wie sich herausstellte, an John. »Das ist einer der Gründe dafür, dass ich es ablehne, Ihnen private Details aus dem Leben meines Bruders zu offenbaren.«
John wandte sich Hilfe suchend an Anita. »Können Sie sich nicht in Lily hineinversetzen?«
»Doch, durchaus«, antwortete sie.
»Können Sie Pfarrer Sullivan dann vielleicht erklären, worum es hier geht?«
»Ich verstehe sehr gut, worum es geht«, schaltete sich Sullivan ein. »Aber die Loyalität gebietet mir zu schweigen.«
John gab auf. Nun ja – noch nicht ganz. »Okay«, sagte er. »Ich übernachte im ›Inn on Maple‹. Sollten Sie Ihre Meinung ändern, rufen Sie mich doch bitte dort an. Morgen Nachmittag bin ich dann wieder in Lake Henry.« Er nahm eine Visitenkarte aus seiner Brieftasche. Der Priester steckte sie ein, ohne einen Blick darauf zu werfen.

Johns Neugier war nicht nur nicht befriedigt worden – Pfarrer Sullivan hatte ihr noch neue Nahrung gegeben, denn nun interessierte ihn zusätzlich dieser Mann brennend. Wie hatte er das Familienleben empfunden? Warum hatte er seinem kleinen Bruder nicht beigestanden?

Und wie rechtfertigte er das vor seinem Gewissen als Diener der Kirche?
John rechnete zwar nicht ernsthaft mit einem Sinneswandel des Pfarrers, doch ein Fünkchen Hoffnung hielt ihn bis spät in die Nacht wach. Irgendwann schlief er ein, und als er schließlich aus traumlosen Tiefen auftauchte, war die Frühstückszeit der Pension schon beinahe zu Ende.
Auf dem Weg zum Frühstückszimmer fand er sich damit ab, ohne die Hilfe des Priesters auskommen zu müssen. Er vermisste Lily. In Gedanken bei ihr, betrat er den sonnendurchfluteten Raum – und sah Anita Monroe ihm zugewandt an einem der Fenstertische sitzen. Er hob grüßend die Hand, ging zum Büfett, schenkte sich Kaffee ein, legte ein paar Gebäckstücke auf einen kleinen Teller und setzte sich zu ihr.
»Möchten Sie?«, fragte er und schob den Teller in die Mitte des Tisches.
»Danke, nein.«
»Weiß er, dass Sie hier sind?«
»Ja. Wir haben gestern Abend lange geredet, wobei ich Lilys Standpunkt vertreten habe.« Sie lächelte. »Damit hatten Sie bei mir auf den richtigen Knopf gedrückt. Aber ich kann Ihnen nur einen Kompromissvorschlag machen: Sie bekommen die gewünschten Informationen – aber nur gegen die Zusicherung, dass Sie Pfarrer Sullivan nicht als Quelle nennen.«
John brauchte nicht zu überlegen. »Einverstanden.«
Anita senkte den Blick auf ihre Tasse, und es verging eine ganze Weile, bis sie ihn wieder hob. Dann begann

sie zu erzählen: »Neil Sullivan ist sieben Jahre älter als sein Bruder. In ihrer Kindheit lagen damit Welten zwischen ihnen.«

»Aber er muss doch mitbekommen haben, was der Vater Terry antat.«

»Er sah darüber hinweg, weil er der Situation nicht gewachsen war.«

»War Rosetti das Problem in der Ehe der Sullivans?«

»Ja. Jean, die spätere Frau Sullivan, wusste schon zu Schulzeiten, dass Rosetti vorhatte, aufs Priesterseminar zu gehen, aber sie hoffte, ihn umstimmen zu können. Wie wir alle wissen, gelang ihr das nicht. Und dann war er plötzlich nach acht gemeinsamen Jahren aus ihrem Leben verschwunden. In ihrer Verzweiflung und Wut heiratete sie den Erstbesten, der ihr über den Weg lief.«

»Und das war ausgerechnet James Sullivan.«

»Er hatte ein Alkoholproblem, und er war krankhaft eifersüchtig – vor allem auf Rosetti. Er behauptete sogar, Neil sei Rosettis Sohn. Dabei war das zeitlich gar nicht möglich, denn Jean war schon zwei Monate allein, als sie James kennen lernte, und Neil kam zehn Monate nach der Hochzeit zur Welt. Aber James Sullivan ging sogar so weit, seine Version der Kirche vorzutragen, und er ließ sich auch nicht durch das Faktum der Daten von seiner Überzeugung abbringen, auf Grund derer seine Verdächtigung als unhaltbar zurückgewiesen worden war. Und was sagte Jean? Jean sagte mal Ja und mal Nein.«

»Wie ist das zu verstehen?«, fragte John verblüfft.

»An besonders schlimmen Tagen ihres Ehedaseins suchte sie Halt bei dem Wunschdenken, dass Neil Rosettis Sohn und sie dadurch untrennbar mit ihm verbunden war. Ihr Verhalten und die Tatsache, dass James Sullivan Neil täglich vor Augen hatte, hielten seinen Hass auf den Mann, den seine Frau liebte, am Kochen. Da er wusste, dass sie ihn verlassen würde, wenn er die Hand gegen den Jungen erhöbe, ließ er seine Aggression nicht an ihm aus, sondern an ihr.«

»Und später an Terry.«

»Und später an Terry«, nickte Anita. »Neil verbrachte so wenig Zeit wie möglich zu Hause – nicht nur wegen seines Vaters, sondern auch, weil er die erstickende Liebe seiner Mutter nicht ertrug. Da er sie aber andererseits liebte, erfüllte er ihr ihren Herzenswunsch und wurde Priester. Sie können sich denken, dass er keine Sympathie für Rosetti hegt.«

»Dann war er wahrscheinlich nicht böse, als Terry dem Kardinal den Skandal andichtete.«

»Anfangs hielt er den Bericht für bare Münze und war außer sich darüber, dass Rosetti etwas mit einer Frau angefangen hatte, nachdem er die Beziehung zu Jean damals im Angesicht der Weihe beendet und ihr damit das Herz gebrochen hatte. Dann entschuldigte sich die ›Post‹ offiziell bei Rosetti, und Neil verbrachte Stunden und Stunden im Gebet, um Abbitte zu leisten.« Sie lehnte sich zurück. »Jetzt wissen Sie alles, und ich kann nur hoffen, dass Sie sich an Ihre Zusage halten, Neils Wunsch, ungenannt zu bleiben, zu respektieren. Er ist ein anständiger Mann. Er hat zwar Terry seinerzeit nicht beigestanden, weshalb ihn Schuldgefühle quälen, die ihn bis ins Grab

begleiten werden, aber er hat ungezählten Jugendlichen geholfen, die ihrerseits Alpträume durchlebten.« Sie beugte sich vor und trank einen Schluck Kaffee.
John konnte es kaum erwarten, Lily zu erzählen, was er erfahren hatte, aber er würde es nicht verwenden. Er war kein Journalist mehr, der menschliche Tragödien zu Karrierezwecken oder zwecks Auflagensteigerung ausschlachtete.
»Ich danke Ihnen für Ihre Offenheit«, schloss er das Gespräch ab, »und ich versichere Ihnen, dass Sie sich auf meine Diskretion verlassen können.«
»Das ist schön«, sagte sie schlicht. »Wissen Sie – ich mag Pfarrer Sullivan. Okay – ich liebe ihn. Ich habe erlebt, wie er sich damit herumgeschlagen hat, wozu der wütende Hass Terry getrieben hatte. Dass Sie Ihrer Freundin jetzt das Motiv seines Bruders nennen können, wird es ihm ein wenig erleichtern, die Bürde der Schuld zu tragen.«

26

Als Lily am Tag zuvor von der Arbeit gekommen war, hatte sie jeder Muskel des Körpers geschmerzt, doch nach einem heißen Bad am Abend und einem weiteren heute Morgen war sie wieder leistungsfähig und bereit, ihrer Mutter die schwere Arbeit abzunehmen.

Nach der Mittagspause fuhr Maida zu der Auktion, auf der sie einen gebrauchten Traktor billig zu ersteigern hoffte, und nun war Lily die Chefin, was die Mannschaft ohne mit der Wimper zu zucken akzeptierte.
Voller Stolz fuhr sie bei lauter Radiomusik in ihren verdienten Feierabend. Als sie zu Hause von John erwartet wurde, kam noch ein anderes Hochgefühl dazu. Sie hatte ihn vermisst.
»Wie ist es gelaufen?«, fragte sie gespannt, als sie nach einer stürmischen Begrüßung zum See hinunterschlenderten.
»Ich habe dir Sensationen mitgebracht«, verkündete er, und berichtete ihr minuziös, was er erfahren hatte.
Als er geendet hatte, blickte Lily, deren Augen angesichts der atemberaubenden Neuigkeiten immer größer geworden waren, auf das Wasser. »Ist es frustrierend für dich, das nicht veröffentlichen zu können?«
»Nein. Diese Art von Journalismus betreibe ich nicht mehr. Außerdem haben wir auch ohne diese Details genügend Informationen.«
Lily wandte sich ihm zu. »Terry kann einem beinahe Leid tun«, sagte sie. »Er ist ein zutiefst unglücklicher Mensch.«
»Hast du jetzt etwa Bedenken, gegen ihn vorzugehen?«
»Nein«, antwortete sie. »Auch wenn ich nun nachvollziehen kann, warum er den Kardinal vernichten wollte, verzeihe ich ihm nicht, was er mir angetan hat. Dass sein Vater ihn misshandelte und seine Mutter ihre ganze Liebe seinem Bruder gab, ist keine Rechtfertigung dafür.«
Sie dachte einen Moment lang nach und setzte dann hin-

zu: »Jetzt verstehe ich, warum er seine Ehen geheim hielt: Er wollte endlich jemanden haben, der nur für ihn da war. Aber so konnte das natürlich nicht funktionieren.«

John nahm sie in die Arme, und sie genoss seine Nähe.

»Hast du Hunger?«, fragte er.

Sie hatte den Kopf an seine Brust gelegt, und ihre Wange rieb sich an seinem Pullover, als sie nickte.

»Dann lass uns zu ›Charlie's‹ gehen.«

Sie rückte von ihm ab und schaute ihn ängstlich an. »Ich weiß nicht …«

»Die Beerdigung meines Vaters hast du doch auch überstanden«, lächelte er.

»Aber es war schrecklich.«

»Ach, komm – gib dir einen Ruck. Heute ist Donnerstag. Das muss doch schöne Erinnerungen in dir wecken.« Donnerstags gab es Livemusik bei ›Charlie's‹, so wie zu Lilys Kinderzeit, und dort hatte sie zum ersten Mal allein vor Publikum gesungen, hatte ihren ersten öffentlichen Auftritt, dem dann noch viele weitere folgten. Das letzte Mal hatte sie fünf Tage vor ihrer folgenschweren Spritztour mit Donny Kipling auf dem Podium gestanden. Damals war sie sechzehn gewesen. Seitdem hatte sie den Saal nie wieder betreten.

»Na, wie ist es?«, fragte John in ihre Gedanken hinein.

»Wer ist denn heute da?«

»Eine Gruppe aus Middlebury – zwei Gitarren, eine Geige und ein Cello. Sie spielen Folk mit einem Pop-Touch.«

Lily mochte Folk und sie mochte Pop. »Also schön«, gab sie nach.

Die Holzbänke waren durch Kaffeehaustische und -stühle ersetzt worden, und oben im Gebälk hingen neue Lautsprecherboxen, aber das Podium war noch das gleiche wie vor achtzehn Jahren. Auch der Kanonenofen stand noch da. Und es roch wie früher nach altem Holz und frischem Kaffee.

»Da drüben sitzt Poppy«, sagte John zu Lily, nahm sie an die Hand und zog sie quer durch den Saal zu dem Tisch, an dem ihre Schwester saß, wobei Lily stur geradeaus schaute. Am Ziel angekommen, ließ sie sich auf einen Stuhl sinken und konzentrierte sich ganz auf Poppy und John, bis sich Cassie und ihr Mann zu ihnen setzten, die ebenfalls keine Gefahr darstellten. Kaffee wurde gebracht und ein großer Teller mit auf der Zunge zergehenden Schokoladensplitterkeksen, wie sie die Familie Owens seit drei Generationen in diesem Saal servierte.

Inzwischen waren alle Plätze besetzt, die Band hatte angefangen zu spielen, und die Blicke, die Lily wie Nadelstiche gespürt hatte, waren auf die Bühne gerichtet.

Langsam entspannte sie sich. Die Musik war mitreißend, und nach ein paar Stücken tippte sie wie die anderen im Takt mit der Schuhspitze auf den Boden, und nach ein paar weiteren summte sie mit. Gegen Ende des Abends nahm die Gruppe Wünsche entgegen, die größtenteils aus Musik der siebziger und achtziger Jahre bestanden, und die Stimmung war von Nostalgie erfüllt. Besonders Lilys, die in den vielen Jahren, die sie schon auftrat, oft und gerne Simon und Garfunkel, die Eagles, Carole King, Van Morrison und sogar die Beatles nachgespielt und -gesungen hatte und plötzlich eine übermächtige Sehnsucht danach verspürte, es wieder zu tun. Die Kombination aus Gitarre, Geige und Cello war ideal für Songs wie »Yesterday« und »Desperado«, und das Publikum belohnte die Versionen dieser beiden Evergreens mit ebenso frenetischem Beifall wie die von »Bridge Over Troubled Water« und »Into the Mystic«.

Lily war derart vertieft, dass sie zusammenfuhr, als sie plötzlich eine Hand auf ihrem Arm spürte. Charlie war neben ihrem Stuhl in die Hocke gegangen. In diesem Augenblick endete die Musik, Applaus brandete auf. Als er sich gelegt hatte, hielt Charlie ihr ein schnurloses Mikrofon hin und sagte: »Wie wär's mit ›Tapestry‹? Ich habe es schon mit den Jungs abgesprochen.«

»O nnnein«, stammelte Lily entsetzt. »Ich … ich kann nicht!«

Doch dann pfiff Poppy plötzlich durchdringend auf zwei Fingern, und an mehreren Tischen begann man zu klatschen. Immer mehr Leute fielen in das Klatschen ein. Lily schaute John an, der ermutigend lächelte. Das gab den Ausschlag. Sie konnte es. Es war ihr Beruf.

Lily nahm das Mikrofon, ging durch die Tischreihen und stieg auf das Podium, senkte den Kopf, schloss die Augen und konzentrierte sich auf die Gitarren und die kurz darauf einfallende Geige und dann auf das Cello. Als die instrumentale Einleitung zu Ende ging, hob Lily den Kopf, atmete tief ein, hielt die Augen geschlossen und begann zu singen:

My life has been a tapestry of rich and royal hue,
An everlasting vision of the everchanging view …

Lily hatte das Lied oft genug gesungen, um Text und Melodie aus dem Effeff zu beherrschen, aber das Gefühl der Befreiung, das sie diesmal durchströmte, machte den altvertrauten Song zu einem völlig neuen Erlebnis. Davon berauscht und getragen vom anschließenden Beifall des Publikums, war es ganz selbstverständlich für sie, dass sie auf der Bühne blieb und für Lake Henry sang. Auf »You've Got a Friend« folgte »So Far Away«, worauf »Will You Love Me Tomorrow« folgte. Während ihrer Darbietung existierte für Lily das Publikum nicht, hätte sie sich genauso gut mit den vier Musikern allein in einem Studio befinden können. Als die Band »A Natural Woman« intonierte, klopfte sie lächelnd mit dem Mikrofon an ihr Kinn, und als sie den Refrain zum letzten Mal sang, ging ihr ganzer Körper mit.

You make me feel,
You make me feel,
You make me feel like
A na-tu-ral woman.

Der Song ging mit Geigenklängen zu Ende. Von einer tiefen Zufriedenheit erfüllt, öffnete Lily die Augen und strahlte die vier jungen Männer an, doch die bedeuteten ihr, sich dem Publikum zuzuwenden – und jetzt nahm sie den tosenden Beifall wahr.

Poppy fuhr um kurz nach zehn vor ihrem Haus vor, und dann vergingen ein paar Minuten, bis sie in ihren Rollstuhl umgestiegen und noch eine Minute, bis sie im Haus war. Annie Johnson, die für sie den Telefondienst gemacht hatte, kam ihr auf dem Flur entgegen. »Ich habe den Van kommen hören«, sagte sie und zog ihre Autoschlüssel aus der Tasche. »Es ist jemand für dich am Telefon. Ein Bursche mit einer tollen Stimme!«

Griffin Hughes. Poppy ließ sich ihre Freude nicht anmerken. »War was Wichtiges?«, fragte sie.

»Nein«, rief Annie, die bereits an der Tür war, über ihre Schulter zurück. »Schönen Abend noch!«

»Gleichfalls. Und tausend Dank!«

Poppy fuhr in ihre Telefonzentrale, ließ das Mikrofon auf dem Schreibtisch liegen und wollte gerade den Hörer abnehmen, als sie sah, dass das Gespräch auf ihrer Privatleitung eingegangen war.

»Woher haben Sie meine Nummer?«, fuhr sie den Anrufer, ohne sich mit einer Begrüßung aufzuhalten, an.

»Von der Auskunft«, antwortete Griffin freundlich.

»Oh.«

»Rufe ich in einem ungünstigen Moment an?«

»Nein.«

»Waren Sie aus?«

»Ja. Heute ist Donnerstag.«

»Und?«

»Ich war bei ›Charlie's‹.«

»Was ist das?«

»Ein General Store, ein Café und donnerstags ein Forum für junge, aufstrebende Musiker.« Sie erzählte ihm von der heutigen Gruppe, verschwieg Lilys Gastspiel aber tunlichst.

»Das klingt nach einem gelungenen Abend«, meinte Griffin.
»Für Sie aus New Jersey wäre das viel zu provinziell«, sagte Poppy. »Sie sind New York gewohnt.«
»Was für ein Unsinn. Ich lebe in Princeton, weil ich Kleinstadt-Atmosphäre liebe. In New York war ich schon seit Monaten nicht.«
»Rufen Sie wieder wegen Lily an? Ich verstehe nicht, dass Sie nicht längst aufgegeben und den Bericht ohne ihre Geschichte geschrieben haben. Eilt es Ihnen denn nicht damit, ihn an den Mann zu bringen? Sind Sie nicht darauf angewiesen, Geld zu verdienen?«
»Nein«, antwortete er schlicht. »Und ich habe nicht Lilys wegen angerufen.«
»Weswegen dann?«
»Weil ich mich gerne mit Ihnen unterhalte. Noch lieber wäre es mir allerdings, wenn ich dazu nicht immer telefonieren müsste ...«
»Sie wollen mich besuchen?«
»Das wollte ich doch neulich schon.«
»Ich hätte gar keine Zeit für Sie.«
»Sind Sie denn nach der Arbeit auch beschäftigt?«
»O ja. Ich habe eine Menge Freundinnen, und wir unternehmen viel.«
»Könnten Sie mich da denn nicht mitnehmen?«
Sie seufzte. »Ich möchte nicht, dass Sie herkommen.«
»Gibt es jemanden in Ihrem Leben, der etwas dagegen einzuwenden hätte?«
Sie erwog zu schwindeln. Das wäre das Einfachste. Ein sauberer Schnitt. Aus, Schluss und vorbei, ehe ihre Seele

Schaden nähme. Aber sie träumte so gerne von Griffin Hughes ...

»Nein«, antwortete sie und sagte dann mit einem sehnsüchtigen Unterton: »Ich unterhalte mich auch gerne mit Ihnen. Sie scheinen ein netter Kerl zu sein. Aber bitte drängen Sie mich nicht. Okay?«

27

Lily stand in Jeans und Rollkragenpullover auf der Bühne von ›Charlie's‹, aber für John war sie die verführerischste Frau, die er je gesehen hatte – und die Art, wie sie sich in der Musik verlor, verzauberte ihn. Das hatte Marley nicht vermocht und auch Meg Ryan nicht, deren Filme er alle mindestens dreimal gesehen hatte. Als Lily an den Tisch zurückkam, stand er mit zitternden Knien auf und nahm sie in die Arme. Sprechen konnte er nicht.

Auf der Fahrt zur Thissen Cover kuschelte sie sich in seinem Geländewagen an ihn, und sein Herz klopfte so wild wie das eines zum ersten Mal verliebten Schuljungen.

Als er am nächsten Morgen aufwachte, war Lily schon zur Arbeit gefahren, aber für ihn war sie allgegenwärtig, und er ertappte sich dabei, sie in Gedanken zu einem Teil seiner Zukunft zu machen.

Das Wetter war umgeschlagen, kalter Regen nieselte von einem stahlgrauen Himmel, und John fröstelte, als er auf die Veranda hinaustrat. Kein Boot war auf dem Wasser, das an geschmolzenes Blei erinnerte. Das Herbstlaub hatte über Nacht seine Leuchtkraft verloren – bald würde der Winter Einzug halten, die Natur in eine neue Phase eintreten. Johns Leben war bereits in eine neue Phase eingetreten, wofür in direkter und indirekter Weise hauptsächlich Lily verantwortlich war. Sein Buch fiel ihm ein. Es war höchste Zeit, damit anzufangen.

Und so fuhr er an diesem Freitagmorgen mit den besten Vorsätzen ins Büro, doch er war noch keine fünf Minuten dort, als das Telefon klingelte.

»Ich dachte, Sie würden es wissen wollen«, sagte Brian Wallace in sachlichem Ton. »Ich habe die Tonbandaufnahme prüfen lassen. Sie wurde frisiert. Terry ist fristlos entlassen worden.«

Das war der Anfang! »Und?«, fragte John.

»Was und?«

»Wird die ›Post‹ Lily Blake jetzt endlich rehabilitieren?«

»Terry ist entlassen worden – das spricht doch für sich.«

»Sie sind ernsthaft der Meinung, das genüge?« John war fassungslos. »Nach allem, was die Zeitung dieser Frau angetan hat?«

»Was wollen Sie denn noch?«, Brian klang gereizt.

»Wie wär's mit dem Widerruf, den ihre Anwältin gefordert hat?«

»Ich bitte Sie! Wir haben uns nichts vorzuwerfen. Die

Story beruhte unserer Meinung nach auf eingehenden Nachforschungen ...«

»Sie beruhte auf einer manipulierten Tonbandaufnahme«, fiel John ihm ins Wort.

»Sie beruhte auf einer Tonbandaufnahme, die wir für einwandfrei hielten. Großer Gott, Kip – sollen wir vielleicht jeden Mitschnitt auf Authentizität untersuchen?«

»Nicht jeden«, antwortete John. »Sie beschäftigen eine ganze Reihe von Reportern, die über jeden Zweifel erhaben sind, aber Terry gehörte nicht dazu, und das wussten Sie. Seien Sie ehrlich, Brian – es ging Ihnen darum, Auflage zu machen. Ohne Rücksicht auf Verluste. Dann müssen Sie aber jetzt wenigstens Anstand beweisen, indem Sie den Widerruf bringen.«

»Das käme einem Selbstmord gleich!« Brian war laut geworden. »Die Entschuldigung an den Kardinal hat uns schon genug Ansehen gekostet! Warum greifen Sie mich an? Terry ist der Bösewicht!«

»Ich greife Sie an, weil Sie seine Kampagne nicht gestoppt haben. Hätten Sie früher gehandelt, hätten Sie eine Story über Terrys unlautere Methoden machen können. Damit wäre Lily Blakes guter Ruf wiederhergestellt gewesen, das Ansehen der ›Post‹ bei der übrigen Presse, und die Sache erledigt.«

»Die Sache *ist* erledigt!«, brüllte Brian. »Wir werden nicht zu Kreuze kriechen!«, damit unterbrach er die Verbindung.

John kochte vor Wut. Terry still und heimlich zu feuern war keine Wiedergutmachung für das Unrecht, das Lily

zugefügt worden war, denn es würde nur innerhalb der Branche bekannt werden. John erwog, in der Chefetage der »Post« anzurufen und damit zu drohen, Terrys Entlassung zum Aufmacher der »Lake Post« zu küren, wenn kein Widerruf erschiene. Armand Baynes wäre selig. Er würde jeden anrufen, den er in New York kannte, und es würde rauschen im Blätterwald.
Andererseits würde die Story über Terry die Gefahr mit sich bringen, dass sich ein anderer neugieriger Reporter mit seiner Vergangenheit beschäftigte – und wenn der herausfände, was John entdeckt hatte, könnte John sein Buchprojekt vergessen.
Wäre das so schrecklich?
Er hatte das Buch aus vier Gründen schreiben wollen: um berühmt zu werden, und das große Geld zu machen, um Gus' Anerkennung zu erringen und um das Vorurteil zu entkräften, in der Provinz lebende Journalisten hätten kein Format.
Auf den Ruhm konnte er verzichten – Lily gab ihm das Gefühl, bedeutend zu sein.
Auch auf das Geld konnte er verzichten – Lily machte ihn auf andere Weise reich.
Das Vorurteil gegen Provinz-Journalisten kümmerte ihn nicht mehr – er hatte sich bewiesen, dass es nicht zutraf.
Blieb noch die Anerkennung seines Vaters. Die wünschte er sich nach wie vor, obwohl Gus tot war.
Würde er das Buch also schreiben, oder nicht? Er hatte nicht mehr viel Zeit, sich zu entscheiden.

Lily war das Wochenende über ebenso oft in Gedanken verloren wie John. Nachdem die »Post« sich trotz der erwiesenen Manipulation der Tonbandaufnahme weigerte, einen Widerruf zu bringen, blieb ihr nur noch, vor Gericht zu ziehen, und das würde eine langwierige Prozedur. Die Anwälte der Zeitung hatten Cassie bereits gebeten, ihnen eine sechswöchige Frist für die Prüfung der Klage einzuräumen.

»Das ist eine typische Verzögerungstaktik«, sagte Cassie.

»Können wir nicht ablehnen?«, fragte Lily.

»Theoretisch schon – aber es wäre strategisch unklug. Wenn wir eine umgehende Reaktion fordern, verärgern wir sie und riskieren, dass sie bei Gericht eine Abweisung der Klage beantragen. Natürlich kämen sie damit nicht durch, aber bis das geklärt wäre, würde kostbare Zeit vergehen und die Anhörung vielleicht erst im Februar stattfinden.«

»Was garantiert, dass sie diese Abweisung nicht nach Ablauf der sechzig Tage beantragen?«, wollte Lily wissen.

»Gar nichts«, seufzte Cassie. »Wenn sie mies sind, werden sie genau das tun.«

»Und – hast du den Eindruck, dass sie mies sind?«

»Nein – aber das wäre auch taktisch unklug. Der Anwalt, der bei mir anrief, war ausgesprochen liebenswürdig. Ich bin dafür, dass wir ihnen dreißig Tage gewähren – dann ist beiden Seiten gedient.«

Lily sah das zwar ein, aber glücklich war sie nicht mit dieser Lösung, denn dreißig Tage bedeuteten einen ganzen weiteren Monat im Schwebezustand. Sie verspürte eine Ungeduld, die nicht mehr dem dringenden Wunsch entsprang, nach Boston zurückzukehren. Sie begann sich mit dem Gedanken zu befassen, in Lake Henry zu bleiben, und damit sie hier ein neues Leben beginnen könnte, müsste der Skandal aus der Welt geschafft werden.

John ging am Sonntag mit Lily in die Kirche, danach mit ihr zu »Charlie's« zum Brunch, und anschließend machte er mit ihr eine Fahrt durch die Hügel. Schließlich nahm er sie ins Büro mit und gab ihr den Stapel Aufsätze von der Academy.

Es bereitete ihr Freude, ihm zu helfen, was wiederum ihm Freude bereitete.

Eigentlich hätte er jetzt das Layout für die nächste Ausgabe der »Lake News« machen sollen, aber als der vierte Entwurf im Papierkorb gelandet war, gab er auf – er war nicht mit dem Herzen dabei.

Unter dem Vorwand, seinen Kopf auslüften zu wollen, überließ er Lily ihrer Lektüre und ging zum Friedhof hinüber, wo neben Donnys grasbewachsenem Grab das frische von Gus lag. Der Wind hatte Blätter von den Bäumen gerissen und die kahle Erde mit ihrem matten Gelb, Rot und Braun geschmückt. Es war still und friedlich hier. So stellte John sich den Himmel vor. Er glaubte ganz fest, dass sein Vater dort war – ein Mann, der so viel gelitten hatte, verdiente das.

Ich habe dich enttäuscht. Ich habe versagt. Ich war nicht gut genug. Nicht für deine Mutter. Nicht für Don. Nicht für dich.

Traurig, dass dies sein letzter Gedanke gewesen war. Ein Mensch ohne Gewissen hatte es leicht, dachte John – den kümmerte nichts.
Gus hatte ein Gewissen gehabt. Und John hatte es auch.
Gus hatte etwas wert sein wollen. Und John wollte das auch.
Gus hatte es verstanden, mit Steinen umzugehen, und John verstand es, mit Worten umzugehen, aber beides war keine Wertgarantie. Etwas wert zu sein, konnte man nur im Umgang mit anderen Menschen beweisen.

Sie aßen in Celias Cottage zu Abend, und als Lily danach den Abwasch in Angriff nahm, ging John ins Freie hinaus, wohin sie ihm ein paar Minuten später folgte. Er saß mit dem Rücken zum Ufer im Schneidersitz am Ende des Bootsstegs. Als sie zu ihm trat, blickte er auf und zog sie dann auf seinen Schoß hinunter. Sie kuschelte sich in die Kuhle, lehnte den Kopf an seine Brust und schaute auf den See hinaus, der durch den kalten Oktoberwind Wellen schlug.
John legte die Arme um sie und fragte: »Ist dir warm genug?«
Sie trug seinen Pullover und eine Jacke darüber, seine Nähe tat ein Übriges. »Mmm.«
»Ich liebe dich, weißt du«, sagte er.
Ihr Herz schlug einen Purzelbaum.
»Liebst du mich auch?«, fragte er mit einer jungenhaften Unsicherheit, die ihr die Antwort leicht machte.
»Sehr.«

»Ich will dein Bestes«, murmelte er, und sie glaubte ihm.
»Welche Möglichkeiten habe ich?«
»Drei. Die erste ist, Cassie die Sache zu überlassen. Das ist der langwierigste Weg zum Erfolg. Die zweite ist, dir in meinem Buch Luft zu machen. Der Verlag will es jetzt schon kommenden März rausbringen. Ich hätte zwar gerne mehr Zeit dafür gehabt, aber es ist zu schaffen. Das würde früher Resultate bringen als der Prozess. Die dritte ist ein Aufmacher in der nächsten ›Lake News‹. Armand Baynes würde dafür sorgen, dass die großen Zeitungen ihn aufgriffen. Das wäre die schnellste Methode.«
Die Vorstellung, dass diesmal *sie* die Schlagzeile bestimmen könnte, war verlockend. »Aber wenn ich mich dafür entscheide, hat sich dein Buch erledigt«, hielt sie ihm vor Augen.
Ein langes Schweigen folgte ihrem Hinweis, und als er schließlich antwortete, schwang eine gewisse Resignation darin mit. »Ich denke, du brauchst den Artikel mehr als ich mein Buch.«
Sie war so gerührt, dass ihr die Tränen in die Augen schossen.
»Die Entscheidung liegt bei dir.«
»Aber du willst dieses Buch doch schreiben.« Sie wusste, wie sehr er sich das wünschte, und sie empfand es auch nicht mehr als Bedrohung, denn es war etwas geschehen, das sie nach ihrer schlechten Erfahrung mit Terry Sullivan nicht mehr für möglich gehalten hatte: Sie vertraute John, hatte ihr Vertrauen wiedergewonnen.

»Das kann ich trotzdem tun«, meinte er.

»Glaubst du, der Verlag würde es unter den Umständen noch haben wollen?«

»Liegt dir etwas daran, deinen guten Ruf wiederherzustellen?«

Lag ihr etwas daran, die Öffentlichkeit wissen zu lassen, dass sie keine Affäre mit Francis Rosetti gehabt hatte? Lag ihr etwas daran, die Öffentlichkeit wissen zu lassen, zu welchem Alptraum die Skandalgeschichte ihr Leben in Boston gemacht hatte?

»Ja!«

»Liegt dir etwas daran, die Menschen zu bestrafen, die dir all das angetan haben?«

Es waren viele, die sich schämen sollten, Leute hinter den Kulissen, die es zugelassen hatten, und dann war da noch Justin Barr, der verlogene Tugendapostel, der seine Radiosendung dazu benutzt hatte, ein verruchtes Weib aus ihr zu machen, und Paul Rizzo, der sie terrorisierte – aber der Schlimmste war Terry Sullivan. Er hatte sich diese widerliche Story ausgedacht. Lag ihr etwas daran, ihn zu bestrafen?

Ja.

John stand am Morgen schon vor Lily auf und fuhr ins Büro, setzte sich an den Computer und begann zu schreiben. Hier bot sich ihm die Chance seines Lebens: Indem er Lilys Rehabilitation seinem Wunsch, das Buch zu schreiben, voranstellte, konnte er sich – und Gus – beweisen, dass er etwas wert war. Sein Vater hatte einmal gesagt, Journalisten seien Nacherzähler von Geschehnissen, hätten nicht genügend Verstand, um sich selbst etwas auszudenken, aber John war nicht bereit, sich diesen Schuh anzuziehen. Terry Sullivan hatte sich etwas ausgedacht, aber es war nichts Gutes dabei herausgekommen. John hingegen hatte eine Fährte verfolgt, die Wahrheit entdeckt und würde sie der Öffentlichkeit mitteilen. Dabei würde etwas Gutes herauskommen! Was konnte befriedigender sein?

Als Liddie Baynes am Dienstagmorgen um Punkt neun Armands Kolumne brachte, erwartete John sie vor der Tür. »Bitte geben Sie das Ihrer besseren Hälfte«, sagte er und reichte ihr im Austausch gegen ihren kleinen einen großen Umschlag. »Wie geht es dem Boss?«

»Er ist missgelaunt«, antwortete Liddy, aber es sprach Zuneigung aus ihrem Ton. »Seine neue Hüfte hat nicht die sensationelle Verbesserung gebracht, die er sich versprochen hatte.«

John deutete grinsend auf das Kuvert, das er ihr gegeben hatte. »Das müsste ihn aufheitern.«

Zehn Minuten später klingelte das Telefon. »Warum zum Teufel haben Sie mir nichts davon gesagt?«, bellte Armand. »Ich bin der Verleger dieser Zeitung!«

»Ich wollte Ihnen nicht den Mund wässrig machen, bevor ich Gewissheit hatte«, erklärte John. Er wusste, dass sein Chef nur den Empörten mimte, um sein Gesicht zu wahren – in Wirklichkeit war er begeistert. »Und was halten Sie nun davon?«

»Was ich davon halte? Ich bin hingerissen!«

»Dann wollen Sie also keinen anderen Aufmacher haben?« John grinste.
»Selbstverständlich nicht! Aber was machen wir, wenn er erschienen ist?«
John räusperte sich. »Da habe ich eine Idee – aber ich werde Ihre Hilfe brauchen.«
»Ich würde Ihnen auch nicht raten, mich ein zweites Mal auszuschließen!«

Der Trick bestand darin, die Leute anzulocken, ohne preiszugeben, worum es wirklich ging. John und Armand verbrachten den Dienstagabend damit, Reporter anzurufen, die eine längere Anreise haben würden, und benachrichtigten am Mittwochvormittag die aus der näheren Umgebung, wobei sie sich auf die Information beschränkten, dass Lily Blake in Lake Henry war, die »Lake News« eine Sensation zu bieten hatte und es nach ihrem Erscheinen am Mittwoch um fünf in der Kirche im Zentrum des Ortes eine Pressekonferenz geben würde.

Diesmal schaffte es John, die letzte Seite der Zeitung trotz der Sonderbelastung um fünf vor zwölf an den Drucker zu schicken. Ein paar Sekunden später rief Richard Jacobi an. Die Buschtrommel hatte funktioniert!
»Ich habe von einer Pressekonferenz läuten hören, die im Zusammenhang mit Lily Blake steht. Was hat es damit auf sich?«
»Ich bin auf Terry Sullivans Motiv für die Erfindung der Skandalstory gestoßen.«

»Und das wollen Sie jetzt herausposaunen? Was soll dann noch in dem Buch stehen?«
»Darin werde ich die Tiefe ausloten.«
»Das werden die Leute lesen, wenn Sie Thomas Wolfe wären, John Irving oder Nelson DeMille! Aber Sie sind kein Schriftsteller, sondern Journalist, und wir haben Ihnen eine so große Summe angeboten, weil wir ein Enthüllungsbuch erwarteten.«
»Ich hatte Ihnen gesagt, ich wolle die Story schreiben, die hinter der Story steckt. Daran hat sich nichts geändert.«
»Und ich hatte Ihnen gesagt, wir kämen zusammen, wenn wir sie exklusiv bekämen. Verdammt, John – wir haben uns einen Schocker davon versprochen, der das Buch in die Bestsellerlisten bringen würde. Wenn Sie die Bombe jetzt in Ihrer Zeitung platzen lassen, ist auch unser Vertrag geplatzt.«
»Sie haben mir den Vertrag ja noch gar nicht zugeschickt.«
»Er liegt hier vor mir auf dem Schreibtisch, sollte heute rausgehen. Aber Sie haben sich selbst ein Bein gestellt. Es sei denn, Sie blasen die Sache ab.«
»Nein, das werde ich nicht tun«, sagte John. Er hatte sich entschlossen, Gus – und sich – zu beweisen, dass er etwas wert war, und wie ernst es ihm damit war, erkannte er in diesem Moment, als er leichten Herzens von seinem Traum Abschied nahm.

28

Lily wachte am Mittwochmorgen mit der gleichen Nervosität auf wie an ihren letzten Tagen in Boston. Sie versuchte sich abzulenken, indem sie im Mosthaus noch mehr zupackte als sonst, aber es gelang ihr nicht so recht. Die Vorstellung, auf der Pressekonferenz unvorhersehbaren Fragen ausgesetzt zu sein, machte ihr Angst, doch wenn sie Gerechtigkeit wollte, musste sie sich dieser Tortur wohl oder übel unterziehen.

»Du bist so nachdenklich«, sagte Maida, als sie in der Mittagspause zum Haus hinübergingen. »Hat es mit John Kipling zu tun?«

»Wie kommst du darauf?«

»Ich bin noch nicht senil«, gab ihre Mutter zurück. »Du warst mit bei seinem Vater im Krankenhaus, du warst mit ihm auf der Beerdigung und du warst am Donnerstag mit ihm bei ›Charlie's‹. Wie ich hörte, war dein Auftritt der Höhepunkt des Abends.«

»Ich hatte ihn nicht geplant«, rechtfertigte Lily sich hastig. »Charlie kam an unseren Tisch und bat mich, etwas zu singen.«

Maida hielt ihr die Tür auf. »Ist es dir ernst mit John?«

Lily folgte ihr in die Küche. War es ihr ernst mit John? Sie hatte ihm ihre Liebe gestanden, aber sie wusste nicht, wie ihre Beziehung sich weiterentwickeln würde – und sie kannte die Vorbehalte ihrer Mutter gegen ihn. Also antwortete sie: »Ich bin nicht sicher.«

»Er ist ein Kipling.« Maida nahm einen Topf aus dem Kühlschrank, stellte ihn auf den Herd und zündete das Gas an. »Musstest du auf diese Beerdigung gehen?«

Lily wusste, was dieser Hinweis besagte, und sie war dankbar, dass ihre Mutter sich nicht in eine Rekapitulation der Geschichte mit Donny hineingesteigert hatte. Dennoch war sie nicht bereit, sich ihr Wohlwollen mit irgendeiner Ausrede zu erschwindeln. »Ja, das musste ich«, antwortete sie leise.

Maida begann unnötig heftig, die Suppe in dem Topf umzurühren, und Lily deckte den Tisch. Sie hatte gerade die Löffel hingelegt, als das Telefon klingelte. Sie wollte den Hörer abnehmen, aber ihre Mutter war schneller.

»Ja, bitte?«, meldete sie sich in scharfem Ton. Gleich darauf wandte sie sich Lily zu und durchbohrte sie mit einem Blick, der nichts Gutes verhieß, während sie sich zusehends versteifte.

»Das war Alice«, sagte sie, nachdem sie aufgelegt hatte. »Wie es scheint, stehen die Telefone im Ort nicht mehr still. Es hat mit einer Pressekonferenz zu tun. Und offenbar mit John und dir.«

»Ja«, beantwortete Lily die indirekte Frage.

»Es kommen Reporter nach Lake Henry?«

»Ja.«

»Warum?«

»Weil wir Informationen über Terry Sullivan haben, die beweisen …«

»Zum Teufel mit Terry Sullivan! Die Medien hatten das Interesse an der Sache verloren, und es war wieder Ruhe eingekehrt. Warum müsst ihr die Geschichte wieder aufkochen?« Ihr Augenausdruck wurde flehend. »Wir sind doch gut miteinander ausgekommen, du und ich. Oder nicht? Warum machst du das kaputt?«

»Das hat nichts mit unserer Beziehung zu tun.«

Maida drehte das Gas unter dem Topf ab, in dem es heftig brodelte. »O doch, das hat es!«, widersprach sie . »Es geht um die Rücksichtslosigkeit, die ich seit jeher von dir zu erdulden habe. Du wusstest, dass ich deine Auftritte bei ›Charlie's‹ nicht billigte, aber das scherte dich nicht. Genauso wenig wie meine Einwände dagegen, dass du am Broadway Karriere machen wolltest. Und nun holst du die Medien hierher, obwohl du genau weißt, was ich davon halte!«

»Ich kann nicht anders«, sagte Lily. »Terry hat mich um etwas gebracht, das ich wiederhaben will.«

»Worum hat er dich gebracht? Um das sündteure Apartment? Um deine Anstellung als Barsängerin?«

»Um meinen guten Ruf.«

»Man sollte denken, dass die Leute dir am Donnerstag bei ›Charlie's‹ deutlich genug gezeigt haben, dass dein Ruf in Lake Henry gut ist. Was willst du mehr?«

»Ich will nicht mehr, Mom – ich will etwas *anderes.*«

»Ich wüsste nicht, was es da anderes geben sollte.« Maida riss ein Geschirrtuch vom Haken und begann, sich ihre trockenen Hände abzutrocknen. »Ich weiß nur, dass du schon wieder von einem Kipling für seine Ziele missbraucht wirst!« Ihre Stimme war brüchig geworden. »John tut das doch nicht für dich!« Sie warf das Tuch auf den Tisch und schlug die Tür hinter sich zu.

Lily hoffte, dass ihre Mutter zurückkommen würde. Als sich zeigte, dass sie vergeblich wartete, ging sie zum Mosthaus zurück, ohne einen Bissen gegessen zu haben. Ihr Hals war wie zugeschnürt.

Als ihre Mutter nicht zur Nachmittagsschicht erschien, holte Lily einen der Pflücker an ihren Platz und übernahm die Leitung, doch heute empfand sie keine Freude und keinen Stolz dabei, denn sie war in Gedanken bei ihrer Mutter, fragte sich, wo sie sein mochte und ob eine Chance bestünde, sich mit ihr auszusöhnen. Sie wusste nicht, warum Maida nach all den Jahren noch immer auf der Donny-Geschichte herumritt – und sie wusste nicht, warum ihr die Antwort auf diese Frage so wichtig war.

Sie stand gerade an der Wanne, als ihr die Tränen kamen und Oralee, die es offenbar gesehen hatte, sie gutmütig-energisch nach Hause schickte. Da sie nun bis zu der Pressekonferenz noch drei Stunden Zeit hatte, überlegte Lily, ob sie noch in ihr Cottage oder gleich ins Büro fahren sollte. Ihre Mutter würde sich schon wieder beruhigen. So war es immer. Maidas Verstimmtheit legte sich, und es wurde nie etwas diskutiert, geschweige denn bereinigt.

Aber heute war Lily wegen der dräuenden Pressekonferenz so beunruhigt, dass sie nicht auch noch die Missstimmung ihrer Mutter mit sich herumtragen wollte. Also fuhr sie nirgends hin, sondern ging wieder ins Haus hinüber. Die Küche war leer, das Büro ebenso. Vielleicht hatte Maida sich hingelegt. Sie in ihrem Schlafzimmer aufzusuchen, hätte eine Verletzung ihrer Privatsphäre bedeutet und kam somit nicht in Frage.

Lily beschloss, eine Zeit lang zu warten, setzte sich an den Flügel und begann zu spielen. Eine Étude von Chopin, eine Sonate von Liszt, wobei sie beide nicht beendete, in der Schwebe ließ, so wie ihr Leben im Moment. Und dann intonierten ihre Finger plötzlich »Onward Christian Soldier«, und sie sah sich als Kind im Kirchenchor singen. Damals war Maida stolz auf sie gewesen. Lily schloss »Faith of Our Fathers« an, weil sie merkte, dass diese Art der Musik sie beruhigte, und war gerade mitten in »Amazing Grace«, als ihre Mutter in der Tür erschien. Sie sah müde aus, älter, als sie war, und sehr zerbrechlich. Lily nahm die Hände von den Tasten.

»Du findest, dass ich überreagiere«, sagte Maida mit dünner Stimme. »Du verstehst nicht, warum ich so großen Wert auf mein ruhiges Leben lege, warum diese Skandalgeschichte mich so aufregt. Das gründet sich auf etwas aus meiner Vergangenheit.« Sie schlang die Arme um ihre Mitte und kam näher. Lilys Herz begann zu hämmern. »Mein Vater starb früh«, begann ihre Mutter zu erzählen, »aber es gab noch andere Männer in unserer Familie. Celia hatte vier Brüder.«

Da Celia nie etwas von früher erzählt hatte, war Lily das völlig neu.

»Sie waren alle jünger als sie – der Jüngste um zwanzig

Jahre«, fuhr Maida fort. Sie war vor dem Flügel stehen geblieben und schaute mit einem Ausdruck an Lily vorbei, als blicke sie in die Vergangenheit. »Er gehörte mehr meiner Generation an als ihrer. Er war ein Freund, ein Babysitter, ein Bruder – und mein Liebhaber.«

Lily wagte kaum zu atmen.

Maidas Augen füllten sich mit Tränen. »Wir trafen uns nachts, wenn alle schliefen. Er lehrte mich, meinen Körper kennen zu lernen – und die Liebe.« Sie wischte sich mit dem Handrücken die Tränen von den Wangen und drehte den Kopf zur Seite. »Er war hübsch und zärtlich und klug. Als ich sechzehn war, erwischten sie uns eines Nachts und schickten ihn fort.«

Lily war sechzehn gewesen, als sie mit Donny Kipling in dem gestohlenen Wagen erwischt wurde. Jetzt konnte sie sich vorstellen, welche Assoziationen das bei ihrer Mutter ausgelöst hatte.

Aber in diesem Augenblick dachte Maida offenbar nicht daran. Das weiche Licht der Lampe auf dem Flügel streichelte ihre tränenglänzenden Wangen, und sie hielt Lilys Blick fest, während sie weitersprach. »Sie sagten, es sei nicht meine Schuld, dass es dazu gekommen war, er habe meine Naivität ausgenutzt, aber so war es nicht. Ich wollte es! Es ist die einzige schöne Erinnerung aus jenen Jahren. Du wirst das vielleicht unmoralisch oder verderbt finden, aber du weißt nicht, wie wir damals lebten. Wir waren arm, wohnten alle miteinander auf engstem Raum. Wenn ich mit Phillip zusammen war, vergaß ich unser Elend. Er war mein einziger Trost.« Ihr Kinn zitterte.

»Aber du hattest doch Celia!«, sagte Lily.

»Sie war seinerzeit nicht so, wie du sie kanntest. Die Doppelbelastung nach Vaters Tod, den Haushalt führen und Geld verdienen zu müssen, machte sie unduldsam.«

»Arbeiteten denn ihre Brüder nicht?«

»Doch – aber sie verdienten nicht viel, und das meiste davon setzten sie in Alkohol um. Phillip trank zwar auch, aber mäßig. Er legte Geld für mich zurück, damit ich fortgehen könnte, wenn ich es zu Hause irgendwann nicht mehr aushielte. Als man ihn fand, hielt er einen Zettel in der Hand, auf dem stand, wo sich seine Ersparnisse befanden und für wen sie gedacht waren.«

»Als man ihn fand?«, echote Lily.

»Er hat sich das Leben genommen.« Maida machte eine Pause, bevor sie fortfuhr: »Zwei Monate, nachdem er weggegangen war. Keine Meile von uns entfernt. Im Wald. Offenbar war er in der Gegend geblieben, denn er wurde in einem Umkreis von dreißig Meilen in mehreren Orten gesehen.« Sie legte die Hand auf den Magen, als habe sie Schmerzen, doch als Lily sie fragte, ob sie etwas für sie tun könne, winkte sie ab. »Es geht noch weiter. Wir beerdigten Phillip im Familiengrab. Da nicht einer aus der Familie, sondern ein Mann aus dem Ort uns beide ertappt hatte, war die Geschichte in Windeseile bekannt geworden, und die Leute sagten, ein Mensch wie er dürfe nicht zwischen gottesfürchtigen Bürgern liegen, aber Celia bestand darauf. Er war ihr Bruder gewesen, und sie grämte sich um ihn – und sie machte sich schwere Vorwürfe, weil sie meinte, dass es nicht zu dem Desaster gekommen wäre, wenn sie sich mehr um mich gekümmert hätte. In unserem Kummer rückten wir näher zusammen, und ich wollte ihr helfen. Also verließ ich die Schule und fing in der Holzhandlung an, wo auch sie arbeitete.« Maidas Blick ging wieder an Lily vorbei in die Ferne. »Es war nicht einfach. Abgesehen von Celia und mir gab es nur Männer in der Firma. Da sie alle Bescheid wussten, musste ich mir ständig anzügliche Bemerkungen gefallen lassen, aufdringliche Blicke und dreiste Berührungen. Sie machten ein Spiel daraus, mich zu provozieren, und wenn ich darauf ansprang, amüsierten sie sich. Wenn einer mit mir ausgehen wollte und ich ablehnte, was ich grundsätzlich tat, bekam ich noch Schlimmeres zu hören. Als ich schließlich drauf und dran war, den Job aufzugeben und den Ort zu verlassen, trat George in mein Leben. Er war gekommen, um bei meinem Chef alte Gerätschaften zu kaufen, und unterhielt sich mit mir, als ich die Rechnung ausschrieb – und er rettete mich. Was er natürlich niemals erfuhr, denn ich hätte mir eher die Zunge abgebissen, als ihm zu gestehen, was ich durchgemacht hatte und warum.« Ihr Blick war zu Lily zurückgekehrt. »Was glaubst du, wie mir zu Mute war, als du dich für das Rampenlicht entschiedst und dich damit freiwillig den Blicken der Männer aussetztest, unter denen ich so gelitten hatte? Aber ich musste es ja nicht mit ansehen und konnte verdrängen, was für ein Leben du führtest. Bis zu diesem Skandal. Was glaubst du, wie mir zu Mute war, als die Reporter in deiner Vergangenheit herumzuschnüffeln begannen? Es hätte doch durchaus passieren können, dass ein besonders eifriger sich im Zuge dessen auch für meine Vergangenheit interessierte! In Lake Henry weiß niemand etwas darüber. Als Celia hierher zog, fing auch sie neu an, und wir sprachen nicht einmal mehr miteinander über unser früheres Leben.«

»Es wird dein Geheimnis bleiben«, versicherte Lily ihr.

»Es wäre nicht auszudenken, wenn es bekannt würde! Ich bin zu alt, um noch einmal irgendwo von vorn anfangen zu können.«

»Es wird dein Geheimnis bleiben«, wiederholte Lily.

»Wie kannst du da so sicher sein?«

»Ganz einfach: Es geht nicht mehr um mich – jetzt geht es um Terry.«

Obwohl die Geschichte, die Maida ihr erzählt hatte, ein Schock für Lily gewesen war, hatte es ihr gleichzeitig gut getan zu erfahren, dass ihre Mutter nicht so perfekt war, wie sie den Eindruck erweckte. Sie fühlte sich ihr verbunden. Aber als sie diese Verbundenheit beim Abschied in einer Umarmung hatte ausdrücken wollen, war Maida zurückgewichen. Doch jetzt wusste sie, dass ihre Mutter sie wirklich liebte. Welchen größeren Beweis könnte es dafür geben als das Vertrauen, das sie ihr geschenkt hatte?

Als Lily geduscht, dezent geschminkt und in ihrem Hosenanzug mit dem Ford-Kombi in die Main Street von Lake Henry einbog, sah sie schon von weitem, dass Johns Trick funktioniert hatte: Es wimmelte von Autos und Übertragungswagen mit Satellitenschüsseln auf dem Dach. Sie fuhr langsam daran vorbei und las die

Aufschriften, die verrieten, dass sich nicht nur lokale Fernsehsender, sondern auch überregionale hatten herlocken lassen.
Lily fühlte, wie sich ihr Magen verkrampfte, als sie beim Postamt abbog und sah, dass auch neben dem viktorianischen Haus fremde Wagen parkten. Sie stellte sich auf den Grasstreifen und war kaum ausgestiegen, als sie entdeckt wurde, und plötzlich fühlte sie sich wie in Boston nach dem Erscheinen der Skandalstory: Wieder wurde sie körperlich und mit Fragen bedrängt.
»Wie lange sind Sie schon hier?«
»Haben Sie mit dem Kardinal gesprochen?«
»Stimmt es, dass Sie die ›Post‹ verklagen?«
Sie hatte sich, verbissen schweigend, mühsam bis zur Seitentür vorgekämpft, als ihr geöffnet wurde. John zog Lily ins Haus und sperrte die Reporter aus. Sie zitterte am ganzen Leib, und er nahm sie in die Arme, doch das Zittern hörte nicht auf.
»Es geht wieder los«, flüsterte sie in Panik.
»Aber nein«, versuchte John, sie zu beruhigen. »Sie haben sich nur auf dich gestürzt, weil sie im Moment noch kein anderes Opfer haben.«
Lily schaute zu ihm auf. »Wo sind die Zeitungen?«
»In der Kirche. Willie Jake bewacht sie.«
»Ich habe mit Maida gesprochen«, erzählte Lily.
»Wirklich gesprochen?«
»Na ja – genau gesagt, hat *sie* gesprochen.«
»Und – ist etwas dabei herausgekommen?«
»Wie meinst du das?«, fragte sie alarmiert. »Weißt du etwas über sie?«

»Ich weiß nur, dass sie aus Linsworth stammt«, erwiderte er sichtlich verwundert über ihre heftige Reaktion. »Sollte es in ihrer Vergangenheit einen dunklen Punkt geben, so geht mich das nichts an.« Sie las in seinen Augen, dass es ihm ernst damit war. »Ich hatte zwar ursprünglich vor, tiefer zu graben, weil ich hoffte, etwas zu finden, das die ablehnende Haltung deiner Mutter dir gegenüber erklären würde, aber als wir beide uns dann näher kamen, erschien es mir plötzlich zu indiskret.«

Lily schlang die Arme um seinen Hals und küsste ihn. Als der Kuss endete, warf John einen Blick auf seine Uhr.

»Es ist bald so weit«, sagte er leise. »Bist du bereit?«

Sie brauchte einen Moment, um in die Realität zurückzufinden, und dann überfiel sie Angst. Was, wenn der Schuss nach hinten losginge, die Medien sich hinter Terry stellten? Immerhin war er einer der Ihren.

War sie bereit? Sie nickte.

»Wollen wir gehen?«

Einerseits graute ihr davor, sich den Medien gewissermaßen selbst zum Fraß vorzuwerfen, andererseits wollte sie nicht darauf verzichten, ihre Rehabilitierung mitzuerleben.

Wollte sie gehen? Sie nickte ein zweites Mal.

John ließ sie los, straffte sich und atmete tief durch. Dann ging er zur Tür und öffnete sie, und als Lily ihn da in den Jeans, den Halbschuhen, dem Blazer, dem weißen Hemd und der Krawatte stehen sah, dachte sie, dass er bestimmt der schönste Mann auf Erden war.

29

Als John Lily durch eine Seitentür in die Kirche dirigierte, sah sie, dass die Bänke bis auf den letzten Platz besetzt waren. Auf lange Stangen montierte Scheinwerfer gleißten, wie Lily an der Ausrüstung erkannte, auf Fernsehreporter und Presseleute hinunter, die den Mittelgang und die vorderen Bankreihen bevölkerten. Im Hintergrund und auf der Empore standen dicht gedrängt Leute aus dem Ort.

Das Klicken der Fotoapparate und das Surren der Kameras bei ihrem Eintreten weckte Erinnerungen in Lily, die ihr Herz wie einen Hammer gegen ihre Rippen schlagen ließen.

Vorn auf der Höhe der Kanzel war ein Podium errichtet, ein langer Tisch und Stühle aufgestellt worden, und Lily setzte sich auf den Platz, den John ihr anwies. Er hatte sich kaum zu ihrer Rechten niedergelassen, als Cassie es zu ihrer Linken tat und sich zu ihr herüberbeugte. »Ich bin sicherheitshalber hier – für den Fall, dass jemand versucht, dir an den Karren zu fahren«, erklärte sie ihre Anwesenheit im Flüsterton.

John beugte sich von der anderen Seite herüber. »Das Aufgebot ist größer, als ich erwartet hatte«, sagte er ebenfalls flüsternd. »Die Gruppe rechts von Armand und Liddie Baynes – die beiden kennst du ja bestimmt – ist aus New York, die links von ihnen aus Washington. Die zwei hinter ihnen sind aus Springfield rübergekommen. Ich sehe Chicago, Kansas City, Philadelphia, Hartford und Albany in den ersten Reihen und dahinter Concord, Manchester, Burlington, Portland und Providence.«

Lily entdeckte den fischgesichtigen Paul Rizzo in der fünften Reihe. »Hast du Rizzo eingeladen?«

John schüttelte den Kopf. »Habe ich nicht – aber ich freue mich, dass er hier ist.« Seine Augen blitzten.

Lily entdeckte noch andere Gesichter, die ihr aus Boston in schlechter Erinnerung waren, aber auch ihr freundlich gesinnte Menschen: Charlie und Annette Owens, Leila Higgins, Alice Bayburr mit ihrer gesamten Familie – und Poppy, die in ihrem Rollstuhl am Ende einer Bank saß, die von ihren Freundinnen bevölkert war. Als ihre Blicke sich trafen, streckte sie die Daumen in die Höhe und lächelte Lily ermutigend zu. Sie wurde ein wenig ruhiger.

»Siehst du den hässlichen Kerl in der sechsten Reihe auf der linken Seite?«, flüsterte Cassie.

Lily suchte ihn, fand ihn und nickte.

»Das ist Justin Barr.«

»O Gott!«

Wieder drang Johns Stimme an ihr Ohr, immer noch leise, aber jetzt vor Aufregung bebend. »Schau mal, wen wir da rechts in der achten Reihe haben.«

Als Lily erkannte, wen er meinte, stockte ihr der Atem, krampfte sich ihr Herz zusammen, aber dann erfasste sie eine wilde Freude. »Was will denn Terry hier?«, flüsterte sie.

»Was auch immer er im Schilde führt – ich werde es ihm gründlich versalzen«, sagte John und grinste.

John war höchst zufrieden mit dem Erfolg, den seine und Armands Telefonaktion gezeitigt hatte – es waren alle gekommen, auf die er Wert legte. Die Anwesenheit von Sullivan, Rizzo und Barr verlieh der Veranstaltung einen besonderen Reiz.

John räusperte sich, beugte sich zu dem vor ihm stehenden Mikrofon vor und dankte zunächst allen für ihr Erscheinen. Dann ließ er eine geraffte Entwicklungsgeschichte der »Lake News« folgen – ein wenig Eigenwerbung durfte wohl sein – und würdigte Armand Baynes, seinen Verleger. Danach kam er ohne weitere Verzögerungen zu dem Anlass der Pressekonferenz. Nachdem er seine Rede ein Dutzend Mal im Geiste durchgegangen war, konnte er ohne schriftliche Gedächtnisstützen sprechen.

»Ich habe die Story über die angebliche Beziehung zwischen Miss Blake und Kardinal Rosetti, die letzten Monat in der ›Boston Post‹ erschien, mit großem Interesse gelesen – einerseits, weil Miss Blake aus Lake Henry stammt, andererseits, weil ich Terry Sullivan, der die Kampagne inszenierte, seit dem Studium und als Kollegen kenne. Letzteres ließ mich von Anfang an den Wahrheitsgehalt der Story bezweifeln, und so war ich nicht überrascht, als der Vatikan Kardinal Rosetti von jeglicher Schuld freisprach und die ›Post‹ sich in aller Form bei ihm entschuldigen musste. Doch dann war ich ebenso fassungslos wie Miss Blake und ihre Familie, als die Zeitung Miss Blake bezichtigte, den Skandal provoziert zu haben.«

Er spürte Lily neben sich zittern und drückte seinen Schenkel an ihren, um ihr Halt zu geben. Es war nicht verwunderlich, dass sie Angst hatte. Aus den auf sie gerichteten Augen sprach Sensationsgier, und sie konnte nicht sicher sein, diesmal ungeschoren zu bleiben.

Um das zu gewährleisten, argumentierte er: »Miss Blake wurde hier von jedem, den ich fragte, ein klarer Verstand und psychische Stabilität bescheinigt. Niemand hatte jemals Anzeichen für Unzurechnungsfähigkeit bei ihr bemerkt, wie sie ihr von der Presse unterstellt wurde. Uns erschien diese Attacke wie ein Versuch der ›Post‹, ihre Verleumdungskampagne zu rechtfertigen. Die Frage ist, warum diese Story überhaupt geschrieben wurde.« Er hielt ein Exemplar der »Lake News« hoch. »Die heutige Ausgabe befasst sich mit dieser Frage, und ich möchte Ihnen das Ergebnis meiner Nachforschungen kurz vorstellen. Im Anschluss an diese Pressekonferenz haben Sie die Möglichkeit, die Handlungsmotive in aller Ausführlichkeit nachzulesen.« Als er in die gespannten Gesichter blickte, wusste er, dass seine Idee, Lilys Rehabilitierung zu einem Spektakel zu machen, richtig gewesen war. In Terrys Gesicht zu blicken, dessen Miene verriet, dass er nicht ahnte, was noch auf ihn zukommen sollte, gab dem Ganzen einen zusätzlichen Kick. John behielt ihn unauffällig im Auge, denn er wollte um nichts in der Welt den Moment verpassen, in dem sich dieser Ausdruck verändern würde. Denn das würde er. O ja!

»Terry Sullivan ist der Urheber dieser Story. Sobald sie erschienen war, wurde sie zwar von anderen Zeitungen aufgegriffen, aber er hatte sie erdacht und durchgeboxt. Die ›Post‹ äußerte anfänglich Bedenken, doch als Mr. Sullivan eine Tonbandaufnahme vorlegte, auf der Miss Blake bestätigte, eine Affäre mit Kardinal Rosetti zu haben, stimmte die Geschäftsleitung der Veröffentlichung zu.«

In Sorge, dass Lily mit dieser Formulierung nicht glücklich wäre, verstärkte er den Druck seines Schenkels. Hab keine Angst, sagte er ihr damit.

»Der Mitschnitt war ungesetzlich«, fuhr er fort. »Miss Blake wusste nichts von der Aufzeichnung – und letzte Woche stellte sich auch noch heraus, dass die Aufnahme manipuliert worden war.« Ein Raunen lief durch den Raum.

John sprach weiter. »Diejenigen unter Ihnen, die wissen, wie Mr. Sullivan arbeitet, werden verstehen, warum ich die ›Post‹ drängte, den Mitschnitt auf Authentizität prüfen zu lassen, doch die Geschäftsleitung fand sich erst dazu bereit, als Beweise dafür auftauchten, dass ihr Mitarbeiter den Skandal aus Böswilligkeit konstruiert hatte. Die Experten stellten fest, dass das Tonband frisiert worden war. Nach Miss Blakes Darstellung hatte Mr. Sullivan sie zu hypothetischen Äußerungen verleitet und diese dann sinnentstellend wiedergegeben. Die widerrechtliche Bearbeitung der Aufnahme bestätigt ihre Aussage.«

Terry schüttelte langsam den Kopf, als betrachte er Johns Ausführungen als einen armseligen Versuch, ihm den Schwarzen Peter zuzuschieben.
»Letzten Freitag trennte sich die ›Post‹ fristlos von Mr. Sullivan.«
Terry verdrehte die Augen.
»Es geschah in aller Stille, wurde nur branchenintern bekannt, und Miss Blake stand weiterhin als Bösewicht da. Der Aufmacher der dieswöchigen ›Lake News‹ befasst sich mit dem wahren Bösewicht – Mr. Sullivan. Der gesunde Menschenverstand sagte mir, dass ein gewichtiger Grund und ein vielleicht zutiefst persönlicher ihn getrieben haben musste, da er, um seine Geschichte der Geschäftsleitung der ›Post‹ verkaufen zu können, so weit ging, ihr zum Beweis der Richtigkeit gefälschtes Beweismaterial vorzulegen. Die ›Lake News‹ enthüllt diesen gewichtigen Grund.«

Das war der Augenblick, in dem Terry klar wurde, was auf ihn zukam. Lily sah seine Miene erstarren. Auge um Auge, dachte sie. Was du nicht willst, das man dir tu, das füge keinem anderen zu. Ihr Blick wanderte weiter, und sie entdeckte ihre Mutter in einer der hinteren Bänke. Mit einer Mischung aus Furcht und Freude versuchte sie, Augenkontakt herzustellen, doch Maida starrte wie hypnotisiert John an, der nach einer kleinen Kunstpause fortfuhr:
»Mr. Sullivan wuchs in Meadville in Pennsylvania auf. Eine Reportage, die er als Schüler schrieb und die in der Lokalzeitung erschien, zeugt von einem abgrundtiefen

Hass auf die Kirche, der, wie Sie gleich hören werden, nicht verwundert. Laut Quellen in Meadville wurden seine Mutter und er häufig vom Vater geschlagen. Warum? Aus Eifersucht. Mrs. Sullivan hatte den späteren Vater ihrer Söhne aus Verzweiflung und Wut geheiratet, weil ihre große Liebe der High-School- und Collegejahre sich von ihr getrennt hatte, aufs Priesterseminar gegangen war, sich fürs Priesteramt entschieden hatte. Dieser Mann war Francis Rosetti.«

Unruhe entstand. Als Terry sich hinausstehlen wollte, wurde er von Kollegen entdeckt. Kameraleute nahmen ihn aufs Korn, ein Blitzlichtgewitter setzte ein.

Auge um Auge, dachte Lily wieder.

Als Terry einsah, dass er sich nicht verabschieden konnte, richtete er sich zu seiner vollen Größe auf und sagte mit lauter Stimme: »Hier wird wie in der Antike der Bote getötet, weil die Botschaft nicht gefällt.«

Atemlose Stille war eingetreten.

John erwiderte äußerlich gelassen: »Irrtum. Hier wird der Machtmissbrauch aufgedeckt.« Jetzt spürte Lily sein Bein zittern.

»Wer selbst im Glashaus sitzt, soll nicht mit Steinen werfen!«, tönte Terry. »Das ist deine Story, mit der du dir einen Buchvertrag erschlichen hast.«

»Es gibt keinen Vertrag«, nahm John ihm den Wind aus den Segeln. »Es wird kein Buch erscheinen. Alles, was in einem Buch hätte stehen können, steht *hier* drin.« Er hielt die »Lake News« hoch.

»Ich hoffe, du hast dich auf einen Verleumdungsprozess eingestellt, denn der kommt auf dich zu.« Mit brutaler

Gewalt zwängte Terry sich an den Leuten in seiner Bank vorbei und kämpfte sich durch die Menge auf den Ausgang zu. Lily hoffte, dass er sich dabei zumindest annähernd so hilflos, gedemütigt und bedroht fühlte wie sie, als sie auf Grund seiner skandalösen Äußerungen von einem aufdringlichen Medien-Mob bedrängt worden war.

Zwei Fotografen, ein Reporter und ein Kameramann hefteten sich an seine Fersen. Die übrigen Presseleute wandten sich wieder John zu. Lily versuchte erneut den Blick ihrer Mutter einzufangen, doch es war auch diesmal vergebens.

»Das ist von meiner Seite alles«, sagte John. »Wenn Sie Fragen haben, werde ich sie gerne beantworten.«

Hände schossen in die Höhe, Stimmen riefen durcheinander.

»War der Kardinal in Ihre Nachforschungen einbezogen?«, setzte sich eine durch.

»Haben Sie einen Beweis für die Beziehung zwischen Mr. Sullivans Mutter und Francis Rosetti?«, rief eine andere.

»Ja. Im Jahrbuch der High School, die er besuchte, ist ein Foto, das ihn auf dem Abschlussball mit ihr zeigt, und außerdem haben mehrere Zeugen sie bestätigt.« Wie versprochen ließ er Terrys Bruder unerwähnt. Es ging um Lilys Rehabilitierung, und dazu war es nicht nötig, dem Priester die Medien auf den Hals zu hetzen.

»Kennt der Kardinal die Hintergrundgeschichte?«, wollte eine dritte wissen.

»Darüber bin ich nicht informiert.«

»Hat die ›Post‹ sich bei Miss Blake entschuldigt?«, fragte eine vierte.
»Nein.«
»Werden Sie es verlangen?«, richtete der Reporter das Wort direkt an Lily.
Cassie beugte sich zu ihrem Mikrofon vor und antwortete an ihrer Stelle: »Wir haben Klage erhoben. Miss Blake gibt in dieser Phase keinen Kommentar ab.«
Die nächste Frage ging wieder an John. »Sie haben Mr. Sullivan abgeurteilt. Ist das nicht Ihrerseits ein Machtmissbrauch?«
»Würden Sie uns bitte Ihren Namen nennen«, forderte John den Mann, innerlich jubilierend, auf.
»Paul Rizzo.«
»Paul Rizzo. Ahhh.« Es lief noch besser, als in seinen kühnsten Träumen! Dieser selbstherrliche Trottel lieferte sich ihm tatsächlich ans Messer! »Welche Qualifikationen haben Sie vorzuweisen?«
Verständnislosigkeit malte sich auf vielen Gesichtern, und Paul Rizzo begriff offenbar auch nicht, worauf John abzielte. »Ich arbeite seit sieben Jahren bei der ›City-side‹.«
Der Aufmacher der »Lake News« befasste sich ausschließlich mit Terrys Böswilligkeit und dem Schaden, der Lily daraus erwachsen war, und John konnte sich die Gelegenheit, einen weiteren ihrer Peiniger zu entlarven, unmöglich entgehen lassen. »Und welche Ausbildung haben Sie genossen?«
Rizzo blickte unbehaglich in die Runde und antwortete dann abweisend: »Das tut nichts zur Sache.«

»Ach nein? In Ihrer ›Cityside‹-Vita steht, Sie hätten sowohl am Duke College in Englisch abgeschlossen als auch an der N.Y.U. in Zeitungswissenschaft. Daraus ist zu schließen, dass Sie diese Angaben machten, als Sie sich für den Job bewarben. Ich habe selbst gehört, wie Sie sich dieser Ausbildung rühmten. Nur haben Sie sie leider nie genossen. Laut den Unterlagen des Duke College haben Sie es nach zwei Jahren verlassen, und an der N.Y.U. waren Sie überhaupt nie eingeschrieben. Dass Sie in diesen Punkten gelogen haben, weckt ernsthafte Zweifel an Ihrer Wahrhaftigkeit als Berichterstatter.«

Ja-ja-ja!, frohlockte Lily im Stillen. Ein weiterer ihrer Feinde war unglaubwürdig geworden! Wieder glitt ihr Blick zu Maida. Der Anflug eines Lächelns spielte um den Mund ihrer Mutter.

»Welche Ausbildung ich genossen habe, ist meine Sache«, blaffte Rizzo.

»Wenn Sie das so sehen, dann hätte es aber auch Miss Blakes Sache bleiben müssen, wo sie einkauft, welche Restaurants sie bevorzugt und wo sie ihren Urlaub verbringt.«

»Sie haben meine Frage noch nicht beantwortet«, insistierte Rizzo.

»Da ich Sie als Journalisten nicht ernst nehme, nehme ich auch Ihre Frage nicht ernst«, erwiderte John ruhig.

»Wenn das Ergebnis Ihrer Nachforschungen in der aktuellen Ausgabe Ihrer Zeitung steht«, meldete sich ein weiterer Reporter zu Wort, »warum haben Sie dann eine Pressekonferenz einberufen?«

»Weil ich sicher gehen wollte, dass Sie es zur Kenntnis nehmen. Dieser Skandal hat tagelang die Schlagzeilen beherrscht, doch dann wurde er von anderen Dingen daraus verdrängt. Sie würden nicht über diese neue Entwicklung berichten, wenn ich Sie nicht hierher gebeten hätte.«

»Woher wollen Sie wissen, dass Sie damit erreichen, dass wir darüber berichten?«

John grinste. Er wusste, wie Journalisten arbeiten. Schließlich war er einer von ihnen. »Sehen Sie sich um. Es sind eine ganze Reihe von Kollegen erschienen. Ich denke, es wird keiner diese Sensation ignorieren und das Risiko eingehen, sie bei der Konkurrenz zu lesen. Miss Blake wurde auf der ersten Seite verleumdet – also verdient sie es, auf der ersten Seite rehabilitiert zu werden.«

John deutete auf eine im Hintergrund hochgehobene Hand. »Ja, bitte?«

»Miss Blake«, wandte der Reporter sich an Lily. »Sie sind Entertainerin. Versprechen Sie sich einen Karriereschub von dieser Aktion?«

Es kostete Lily zu ihrer eigenen Überraschung nur wenig Mühe, die Verkrampfung ihrer Zungenmuskeln zu lösen. Sie beugte sich zu ihrem Mikrofon vor und antwortete mit fester Stimme: »Ich habe auf Grund der Verleumdungskampagne der ›Post‹ meine Anstellung als Lehrerin verloren und auch mein festes Engagement als

Pianistin und Sängerin, da ich im ersten Fall als Gefahr für die Moral der Schüler angesehen wurde und im zweiten Fall die Geschichte ein Publikum anlockte, das nicht den Vorstellungen des Clubbesitzers entsprach. Beides war eine traumatische Erfahrung für mich. Was meine Tätigkeit als Sängerin und Pianistin betrifft, so glaube ich nicht, dass ich sie in dieser Form wieder aufnehmen werde.«

»Ich wüsste gerne, was Sie zu Ihrer Verurteilung wegen Autodiebstahls zu sagen haben«, erfolgte ein Schuss vor den Bug aus einer der hinteren Reihen auf der rechten Seite.

Cassie kam Lily zuvor. »Dazu äußere *ich* mich, da ich die Prozessakten eingesehen habe. Das Gericht hatte damals auf Strafaussetzung erkannt; nach der Bewährungszeit war die Strafe erlassen – für ein Delikt, das Miss Blake nachweislich nicht begangen hat –, die Akten selbst kamen unter Verschluss. Mr. Sullivan wird sich dafür zu verantworten haben, dass er Miss Blakes Bürgerrechte verletzte, indem er Informationen aus diesen Akten – egal, wie er an die gekommen ist – der Öffentlichkeit preisgab.«

In diesem Moment erhob sich Justin Barr von seinem Platz und wandte sich an John: »Trifft es zu, dass Sie einen Groll gegen Terry Sullivan hegen?«

»Das ist eine Untertreibung«, erklärte John. Es war nicht zu fassen: Auch Justin Barr präsentierte sich ihm zur Exekution auf dem Silbertablett! »Ich verabscheue den Mann!«

»Dann haben Sie ebenso ein Motiv gegen ihn zu Felde zu

ziehen, wie er ein Motiv hatte, gegen Kardinal Rosetti zu Felde zu ziehen.«

»Ich habe lediglich Fakten aus seiner Kindheit und über seine Familie zusammengetragen, die erhellen, warum er Miss Blake über die Klinge springen ließ.«

»Was sehen Sie in Miss Blake?«, versuchte Barr John Befangenheit nachzuweisen.

John zuckte nicht mit der Wimper. »Ein Opfer. Gegenfrage, Mr. Barr: In Boston gibt es ein teures Callgirl namens Tiffany Coupe. Was sehen Sie in ihr?«

Er merkte, wie Lily neben ihm der Atem stockte.

»Ich kenne keine Frau dieses Namens«, antwortete Barr.

»Das ist richtig – aber Jason Weidermeyer kennt sie. Er hat ihr über einen Zeitraum von acht Jahren regelmäßig Schecks ausgestellt. Jason Weidermeyer. Ist das nicht Ihr richtiger Name?«

»Es gibt noch andere Jason Weidermeyers auf der Welt«, wehrte sich Barr, aber es begann im Saal zu summen wie in einem Bienenstock. Justin Barr hatte in ungezählten Interviews betont, wie er es mit eiserner Entschlossenheit, Fleiß und einem ausgeprägten Gefühl für Sitte und Moral geschafft hatte, aus dem Niemand Jason Weidermeyer den bekannten und geachteten Justin Barr zu machen. Jason Weidermeyer. Jeder, der Justin Barr kannte, wusste von Jason Weidermeyer.

Das Summen hielt an. Barr hatte nur wenige Freunde hier. John hörte Lily leise seufzen. Sie hatte aufgehört zu zittern.

Barr plusterte sich auf. »Wie kommen Sie dazu, mich in

dieser Weise zu diskreditieren? Wie kommen Sie dazu, Mr. Rizzo zu diskreditieren? Sie hatten nicht genug Format für Boston und machen jetzt ein hinterwäldlerisches Wochenblättchen. Wie kommen Sie dazu, im Leben anderer Menschen herumzuschnüffeln?«

»Ich bin ein Anwalt der Bürgerrechte. Lily Blake wurde für eine Steigerung der Auflage missbraucht – und von Ihnen zur Steigerung der Einschaltquoten. Sie haben sie in Ihrer Sendung als moralisch verkommen qualifiziert. Wie vereinbart sich Ihre Vorliebe für Peitschen, Handschellen und Lederoutfit mit dem Entrüstungssturm, zu dem Sie bei Ihren Hörern bliesen? Wenn man unbedingt jemanden mit Dreck bewerfen will, sollte man darauf achten, selbst keinen am Stecken zu haben.« Damit wandte sich John wieder dem Auditorium zu. »Gibt es sonst noch Fragen?«

Die Totenstille, die nach seinen Worten eintrat, wurde schließlich durch eine zarte, weibliche Stimme beendet, die sich ansonsten sicher kein Gehör hätte verschaffen können.

»Wird Miss Blake ein Buch schreiben?«

»Nein«, sagte Lily, die bei dem Gedanken schauderte.

Wieder war es totenstill, und dann rief jemand aus den hinteren Reihen: »Wir sind nicht alle Geier.«

Das wusste sie – John hatte es sie gelehrt.

»Das weiß ich, und darum vertraue ich darauf, dass dieser Story der gleiche Stellenwert beigemessen wird wie der vorangegangenen skandalösen«, gab John zur Antwort, »Reporter wie Terry Sullivan, die für persönliche

Zwecke unschuldige Menschen opfern, und ein Radiomoderator, der vorgibt, etwas anderes zu sein als das, was er ist, und das Leben eines aufrichtigen Menschen in Trümmer schlägt und die Gesellschaft mit seiner Tugendheuchelei und Selbstzufriedenheit vergiftet, bringen die Medien in Verruf. Ich weiß nicht, wie Sie die Sache sehen, verehrte Kolleginnen und Kollegen, aber ich vertrete die Ansicht, dass in einem solchen Fall nicht nach der üblichen Regel ›Eine Krähe hackt der anderen kein Auge aus‹ verfahren werden kann. Ich danke Ihnen, dass Sie gekommen sind.«

John beugte sich zu Lily hinüber und sagte leise: »Ich würde dich gerne hier und jetzt in die Arme nehmen, aber ich befürchte, dass dann *meine Umarmung* die Story wäre. Also betrachte dich als umarmt.«

Und so kam zu dem Gefühl der Erleichterung, dem Triumphgefühl, dem Gefühl der Befriedigung und der Liebe, das sie empfand, auch noch eine so große Zärtlichkeit für ihn hinzu, dass ihr die Tränen in die Augen traten. Sie suchte Maida, musste zwinkern, um klar sehen zu können, und sah sich dann einer Wand von Menschen gegenübersitzen – Technikern, die die Mikrofone abbauten, Fotografen, die letzte Aufnahmen von ihr machten, Reportern, die letzte Fragen an sie stellten. Sie verrenkte sich den Hals nach ihrer Mutter, doch ihr Blick blieb versperrt.

»Gehen Sie nach Boston zurück?«

»Wollen Sie wieder an der Winchester-School unterrichten?«

»Hat Seine Eminenz sich bei Ihnen gemeldet?«

Lily fand, dass bereits mehr als genug von ihr bekannt geworden war. Sie hob die Hand und wandte sich ab.

»Schluss jetzt!« Cassie legte den Arm um Lilys Schulter und zog sie vom Podium, worauf die Meute sich auf John stürzte.

Als sie außer Hörweite waren, fragte Lily: »Was meinst du?«

»John hat seine Sache gut gemacht. Sie werden schreiben, was er gesagt hat. Ein Aufmacher wird es vielleicht nicht werden, aber ich denke, die erste Seite ist dir sicher.«

»Wird sich das auf die Klage auswirken?«

Cassie lächelte schelmisch. »Zumindest wird es das Vorgeplänkel abkürzen. Der Justizminister wird Terry aufs Korn nehmen, sobald er Kenntnis von der Manipulation der Tonbandaufnahme erhält, und ich nehme an, dass die Anwälte der ›Post‹ sich angesichts dieses Wahrheitsbeweises kooperativ zeigen werden.« Sie lachte leise. »Maxwell Funder wird sich in den Hintern beißen, wenn er nach dem Prozess erfährt, wie viel Schadenersatz ich für dich herausgeholt habe.«

»Es geht mir nicht um das Geld«, sagte Lily.

»Du kannst es ja spenden«, meinte Cassie. »Aber wenn Verleumdung nicht bestraft wird, wie soll man den Leuten dann den Geschmack daran verderben?«

Lily hatte nur noch mit halbem Ohr zugehört, denn sie hatte Maida endlich wieder entdeckt. Ihr Mutter stand im Mittelgang und hielt die seitliche Lehne einer Bank mit einer Hand umfasst. Lily ging auf sie zu und blieb eine Armlänge entfernt von ihr stehen.

Maida atmete tief durch, nahm die Hand von der Lehne, hob sie, als wolle sie Lilys Wange streicheln, legte sie dann aber auf ihre Schulter. Es war eine zaghafte, geradezu federleichte Berührung. »Verzeihst du mir?«, flüsterte sie.

Gleichgültig, ob diese Frage sich auf ihre Kindheit oder die Zeit danach bezog – Lily zögerte keinen Moment und nickte unter Tränen. Was die Sullivans, Rizzos und Barrs dieser Welt betraf, hungerte sie nach Gerechtigkeit. Was ihre Mutter betraf, hungerte sie nach ... nach ...

Maidas Arme zitterten, aber sie streckten sich in die ersehnte Richtung, und Lily stürzte sich hinein und umklammerte ihre Mutter schluchzend, als hinge ihr Leben davon ab, fand die Geborgenheit, nach der sie sich all die Jahre gesehnt und die sie sich, als sie allein in Boston war, gewünscht hatte.

Jetzt war sie nicht mehr allein. In Lake Henry hatte sie Freunde, sogar einen Mann, der sie liebte – und sie hatte endlich eine Mutter.

Poppy war kein sehr rührseliger Mensch, aber als sie Lily in den Armen ihrer Mutter liegen sah, kamen ihr beinahe die Tränen. Sie wusste nur zu gut, dass es Dinge gab, die unabänderlich waren, und andere, die man ändern konnte. Froh über das Geschehene, wendete sie ihren Rollstuhl und steuerte auf den Ausgang zu. Sie dachte daran, wie viel erfüllter Maidas Leben, wie viel glücklicher Lily und wie viel fröhlicher die Feiertage ab heute sein würden, malte sich aus, dass Lily in Lake

Henry bleiben und John heiraten und wie schön es sein würde, sie immer hier zu haben, hatte sich ganz ihren Gedanken überlassen, dass sie den Mann erst wahrnahm, als er direkt vor ihr stand. Sie hatte ihn nie zuvor gesehen, aber sie wusste sofort, wer er war.

Er trug Jeans und eine königsblaue Fleecejacke, die zu dem Blau seiner Augen passte und einen spektakulären Kontrast zu den gut frisierten, dichten roten Haaren bildete.

Zu ihrem Entsetzen erkannte sie an seinem Blick, dass auch er wusste, wer sie war.

In der Sekunde, die er brauchte, um vor ihr in die Hocke zu gehen, verspürte sie Gewissensbisse, weil sie ihm nicht die Wahrheit gesagt hatte, Enttäuschung, weil sie nun ihren Traum nicht mehr weiterträumen könnte und Wut, weil sie das war, was sie war.

Er schaute zu ihr auf. »Haben Sie ernsthaft geglaubt, das könnte mich abschrecken?«, fragte er in einem so sanften Ton, dass ihr innerhalb kürzester Zeit zum zweiten Mal beinahe die Tränen kamen.

Aber eine Poppy Blake weinte nicht. Mit Weinen erreicht man nichts. Das hatte sie vor zwölf Jahren erkennen müssen.

Also reagierte sie auf seine Sanftheit, indem sie ihm die Wahrheit um die Ohren schlug: »Ich kann nicht laufen. Ich kann nicht Ski fahren oder wandern. Ich kann den Wald nicht hegen, das Wild nicht pflegen, was ich gelernt habe. Ich kann nicht tanzen. Ich kann nicht einmal in der Dusche stehen.«

»Können Sie essen?«

»Natürlich kann ich essen«, antwortete sie barsch.
»Darf ich Sie einladen?«
Ihr Herz machte einen Satz. »Ja – aber meine Schwester ist immer noch kein Thema.«
»Ich will nicht über Ihre Schwester reden – ich will über Sie reden.« Er stand auf, musterte die Griffe des Rollstuhls und schaute Poppy dann so rührend hilflos an, dass sie ihre Krallen einzog. »Ich lerne schnell. Erklären Sie mir, was ich tun muss.«
Poppy war zwar in der Lage, sich auf behindertengerechtem Gelände allein fortzubewegen und stolz auf ihre Unabhängigkeit, aber wenn sie mit Freundinnen unterwegs war, ließ sie sich von ihnen schieben, weil es ihnen Spaß machte. Sie konnte sich vorstellen, dass es *ihr* Spaß machen würde, sich von Griffin Hughes schieben zu lassen.
»Es ist ganz einfach, ich sage Ihnen, wohin die Reise geht, und Sie schieben mich dann in diese Richtung.«
Und so war es dann auch.

Im Saal von »Charlie's« herrschte Festtagsstimmung. Ganz Lake Henry schien zu kommen, um Lilys Triumph zu feiern. Den Reportern, die im Eingang standen, verwehrte Charlie den Zutritt.
»Geschlossene Gesellschaft«, erklärte er lapidar und hielt seinen Kindern die Tür auf, die Tabletts mit dem Besten, was die Küche zu bieten hatte, hereintrugen.
Heute sang Lily nicht. Dafür durchströmte sie ein anderes Glücksgefühl, das beglückende Gefühl des Geborgenseins, das ihr neuer Freundeskreis ihr schenkte. Sie

konnte kaum glauben, dass etwas so Wundervolles kein Traum war.
John war kein Traum – er wich kaum von ihrer Seite. Maida war kein Traum – sie lächelte jedes Mal, wenn ihre Blicke sich trafen. Und auch die Leute aus Lake Henry waren kein Traum – sie begegneten ihr mit aufrichtiger Zuneigung. Sie erinnerte sich nicht, jemals in ihrem Leben so rundherum zufrieden gewesen zu sein.

Lily kam gerade zur Haustür herein, als das Handy klingelte. Das war bestimmt Poppy. »Hey«, sagte sie, »war das nicht einfach toll?«
»Gleichfalls hey«, antwortete eine volltönende Männerstimme.
»Vater Fran!«, jauchzte sie.
»Ihre Schwester hat mir die Nummer gegeben. Ich fliege morgen nach Rom, aber ich wollte vorher unbedingt noch mit Ihnen sprechen. Ich muss mich bei Ihnen entschuldigen, Lily. Als die ›Post‹ Terry Sullivans unerhörte Story brachte, reimte ich mir zusammen, dass er über meine Beziehung zu seiner Mutter Bescheid wusste und mich dafür bestrafen wollte, dass ich ihr wehgetan hatte. Ich habe ihn nie näher kennen gelernt, aber es war mir bekannt, dass er Jeans Sohn ist. Dass der Vater ihn und die Mutter geschlagen hat, erfuhr ich allerdings erst heute durch einen Anruf nach Ihrer Pressekonferenz.«
»Sie sind angerufen worden?« Natürlich war er angerufen worden! »Es tut mir so Leid …«
»Das braucht es nicht«, erwiderte er freundlich. »Ich stehe dazu, dass Jean und ich ein Liebespaar waren. Was

meine Trennung von ihr betrifft, so wusste sie von Anfang an, dass ich Priester werden wollte. In dieser Hinsicht habe ich ein reines Gewissen – aber nicht, was Sie angeht, Lily. Hätte ich die Verquickung sofort offenbart, wäre Ihnen das alles erspart geblieben. Mittlerweile zweifle ich daran, die Kardinalswürde zu verdienen, denn mein Verhalten hat dieser unseligen Geschichte auch noch Nahrung gegeben. Ich habe Schuld auf mich geladen, indem ich zwar nicht log, aber schwieg – und indem ich damit Leid über Sie brachte.«

»Das Leid hat auch sein Gutes«, erwiderte Lily, die nach einem Anflug von Zorn nun das Bedürfnis hatte, ihn zu trösten. »Ich verdanke ihm, dass meine Mutter und ich zueinander gefunden haben.«

»Ahhh!« Sie hörte ein Lächeln in seiner Stimme. »Das ist Balsam für meine Seele. Ich kann mir zwar trotzdem meine Schuld nicht vergeben – das kann nur unser Herr –, aber es macht mich glücklich. Werden Sie mich über die weitere Entwicklung Ihres Lebens auf dem Laufenden halten?«

»Wird Kaplan McDonough mich denn zu Ihnen durchstellen?«

Der Kardinal lachte leise. »Dafür werde ich schon sorgen. Friede sei mit Ihnen, Lily.«

»Und mit Ihnen«, sagte sie, und als sie das Handy ausschaltete, tat sie es mit dem Gefühl, etwas Entscheidendes gut abgeschlossen zu haben.

30

Kalter Oktoberwind jagte große Wolken über den Himmel und kleine Wellen über den See. Lilys Gesicht war vor Kälte taub, aber sie hätte nirgendwo anders sein wollen. Es war an diesem Tag so vieles auf sie eingestürmt, dass sie Johns Vorschlag, zur Seetaucherinsel zu paddeln, bereitwillig zugestimmt hatte. Sie hoffte, innerlich zur Ruhe zu kommen – und sie wurde nicht enttäuscht.

»Es riecht nach Winter«, sagte John.

»Du meinst, es wird bald schneien?«

»Ja. Und dann kommt das Eis. Zuerst eine dünne Schicht, aber einen Monat später ist sie dreißig Zentimeter dick. Du weißt ja, wie schnell es geht.«

Bis zur Insel waren es noch zehn Meter, und Lily suchte das Ufer nach den Vögeln ab. »Ich sehe sie nicht.«

John legte das Paddel auf, beugte sich nach vorn, umfasste ihren bemützten Kopf und drehte ihn sanft nach links. »Da!«

Sie brauchte einen Moment, um sie auszumachen. »Es sind ja nur zwei!« Sie schwammen dicht nebeneinander her, als suchten sie Trost beieinander.

»Mom und Dad sind bereits in den Süden aufgebrochen«, bestätigte John ihren Eindruck.

»Werden die beiden ihre Eltern je wiedersehen?«
»Schon möglich – aber ob sie einander dann erkennen, ist ungewiss.«
Lily dachte an Maida und daran, wie glücklich sie darüber war, dass die Kluft zwischen ihnen sich geschlossen hatte. »Ich finde es schrecklich, dass die Eltern ihre Kinder einfach im Stich lassen.«
»Du darfst die Seetaucher nicht vermenschlichen«, sagte John. »Sie haben sich zwar über Jahrmillionen gehalten, was wirklich beeindruckend ist, aber dass sie zu gefühlsmäßigen Bindungen fähig sind, halte ich für unwahrscheinlich.«
»Dann ist deine Liebe zu ihnen also eine unerwiderte?«
»Ich fürchte, ja.«
»Das tut mir Leid für dich.«
Sie rückte sich in seinen Armen, die er jetzt um sie legte, vorsichtig zurecht, bis sie ihn anschauen konnte, und stellte ihm die Frage, die ihr seit ihrem Gespräch vor der Pressekonferenz durch den Kopf ging: »Hast du das ernst gemeint, dass du das Buch nicht schreiben wirst?«
»Ja. Die Lily-Blake-Story ist ausgereizt.«
»Und was ist mit der Terry-Sullivan-Story?«
»Die steht in der ›Lake News‹.«
»Und wenn jemand sie ausschlachtet?«
»Dann soll er das tun.«
»Wolltest du nicht das große Geld damit machen und berühmt werden?«
»Ruhm und Geld können nicht bei eisiger Kälte mit mir auf den See hinauspaddeln und mich anschließend im

Bett wärmen. Sie können nicht mit mir reden. Sie können nicht singen. Sie können keine Kinder bekommen.«

»Kinder?«

»Möchtest du Kinder?«

»Warum sollte ich keine Kinder wollen?«

»Wenn du vorhast, nach Boston zurückzugehen, willst du zumindest keine Kinder mit mir haben, denn ich kann mir nicht vorstellen, hier wegzuziehen. Also – wie ist es?«

»Wie ist was?«

»Willst du wieder nach Boston?«

Bewusst hatte Lily sich mit dieser Frage noch nicht auseinandergesetzt, doch jetzt wurde ihr klar, dass die Entscheidung längst gefallen war. »Was in aller Welt erwartet mich denn dort?«

»Deine Wohnung. Dein Auto. Dein Klavier. Deine Kleider.«

»All das kann nicht bei eisiger Kälte mit mir auf den See hinauspaddeln und mich anschließend im Bett wärmen. Es kann nicht mit mir reden. Es kann keine Kinder zeugen.«

»Aber diese Dinge verkörpern etwas für dich.«

»Das tun andere Dinge auch, und Dinge kann man auch transportieren. Außerdem könnte ich in Boston nicht mit dir zusammen sein, denn du hast mir gerade erklärt, dass du aus Lake Henry nicht weggehst.«

»Du würdest meinetwegen bleiben?«

»Nicht nur«, erwiderte sie lächelnd. »Es gibt auch noch andere Gründe. Maida zum Beispiel.« Sie löste ihren

Blick von ihm und ließ ihn in die Richtung der Plantage wandern.

»Sie mag mich nicht.«, brummte John.

Lily schaute ihn wieder an. »Sie hatte Vorurteile – aber die werden sich geben, wenn sie dich erst einmal richtig kennt. Sie ist heute aus ihrem Schneckenhaus herausgekommen, und das ist ein gutes Zeichen.«

»Was hält dich noch hier?«

»Poppy. Und Hannah. Maida hat sich zwar schützend vor sie gestellt, aber wenn Rose ihr Verhältnis zu ihr nicht ändert, möchte ich ihr beistehen.«

»Und was willst du tun, wo willst du arbeiten?«

»Maida hat gesagt, sie könnte mir eine Stelle an der Academy vermitteln. Und darüber hinaus könnte ich bei der ›Lake News‹ arbeiten, um den Chefredakteur zu entlasten, damit er mehr Freizeit hat, die er dann mit mir verbringen kann. Außerdem könnte ich mich erkundigen, ob es in Concord ein Kammerorchester gibt, das eine Pianistin braucht.«

»Und du wirst Boston nicht vermissen?«

»Lake Henry hat mir mehr zu bieten. Habe ich dir schon gesagt, wie fabelhaft du heute warst?«

»Ja – aber ich höre es gerne noch einmal«, sagte er und grinste vergnügt.

»Du warst fabelhaft.«

»Ich glaube, ich habe sie überzeugen können.«

»Absolut.«

Sie drehte sich leicht zur Seite, streichelte mit ihrer behandschuhten Hand seine Wange. »Danke, dass du das für mich getan hast.«

»Ich habe es auch für mich getan. Es war gut für mein Ego.«

»Gus ist stolz auf dich – dessen kannst du dir sicher sein.«

»Gus?«

Lily zeigte zum Himmel hinauf. »Er schaut von dort auf dich herunter.«

John hatte da zwar seine Zweifel – aber die Vorstellung gefiel ihm.

Barbara Delinsky

Drei Wünsche hast du frei

Der Bestseller aus den USA

Nach einem Autounfall hört Bree im Krankenhaus eine Traumstimme, die verspricht, ihr drei Wünsche zu erfüllen. Als sie erwacht, sitzt an ihrem Bett Tom Gates – der erfolgreiche Anwalt und Bestsellerautor war vor der glamourösen New Yorker Welt in die Einsamkeit Panamas geflohen, um zu sich selbst zurückzufinden ...

Doch um ihr Glück mit Tom zu finden, muss Bree zuerst die Schatten der Vergangenheit bewältigen.

Ein wundervoll fesselnder Liebesroman, voller Hoffnung und knisternder Spannung.

Knaur

Sabine Kornbichler

Klaras Haus

Reif für die Insel

Ein Zufluchtsort für schwierige Zeiten – das soll laut Klaras Testament ihr Haus auf der Nordseeinsel Pellworm werden. Was man zunächst für eine Schrulle der Verstorbenen hält, wird schneller genutzt, als alle gedacht hätten – von Nina, deren Mann sie mit ihrer besten Freundin betrügt, und von Charlotte, der scheinbar glücklichen Mutter.

Klaras Haus: Ein ebenso hinreißender wie einfühlsamer Roman über Abschied und Aufbruch.

Knaur